COLLECTION FOLIO

Régis Jauffret

univers, univers

Gallimard

Né en 1955, Régis Jauffret est l'auteur de plusieurs romans, dont *Histoire d'amour* (Folio n° 3186), *Clément Picot* (Folio n° 3443), *Fragments de vie des gens* (Folio n° 3584). *univers, univers*, son dixième roman, a été récompensé par le prix Décembre en 2003. Il a également publié une pièce de théâtre, *Les gouttes*.

Vous vous souvenez de votre enfance. Votre mère aux cheveux filasse, au teint rouge, qui criait après vous toute la journée comme un paysan du Paraguay après sa bourrique. Et votre père écrasé devant le téléviseur, marmonnant des imbécillités contre les personnages qui barbotaient à l'intérieur de l'écran. Vos résultats scolaires étaient médiocres, affligeants, à moins que vous fassiez partie de la race des premiers de la classe avec leur intelligence adaptée au cerveau rase-mottes des enseignants qui gambadaient sur l'estrade comme des macaques.

Votre sexualité s'est d'abord épanouie auprès d'un camarade, masturbations mutuelles dans une cave, une cabine de bain désaffectée. Puis une prostituée, ensuite une gamine de votre âge, délurée mais maladroite et toute une kyrielle d'autres pour donner à votre jeunesse un air de nouba. Mais il est plus probable que trop timide et sans charme vous n'ayez pas connu grand monde, et que toutes ces années vous semblent aujourd'hui pareilles à un trou noir creusé à vif dans votre puberté.

Ensuite vous vous êtes marié, vous avez procréé, vous avez acheté un logement, des meubles, des objets dociles, laborieux, et jour après jour des tonnes d'aliments, grignotés, expulsés, brassés par les égouts de la ville en une commune digestion de tous ses habitants, y compris des fâchés et de ceux qui se sauteraient à la gorge s'ils se rencontraient à l'angle d'une rue. Vous avez le même travail depuis quinze ans, on vous apprécie, on s'apprête à vous licencier, à vous muter, c'est un avancement, une disgrâce, on attend que vous donniez votre démission, on n'attend plus rien de vous, vous avez une forme de raisonnement obsolète, on va vous nommer cardinal, vous deviendrez le pape de cette entreprise de puces, de saladiers, et si vous êtes du sexe féminin vous serez la première femme à occuper ce poste depuis la fondation de l'entreprise au siècle des lumières.

Une femme à l'origine sort du même orifice, elle a une enfance, une jeunesse. Elle procrée, et c'est elle qui pousse ses enfants vers l'extérieur de toutes ses forces comme si elle en avait reçu mission. Elle connaît les mêmes déboires, les mêmes joies. Elle est aussi coupable d'être là, en présence de ce roulement de phrases, au lieu de s'occuper ailleurs, de rire, de profiter au mieux des quelques centaines de mois qui lui restent peut-être, et qui sont à sa disposition comme un monceau de petits cadeaux, de faveurs, de merveilles pleines de jours dont on peut faire n'importe quoi, et même rien, au lieu de rester face au texte, comme s'il allait vous pénétrer telle une drogue d'agrément.

Fermez ce livre, à la rigueur ouvrez-en un autre, un de ceux qui vous apprendront quelque chose, qui vous transmettront une technique, qui essaieront de vous donner une image exacte de l'histoire de l'humanité, du système solaire, de l'appareil reproducteur de l'huître et de la chèvre. Ici, rien à apprendre, le désert, un ruban de mots comme une piste sans fin, sans but, qui ne mène nulle part, et qui s'achèvera sans doute comme elle a commencé, dans la muflerie et le ricanement.

C'est ça la littérature, cette façon de refuser de prendre au sérieux la vie, de l'honorer, de se traîner à ses pieds pour la remercier d'être au monde. C'est aussi s'apercevoir soudain qu'on est au-delà, loin du quotidien, des trottoirs, des petits humains, et qu'on a l'impression de flotter, de surplomber, en racontant une histoire de rien du tout, insignifiante, fruste, et qui pourtant sert de véhicule à ce sentiment d'euphorie qui arrive peu à peu quand on se met à écrire.

Si vous préférez, je vous aime. Aussi bien, je suis déjà mort depuis longtemps. Je ne vais pas laisser derrière moi le souvenir d'un être bourru. Continuez à me déchiffrer, je vous emmènerai partout avec moi. Regardez, il y a une femme assise sur un banc, dans le square, au pied de l'immeuble. Elle pense à son bâton de rouge à lèvres prêt à rendre l'âme, à l'évier de sa cuisine, au rapport sexuel qu'elle a eu la nuit dernière, à l'étrange visage d'une de ses amies aux traits sculptés par la maladie. Elle se lève, elle fait quelques pas, on dirait qu'elle va entrer dans la boutique choisir un body. Elle s'achète une glace, elle la mange en cheminant. Elle a l'air de ne pas savoir où aller, elle est oisive depuis plusieurs années. Elle a travaillé longtemps dans une agence, c'est là qu'elle a connu son mari.

Ils voulaient avoir des enfants, mais leur union est restée stérile et ils n'ont envisagé ni procédure médicale ni adoption. Il avait prévu de prendre sa retraite à cinquante ans et de voyager. Elle était d'avance catastrophée en imaginant tous ces vols, toutes ces traversées, ce froid des fjords, ce soleil des tropiques, cette lumière aveuglante de l'Arctique. Elle savait que lui non plus n'était pas enthousiaste, mais les idées lui manquaient pour finir sa vie. Il aurait pu aligner les coucheries afin de se distraire, mais la perspective de cette gymnastique sexuelle l'assommait. Il n'avait aucune passion, même l'alcool ne lui procurait qu'une sensation très vague, et il ne se voyait pas rester trente ou quarante ans avec sa femme dans le cocon de leur appartement parisien. Alors le voyage s'imposait comme le seul remède.

Ils avaient ce soir un couple d'amis à dîner. La femme portait en sautoir des petites lunettes d'astigmate, son mari reniflait et se mouchait régulièrement comme un enrhumé.

— En août nous ne partirons pas en vacances.

— Juste un dégagement de quelques jours début septembre.

— Votre repas était remarquable.

— Il est tard, nous allons vous laisser.

— J'ai cru qu'ils ne partiraient jamais.

— Il est à peine minuit.

— Avec eux il est toujours quatre heures du matin.

— J'ai mal dormi, cette douleur dans le dos.

— Le ciel est plein de nuages, on dirait qu'on est en automne.

— À ce soir.

— Ce soir on dîne chez les Pierrot.

— Votre repas était excellent.

— J'ai rendez-vous chez le kiné.

— Bon anniversaire.

— Cinquante ans déjà.

— Je n'ai invité personne, tête-à-tête aux chandelles.

— Je n'arrive pas à vendre l'agence, pour l'instant pas de voyages.

— Meilleurs vœux.

— J'ai soixante-cinq ans, un cœur d'adolescent.

— Dans la plus stricte intimité.

— La solitude doit vous peser.

— Je collectionne des photos de fenêtres.

— Je suis un vague neveu, j'hérite de cette agence invendable et de tous les objets hétéroclites que cette folle a amassés depuis la mort de son mari.

— Une embolie chez le notaire.

Sa fille prend le relais. Elle meurt à quatre-vingt-quinze ans. Elle laisse derrière elle une pluie d'arrière-petits-enfants. L'agence a fait faillite depuis longtemps. Certains ratent leur vie, d'autres sont plus malins. L'un d'eux devient ministre, et le reste six mois. Sa descendance se perd dans la nature. Ensuite, autant dérouler l'histoire de l'humanité. Étudier de près les ramifications de la planète. Dire, l'univers clignote dans le néant. Comme une guimbarde dans le brouillard. Quand on va trop vite on laisse tomber tant de détails que l'histoire n'a pas le temps d'apparaître, les personnages courent tout droit au tombeau comme des assoiffés à la buvette. Vous devriez peut-être les imiter, la mort vous irait comme un gant. Je n'ai pas besoin de votre regard braqué comme deux torches, mon écriture avance pour le seul plaisir de se constituer, d'exister à la place de rien, l'espace d'un instant perdu au milieu de l'éternité.

Elle chemine toujours, elle a fini sa glace depuis longtemps. Elle aime prendre des bains de foule sur les trottoirs ensoleillés, elle a l'impression d'être tout le monde à la fois, une seule vague qui déferle sur les places, les avenues, qui tourne à tous les coins de rue. Elle oublie qu'elle n'est que cinq dizaines et demie de kilos de personne humaine, quelques centimètres cubes de pensée emprisonnée dans la boîte crânienne.

Quand elle reprend ses esprits, elle s'aperçoit qu'elle a une tache noire sur sa jupe comme si la foule était une machine bien huilée qui crache du cambouis. Elle est devant un cinéma, elle entre, elle s'assoit dans le hall. Des enfants achètent des bonbons et des sodas. Des files de gens circulent, pénètrent dans les salles, elle aimerait faire partie du flux. Puis elle pense à ce gigot qu'elle va préparer pour le dîner, elle se lève.

Dehors le soleil traîne à l'horizon, le visage des passants est d'une couleur plus chaude que tout à l'heure. Elle marche, mais elle est seule au milieu des gens et elle a l'impression qu'ils lui sont hostiles. Elle cherche à attraper un taxi, ils se dérobent les uns après les autres. À une station elle finit par en trouver un, arrivée à son domicile elle introduit la viande dans le four. Elle se maquille, elle s'habille d'une robe saumon et de mules blanches très à la mode cette année-là.

Elle s'assoit au salon. Elle regarde ses ongles, elle pense à la soirée qui s'avance. Il y a encore un rayon de soleil sur le dossier d'un fauteuil et elle a l'impression que la lumière pénètre dans la pièce à travers un vitrail. Gamine elle fréquentait les églises, elle enviait l'enfant de chœur qui maniait la clochette. Elle s'ennuyait pendant l'office, sa mère lui pressait la main quand elle donnait des coups de souliers au banc. L'après-midi on allait faire un tour dans un jardin public aux promeneurs endimanchés, aux gamins avides des joujoux et des barbes à papa vendues par des matrones dans des kiosques de bois noir. On lui louait un vélo avec pour consigne de ne pas tomber dans le grand bassin où nageaient des canards et où voguaient de petits bateaux. Elle pédalait jusqu'au soir, et le lendemain c'était l'école qu'elle préférait quand même à la messe.

Elle a en tête la mélodie d'une chanson qui sévissait dans son enfance et qu'elle a entendue la veille à la radio. Elle pense aussi à une lettre d'injures qu'elle voulait écrire à son père quand elle avait quinze ans, au rouge du gland des hommes, à leur manière cocasse d'être nus, au bruit de l'ascenseur quand il s'arrête à l'étage. Elle se dit que demain elle téléphonera au syndic pour lui demander de baisser d'un ton le son de l'interphone qui écorche l'oreille comme une explosion, et si elle en a le courage elle écrira un petit poème qu'elle fera brûler ensuite dans l'évier avec l'étrange satisfaction d'accomplir un indispensable sacrifice qui sauve sa journée de ce vide absolu qui l'effraie.

Le soir, ils se rendront chez les Pierrot et ils devront se baigner dans leur piscine couverte avant le dîner. Elle n'aura qu'à dire à son mari qu'elle ne veut pas aller chez eux, il s'y rendra tout seul avec son maillot de bain roulé au fond d'un sachet. S'il l'oublie on lui prêtera n'importe quel slip en nylon ridicule et il sera bien obligé de nager malgré tout. Il se mettra à table avec les cheveux mouillés, il rentrera avec une angine. Elle appellera un médecin de nuit, elle ira ensuite acheter les médicaments à la pharmacie de garde.

Sa pensée se braque soudain sur une prise de sang que son médecin lui a prescrite plusieurs mois auparavant et dont elle a oublié l'ordonnance dans un coin. Elle ne franchira plus la porte d'aucun praticien, elle laissera son organisme se déglinguer comme une vieille voiture abandonnée au fond d'un garage, ou se régénérer par ses propres moyens avec la prodigieuse ingénuité des êtres vivants. Et si par hasard son corps décide de tout arrêter, elle ne se précipitera pas à l'hôpital pour qu'on essaie de le contredire et à force des thérapeutiques lui redonner le goût du fonctionnement et de la vie.

Elle va sur la terrasse, elle s'assoit. Le soleil se couche derrière l'immeuble d'en face. Elle sent que son mari va surgir bientôt, et que trente minutes plus tard les invités vont sonner à la porte. Elle pourrait aller regarder la rue, attendre que la voiture de son mari entre dans le parking souterrain. Elle lui ouvrirait la porte de l'appartement. Il l'embrasserait, il lui dirait j'en ai assez de cette agence, quand je l'aurai vendue on tournera autour de la terre toute l'année. Elle serait contente de le voir et en même temps elle s'apercevrait comme chaque soir qu'il ne parvenait pas à chasser son ennui.

Il irait dans la salle de bains se raser pour la deuxième fois de la journée, elle s'assiérait sur le bord de la baignoire en l'écoutant raconter une altercation avec un collaborateur qui se serait terminée en fin d'après-midi par un licenciement. Elle lui dirait il faut que j'écrive une lettre d'insultes à mon père, même s'il est mort depuis longtemps. Les cimetières sont sûrement pourvus de boîtes aux lettres personnalisées, ou alors on incinère le courrier des défunts, à moins qu'on le fasse suivre aux héritiers et que leurs injures leur reviennent en boomerang.

Elle déteste ces pigeons gris qui se posent n'importe ou et tachent terrasses et balcons. Demain elle appellera la mairie pour leur demander de les exterminer ou de les rabattre vers la périphérie, la campagne, qu'ils abandonnent enfin la ville aux humains. Si elle avait eu des enfants ils n'auraient pas eu le laisser-aller de ceux qu'elle croisait dans la rue, avec leurs cheveux peints, leur lourde démarche de mutants. Elle avait l'impression que des ailes leur pousseraient bientôt et qu'ils planeraient au-dessus des immeubles comme des meurtres en puissance, prêts à étrangler toutes ces créatures qui grouillaient en bas.

La viande est peut-être en train de brûler. Elle s'excusera, décongèlera une pizza et ses invités repartiront furieux. Elle les conviera à nouveau trois semaines plus tard afin de regagner leur estime, mais cette fois le poisson qu'elle leur aura préparé aura un goût d'ammoniaque et craignant de s'intoxiquer ils y toucheront à peine. Redoutant de se fâcher avec des gens fortunés susceptibles un jour de participer au rachat de son agence, son mari insistera pour qu'elle les invite encore. Elle trouvera humiliant d'être obligée d'insister pour qu'ils acceptent de revenir, mais elle parviendra à arracher leur consentement. Cette fois elle achètera un plat cuisiné chez le traiteur le plus réputé du quartier, chacun avalera le contenu de son assiette et en reprendra. Au dessert cependant une discussion éclatera au sein du ménage invité, et ils s'en iront avant le café. Ils leur en voudront toujours d'avoir été témoins de leur discorde, ils ne les reverront jamais.

Elle voudrait être de l'autre côté de l'immeuble d'en face et regarder le soleil se coucher. Elle verrait la Seine rouge vif et les touristes en train de dîner sur les bateaux-mouches. Elle aimerait se trouver parmi tous ces gens dont elle ne comprendrait pas la langue. Elle se laisserait séduire par les gestes d'un grand blond, ils iraient ensemble visiter la tour Eiffel et regarder Paris du haut de la grande roue. Puis elle se retrouverait dans les quinze mètres carrés de sa chambre d'hôtel, en présence de son sexe au poil rare, dressé comme une antenne. Elle le prendrait dans sa bouche pour lui faire plaisir. Cinq ans plus tard elle se rappellerait de cette nuit-là en s'endormant lors d'une opération périlleuse qui échouerait. Elle regretterait de n'avoir pas rencontré quelqu'un d'autre à sa place.

Les toits comme une immense croûte. Dessous ils vont et viennent de chambre en salon, ils grimpent les escaliers, les dévalent. Ils suivent les consignes que leur donne le contenu de leur crâne, et ils ont un degré d'existence au milieu de pensées, de souvenirs, dont ils sont l'intersection, le lieu commun, l'espace supposé, imaginaire, d'une sorte de volonté autonome par rapport aux influences du milieu où ils se débattent et de toutes celles qui les taraudent de l'intérieur, qui les poussent à bout. Ils sont là, ils vivent, ils ont toujours la sensation qu'il est en train de se passer quelque chose, que le temps ne s'écoule pas en vain, que chacun de leur pas apporte une pierre à l'édifice de cette existence dont ils consomment les journées avec l'indifférence, l'arrogance des grands joueurs qui sans sourciller abandonnent pièce par pièce leur patrimoine sur le tapis vert.

Elle sait qu'elle fait partie de l'espèce, d'un troupeau immense, planétaire. Elle jette son temps avec mépris, à sa mort personne ne pourra jamais la soupçonner d'avoir fait quelque chose pour quelqu'un, elle n'aura participé à rien d'autre qu'au roulis hagard du quotidien. Elle pense qu'ailleurs rien ne se produit, elle ne respecte pas la souffrance, elle est indifférente au passé, à l'avenir, elle n'est que cet éclair de conscience, trop furtif pour percer vraiment la nuit. Elle regarde le ciel, elle ferme les yeux, et ce moment fait partie de son apparition, de sa vie de femme, d'humaine, son apparition inaperçue dans le massacre des générations qui se succèdent comme autant de troupes fraîches et vite liquidées.

Demain, elle ira s'acheter un nouveau tube de rouge à lèvres et elle en profitera pour prendre aussi un flacon de fluide rajeunissant dont la présentation lui semblera de bon aloi. À treize heures, elle mangera distraitement une salade à la terrasse d'un café du boulevard Saint-Germain. Puis elle dérangera une amie à son bureau, elle lui extorquera dix minutes pour un thé au coin de la rue. Elles échangeront des paroles dont elles ne conserveront par la suite aucun souvenir. Elle rentrera chez elle à pied et elle remarquera des chaussures dans la vitrine d'une boutique qui se mélangeront à d'autres pensées, comme le plaisir de se mettre au lit quand il pleut dehors et celui plus subtil de respirer l'air de l'aube comme de suaves bouffées de narguilé. En arrivant, malgré le temps gris elle s'installera sur la terrasse, elle se souviendra que M. Pierrot avait déjà essuyé plusieurs alertes cardiaques, elle se mettra à espérer que le téléphone sonne pour l'avertir que le dîner était annulé.

— On l'a retrouvé mort.

— Mon Dieu.

— Infarctus sur le grand plongeoir.

Elle danserait toute seule dans le salon pour fêter ce décès salvateur.

Elle remue les orteils et les jambes pour prévenir l'ankylose. Elle pourrait se lever, faire quelques pas, elle préfère rester assise, aux aguets, surveillant l'univers comme un vigile scrupuleux, attentif au moindre va-et-vient, au moindre bruit suspect.

Elle aimerait qu'un avion prenne feu au-dessus d'elle et aille s'écraser sur l'immeuble d'en face qui lui cache le soleil couchant. Elle aurait distingué dans les flammes des morceaux de carlingues et elle aurait peut-être perçu le cri d'un survivant qui quelques secondes plus tard grossirait le nombre des victimes. Elle ne prendrait aucune image du sinistre, elle regretterait cette fumée qui l'obligerait à se barricader dans l'appartement pour ne pas périr asphyxiée.

Elle aurait aimé aussi que la terre tremble et qu'elle puisse voir des rues disparaître dans une faille. La catastrophe l'aurait distraite. La semaine suivante elle aurait assisté au bombardement de plusieurs points stratégiques, puis au pilonnage systématique de tout Paris. Comme un grand échalas son immeuble demeurerait seul au milieu des ruines du quartier et elle verrait les rescapés courir entre les débris de béton comme des termites. Son mari n'irait plus à l'agence, ils resteraient tous les deux calfeutrés, vidant peu à peu congélateur et placards. Un jour de grand soleil, alors que la faim commencerait à les tenailler, ils tenteraient une sortie et se feraient massacrer par une horde qui les apprêterait le soir même. Ils constitueraient leurs excréments du lendemain.

Elle se rappelle un événement qui aurait pu avoir lieu tout à l'heure si elle avait été cet homme aperçu le temps d'un claquement de portière en sortant du supermarché et s'il l'avait entraînée chez lui. Elle aurait aimé découvrir du dehors pour la première fois son corps de femme, le caresser, le humer. Puis elle se serait enfoncée dans sa vulve. Ce type avait l'air brutal, elle se serait maltraitée avec le peu d'égard qu'on doit à la chair artificielle d'une poupée. Elle n'aurait éprouvé aucune indulgence pour cette viande qui se serait donnée en pâture à sa férocité. Quand le sortilège se serait estompé, elle serait rentrée chez elle dans son corps douloureux, marqué en maints endroits des stigmates de cette rencontre merveilleuse et barbare.

Elle imagine le gigot en train de cuire dans le four, elle pense aux premiers chrétiens si fréquemment grillés. Elle plaint aussi les légumes croqués crus, bouillis, ou plongés équarris dans l'huile bouillante. Elle voit déjà les cent vingt-huit dents ce soir autour de la table, mâchant avec voracité entre deux syllabes d'un bavardage badin. À plusieurs reprises, elle disparaîtrait à la cuisine afin d'aller remplir la corbeille à pain et chercher une autre bouteille de vin. Vers minuit les dents des invités apparaîtraient une dernière fois au travers du trou de leurs lèvres disjointes pour dire merci, pourquoi ne viendriez-vous pas nous voir le week-end prochain à la campagne.

Ils s'en iraient, elle imaginerait leurs mâchoires s'agiter encore dans l'ascenseur pour critiquer la cuisson du gigot et remarquer qu'elle avait quand même vieilli depuis l'an dernier, qu'en tout cas elle n'était plus aussi jeune et que dans un proche avenir elle ferait antichambre devant la grande porte de la vieillesse. D'ores et déjà elle pouvait peut-être séduire encore l'espace d'un coït, mais ses charmes étaient trop fatigués pour retenir quelqu'un et inspirer l'amour. Elle se dit je ferais mieux de leur claquer la porte au nez dès leur arrivée, au lieu de les lester d'une nourriture dont les calories serviront de combustible à leur médisance.

La femme sur la terrasse s'appelle Laure, Laura, Laurina, Pauline, Micheline, Lucienne, Eugénie. En réalité son prénom est très répandu dans les classes moyennes, elle s'intitule Matricule, Joncule, Valve, Valvule, Bielle, Jauge, Petit Moteur, Les Niveaux, Vaginisme, Priapisme, La Météo, Bilbao. Elle a toujours détesté son nom de famille, quelque chose comme Délation, Torture, Amputation, Commissariat, ou alors elle a un patronyme plus doux mais un peu ridicule, du genre La Souris, La Pucette, Mardi, Passoire, Cuisinette. Elle s'appelle Marie Bernardon, son mari descend d'une grande famille de soyeux et c'est grâce à l'héritage de son père qu'il a pu monter cette agence dont il voudrait à toute force se séparer dans les années qui viennent. Elle avait pour nom de jeune fille Poumet, et sa mère était une Donzal, petite famille d'agriculteurs attachés à leur terre comme une tribu d'épouvantails enfoncés dans la glèbe.

Marie Bernardon attend l'arrivée de son mari sur la terrasse de leur appartement du XVe arrondissement. Elle est détentrice d'un cerveau de taille normale, aux performances ordinaires, avec toutefois des tendances à la mélancolie, au bizarre, à l'euphorie subite et sitôt dissipée. Elle se dit que si le gigot n'est pas goûteux elle ne retournera plus jamais dans ce supermarché où trop de néons clignotent en tête des gondoles comme pour empêcher les clients de méditer sur leurs courses. Elle rêve d'un magasin plus humain où le consommateur puisse respirer entre chaque prise de marchandise, où de grands espaces vides soient ménagés entre les rayons afin qu'il puisse rencontrer ses congénères, échanger non seulement des avis parfois divergents sur les articles, mais aussi aborder des sujets plus intimes et se confier sans aucune pudeur comme on peut le faire avec de parfaits étrangers qu'on ne reverra jamais plus.

Elle ne s'appelle pas Marie Bernardon. Elle a un nom d'organe, peut-être Foie. De montagne, de voiture, de train, de mahatma, de toréador encorné l'an dernier. C'est une Duguël, une longue lignée de notaires courts sur pattes, au petit nez en trompette, laids, devenus riches à force d'avarice. Les enfants élevés dans le racisme, la haine des différents et défavorisés de toutes sortes, formaient une horrible bande qui durant les vacances tuait les chiens perdus au lance-pierres. Elle avait été souvent violentée par ses frères, ses parents l'accusaient à chaque fois de les avoir provoqués avec ses socquettes et son cou nu. Quand elle a atteint l'âge de dix-sept ans on a supprimé la porte de sa chambre sous prétexte de mieux la surveiller, elle a beaucoup souffert de cet excès de zèle. Aujourd'hui, à chaque fois que son mari lui fait l'amour elle a l'impression que toute sa fratrie se fraie un chemin dans ses entrailles et elle ne parvient pas à éprouver de réel plaisir.

Les Duguël étaient de simples voisins qui possédaient une propriété située à une bonne vingtaine de kilomètres du petit manoir où elle avait passé toute son enfance. Son père était un incapable, il passait sa vie à essayer de nettoyer ses terres des taupes qui les infestaient. Sa mère le trompait avec tous les volontaires des environs, sans compter les gens de passage et ceux qu'elle rencontrait dans les salons d'une amie richement mariée à New York. La femme sur la terrasse, loin d'être une Duguël, était donc bel et bien une du Tartron, et sa mère si volage portait avant ses noces le nom de Fossard, famille sans éclat enrichie par un jeu de hasard qui avait propulsé du jour au lendemain leur fille unique au rang d'héritière et lui avait permis d'endosser promptement la particule grâce à un mariage arrangé avec ce nobliau presque crétin.

Elle est là assise sur cette terrasse, et peu importe son nom. Elle est en tout cas l'héritière d'une innombrable lignée d'humains, et certains de ses parents dessinaient sur les parois des grottes, alors que sa maladresse l'empêcherait de tracer la moindre silhouette d'animal. Elle a eu sans doute aussi des ascendants condamnés à mort pour des larcins alimentaires commis au cours des grandes famines de l'an mil, et certains ont peut-être été écartelés pour avoir mangé gras un vendredi. Sans compter ce guillotiné qui avait assassiné une vieille femme pour de l'argent, et cette pléiade d'ancêtres morts dans les souffrances de l'agonie loin du réconfort de la pharmacopée. Elle était l'extrémité de ce cortège, de cette file de gens que la mort avait mis au pas. Elle bénéficiait encore de l'existence, elle était consciente de sa personne, de son environnement, elle pouvait même lui résister et le modifier selon ses plans. Il sera temps pour elle de mourir dans quarante ou cinquante-cinq ans quand elle aura franchi toutes les étapes qui l'amèneront à cet âge où l'on espère plus rien de l'avenir.

Elle revient au salon. On sonne à la porte, elle ouvre sans regarder par l'œilleton. Un homme en mauvais état lui propose des cartes postales pour le bénéfice d'une œuvre de bienfaisance dont elle n'a jamais entendu parler. Elle lui dit je n'ai pas de monnaie, mais il insiste. Elle imagine sa vie d'ascenseurs, de paliers, de montées d'escalier vétustes, et sans réfléchir elle prend un vieux parapluie et le lui donne. Elle lui dit et maintenant allez-vous-en, je ne vous donnerai rien d'autre. Il refuse son offrande, il a dans le regard un certain mépris. Il lui tourne le dos, il s'en va. Elle regrette de l'avoir blessé, elle aurait mieux fait de ne rien lui donner du tout.

Elle va à la cuisine, elle s'intéresse au gigot. Elle se demande si elle n'est rien d'autre que cette femme, avec sa tête où sa conscience tournoie comme une danseuse. Elle reçoit l'image de l'évier, des machines, des murs à moitié carrelés de blanc, et le bruit de la viande qui grésille et se mélange à celui que produisent les voisins du dessus qui vont et viennent de leur réfrigérateur à la table triangulaire où ils dînent de quelques bricoles.

Les voisins du dessus sont tout à fait imaginaires, car elle habite au dernier étage de l'immeuble. En revanche, il y a bien un étage inférieur d'où pourrait parvenir une sorte de rumeur, un son un peu confus avec des bruits de conversations mêlées de cris. C'est un couple d'une trentaine d'années, trois enfants, dont un très exalté, il pousse souvent des hurlements et passe les trois quarts de l'année dans une institution spécialisée. Il a deux sœurs, gamines très effacées, peu brillantes, dont la destinée sera terne mais dépourvue de maladies et de coups du sort. Elles feront partie de la cohue de l'espèce, elles avanceront tête enfoncée entre les épaules et se laisseront mourir le moment venu sans s'être rendu compte de rien. Quant à leur frère, malgré les traitements il criera de plus en plus fort et son angoisse deviendra si irrésistible que pour se soulager il basculera du balcon de sa chambre. Sa mort sera une délivrance, sa famille l'oubliera en quelques jours avec la même désinvolture qu'un hamster ou une souris blanche.

Elle regarde le gigot à travers le hublot. Elle pense à toutes les viandes en train de cuire au même instant dans cet immeuble, dans la ville, dans le monde entier. Certaines rôtissant à l'intérieur d'engins assez semblables, d'autres dans des cheminées ou en plein air sur des pierres. Elle s'assoit sur le tabouret, elle regarde l'évier. Quand il arrivera, elle giflera son mari pour la première fois. Elle lui dira j'en ai assez de tes dîners, j'ai besoin de respirer loin de tous les gens que tu m'imposes. J'étais plus heureuse il y a vingt ans dans ma chambre d'étudiante, je mangeais du riz complet avec une pomme et quelquefois je ne mangeais pas. Toute cette nourriture enfoncée dans l'estomac de tes invités, leurs bajoues, et puis le jaune de leurs yeux, leurs sexes sûrement atrophiés, petits morceaux perdus sous les redondances de leurs gros ventres de suralimentés. Elle aurait voulu qu'il comprenne enfin son aversion pour ce four, ce gigot, cette cuisine, cette terrasse, et plus encore cette pensée qui fermentait dans son crâne à le faire exploser.

Elle va au salon. Tout sentiment de révolte l'a quittée, elle se dit qu'elle pourrait faire une grande réception au mois de juillet. Elle pénètre dans la chambre, elle décide de plutôt collectionner les amants. Dès le matin, elle s'installera dans un jardin public et elle se laissera embarquer par n'importe qui. Elle ne restera jamais plus d'une heure avec chacun, et elle accumulera une douzaine de rapports au cours de la journée. Le soir, elle dira à son mari tu ne me trouves pas changée, il lui répondra tu es jolie. Elle lui racontera sa journée, il lui dira dépêche-toi de te préparer nous allons arriver en retard chez les Pierrot.

Elle revient à la cuisine. Elle devrait prendre le gigot par le manche et à son retour en administrer un violent coup sur la tête de son mari. Elle s'évaderait de cet appartement et dans la rue elle cracherait sur les hommes qui l'approcheraient.

Elle observe la viande, avec ce regard fixe qu'ont parfois les Margin, les Poinf, les Goni, et toute la ribambelle des Fufinot, des Vuva, des Corrinot, ces familles du terroir dont le respect pour la nourriture a toujours confiné au grotesque. Elle est pourtant issue d'une famille où on mangeait n'importe quoi, des conserves, des macaronis, des cageots de fruits trop mûrs. Et il n'était pas question de protester en cours de repas, il fallait finir son assiette et la laver soi-même sous le robinet d'eau froide. Elle se souvient de cette enfance, ces batailles sur l'étroit balcon, les pots de géraniums tombant parfois sur la chaussée, et ces grandes vacances dans la petite maison où on s'entassait, dormant à trois par lit, courant sur la plage du matin au soir et rentrant à l'école en septembre noirs comme le vinyle des microsillons.

Elle n'était pas une Ruirat, une Puchina, une Moulina, elle était plutôt une Henrineau, cette grande famille du Nord complètement ruinée dont vous êtes une pièce rapportée. Vous vous souvenez quand vous alliez voir la grand-mère du temps de sa splendeur avec son couple de domestiques bègues et cette assiette de petits-fours moisis qu'elle offrait à ses invités avec un thé clair comme de l'urine de bébé. Vous perdiez des après-midi entiers à l'écouter parler de son mari décédé depuis quarante ans. Mais votre patience n'a pas de limites, vous avez l'opiniâtreté des Mouchot, des Foustard, des Berderet, toutes ces familles qui ont su accumuler un patrimoine et le conserver malgré les dévaluations et les guerres.

Vous n'êtes pas beau, vous avez le vilain nez des Astarot, la bouche maigre des Guinguin, les oreilles trop petites des Tenli, et ce corps mal balancé qui permet de reconnaître un Dedauré parmi une foule de baigneurs.

Vous n'êtes pas d'une intelligence supérieure, vous avez la petite tête ronde des Pusset, le cerveau pataud des Cussard, et cette propension à ne pas comprendre l'algèbre propre aux Dunier avec pourtant cette calvitie précoce qui leur donne un air de matheux.

Vous êtes médiocre, mais parfois vous connaissez le bonheur. Rappelez-vous l'an dernier cet orgasme, et trois années plus tôt la joie que vous avez éprouvée quand on vous a changé de bureau. Vous aviez de nouveaux tiroirs, un écran neuf, et vous éprouviez le sentiment d'avoir gravi un échelon dans la société. Vous vous preniez presque pour un Golu, un Salart, un Demuri. Comme si vous étiez issu d'une de ces familles qui ne procréent que des dirigeants, à part quelques ratés qu'elles renient et qui finissent clochards à force d'aigreur et d'alcoolisme.

En tout cas, vous avez un degré d'existence supérieur à cette femme immobilisée devant son four. Vous pourriez sonner à ma porte, me proposer de répondre à un questionnaire sur les saisons ou me supplier d'adopter une religion avant l'explosion du monde. Vous pourriez me dire j'en ai assez de vos insinuations, de vos insultes, je suis un Pidot, mon intelligence est de taille honorable, et de toute façon je suis plus grand que vous, on me trouvait même beau garçon quand j'avais une vingtaine d'années. Vous pourriez me serrer le cou, m'étrangler légèrement pour me faire comprendre votre exaspération. Vous diriez cessez d'écrire, je ne veux plus être impliqué dans cette affaire. Vous prendriez un stylo sur ma table, vous m'enfonceriez la plume dans la joue. Pendant que le sang goutterait sur le sol vous m'obligeriez à jurer que je n'emploierais jamais plus le vocabulaire que pour les échanges verbaux de la vie courante, ou à la rigueur pour rédiger des lettres administratives. Vous me feriez un petit trou dans la poitrine, et vous prendriez la fuite avec cette lâcheté qui a toujours caractérisé les Amelont qui sont vos cousins par alliance depuis près d'une quinzaine d'années.

Vous avez des petits yeux qui rendent votre regard vil, vous balayez la page avec la même désinvolture qu'une gardienne les trois marches du perron de l'immeuble dont elle a la charge. Vous ne respectez pas la phrase, vous accepteriez qu'elle se dévide dans vos toilettes pour l'usage le plus dégradant. Quand les mots sortent de votre bouche on dirait que vos intestins ont trouvé un nouvel orifice et qu'ils se soulagent après plusieurs jours d'abstinence. Vous êtes une de ces créatures scatologiques dont la tragédie grecque agrémentait la litière du minotaure, une bestiole en somme, mais sordide, puante, que notre époque incinère avec les détritus ménagers, les rognures d'interventions chirurgicales et les apprentis humains que l'avortement a coupés net dans leur élan.

Si seulement vous aviez l'amour-propre qu'on prête à une bête, tous ces caractères, tous ces mots, ce phrasage, cette paragrapherie n'auraient pas pénétré vos méninges, insultant vos neurones comme une bande de salopiots. Vous vous seriez enfui dès la première page, abandonnant la lecture pour une activité dénuée d'intérêt, mais moins humiliante, et vous n'auriez pas servi d'exutoire à un ouvrage en furie. À présent, vous êtes allé trop loin, vous êtes un lecteur captif, vous faites partie du livre tout autant que cette femme en arrêt devant son four. Comme elle vous regardez la viande, vous l'entendez rissoler, vous êtes dans l'expectative, alors que de toute évidence il ne se passera rien de notable. La voilà la littérature, elle ne raconte rien, elle traîne en longueur le langage, elle lui permet enfin de s'exprimer, au lieu de toujours servir à dire quelque chose d'autre que lui.

Non, la littérature raconte des histoires, elle suscite une foule de gens qui lui doivent tout. Cette femme devant son four n'existe nulle part ailleurs que dans ce roman, tous les autres univers lui sont fermés. Mais comme elle n'existe pas, c'est moi qui depuis tout à l'heure rôde dans cet appartement, m'assois sur la terrasse, scrute le gigot, et attends ce mari que je suis tout autant que les improbables voisins du dessus, ceux du dessous avec leur gamin fou, sans compter le voisinage plus éloigné ou tout à fait lointain. Je suis la ville, le monde, je l'entoure comme une membrane, un amnios.

Son regard est fixe, acéré, on le croirait presque capable de trancher le gigot. On dirait que la femme le surveille, qu'elle craint qu'il s'échappe et courre dans tout l'appartement comme un petit chien. Elle finit par s'arracher à cette fascination, elle regarde la cour. Il y avait un arbre malade qu'on a coupé au printemps, maintenant ne restent plus que des poubelles et quelques vélos sous un auvent. Elle en achètera un au printemps, elle s'amusera dans les embouteillages, elle zigzaguera entre les piétons. Elle devra son décès à une camionnette de livraison.

Mais peut-être qu'au dernier moment elle n'entrera pas chez le marchand de cycles, elle prendra un taxi, changera de quartier, achètera une robe à la place. Elle ira voir une amie avocate à son cabinet qui lui dira je dois aller voir une cliente en prison, je plaide cet après-midi en grande banlieue et il faut que je consulte la jurisprudence, autrement ce sera encore une affaire de perdue et je vais finir par acquérir une sale réputation au barreau. Elle se déshabillera quand même pour essayer son achat et lui montrer la haute fente sur le côté qui dévoilera la jambe jusqu'au milieu de la cuisse. Elle lui dira tu as de la chance d'être aussi mince, moi je n'ai aucune envie de me montrer, je vais en vacances à Berlin, à Bâle, à Madrid, pour éviter d'avoir à m'exhiber sur une plage, et à la maison je m'enferme dans la salle de bains, j'éteins la lumière de la chambre, j'ai honte d'occuper tous ces kilos, ce poids d'existence, alors que d'autres sont si diaphanes, si légères, et tout aussi conscientes, intelligentes, capables d'affection, d'émotion dans leur frêle squelette, que moi dans mon corps charnu, lourd, gras, humilié d'être à ce point-là, au lieu d'être moins, presque rien, comme la femme idéale que je suis pourtant sous mon physique disgracieux de remède à l'amour. Elle ne pourra s'empêcher de sangloter sur son état, puis elle la mettra dehors afin de téléphoner à un confrère au sujet de l'affaire de cet après-midi.

Elle marchera avec la nonchalance des Tuilot, des Patinard, des Remontais et de toute la clique des Gogui, des Matafrais, des Cuisinu, des Fonfiniers, des de la Moringe et des Agatin. Non, elle marchera d'un pas pressé avec un petit paquet d'angoisse bien ficelé dans le cerveau. Elle décidera de reprendre ses études de médecine et de s'installer quatre ans plus tard dans un quartier défavorisé. Elle soignera les maladies de peau qui sont l'apanage de l'extrême pauvreté, elle ne craindra pas la contagion, embrassant les enfants malgré leurs lésions.

Elle obligera même son mari à déménager afin que leur domicile se situe au cœur de toute cette misère et qu'il puisse la constater chaque jour de visu au lieu de l'apercevoir de temps en temps aseptisée dans un reportage. Il fallait qu'il s'en imprègne, qu'il comprenne que sa vie était factice et que son rêve de retraite précoce était une insulte au pauvre monde. Chaque soir, elle l'emmènera promener dans les rues. Il finira par prendre goût à ces immersions quotidiennes dans ces eaux exotiques, il aimera les odeurs d'épices et ces accents qui triturent la langue jusqu'à la métamorphoser en un idiome nouveau. Il sera séduit par ces femmes au visage luisant, à la longue chevelure ébouriffée, qui ne lui sembleront issues d'aucun pays terrestre, comme si elles étaient venues du ciel, arrachées à l'attraction d'une autre planète et tombées en lente pluie sur cette partie déshéritée de la ville. Il essaiera de séduire l'une d'entre elles, et sa famille le fera tomber dans un guet-apens. On le retrouvera un mois plus tard égorgé dans un squat. Elle continuera à exercer dans le quartier, et à l'âge de soixante-sept ans au lieu de prendre sa retraite elle préférera avaler un stock de neuroleptiques arrosé de six petits verres de vodka glacée.

Elle se dit que le gigot sera trop cuit, mais que souvent les gens le préfèrent ainsi. Elle ne le regarde plus que distraitement, puis elle quitte la cuisine. Au salon, elle se demande quel est son nom, son état civil, si elle est née dans la région, si ses parents sont toujours vivants, si elle les appelle une ou deux fois par semaine, si elle va les voir dans leur grand appartement qui fait l'angle de la rue Gay-Lussac et du boulevard Saint-Michel, ou s'ils sont morts l'un après l'autre de maladies cardio-vasculaires, de cancer, si elle est allée les voir une dernière fois à l'hôpital avant leur décès. Au cours de leurs deux derniers mois elle leur portait presque chaque jour des aliments pour compléter les maigres plateaux. À la fin ils ne pouvaient plus parler, ils lui serraient simplement la main en essayant de sourire. Et puis elle les a enterrés dans ce caveau en mauvais état, sous la neige, il pleuvait, sous la canicule de juillet.

À moins qu'elle soit orpheline, qu'elle ait migré de familles d'accueil en centres d'éducation. Son mari l'avait cueillie un jour qu'elle vendait des lunettes de soleil dans un grand magasin où elle travaillait depuis un an. Il l'avait gâtée, il lui avait permis de faire des études, d'accéder à la faculté, et il ne s'était pas mis en colère quand elle avait tout laissé choir pour l'oisiveté la plus absolue. Il lui demandait seulement de préparer quelquefois un dîner pour un couple d'amis, c'est pour cette raison qu'elle avait acheté ce gigot et qu'elle s'en souciait vaguement, assise à présent sur le canapé, le regard perdu en direction de la porte-fenêtre ouverte.

Elle aurait dû peut-être téléphoner à sa mère, lui proposer de déjeuner ensemble le lendemain. Mais si elle était morte l'an passé, trente années plus tôt, si elle l'avait abandonnée sur la table d'accouchement, on ne lui répondrait pas, d'ailleurs elle ne saurait même pas quel numéro composer. À moins que son père décroche et lui dise ta mère est encore allée faire un bridge. Elle ne se souviendrait plus de son visage, elle se dirait cette voix je l'entends pour la première fois. Il voudrait qu'elle vienne faire les prières avec eux vendredi soir, et elle se demanderait quel dieu ils pouvaient bien adorer.

Et si sa mère répondait, ce serait d'une voix acerbe qui lui reprocherait son indolence, son manque de fécondité, ce mari toujours embarrassé de son agence. Ils étaient peut-être divorcés depuis sa plus tendre enfance, ils passaient leur temps à essayer de lui communiquer la haine qu'ils éprouvaient l'un pour l'autre. Ils étaient unis, collant comme la glu, ils allaient sonner à la porte d'un instant à l'autre. Elle leur montrerait le gigot, elle leur dirait nous attendons des amis. Ils s'assiéraient malgré tout sur les grands fauteuils blancs, ils lui diraient nous ne restons pas, nous venions juste te voir entre deux rendez-vous.

Ils auraient fait des achats tout l'après-midi, ils lui donneraient la clé de leur voiture pour qu'elle aille chercher dans le coffre le grand paquet rouge qui renfermerait un barbecue électrique. Elle essaierait de leur résister, mais un quart d'heure plus tard elle se trouverait sur la terrasse accroupie avec eux devant l'appareil, regardant rougir la fonte. Ils lui diraient tu n'as pas des côtelettes dans ton congélateur, on dînerait ensemble, pour une fois. Il doit bien rester des magasins ouverts, ton père va aller en acheter.

Ils passeraient toute la soirée à faire griller des viandes sur la terrasse. Son mari serait furieux, et le couple ébaubi. Mais s'ils existaient, ils étaient sans doute plus délicats et jamais ils ne seraient venus sans être conviés. Ils l'avaient éduquée avec douceur, sans jamais élever la voix, satisfaisant tous ses caprices, ne lui transmettant aucune croyance, aucune idée sur l'existence, comme si la vie était un parcours dépourvu d'obstacles, d'épreuves, de chagrins. À présent, elle les haïssait de l'avoir si mal préparée à la réalité. Elle ne les voyait plus que deux ou trois fois par an, et elle les assassinait de reproches. Elle les blâmait même de ne pas avoir porté la main sur elle, de ne pas l'avoir privée de sorties à la moindre incartade, d'habits neufs, de vacances, et de ne jamais lui avoir dit à quel point l'avenir de chacun était noir, avec peut-être parfois une goutte de lait qui l'éclaircissait un peu lorsque l'individu était assez illuminé pour refuser d'admettre tout ce qui se trame autour de lui. Mais ce n'était pas son cas, elle avait au contraire une conscience aiguë de la réalité, elle la dévisageait avec attention comme un homme dont on cherche le moindre défaut après trop d'années de vie commune.

Elle se demande s'il ne vaudrait pas mieux que ses parents habitent au fin fond d'un trou sordide, un bourg tout en rue, aux façades mal dégrossies, aux toits de tôle rouillée, qu'ils soient recroquevillés quinze heures par jour dans leur cuisine, buvant des tasses de café, la tête en l'air, fascinés par les images d'un vieux téléviseur perché en haut d'une armoire. Elle les trouverait primaires, dès son adolescence elle aurait pris ses distances, et aujourd'hui elle aurait coupé les ponts. Elle aurait aimé qu'ils soient morts et perdre ainsi les témoins gênants d'une enfance sans éclat. Elle aurait pu leur proposer une somme d'argent qui au vu de leurs faibles moyens leur aurait semblé colossale en échange d'une promesse de suicide dans les deux années qui suivraient.

Mais ils aimaient peut-être leur piètre vie et ils refuseraient de s'en défaire pour une liasse. En tout cas, elle les aurait avertis depuis longtemps que sa porte leur était fermée de manière définitive et qu'elle considérerait la moindre lettre comme une agression. Dans ses cauchemars elle aurait honte malgré tout en imaginant son père vêtu d'une vieille chemise à carreaux parlant avec son mari sur la terrasse, et sa mère en tablier bleu causant avec une femme élégante dont elle ne pourrait distinguer le visage. Alors un matin, elle prendrait sa voiture pour aller les égorger.

Devant le tribunal, elle invoquerait l'infortune d'avoir été toute sa vie embarrassée de parents mal policés. Elle ne purgerait que trois ans de prison au cours desquels elle se musclerait dans la salle de sport, perdrait trois kilos en modérant sa ration, et apprendrait à jouer de l'harmonium à la chapelle. Elle découvrirait la solidarité, l'amitié entre détenues et elle serait surprise du climat de confiance qui s'établit rapidement avec les surveillantes. Elle n'irait au cachot que deux fois, elle apprécierait le calme absolu qui y régnerait et l'isolement lui permettrait d'approfondir la connaissance de sa personnalité.

Elle quitterait la centrale avec une mentalité nouvelle, prête à aimer les gens, les jours, les saisons. Son mari aurait divorcé, se serait remarié, aurait déjà deux petites filles prénommées Gilberte et Nathalie. Elle se permettrait de l'attendre un soir à la sortie de son bureau, il aurait un mouvement de recul en la voyant, craignant qu'elle cache un revolver dans la poche de son manteau. Elle lui dirait je suis venue te remercier pour toutes ces années de bonheur que nous avons passées ensemble, je me souviendrai toute ma vie de notre terrasse, de nos petits dîners entre amis, et de toutes ces nuits dans le même lit à dormir comme des bienheureux, sauf quand j'étais prise d'insomnie et que j'allumais toutes les lumières de l'appartement, j'étais en panique, tu comprends, je ne voulais pas de toute cette nuit sans échappatoire, je bousculais les meubles, je cassais des bibelots, je faisais n'importe quoi pour attirer ton attention, mais tu restais rivé au fond de ton sommeil comme un spéléologue dont on a perdu la trace, je te secouais, tu grognais, tu te retournais vers le mur, tu me refusais le moindre secours, alors je me gavais de cachets et j'attendais qu'ils me montent à la tête pour pouvoir enfin sombrer dans autre chose que cette réalité bâtie comme une souricière.

Tu crois que tu m'as rendue heureuse, tu crois qu'une femme peut se contenter d'un type endormi, alors qu'elle tourne comme une folle dans les pièces et que toutes ses angoisses font le siège de sa conscience. Pas une fois tu ne t'es levé pour me soutenir, me prendre par l'épaule comme une blessée, m'allonger sur le canapé, aller me chercher un verre d'eau, me consoler d'être là, en vie, trop vivante même, dans l'angoisse qui accentue toute chose, qui exacerbe, qui rend le moindre pressentiment effilé comme un rasoir.

Il lui répondrait je ne me souviens plus, le passé ne m'intéresse pas. Ma nouvelle femme, Gilberte, Nathalie, quelques amis, voilà toute ma galaxie, tu n'en feras jamais partie. Tu es si loin à présent, j'ai l'impression qu'on ne s'est jamais rencontrés, que d'autres ont vécu ensemble à notre place. D'ailleurs je te reconnais à peine, tes traits sont comme des pattes de mouche, et de toute façon ils ne correspondent pas à une image nette dans ma mémoire. Je n'ai aucune envie de te revoir, je préfère encore croiser des inconnues, parler à des spécimens que je rencontre pour la première fois dans une réception, plutôt que de me trouver en ta présence avec ta tête qui n'est même pas un souvenir, une réminiscence. N'essaie plus jamais de me revoir, refais ta vie comme tu pourras.

Elle voudrait lui répliquer, lui faire comprendre que leur passé lointain lui donnait des droits sur lui. Il lui dirait je suis en retard, ma femme doit s'impatienter, nous allons dîner chez les Pierrot.

— Je les connais très bien.

— Non.

Ces Pierrot-là étaient morts depuis longtemps, la piscine avait facilité la vente de la maison. Ce soir ils se rendaient chez un de leurs neveux, il avait épousé une Laurin, une Blanot, une Glochard, une Manigat, il était industriel, dentiste, dramaturge, ses trois filles étaient brunes, rousses, blondes, presque albinos, et avec son épouse ils rêvaient de les voir jouer un jour dans une publicité pour les produits laitiers.

Elle aurait voulu qu'il lui permette de venir le voir dimanche prochain, afin qu'il lui présente sa femme ainsi que Gilberte et Nathalie. Elle apporterait des petits cadeaux aux gamines, elle ne resterait pas longtemps, mais au moins elle aurait plongé la main dans sa nouvelle vie, elle y aurait trempé le bout de sa langue comme dans une cuillerée de nourriture inconnue dont on ne sait pas encore si on en raffolera ou si on la jettera aux ordures. Il refuserait.

— Mais tu te rappelles quand on était ensemble.

— Non.

Elle tenterait de le retenir, il la bousculerait pour aller jusqu'à sa voiture. Il démarrerait, la laissant défaite sur le parking. Il arriverait en retard chez lui, sa femme serait de mauvaise humeur toute la soirée.

Elle apprécie le confort de ce canapé, son regard s'appesantit sur les meubles et les objets alentour. Elle aime vivre dans cet intérieur cossu encastré dans un quartier paisible où on ignore la délinquance bien que les appartements soient parfois cambriolés durant l'été, les sacs à main arrachés, mais ces petits événements font partie de la vie urbaine. Elle se demande si elle n'est pas née à la campagne, si elle n'a pas vécu dans une ferme jusqu'à ses dix-huit ans. Il faudrait qu'elle demande à son mari s'il avait la moindre idée de sa biographie. Ils avaient dû se connaître dans un train alors qu'elle se rendait en vacances chez une tante à Paris.

Si elle était encore de ce monde elle irait lui rendre visite un de ces jours, elle lui dirait raconte-moi comment j'étais lorsque j'étais jeune fille. Elle lui répondrait en fait de tante je ne suis qu'une très lointaine cousine, et puis mes enfants vivaient encore à la maison, je n'aurais pas eu la place de t'héberger. Tourne-toi plutôt du côté de la famille de ta mère, c'était une Cuittot, une Pinache, une Culirat, elle avait épousé un Juitard, un Parquerain, un Vespray, en tout cas quelqu'un du Sud, je crois qu'il avait des vignes, ou une petite usine de lampes. Et puis tu as bien un certificat de mariage quelque part au fond d'un tiroir, de toute façon tu seras bien avancée, regarde-toi plutôt dans une glace, tu verras tes racines au fond de tes yeux, tout autour, aux coins du nez, et plus tu avanceras en âge plus elles te sauteront à la figure.

Quoi qu'il en soit, je ne veux plus que tu viennes me voir, n'oublie pas que je suis une Gourri, une Ture, une Marurat, nous sommes des ours, nous craignons les visites comme le choléra, ma grand-mère jetait du poivre au museau des enfants qui venaient lui souhaiter la bonne année, et moi-même j'ai toujours empêché mes gosses de me toucher du bout des doigts, de m'embrasser, d'employer en ma présence le langage autrement que pour répondre oui ou non à une des questions codifiées en usage dans notre famille. Nous les Astrit, les Perc, les Menestron, nous avons toujours estimé que trente-deux questions suffisaient à couvrir le champ de l'indispensable dialogue entre parents et rejetons.

Et maintenant sortez, je vous ai trop parlé, je n'aime pas gaspiller mon vocabulaire avec des inconnues. Tout à l'heure je vous avais prise pour une autre, mais vous n'êtes même pas une cousine à la mode de Bretagne, une Pinsonnier, une Cavalère, une Mecherie. En fait vous ne m'êtes rien, vous êtes issue d'une famille, probablement, à moins que vous soyez née de bêtes, ou sortie d'un laboratoire comme dans une fable progressiste. Vous avez une tête de grenouille, de vachette, de moucheron, de mouillette, de biberon, vous êtes issue du croisement abscons d'un pique-nique et d'une rougeole.

Elle connaît son pedigree comme n'importe qui. Il lui suffirait de se concentrer pour que son passé surgisse par morceaux entiers comme des blocs de banquise à la dérive. Elle n'aurait qu'à sauter de l'un à l'autre pour se faire une idée de son enfance, de sa jeunesse, de ses dernières années dont elle ne se souvient pas davantage. Pour l'instant elle est même coupée de sa journée, elle se demande comment le gigot est arrivé dans l'appartement et qui l'a introduit dans le four. Elle a l'impression d'attendre quelqu'un, mais elle ne sait pas qui, et peut-être qu'elle n'attend personne dans cette grande pièce où aucun objet ne lui est sympathique. Il lui semble qu'on l'a mise là endormie, et qu'elle s'est réveillée dans ce lieu inconnu. À moins que le lieu lui-même l'ait sécrétée comme une perle, qu'elle n'ait plus qu'à attendre qu'on vienne la pêcher, l'emporter, lui donner un rôle dans une vie.

Elle se lève, et tout d'un coup elle se rappelle. Son mari n'ouvre jamais avec sa clé, il va sonner. Il ne l'embrassera pas, mais il lui sourira plus ou moins. Il se dirigera vers la cuisine, il regardera le gigot par le hublot et lui demandera s'il cuit depuis longtemps. Elle aura envie de lui dire j'ai passé la journée à m'occuper de ce rôti, d'abord je l'ai acheté, puis je l'ai abrité dans le réfrigérateur, ensuite je l'ai mis au four, je l'ai surveillé face à face, et puis du coin de l'œil, et puis à nouveau les yeux dans les yeux. Il a absorbé tout mon temps, alors que j'aurais voulu filmer la rue, me mettre sérieusement à l'aquarelle, à la gouache, acheter de la glaise, sculpter, tu ne te rends pas compte, tu crois que je suis faite pour rester ici à t'attendre, ma vie n'est pas extensible, mon temps s'écoule comme le tien, je n'aurai jamais une autre vie. Si tu t'imagines que je vais me contenter jusqu'à la fin d'être ce bout de femme dans cette existence moyenne, et demain on dînera chez les Pierrot, et mardi j'achèterai un bar de trois livres pour recevoir les Minarcant, et ainsi de suite jusqu'au tombeau.

Tu me prends pour une Louinard, une Piter, une Couvier, alors que je suis une fille du peuple, je me rappelle très bien à présent, ma mère était aide-soignante dans une clinique, mon père vendait des caramels au coin des rues, nous nous appelions Blondou, Turi, Carcariu, ou alors même nous partagions le même patronyme avec les habitants de toute une banlieue en ruine dont on détruisait un immeuble chaque semaine pour agrandir une décharge publique toujours trop exiguë au fur et à mesure que la population des beaux quartiers jetait plus d'ordures et d'emballages.

Elle regarde par la fenêtre. Elle habite ce logement depuis une dizaine d'années, c'est elle qui a choisi chacun des meubles, et même le four où mijote ce gigot. Ses parents vivent toujours, il lui reste aussi sa grand-mère paternelle. Ils sont un peu collet monté, comme avant eux des générations de Prétayant. Son père était dentiste, sa mère jouait au tarot l'après-midi et l'hiver elle passait volontiers un mois au ski. Les enfants se débrouillaient comme ils pouvaient, la bonne s'occupait de leur linge, les nourrissait, les embrassait quand ils étaient au lit. Elle ne voit plus sa sœur qu'à Noël, et son frère s'est volatilisé il y a plusieurs années à la suite d'une série de disputes avec sa femme.

Elle n'a pas de racines, ses parents ont brûlé dans un accident dix-sept jours après sa naissance. Elle a été élevée par un oncle, un type indifférent qui ne lui prodiguait aucune affection. Un type affectueux, que les douze ans de sa nièce ont même rendu pervers. Elle n'avait pas la moindre famille, on l'a mise tout de suite dans un orphelinat. À sa majorité elle a fait connaissance d'une vieille femme qui l'a adoptée et lui a permis de faire trois années de médecine. Ensuite elle a rencontré cet homme et par nonchalance elle a préféré se borner à sa fonction d'épouse plutôt que d'achever ses études.

Ses parents avaient réellement eu un grave accident de la route, mais ils avaient survécu. Sa mère avait été défigurée, son père avait perdu l'usage du bras gauche. Ils l'avaient élevée de leur mieux avec la pension que leur versait l'assurance. Ils auraient voulu qu'elle ait des enfants au lieu de laisser ses ovaires dépérir comme ces terrains vagues sur lesquels on ne construit jamais rien. Quand elle allait déjeuner chez eux, ils ne pouvaient s'empêcher de lui faire des reproches et elle s'en allait dès le hors-d'œuvre. Ils l'appelaient alors qu'elle n'avait pas encore atteint la rue pour obtenir un armistice.

Ils avaient failli avoir un grave accident, mais au dernier moment ils avaient pu éviter le camion en percutant une caravane en stationnement qui s'était pliée, amortissant le choc. À l'intérieur dormait un bébé de trois mois, il a été projeté par la fenêtre ouverte dans une rivière qui coulait en contrebas. Il a éclaté contre une pierre, mais on a pu prouver que le chauffeur du poids lourd était en état d'ébriété et leur responsabilité n'a pas été engagée.

Elle va demander à son mari. Il a sûrement une vague idée d'où il vient lui-même, son enfance doit occuper certaines strates de sa mémoire. Il a une famille, des amis, et puisqu'elle est sa femme il doit la connaître depuis longtemps. À moins qu'ils se soient rencontrés la semaine passée, qu'il l'héberge le temps qu'elle loue un studio. Mais il devait savoir son nom, il lui avait même pris son passeport en guise de caution. Il lui dirait je vous remercie vraiment d'avoir fait des courses, cette viande a l'air merveilleusement cuite. Si vous voulez vous pouvez rester une nuit de plus, je vous déposerai demain matin en allant à l'agence. Elle devait avoir une valise, un sac à dos, de quoi mettre une trousse de toilette et des vêtements de rechange. Elle n'osait pas quitter le salon, elle avait peur qu'il rentre et l'accuse de fouiller les chambres à la recherche de quelque chose à voler.

À son retour, elle le reconnaîtrait et elle saurait aussitôt qui elle était exactement. Si elle était bien son épouse, il lui suffirait dorénavant de se laisser porter par leur vie quotidienne. Elle aurait eu trop peur de perdre jusqu'à son identité pour se permettre de revendiquer, même s'il s'avérait qu'elle était une Cheneau, une Marieste, une de Ferdet, issue d'une de ces familles où les épouses ont toujours mené la vie dure au mari, le forçant parfois même à s'engager, quitte à ce qu'il meure au front, pourvu qu'il revienne en héros, le cercueil piqué d'une médaille comme un long buste aux bras coupés. Elle se promettait de courber l'échine, de continuer à surveiller la cuisson de générations de gigots, de poissons, de gratins, et de poêler tout ce dont il pourrait avoir la moindre envie. Elle irait chez les Pierrot, elle se baignerait dans leur piscine jusqu'à frôler la noyade, et après dîner elle écouterait leurs sempiternelles histoires de plongeons.

Elle n'a pas besoin qu'il apparaisse, elle se reforme sans lui. Des souvenirs lui reviennent, elle s'en constitue peu à peu un passé. Elle se voit enfant, et même en train de sortir avec peine d'un vagin écarquillé. À l'école elle inscrivait sur son cahier Aurore Vanguier, et sa mère était une Polin, une petite famille de rien du tout, des ouvriers, des commerçants sans la moindre envergure, et même un cambrioleur que quelqu'un avait abattu une nuit qu'il s'en prenait à sa cave. Elle avait grandi dans une maison de village, son père était gendarme et il ne rapportait à la maison qu'un chiche traitement qui n'autorisait pas la moindre fantaisie. Elle a gardé le même cartable et la même trousse tout au long de sa scolarité. Les repas étaient monotones, composés de ragoûts, de plâtrées de pâtes, de riz, de féculents de toutes sortes, avec au dessert une pomme jaune et brune, à la peau ratatinée comme des joues de vieux. Quand elle cassait un verre on opérait une retenue sur son argent de poche, et si elle rentrait avec un vêtement abîmé elle en était tout à fait privée durant plusieurs semaines. Ses parents l'aimaient, ils économisaient pour lui offrir plus tard des études à l'université. Ils ont été fiers de pouvoir l'envoyer à Paris faire sa médecine, sa pharmacie, son droit, les beaux-arts, une école de commerce, de pyrotechnie, elle ne se souvient plus exactement.

Parfois ils lui coupaient les vivres pour voir si elle parviendrait à s'en sortir malgré tout. Elle travaillait alors dans une librairie, un restaurant, une boulangerie, et quand elle avait envie d'une nouvelle robe elle passait une nuit répugnante avec le riche client d'un palace. D'ailleurs, elle a fini par laisser tomber ses études pour se consacrer à la prostitution. Les concierges des grands hôtels ont remarqué ses manigances, elle se faisait rembarrer. Alors elle traînait dans des bars interlopes. Un soir, elle a réussi à faire croire à son futur mari qu'elle était là par accident pour attendre une amie qui n'était jamais venue. Il l'a épousée trois mois plus tard, et quinze ans se sont écoulés. Elle n'est rien d'autre que l'accumulation de toutes ces années qui la séparent de l'instant où elle est sortie du ventre de sa mère.

Elle n'a pas la sensation d'être cette femme, ces souvenirs ne lui sont pas étrangers, mais ils ne lui collent pas au corps comme un sous-vêtement porté, intime, presque moite après toute une journée de travail et de stress.

Elle revient à la cuisine, elle regarde le gigot. Il est réel, elle se souvient très bien l'avoir transbahuté du supermarché jusqu'au four. Tout le reste s'est effondré, elle ne se rappelle plus ce qu'elle a fait des heures de la journée. Elle a peut-être surgi au rayon boucherie comme un prodige, munie d'un corps, avec en tête cette idée d'achat. L'existence de son mari ainsi que l'invitation chez les Pierrot n'avaient fait irruption dans sa conscience qu'un peu plus tard alors qu'elle réglait à la caisse avec de l'argent liquide apparu entre ses doigts au dernier moment. En sortant, lui étaient venus à l'esprit cette piscine et ce séjour obligatoire que les convives étaient tenus d'y faire avant le dîner. Elle s'était dirigée jusqu'à cet immeuble sans hésiter, elle avait appuyé sur le bouton de l'ascenseur, elle avait introduit dans la serrure la clé qu'elle avait à la main. L'appartement lui avait paru d'emblée familier, elle avait même pris un bain et elle s'était changée avec des habits à sa taille. Si un homme arrivait, s'il la traitait comme une épouse, il constituerait la preuve irréfutable qu'elle avait raison d'être convaincue du bien-fondé de sa présence ici.

Elle regarde ses bras, ils sont légèrement hâlés. Elle avait dû partir en vacances, à moins que le soleil de la terrasse ait suffi. Elle se demande si elle n'a pas une maison familiale au bord de la mer, une de ces constructions rococo entourée d'un grand jardin où les enfants font des cabanes. Elle s'y rendait chaque été depuis sa naissance, elle pêchait avec sa sœur, ses cousins. Elle était une Ponchin, mais eux étaient issus d'une longue lignée de pilotes, d'ingénieurs, de géomètres, comme tous les Domaris, famille de garçons élevés à la trique et de filles rarissimes, effacées, pareilles à des erreurs de calcul usées par la gomme.

Les jours de mauvais temps ils passaient l'après-midi à se chamailler dans une grande salle de jeux qui servait depuis longtemps de débarras et de réserve. Cachée derrière un bahut, par désœuvrement plus que par désir, elle avait plus d'une fois comparé son anatomie avec celle de ses cousins. Alors qu'elle avait juste treize ans, trois d'entre eux se sont déniaisés avec elle lors d'un même gang-bang. Pendant des années elle a refusé le moindre contact avec un garçon. Elle n'aimait pas les filles non plus, elle restait close dans sa chrysalide.

Non, elle est une Soupen, une Dumonier, ou même une fille imaginaire qui vient de lui pousser dans la tête comme un champignon. Elle est plutôt la quatrième fille Porta, une famille sans fortune, au père représentant en parasols, à la mère épuisée par une époque où l'électroménager était encore un rêve inaccessible pour beaucoup de gens. Elle avait eu son premier lave-linge à l'occasion de ses trente ans de mariage. Elle était morte dix mois plus tard alors qu'il était encore sous garantie. Le lendemain de ses obsèques son mari l'a utilisé lui-même pour la première fois. À sa mort sept années plus tard, son aînée l'a emporté dans le coffre ouvert de sa voiture pour l'installer dans la petite maison dont son concubin venait d'hériter d'une tante. Elle se souvient des mains de sa mère, aux ongles propres, ras, jamais vernis et comme désespérés d'être posés sur des doigts aussi laborieux.

Mais ce n'était pas sa mère, juste une pauvre femme que ses parents employaient pour les vacances. Avec ses deux frères elle s'amusait à la mouiller avec des pistolets à eau, et elle se vengeait en jetant leurs jouets à la poubelle. Elle avait eu peut-être cette enfance-là, son père était un petit cinéaste sans aura qui passait son temps à les filmer pour une banque d'images publicitaires. En grandissant, elle s'était révoltée contre cet objectif qui l'épiait comme l'œil d'un maniaque.

Sa mère était née Sandinot, son père avait une pharmacie, il avait inventé une lotion capillaire et il s'était ruiné pour la promouvoir. Par la suite il avait travaillé quelque temps dans un laboratoire, avant de se suicider un jour pendant la pause du déjeuner avec un mélange foudroyant qu'il avait composé le matin. À la suite de ce drame son psychisme a perdu ses couleurs, sa blancheur, sa lumière. Devenue mère elle n'a guère regardé ses enfants grandir. Elle regrette de n'être pas née Bontinet comme une de ses aïeules, des êtres bâtis à chaux et à sable que la mort d'un père n'aurait pas affectés plus d'un trimestre, et qui seraient repartis le nez au vent, avides de connaître l'avenir radieux qui leur était dévolu. Une Bontinet, ou une Reboulat, une Feldingue, une Mardouter, tout ce cheptel d'humains fiers et solides qui méprisaient l'adversité, la mort, et qui auraient discuté d'égal à égal avec Dieu si l'au-delà avait existé.

Le hâle de ses bras date peut-être de l'été dernier. Ils avaient loué un bateau avec des amis dont le gamin avait gâché leurs vacances par ses caprices incessants. Quand il était en colère il se jetait à l'eau, il fallait faire des manœuvres abracadabrantes pour le repêcher. D'ailleurs, après quelques jours de navigation ils ont eu une prise de becs à ce propos et se sont fait débarquer au premier port venu. Ils ont trouvé une chambre dans un petit hôtel, leur fenêtre donnait sur la baie. Pour la première fois depuis plus d'un an son mari l'a approchée dans le lit et ils ont eu un rapport.

Ils sont restés là une huitaine de jours, puis ils ont loué une voiture pour rejoindre Paris par le chemin des écoliers. Ils ont eu un accident sur une petite route en mauvais état, on les a rapatriés en ambulance. Elle avait des ecchymoses sur le visage, et lui deux côtes cassées. Il se rendait quand même à l'agence, ces vacances ratées l'avaient mis de mauvaise humeur et ils se disputaient toute la soirée. Il lui reprochait sa stérilité, sa paresse, il la menaçait d'un divorce à ses torts exclusifs. Elle connaîtrait la rue, son espérance de vie s'effondrerait et elle mourrait dans deux hivers saisie par le froid derrière un camion où elle se serait cachée pour déféquer. Il apprendrait la nouvelle par hasard, il l'estimerait punie pour toutes ces années d'oisiveté qu'il avait financées avec trop de grâce.

Sa nouvelle femme serait féconde, conseillère fiscale, maîtresse de maison hors pair, élégante, jolie, discrète au lit les nuits où il serait fatigué, ardente le reste du temps. Ce serait en outre une Cantier, riche famille de marchands de tableaux depuis trois générations. Fille unique, ses parents se suicideraient à cinquante-sept ans pour convenances personnelles, lui laissant toute leur fortune. Ils achèteraient une grande maison avec jardin rue de Verneuil où les enfants pourraient s'ébrouer, grimper aux arbres et faire du kart sur une petite piste circulaire. Il serait heureux plusieurs années, mais sa femme l'emmènerait jouer au tennis avec elle au jardin du Luxembourg et un matin de juin son cœur éclaterait.

Un an plus tard elle se remarierait avec Paul Vermerat, il lui survivrait et épouserait alors Virginie Mutard, dont la mère, une Trimont, posséderait une chaîne de magasins qu'elle lui léguerait de son vivant. Mais tout cet argent ne les empêcherait pas de voir leur amour s'amenuiser jusqu'à devenir une sorte de haine atténuée, presque tendre, conjugale. Les mots doux seraient devenus des reproches, les caresses des gestes brusques, presque des claques, des coups de poing malencontreux. Les portes écraseraient les doigts sans l'avoir voulu, on se bousculerait dans l'escalier, on espérerait que l'autre revienne de chez le radiologue avec des nouvelles alarmantes. On dormirait pourtant dans le même lit, mêlant chaleur animale, haleine, émanations, respirant, rêvant, bavant un peu ou au contraire tirant un bout de langue chargée entre des lèvres desséchées. On n'oserait parler de séparation, on attendrait que la mort règle ce problème de couple né d'un manque croissant d'enthousiasme à aimer.

On vieillirait ensemble, mais les maladies tarderaient. On brasserait à haute voix des idées noires pour inciter l'autre à se pendre, on lui proposerait même d'aller lui acheter une corde au bazar du coin. On atteindrait l'âge de quatre-vingt-dix-sept ans, on souillerait de concert le même drap, on serait lavé par la même infirmière qui se déplacerait matin et soir. On aurait encore assez de lucidité pour souhaiter assister à la livraison du cercueil de l'autre, à le voir mis en bière, emporté par les croque-morts, puis par le fourgon visible depuis la fenêtre en se penchant un peu. On finirait par avoir cent ans, puis davantage, et lentement le gâtisme détremperait la haine, elle laisserait place à un état de torpeur, presque d'inconscience, qui s'accentuerait jusqu'à devenir le néant de la mort. On décéderait à six mois d'intervalle, sans que le dernier vivant ait eu assez de lucidité pour prendre acte de sa victoire.

Elle n'était pas partie en bateau, comme chaque année ils avaient passé le mois d'août chez ses beaux-parents qui possédaient une grande villa sur la côte Atlantique. Dans le jardin deux colleys aboyaient toute la journée après les oiseaux et le vent. À treize heures commençait le déjeuner, à vingt heures trente le dîner, et le reste de la journée elle essayait de s'occuper en lisant tous les magazines qu'elle pouvait trouver à la maison de la presse. Quand le temps le permettait elle allait à la plage avec son mari, il rencontrait là des amis de toujours. Des Fuibot, des Courmes, des Demonet, toute une clique d'anciens camarades de jeunesse avec qui il se saoulait de paroles jusqu'au soir. En remontant, elle lui reprochait de l'avoir ignorée au profit de ces gras fœtus dont certains avaient les oreilles poilues comme des têtes-de-loup.

Ils prenaient l'apéritif, et elle faisait une réflexion à sa belle-mère afin que ce moment soit gâché. Pendant le repas, elle aurait voulu avoir le courage de dépiauter les visages de toute la tablée comme un plateau de crustacés et de rejeter les crânes vides par-dessus la balustrade comme des débris de crabe.

Quand ils allaient se coucher, elle disait à son mari je te quitte, je te quitte, et elle restait debout devant lui soudain figée, sans même pouvoir ouvrir la bouche pour l'injurier. Il souriait, il lui disait je reconnais là le caractère entier de ta grand-mère, tu es bien une bouillante Dandon. Elle lui répliquait mais je suis une Fourmilion, une Parterie, une Couras, je suis issue d'une petite famille de gens doux, d'employés soumis à en être veules, je suis la première à avoir fait des études supérieures, à être sortie du lot, et elle s'écroulait sur le grand lit en sanglotant. Il lui disait Mona ne pleure pas, alors elle criait je ne te permets pas de me donner ce nom de voiture, de banque, de cinéma.

— Je m'appelle Adrienne Nocourt.

— Embrasse-moi.

— Tu passes ton temps à me nier.

— Clara.

— J'en ai assez que tu m'affubles de ce sobriquet ridicule.

— Valérie.

— Je suis Gaëlle Guik, mais je sais bien que tu ne me crois pas.

Elle ouvrait la fenêtre, elle menaçait de se jeter sur la pelouse au risque de se fouler un membre. Elle lui rappelait que dans sa famille on se suicidait volontiers, elle avait perdu de la sorte quatre oncles, deux tantes, des sœurs, des frères, ainsi qu'une invraisemblable quantité de cousins, de cousines, sans compter les amis qui s'étaient laissé contaminer lors d'une conversation, d'une accolade, ou d'une simple poignée de main.

— N'oublie jamais que je suis une Charbonnier.

— Françoise, ferme cette fenêtre.

— Je suis Colette Monnier.

— Ferme la fenêtre, il y a trop de vent.

— Je vais descendre à la cuisine avaler une fourchette, et je passerai le reste des vacances à l'hôpital.

— Virginie.

— Tu refuseras toujours de m'appeler par mon nom.

Elle se brossait les dents, se démaquillait. Elle enlevait la couette du lit, elle la jetait dans un coin de la chambre et se roulait dedans comme une chienne. Il lui disait qui que tu sois, quel que soit ton nom, tu es ma femme.

— Et tu ne dormiras pas par terre.

— En pleine nuit, je me lèverai et je mettrai le feu.

— Tu es folle.

— Je suis une Raterot, chez nous les femmes sont des héroïnes de faits divers.

Il restait éveillé toute la nuit pour la surveiller.

Le lendemain au petit déjeuner il la regardait fixement beurrer ses tartines et il ne la reconnaissait pas. Afin de se rassurer, il demandait à son père de lui montrer les photos de son mariage. Malgré le voile blanc, on voyait bien que ce n'était pas elle, alors que lui se reconnaissait parfaitement avec ses cheveux en brosse et ses yeux beiges. Il allait la chercher sous la véranda, la priant de déguerpir puisqu'en réalité elle ne lui était rien. Elle protestait, lui rappelant tous les gigots qu'elle avait cuits pour ses invités ennuyeux comme des aphtes.

Il appelait la police, l'accusant de s'être introduite par effraction dans la propriété et d'avoir dérobé à sa mère la bague ornée d'un solitaire qu'elle avait eu l'effronterie de se mettre au doigt. Incapable de prouver son identité, convaincue de troubles mentaux, on l'internait. Par commisération à sa sortie il lui trouvait un logement dans une petite ville, lui procurait même un emploi dans un pressing. Mais elle persistait à le harceler de lettres et de coups de téléphone en prétendant l'avoir épousé vingt ans plus tôt quand elle était encore une Lemarchet, une Boinet, une Cotarin. Et son prénom n'avait pas évolué depuis, elle s'appelait toujours Coline, Odile, Sylvie, Sabine, ou même tout simplement Michèle. Il avait si souvent susurré ce petit mot à son oreille pendant qu'il essayait de la convaincre qu'il l'aimait autrement qu'à coups d'érections, d'inondations, dont elle s'était lassée à la longue tant elle connaissait le déroulement fatidique de ses fantasmes. En ce temps-là elle aurait tant aimé accepter les avances d'un beau piéton ou d'un homme mince au crâne harmonieusement dégarni au volant d'une voiture de sport. Mais elle lui était restée fidèle et elle avait supporté son odeur de transpiration dont aucune ablution, aucun déodorant n'étaient jamais venus à bout.

Il était excédé par cette folle, il s'épuisait à lui faire entendre qu'ils ne s'étaient jamais bibliquement connus, que lui-même était peut-être un célibataire, un vieux garçon qui n'avait jamais vécu avec personne, couchant ici et là dans sa jeunesse avec des partenaires rencontrées dans des fêtes, à partir de quarante ans sa vie sexuelle se réduisant à deux masturbations par semaine, une le vendredi soir, l'autre le dimanche en fin d'après-midi. D'ailleurs, de plus en plus il perdait de vue ses organes génitaux qui devenaient flous à chaque fois qu'il posait l'œil sur eux et ses masturbations n'étaient que des pantomimes sans fondement. Elle lui disait je reconnais bien là ta folie de carton pâte, à chacun de mes reproches tu me disais que ton cerveau battait la campagne, que tu étais sur le point de le vomir comme un mauvais sandwich, et tu aurais voulu que je m'apitoie, que je te cajole comme un enfant.

Il lui répondait par l'intermédiaire de son avocat qui la menaçait de porter plainte si elle persistait à troubler sa quiétude de notable marié depuis bientôt cinquante ans avec la même femme dont aujourd'hui encore il était fou amoureux. Elle criait tu n'es pas ce type-là, tu es incapable d'aimer, de vivre vieux. Elle allait le débusquer à son domicile. Elle ne reconnaissait pas cet homme au visage, au front, aux mains tachées par la vieillesse, qui exaspéré tournait dans la pièce sur sa chaise roulante. Elle s'excusait, elle prenait congé affolée.

Elle regardait son visage encore jeune dans le rétroviseur d'une voiture en stationnement. Elle ne se souvenait plus de la ville où elle habitait. Elle ne se rappelait plus de son nom. Elle croyait même devoir s'isoler dans les toilettes d'un café pour vérifier son sexe.

Elle se souvient d'une enfance dans une banlieue résidentielle, avec des parents podologues et une sœur aînée morte d'anorexie quand elle avait quatre ans. Elle se revoit le matin dans la grande cuisine claire et chaude comme une serre devant un bol en porcelaine bleue où son prénom était inscrit à l'intérieur d'un losange. Mais même en faisant des efforts elle ne parvient pas à en déchiffrer les caractères, il lui est impossible aussi de lire la plaque de cuivre vissée sur la porte de l'appartement familial. En revanche, elle a une vue nette de son entrée en sixième, avec cette femme en chemisier blanc qui leur distribuait l'emploi du temps dans les travées comme un tract. Lors de la première récréation elle était tombée en jouant au ballon. Le soir sa mère avait badigeonné sa plaie avec un liquide glacé, et cinq ans plus tard elle avait ressenti cette même impression de froid quand un garçon avait immiscé sa main dans son soutien-gorge.

À vingt ans elle avait pris un petit appartement avec un étudiant en économie. Elle était déçue qu'il ne lui fasse pas plus souvent l'amour, qu'il soit obsédé par ses études et sa musculature qu'il travaillait chaque soir avec un matériel volumineux qui encombrait la chambre.

À vingt-sept ans, elle avait épousé un trentenaire obsédé par la paternité. Il la traînait chez des spécialistes, mais sa stérilité était incurable. Ils ont voyagé, ramenant un bébé de couleur blanche qu'ils avaient soutiré à un couple de toxicomanes en panne à New Delhi. Il était de santé fragile, elle l'emmenait chez le pédiatre trois fois par semaine. À force de soins, il avait malgré tout remonté la pente. Quand il a eu dix ans il était même costaud, et par chance il avait les mêmes dents écartées que son père adoptif, ainsi que quelques taches de rousseur comme cette mère de substitution qui lui courrait après de pièce en pièce pour lui faire avaler des vitamines.

Devenu adolescent, le gamin a pris l'habitude de voler, de fuguer, de se droguer à l'occasion, suivant sans le savoir l'exemple de ses parents biologiques morts sans doute depuis longtemps d'overdose, de septicémie, ou d'un simple rhume que leur organisme en fin de course n'avait pu occire. Elle a été vite lassée d'aller le rechercher dans tous les commissariats de la ville, quant à son mari il regrettait de l'avoir adopté. Ils ont décidé de l'appâter en laissant traîner des plaquettes de médicaments, des sodas alcoolisés, des poudres de toutes sortes. Tel un enfant dans un magasin de jouets, l'adolescent ne savait plus où donner de la tête et il ne tardait pas à s'écrouler dans un coin, l'estomac et les narines gavés. À ce train-là, trois semaines leur ont suffi pour en venir à bout. Ils ont déménagé le mois suivant afin de tourner la page sur cette tranche de vie qui les avait dépités.

Ils ont habité deux ans dans une capitale étrangère, investissant tout leur avoir dans une affaire de vêtements de sport qui a périclité. Ils sont revenus en France, elle travaillait comme secrétaire dans une usine de chaussures où il était magasinier. Chaque week-end, ils se disputaient à propos de leur passé sans brio, et le dimanche soir elle pleurait à seaux dans le salon de leur meublé tandis qu'il buvait de la bière à longs traits dans la cuisine tapissée de papier vert d'eau.

Le lundi ils reprenaient leur travail, et chaque soir de la semaine ils dînaient en silence sans même échanger des phrases élémentaires concernant la nourriture, l'eau, le sel, le poivre, le coup de balai qu'il faudrait passer sous la table quand le repas serait terminé. Puis le week-end arrivait comme un revenant, et ils se jetaient l'un sur l'autre comme des animaux de races adverses.

Ils sont morts à présent, leur appartement abrite une prostituée, elle fait ses passes dans le salon et dort sur un lit étroit dans leur ancienne chambre. Sa profession ne la rend pas malheureuse, elle part souvent au soleil avec une amie qui travaille dans la publicité. Elle espère plus tard ouvrir un salon de massage et engager une employée afin de pouvoir élever tranquillement le bébé qu'elle aura eu avec le directeur commercial d'un laboratoire grâce à son commerce elle en sera indépendante financièrement, se permettant de l'égratigner quand ils auront un différend, le menaçant même du divorce et allant vivre à l'hôtel plusieurs jours avec son enfant pour qu'il souffre de ce sentiment de solitude, d'abandon, qu'on éprouve dans un appartement aux placards encombrés de robes, au sol jonché de jouets, aux carreaux des fenêtres vitraillées par endroits de clowns et de lapins écarlates.

À présent, elle se trouve à nouveau sans passé et sans aucune idée de sa personnalité. Si quelqu'un sonnait elle lui ouvrirait la porte sinon elle finirait par arrêter le four. Dans la soirée elle mangerait une tranche de gigot et irait dormir sur le canapé.

L'arrivée d'un homme, d'une femme, qui serait l'habitant régulier de ce logement, lui permettrait de mieux se situer. Elle saurait si elle était en visite, ou si elle était bel et bien l'épouse de quelqu'un. Si celui qui s'avérerait être son mari lui déplaisait, elle n'en laisserait rien voir, répondant à ses questions de son mieux et se laissant embrasser sur la bouche s'il en avait envie. S'il y avait vraiment des amis invités ce soir-là, elle ferait comme si elle les connaissait et pour qu'on lui pardonne ses nombreux silences elle sourirait. Quand ils seraient partis, elle débarrasserait la table, mais il lui demanderait de venir plutôt se coucher.

Elle se laisserait enlacer. Elle ne protesterait pas quand il la caresserait, ni lorsqu'il exercerait une légère pression sur sa tête pour que son pénis entre dans sa bouche. D'une façon générale elle lui accorderait toutes les faveurs puisqu'elle ignorerait tout des habitudes de leur couple. S'il lui faisait mal, elle serrerait les mâchoires pour ne pas l'inquiéter par un cri inopiné dans le silence de la nuit.

Le lendemain, elle se réveillerait la première. Elle ne saurait pas si elle devait le secouer, lui préparer son petit déjeuner, ou attendre qu'il se réveille tout seul et aille tambour battant acheter des croissants. Il finirait par se lever, il s'habillerait sans lui dire un mot et quitterait l'appartement en lui rappelant que ce soir ils dîneraient chez les Pierrot. Elle serait à nouveau seule. Elle mettrait une robe bleu marine, elle vérifierait que le trousseau de clés posé dans l'entrée permettait l'ouverture et la fermeture de la porte. Elle sortirait, elle marcherait dans les rues avec l'impression d'être en voyage dans une ville étrangère.

Elle se demanderait si quelqu'un allait l'aborder, lui dire tu ne me reconnais pas, je suis Marianne Corberue, vous les Guillourbin vous avez toujours eu la mémoire courte, vous oubliez tous vos amis comme si vous aviez le cerveau qui desquame à chaque changement de saison. Elle se souviendrait alors qu'elle était bel et bien née Véronique Guillourbin et que toute son enfance s'était déroulée dans un village de haute montagne. Avec ses frères et sœurs elle allait à l'école à ski, et vers l'âge de quinze ans elle avait commencé à avoir une vie sexuelle échevelée avec des vacanciers, des moniteurs, et la fille du maire qui l'avait entraînée dans des boums où l'on buvait et où on consommait des amphétamines pour être sûr de profiter à fond de la vie.

Mais elle ne rencontrerait personne, les yeux des gens sembleraient même l'éviter comme une publicité importune. Elle marcherait, elle serait trop loin quand elle voudrait revenir en arrière. Elle s'apercevrait qu'elle n'avait noté nulle part le numéro de l'immeuble, ni le nom de la rue. Et puis, tout d'un coup elle ne se souviendrait plus de rien, la soirée d'hier se serait effacée et cet homme avec qui elle aurait couché la nuit dernière aurait disparu aussi de sa mémoire.

Elle entrerait dans un café, elle commanderait un whisky. Au sixième verre on la mettrait dehors. Elle tomberait, en se relevant elle passerait la main sur son visage ensanglanté. Elle se noierait la nuit venue en cherchant à se nettoyer dans la Seine.

Elle craint soudain que la viande soit brûlée et bonne à jeter. Elle se précipite, mais son angoisse tombe quand elle aperçoit le gigot qui rissole tranquillement à travers la vitre. Elle regarde l'heure, son mari n'est pas en retard mais le temps s'écoule lentement. Elle se souvient que tout à l'heure elle s'était perdue de vue comme une connaissance lointaine, comme un souvenir insignifiant qu'on est même pas sûr d'avoir vécu. Maintenant, tout est rentré dans l'ordre, elle est comme de retour en elle, elle s'habite comme une petite maison, une guérite. Elle n'a plus qu'une enfance, mais sûre, solide, chevillée à sa mémoire, et sa mémoire est un vaisseau insubmersible où chaque souvenir est enfermé dans un compartiment étanche et pourtant relié à tous les autres. Elle peut faire surgir à sa guise le nom de son mari, son visage, son corps, jusqu'au pli le plus attendrissant de son scrotum, de ses bourses que l'approche de la cinquantaine distend un peu.

Elle se rappelle même du nom et de l'apparence des amis qu'ils allaient recevoir tout à l'heure. Des amis intimes, et pourtant elle s'ennuie déjà à la pensée de devoir les écouter parler de leur fille quadrilingue qui passe le mois d'août à faire obstinément des maths sur la plage. Quand ils seraient enfin partis, elle dirait à son mari on se couche, on se couche, ils m'ont épuisée ces deux-là. Il voudrait regarder un vieux film à la télévision, et elle se plaindrait qu'il ne puisse se passer de son injection d'images l'espace d'une soirée. Elle le laisserait seul au salon, se mettant au lit, faisant de petits sauts sans parvenir à trouver le sommeil. Elle se relèverait, elle irait lui dire d'éteindre ce poste immédiatement. Il lui reprocherait d'être une Chardonnay, une de ces familles où les femelles mériteraient le cercueil dès la naissance. Elle éteindrait le téléviseur.

— Charlotte.

— Tu ne mérites pas de m'appeler Charlotte.

Il lui arracherait la télécommande des mains. Elle lui dirait demain je n'irai pas chez les Pierrot, je suis allergique au désinfectant dont ils saturent l'eau de leur piscine, je n'ai pas envie d'avoir des plaques sur tout le corps.

Elle somnolerait quand il la rejoindrait. Elle lèverait la tête, elle lui dirait tu m'as réveillée et maintenant je ne vais plus pouvoir me rendormir. Il émettrait avec sa bouche un son aigu, elle aurait l'impression de partager sa couche avec un oiseau. Elle essaierait de le repousser pour qu'il glisse sur la moquette, mais il résisterait. Elle se demanderait pourquoi elle ne le giflait pas, pourquoi elle n'avait pas pris cette habitude de le talocher ou de lui donner des coups de pied comme à une vieille boîte de conserve tombée d'une poubelle. Elle l'aimait, mais d'un amour modéré, d'un amour qui s'était assagi avec les années. Elle acceptait parfois son contact, son organe, son sperme, mais le reste du temps il devait se tenir à distance, un peu comme un domestique ou un artisan venu repeindre la salle de bains.

Elle regarde le gigot avec son os scié net par le boucher. Elle a conscience d'exister, elle éprouve un sentiment de bonheur d'être ce corps vivant, avec ce bon cerveau qui maintenant fait d'elle une structure équilibrée pourvue d'une mémoire unique et prolongée jusqu'à la petite enfance. Elle sait que son père était électronicien, sa mère restait à la maison pour s'occuper d'elle et de ses deux frères puînés. Aujourd'hui l'un d'eux végète dans le show business, alors que l'autre est un opticien célèbre dont elle a régulièrement des nouvelles par les médias. Quant à ses parents, ils ont une grande maison à Rambouillet et elle va souvent y passer le week-end avec son mari. Ils existent avec certitude, elle sait par cœur leur numéro de téléphone et si elle les avait appelés une voix correspondant à son père ou à sa mère lui aurait répondu.

Parfois sa mère venait faire des courses à Paris, elles en profitaient pour déjeuner ensemble dans un café. Elles se moquaient des touristes étrangers avec leur accent ridicule, des mollets des autochtones en tenue d'été, et de la franche laideur de tous ces gens qui circulaient sur le boulevard avec des visages qu'elles jugeaient trop hideux pour être exhibés en plein jour. Elles passaient l'après-midi dans les boutiques, elles essayaient des robes et souvent elles n'achetaient rien.

Mais elle ne se souvenait plus si sa mère était une grande femme sèche, ou au contraire une petite personne un peu boulotte. Son père s'appelait Marc, Xavier ou François, il possédait un grand garage, il était apparatchik, fonctionnaire à la retraite, il était mort l'hiver dernier, dix ans plus tôt, il ne l'avait jamais reconnue, sa mère l'avait élevée à la force du poignet, travaillant comme secrétaire à l'École alsacienne, puis comme bibliothécaire, et elle se rappelait très bien ses petites mains aux doigts fins comme des bouts de ficelle.

Sa mère était morte quand elle avait trois ans, elle en conservait un souvenir incertain et elle lui en voulait de n'avoir pas davantage lutté contre la maladie, d'en avoir fait si jeune une orpheline alors qu'à force de courage et de ténacité elle aurait sans doute pu survivre quelques années de plus. Par sa faute son enfance s'était déroulée dans une ambiance grisâtre, elle ne savait plus si elle habitait avec son père ou chez une tante sévère qui cherchait tous les prétextes pour lui confisquer l'argent que lui envoyait sa marraine. Elle gardait même en mémoire des gronderies devant des camarades de classe qui l'avaient profondément blessée quand elle était jeune fille. Elle avait quelque part une photo de sa mère en maillot de bain au bord d'un lac, on devine nettement sous l'étoffe son ventre de femme enceinte. Elle la regarde de temps en temps, elle regrette qu'elle ne soit pas morte à l'époque où elle la portait dans son utérus.

Elle n'avait même pas de tante, elle a été élevée ici et là par des parents de plus en plus éloignés, des amis d'amis de cousins qui se la repassaient comme un mistigri. Elle devait se contenter d'habits portés des saisons entières par d'autres fillettes et de pulls troués aux coudes. Elle se souvenait d'une nourriture à base de restes, de yaourts au goût de flotte, sans un pain au chocolat, sans un coca, avec de rarissimes sucreries qu'elle recevait à Noël en guise de tricycle ou de maison de poupée.

Sitôt sa mère décédée, elle avait peut-être été adoptée par une femme riche qui l'avait choyée comme si elle était tout droit sortie de ses entrailles. On avait gravé une timbale à ses initiales, on lui avait fait donner des leçons de violon, d'équitation, et grâce à des séjours linguistiques longs et répétés à dix-huit ans elle maîtrisait l'anglais et l'espagnol à la perfection. Elle fréquentait des rallyes, rencontrant des jeunes gens titrés, se débauchant dans des lits à baldaquin, sur des moquettes de salles de bains épaisses comme des perruques. Elle a connu son futur mari lors d'un séjour sur la Côte, pour s'offrir une moto il y était plagiste l'espace d'un été. Ils avaient vécu deux ans dans un studio perché à un cinquième étage sans ascenseur, puis il avait repris l'agence de son père et ils avaient pu s'installer dans cet appartement spacieux où elle se trouvait encore aujourd'hui.

Ses parents étaient bien ses père et mère biologiques. Mais ils avaient quitté Rambouillet depuis longtemps, ils vivaient maintenant en Provence. Quand ils montaient les voir, elle se disputait avec sa mère à qui elle reprochait son enfance en demi-teinte, avec ce frère diabétique, qui terrorisait tout le monde par son chantage affectif et qu'on faisait passer avant elle en prétextant son handicap.

Son père s'était suicidé avant même qu'elle soit accouchée, sa mère avait dû mettre à profit ses compétences d'infirmière pour travailler dans un hôpital. Elle aurait voulu séduire un chirurgien et cesser toute activité professionnelle. Elle n'était ni belle ni jolie, ses efforts ont été vains. De temps en temps, elle avait un rapport avec un interne qui rompait aussitôt après.

Sa mère n'avait aucun diplôme, en revanche elle était douée pour la vente et pendant trente ans elle a fait du porte-à-porte pour le compte d'un grand éditeur d'encyclopédies et de livres pratiques. Elle élevait sa fille religieusement, chaque dimanche elles allaient toutes les deux au temple. À quinze ans la gamine a fait sa première fugue, la police l'a ramassée quelques heures après sa disparition blottie sous un abribus dans son gros anorak jaune crocus.

Sa mère était athée, et de toute façon elle négligeait l'éducation de sa fille qui séchait le lycée, sortait chaque soir, s'alcoolisait, avait les mêmes pratiques que ses amis toxicomanes qui la prostituaient à l'occasion pour se procurer l'argent de leur poudre. À dix-neuf ans, un client à qui elle ne procurait pas un plaisir assez intense l'a égorgée avec un cutter qu'il avait dans sa sacoche de dessinateur industriel. À la morgue, sa mère aurait voulu gifler son cadavre de pute. Elle l'a fait enterrer à la fosse commune et elle a sifflé son cercueil pendant l'inhumation.

En venant la voir à la maternité, son père avait fait un écart de conduite inexpliqué et sa voiture avait flambé dans un ravin. Sans la moindre preuve, sa mère l'avait toujours accusé d'autolyse. Il aurait mis fin à ses jours pour fuir ses responsabilités de géniteur, craignant que cette enfant soit une source continuelle de tracas qui faneraient peu à peu sa joie de vivre jusqu'à le rendre si dépressif qu'il en aurait été réduit de toute façon à commettre un acte désespéré. Elle avait élevé sa fille en magnétisant des crédules dans son salon drapé d'indienne, elle ne lui parlait jamais de son père dont elle avait détruit toutes les photos.

À vingt ans elle avait rencontré son mari en prenant le thé chez une amie. Il s'était toujours montré doux, délicat, d'ailleurs il ne lui avait jamais reproché sa stérilité quand il s'était avéré qu'aucune thérapeutique ne la rendrait jamais fertile. Il l'avait encouragée à abandonner ses études, à rester oisive, à savourer l'ennui comme une friandise plutôt que d'aller grossir les rangs des laborieux. Elle avait suivi son conseil, et elle n'avait sûrement pas fait grand-chose aujourd'hui. Elle avait dû acheter quand même ce gigot, à moins que l'emplette remonte à plusieurs semaines, plusieurs mois, et qu'elle l'ait pris dans le congélateur.

Elle est une Mortier, une Béberat, une Samanter, une de ces familles où les femmes ont une santé mentale très fragile, elles meurent gâteuses, folles, et toujours amnésiques comme des briques. Quant aux hommes, ils sont mous, lâches et même dénonciateurs pour peu que leurs intérêts soient en jeu. Elle est Karine Retas, née à Brest, de parents commerçants. Elle s'intitule Amandine Dupanle, originaire du Jura, Julie Muit de Lausanne, Caroline Fry du Haut-Rhin. Elle se nomme Marie-France Jovaud, son père était généalogiste, il est mort l'an dernier lors d'un séisme tandis qu'il était en voyage d'agrément.

Elle se demande si on peut vivre sans nom, pareils à ces chats qui errent entre les tombes des cimetières comme des âmes velues. On pouvait simplement dire qu'elle était une femme, une vivante, et son mari quelqu'un à qui elle se bornait à adresser des phrases impersonnelles. Ils pouvaient mener une vie conjugale sans connaître leur commun patronyme, ni leur prénom, et sans le remplacer pour autant par un diminutif affectueux à la racine oubliée.

Elle regarde le gigot, elle se demande si son père n'est pas éleveur et s'il ne lui apporte pas régulièrement de la viande. Sa mère est morte quinze ans plus tôt d'une balle dans la nuque alors qu'elle allait déposer un chèque à sa banque. Son frère aîné occupe un poste important dans l'administration, elle a beaucoup de sympathie pour ses deux enfants qui jouent du hautbois et chantent avec une belle voix juste et limpide. L'hiver dernier, elle les a emmenés une semaine aux Antilles et l'année précédente elle leur a offert un stage de cyclotourisme.

Son frère est dans sa mémoire trop féminin, trop juvénile, pour n'être pas en réalité une sœur cadette, une de ces filles trop laide pour être de bonne humeur, toujours prête à se quereller, et qu'on ne voit plus que de loin en loin, qu'on ne voit plus du tout. Elle avait été harpie dès son enfance, saccageant jouets, sentiments, gâchant le climat d'affection qui aurait pu régner dans la famille. Elle était aveugle, sourde, marchait difficilement, elle remuait ses petits bras comme des hélices quand on lui donnait son bain.

Son père était un alcoolique discret, il craignait la réalité comme un châtiment et faisait en sorte que son taux d'alcoolémie ne tombe jamais trop bas. Il était un médecin estimé, on mettait le léger tremblement de ses doigts sur le compte de son empressement à guérir ses malades. Il était expert-comptable, représentant en porcelaine, il conduisait un semi-remorque, un train, il était chauffeur de taxi, pilote d'essai, il tenait le manche à balai d'une main hésitante, on prenait ses écarts de trajectoire pour autant de mises à l'épreuve de l'appareil.

Son père était un homme d'affaires au moral d'acier qui se levait dès l'aube pour communiquer avec ses contacts à l'autre bout du monde. Il avait des rendez-vous toute la journée, quand il rentrait le soir il regardait un Buster Keaton sans répondre aux questions que lui posaient les enfants. Ils le confondaient souvent avec leur mère gériatre, avec un voisin, la gardienne, un oncle, une tante, avec la marchandise de l'animalerie du coin de la rue. Elle se souvenait de la peau mate de son père, de ses yeux si bleus pourtant, de son crâne chauve et brillant comme le verre de ses grosses lunettes à monture de noyer.

Son père n'avait plus dans ses souvenirs qu'un visage lunaire, crevassé par le temps. Elle savait qu'il avait occupé des fonctions officielles, elle se souvenait d'une DS noire qui la conduisait à l'école chaque jour. Sa mère était une femme sans volonté qui mangeait des pâtisseries, buvait, fumait, et avalait des somnifères dès le matin. Elle s'endormait pendant les dîners officiels, les inaugurations, et confondait les présidents étrangers avec leurs gardes du corps. Croyant que personne ne la voyait, elle vomissait même parfois dans son sac. Sa conduite a été un frein à la carrière de son mari qui par sa faute n'a jamais pu atteindre la plus haute marche du podium de la vie politique.

Sa mère était névropathe, elle restait enfermée dans sa chambre des semaines entières avec pour seule compagnie des bouteilles d'eau minérale dont les cadavres jonchaient sa descente de lit. Son mari avait un poste de professeur de chant dans un collège. Avec ses vieux costumes, sa voix de fausset, il en était la risée. Il rentrait chaque soir désespéré, et pour ne pas entendre les cris de ses gamins il plaquait de violents accords sur son vieux piano désaccordé.

Elle se souvenait de son père comme d'un feu follet qui avait traversé son enfance, la couvrant de cadeaux comme une princesse, l'amenant au théâtre, la sortant dans de grands restaurants, puis disparaissant pendant six mois, deux ans, la laissant seule avec sa mère qui donnait des cours de mime pour joindre les deux bouts. Sa mère avait un petit nez, elle était cadre dans une banque. Son père avait été prêtre dans sa jeunesse, il tenait un magasin de brocante. Ses parents ne travaillaient pas, ils tiraient leurs revenus d'actions et de logements qu'ils louaient à des étudiants, des couples illégitimes, des fonctionnaires qu'on venait de muter et qui étaient encore à la recherche d'un appartement afin de pouvoir rapatrier leur famille et leurs meubles.

Son père était borné mais sérieux, il travaillait dans les bureaux d'une usine de textile où sa mère dirigeait une petite équipe d'ouvrières. Quand l'entreprise a dû fermer ses portes, ils ont investi leurs indemnités dans un magasin de fruits et légumes. Ils vivaient sur une péniche, dans une roulotte, son père faisait le clown, le fakir, sa mère se balançait sur un trapèze, marchait sur un fil, dressait des caniches et vendait des esquimaux à l'entracte. Petite fille, on la déguisait en poupée russe et elle faisait la quête dans les gradins. Elle craignait son père quand il rentrait à la maison dans son uniforme de lieutenant et qu'il demandait à sa mère si elle s'était tenue à carreaux. Son père était un homme tendre, il la serrait de toutes ses forces dans ses bras comme s'il avait voulu l'essorer. Il dirigeait un centre d'études pour adultes, pour délinquants, pour surdoués, il avait tout essayé, il n'avait jamais fait fortune, à l'âge de cinquante ans il s'était donné la mort avec une carabine prêtée par un copain.

Son père s'était enrichi dans la pornographie, la contrebande, le trafic d'organes. Sa mère était une personne effacée, elle mettait un point d'honneur à réussir des tartes aux prunes à la pâte fine comme une carte à jouer. Elle avait une forte personnalité, elle tenait tête à son mari, le provoquant, transformant souvent les soirées familiales en pugilat. Femme brillante, diplômée, célèbre pour un titre à Roland-Garros, elle avait élevé sa fille dans l'espoir qu'elle devienne un jour une battante, une gagneuse, un de ces êtres taillés sur mesure pour l'existence et qui la traversent de part en part avec la vélocité et l'élégance d'un missile. Elle avait été déçue de la voir épouser si jeune cet homme sans envergure, et quand elle avait abandonné ses études elle l'avait suppliée de les reprendre. Par la suite, sa stérilité l'avait fait encore dégringoler dans son estime. Elle disait à son mari qu'au lieu d'élever sa fille elle aurait mieux fait de monter une entreprise, d'exploiter à fond son potentiel, même si jamais une carrière n'avait remplacé la joie d'avoir des petits-enfants, même un seul, avec un défaut physique ou une légère tare mentale.

Ses parents sortaient presque tous les soirs, ils la confiaient à une voisine, à un bar de nuit, au service des urgences pédiatriques, au commissariat, et quelquefois ils la laissaient en liberté sur le trottoir plutôt que dans l'appartement où elle aurait pu commettre des dégâts en jouant avec leur collection de sulfures, en renversant les lampes, en mettant à sac le réfrigérateur. Elle se souvenait de sa peur des passants, du froid, de la pluie, du tonnerre, des éclairs qui zébraient le ciel au-dessus de la rue. Elle essayait de penser à autre chose, de se réciter ses leçons, ou de reconstituer dans sa tête un dessin animé image par image. Mais l'extérieur gagnait toujours, les hautes façades s'imposaient à elle avec leurs volets fermés comme des paupières ou leurs fenêtres ouvertes comme des orbites sans fond. Souvent les gens s'arrêtaient à sa hauteur, la questionnant, lui demandant des comptes sur sa présence à une heure pareille, lui touchant même les cheveux, la joue, cherchant à l'embrasser pour la réchauffer, lui administrer son compte d'affection, de tendresse, d'amour.

Ses parents la couchaient tôt, avant de s'endormir elle les entendait longtemps discuter au salon. Ils ont parlé pendant plusieurs dizaines d'années d'un exil à l'autre bout du monde, mais ils n'ont jamais osé sauter le pas. Ils voulaient éditer un catalogue de vente par correspondance, des livres d'alchimie, des manuels d'agriculture, les mémoires d'un médecin scolaire, d'un animal, d'une bascule, d'un barman, d'un président. Ils étaient analphabètes, immigrés d'un pays si pauvre que même la faim y est une sorte de luxe étrange, troublant, au parfum de rêve. Ils étaient aphones la moitié de l'année, le reste du temps ils boitaient inexplicablement. Sa mère avait hérité d'un petit appartement dans une banlieue tranquille, elle se souvient de sa chambre aux murs tapissés de papier vieux rose dont la fenêtre donnait sur un jardin au gazon luisant comme l'écorce d'un avocat, avec au fond une route et les premiers arbres d'une forêt où elle allait promener les jours fériés.

Ses parents étaient divorcés. Quand son père négligeait d'envoyer la pension, sa mère se prostituait à Paris chez une amie qui tenait une maison de passe place des Ternes. Elle avait des parents qui l'aimaient jusqu'au gâtisme, son père corrigeait les enseignants dont les annotations trahissaient un manque d'admiration pour elle. Elle était née dans une petite clinique de province où sa mère l'avait échangée dès sa naissance avec une infirmière homosexuelle contre une voiture bleu pâle. Plus de vingt ans après elle avait réussi à retrouver sa trace, mais elle avait été déçue de constater qu'elle était issue d'un laideron grossier, et même écœurée d'avoir passé neuf mois dans son ventre.

Elle avait trois mères, quatre pères, un stade de mamans, une ville de papas, on venait du monde entier pour apercevoir cette foule de gens qui avaient conjugué leurs efforts pour mettre au monde une enfant aussi banale, au visage ordinaire, à l'intelligence lambine, aux petites mains trop blanches avec des doigts comme des crochets. Elle était née de l'accouplement de personnages de romans libertins publiés sous le manteau aux deux extrémités du XVIIIe siècle, par miracle elle avait pris pourtant forme humaine à notre époque et un couple de jeunes retraités l'avait adoptée pour occuper tout ce temps libre qu'ils voyaient avec angoisse se déployer devant eux d'ici leur lointain décès. Leurs prévisions se sont avérées inexactes, ils ont péri l'année suivante dans l'incendie de l'hypermarché où ils étaient venus acheter des couches en promotion.

Elle a été placée aussitôt dans une famille de gens cruels, elle gardait quelques traces de leurs sévices mais aucun souvenir. Puis elle est restée dans un orphelinat quatre années durant, avant que le fils des retraités se manifeste et accepte de la prendre avec lui. Il avait déjà trois gamins, mais avec son épouse ils ne l'ont jamais traitée différemment de leurs enfants biologiques. À l'âge de dix-huit ans, grâce à leurs subsides elle a même pu s'inscrire en faculté. Depuis son mariage elle les invitait à dîner une ou deux fois par an, et elle se demandait s'ils n'étaient pas justement les convives à qui était destiné ce gigot.

Elle quitte la cuisine, elle va jusqu'à la porte d'entrée. Elle regarde à travers l'œilleton, le palier est obscur. Elle traverse le salon, hésitant à s'asseoir sur le canapé et finissant accoudée à la rambarde de la terrasse. Elle se dit que les choses sont sur le point de rentrer dans l'ordre. Il suffit qu'elle retrouve son identité dans le pandémonium de noms qui grouillent dans sa tête. Elle peut en attraper un, dire je suis Juliette Vorter, et je refuse de manière définitive d'être une Polinat, une Tamet, une Césari. Ou alors, je suis Hélène Motin, née Sondrais, dont le père était peintre en lettres, taxidermiste, rentier, flûtiste dans un orchestre de chambre, philologue, psychologue, assassin, criminologue, turfiste, absent, irresponsable, infantile, nerveux, boulanger.

Elle regarde le ciel, le soleil doit être couché de l'autre côté de l'immeuble d'en face. Quand il fera nuit noire, si personne ne vient la rejoindre elle sortira. Elle dessinera un plan sur un morceau de papier au fur et à mesure qu'elle s'éloignera afin de pouvoir revenir sur ses pas. Elle traversera la ville, elle observera les gens jusqu'à ce qu'un visage lui semble familier. Elle parlera à une relation ancienne, un cousin, une nièce, ou même un fiancé du temps où elle était étudiante en médecine, en arts plastiques, où elle préparait son diplôme de coiffeuse dans un lycée professionnel de Franche-Comté, du Berry, de l'arrière-pays niçois. Elle aura une conversation pleine de nostalgie et en même temps très instructive sur son passé, ses origines, la composition exacte de sa famille.

Dès le lendemain matin elle ira rendre visite à un frère, une mère depuis trop longtemps délaissés, et par un simple dialogue elle continuera à reconstituer lentement sa mémoire. Elle sera cet être qui peu à peu se reformera, même si sa conscience le trouve à moitié sympathique ou peu gratifiant pour sa vanité. Elle revendiquera les idées que les siens lui ont toujours entendu soutenir avec ardeur, et elle racontera des anecdotes qui tourneront en ridicule l'adolescente présomptueuse qu'elle avait été. Elle ira jusqu'à rire quand sa sœur exhibera un vieux magazine où elle posait nue, crâne et sexe tondus, pour un ami photographe qui n'avait pas les moyens de payer des modèles. Elle acceptera aussi de se souvenir du coup de genou hystérique qu'elle avait donné à son père un jour où ils étaient en désaccord au sujet d'un scrutin. Elle se rappellera son corps plié en deux, et aussitôt après sa fuite honteuse.

Deux jours plus tard, elle lui avait écrit pour lui demander pardon. Il avait répliqué en lui envoyant une petite frappe qui l'avait passée à tabac. Pour assurer sa survie, elle travaillait comme serveuse dans un restaurant italien. Son père est décédé d'une rupture d'anévrisme deux mois après l'incident alors qu'il se trouvait assis sur le siège des toilettes. Sa mère l'a contactée, elle a pu participer à l'enterrement avec le reste de la famille. On lui dira rappelle-toi ton visage rouge de chagrin, dégoulinant de larmes, et ta façon ridicule de t'accrocher au bois du cercueil. Elle répondra j'avais tellement honte de ce que j'avais fait, il me semblait qu'il était mort à cause de moi. On ne la contredira pas, d'ailleurs à l'époque on ne l'avait pas invitée à participer au déjeuner qui avait suivi la cérémonie. Aujourd'hui encore, sa mère la haïssait assez pour souhaiter sa mort. Elle la voyait rendant l'âme à la selle, dans les mêmes conditions sordides que son père.

Elle regarde le ciel, à présent il lui semble plus clair, comme si la nuit hésitait à apparaître. Elle sait qui elle est, elle a toujours mis son père sur un piédestal, alors qu'elle méprisait sa mère qui les avait quittés pour devenir carmélite dans le Morvan. Elle lui envoyait des lettres gluantes de crachats, elle recevait en réponse des images pieuses peintes à la main avec toute la maladresse et le mauvais goût dont pouvait faire preuve une Duchelet, une Kuli, une Huret, une Racuro. Elle les déchirait et pleurait de rage. Son père la consolait, l'enserrant dans ses grands bras, la couvrant de baisers comme une maîtresse.

Elle a vécu avec lui jusqu'à son mariage, elle l'a vu la veille encore dans son appartement trop vaste où il passe son temps à faire pousser des tomates sur son balcon, utilisant l'hiver une petite serre électrique de sa fabrication. Il est toujours content de la voir, il ouvre une bouteille de champagne, une boîte de boudoirs. Il lui parle de son enfance, du temps de sa jeunesse où elle se fiançait une fois par semaine avec des garçons hétéroclites. Il rit, il remplit à nouveau les coupes, il lui dit qu'elle n'a pas changé depuis ses seize ans, elle a toujours ses beaux cheveux blonds, noirs comme l'encre, auburn, et cette silhouette fine, un peu lourde, qui lui donne un charme particulier, une sorte de cachet, elle ressemble à un paysage printanier, estival, elle est pareille à un champ de neige, une cathédrale, un rivage, une forêt.

Elle ressemble surtout à une femme qu'il a croisée la semaine passée en allant à la poste, aux bébés d'une publicité pour une marque d'eau minérale, un nouveau shampoing, une poussette télescopique. Il veut qu'elle boive encore, qu'elle grignote un petit gâteau. Il se redresse, il arpente la pièce en gesticulant. Il se rappelle de ses premiers pas entre le canapé et la table basse, il lui reproche d'attacher trop d'importance au temps présent qui n'est qu'une hallucination passagère. Elle doit faire un effort pour se souvenir de ces instants de vie empilés dans sa mémoire qu'inconsciemment elle a un à un triés, sélectionnés parmi le tout-venant du réel et qui la constituent comme des atomes. Il court à la cuisine chercher une autre bouteille, il recommence à boire. Quand elle s'en va l'ivresse l'a endormi sur son fauteuil Voltaire.

Elle serre de toutes ses forces la balustrade, elle sait que ce père n'est pas réel, elle se souvient que sa mère était agnostique et qu'elle avait été enterrée sans aucune forme de cérémonie dans un coin de cimetière qui avait des allures de terrain agricole à l'abandon. Son père est toujours vivant quelque part, elle ne se souvient pas dans quel arrondissement, quelle ville, quel patelin où les brebis sont plus nombreuses que les gens. À moins qu'il s'agisse d'un leader politique australien aux cheveux gris, un de ces types qu'on aperçoit en passant devant un kiosque et qu'on oublie tout de suite après.

Elle avait vécu là-bas toute son enfance, son père militait avec acharnement tandis que sa mère cuisinait des plats typiques et qu'elle-même nageait été comme hiver dans leur grande piscine bleue, verte, noire, écossaise comme le kilt qu'elle portait parfois pour aller à l'école. À l'âge de seize ans elle a eu un premier rapport avec un moniteur de tennis, un deuxième avec un vieillard qui pouvait à peine se mouvoir, puis elle a connu une jeune femme qui lui a enseigné une technique orientale et elle a pratiqué l'onanisme jusqu'au jour où elle a rencontré son mari.

Il était venu en touriste, elle l'a suivi en Europe. Les premiers temps elle a travaillé avec lui, puis il a préféré la garder à la maison afin qu'elle puisse se reposer et requinquer ses ovaires amorphes. Elle n'a pas eu d'enfant, elle a eu peur qu'il demande le divorce. Mais il s'est consolé en cherchant à vendre l'agence et en échafaudant ce rêve merveilleux de retraite avancée. À présent, ils étaient au milieu de leur vie et ils avaient appris à jouir du temps qui passe. Elle était heureuse sur cette terrasse, elle imaginait le gigot dans le four et les visages de ses invités qui mâcheraient, boiraient, s'essuieraient les lèvres avant de former les mots qui leur serviraient à raconter l'achat d'une paire de chandeliers, d'une table, ou une consultation hilarante chez un phlébologue aux joues rouges comme du sang frais, une promenade en barque, une descente dans leur cave où ils avaient hurlé en croisant une blatte.

Après le repas, son mari leur montrerait des photos de lui dans son berceau. Il serait fier quand on lui ferait remarquer qu'il avait gardé un air de famille avec ce nouveau-né. Il exhiberait ses bulletins trimestriels, ses cahiers, et elle sentirait bien qu'il éprouvait pour l'enfant qu'il avait été une tendresse démesurée, un amour absolu. Quand ils se retrouveraient seuls, elle lui reprocherait cette passion répugnante pour sa personne, son incapacité à aimer autrui, tandis qu'il rangerait soigneusement ses affaires scolaires d'autrefois dans un vieux cartable en cuir brun aux boucles de laiton trop rayées pour luire. Exaspérée, elle se saisirait du cartable et le jetterait par la fenêtre ouverte.

Dès qu'il l'aurait étranglée, il descendrait en courant et il le retrouverait éclaté sur le trottoir. Il ferait de l'hôpital psychiatrique, de la prison, mais il n'éprouverait aucun regret pour son crime. À sa sortie, il transformerait son logement en musée dédié à son enfance. Il passerait ses journées à contempler sa petite personne en brassière, en tenue de scout, et à relire sans fin une rédaction où à l'âge de dix ans il racontait une partie de pêche. Avant de s'endormir, il prendrait un plaisir extrême à recompter les opérations de ses vieux devoirs d'arithmétique et à constater que les résultats étaient exacts.

Il écrirait parfois des lettres à son ancienne école pour dénoncer les enseignants qui l'avaient mal noté autrefois. Comme il n'obtiendrait pas de réponse, il inonderait l'établissement de coups de téléphone anonymes. Il irait aussi parfois sur la tombe de ses parents pour se plaindre d'anciennes engueulades, d'injustices par rapport à ses sœurs, son frère, et du prénom vieillot qu'ils lui avaient donné. Il mourrait à quatre-vingt-trois ans lors d'une crise de nerfs qu'il ferait en pleine rue en se souvenant tout à coup qu'une institutrice lui avait donné deux cents lignes soixante-quatorze années plus tôt pour une fusée de papier lancée en réalité par son voisin de table qui prenait un malin plaisir à le faire punir à sa place.

Elle ne comprend pas pourquoi il ne fait pas déjà nuit, elle a l'impression qu'un deuxième soleil s'est levé en même temps que l'autre se couchait. Elle ferme les yeux, elle se demande si elle doit faire confiance à cette sensation qu'elle a d'elle-même ou si elle est quelqu'un d'autre qui va se manifester sans tarder avec son passé ordonné et sa personnalité mécanique. Il lui semble qu'elle n'a jamais été mariée, et qu'elle a toujours vécu ici avec ses parents. Ils sont vieux aujourd'hui, mais ingambes. Matin et soir ils font d'interminables marches dans la ville.

Elle a déjeuné en leur compagnie, puis après une sieste d'une demi-heure ils sont sortis se promener. En ce moment, ils se reposent sur un banc en pensant au gigot qu'ils ont demandé à leur fille de faire cuire pour le dîner. Quand ils se seront assez reposés ils rentreront d'un pas allègre, critiquant la saleté des trottoirs et les grands pieds des enfants nés ces derniers temps. En arrivant, ils l'embrasseront et la féliciteront pour la bonne odeur de viande qui régnera dans l'entrée. Elle éprouvera un sentiment de sécurité, de bonheur, elle se rappellera qu'elle n'est rien d'autre qu'une célibataire, une vieille fille, mais un être stable, à la structure délimitée, connue, pas une supposition à l'origine incertaine. Elle se souviendra que sa chambre est au bout du couloir à côté de la grande penderie. Elle ira se poser sur son lit, elle regardera les murs repeints en blanc six mois plus tôt et ces affiches de théâtre qu'elle avait fait encadrer pour les égayer. Elle tirera un à un les tiroirs de sa commode, elle trouvera des papiers personnels, des liasses de lettres. Elle se mettra à les lire pour apprendre à mieux se connaître, mais elle se rendra compte soudain qu'elle n'a rien à voir avec cette personne-là.

Elle essaiera de filer sans se faire remarquer, mais dès qu'elle aura posé la main sur la poignée de la porte le vieil homme lui demandera où tu vas. Elle n'aura pas le courage de s'enfuir, elle lui répondra il me semblait qu'on avait sonné. Elle mettra la table, ils dîneront tous les trois. La femme la complimentera sur le gigot si délicieux, l'homme regrettera qu'elle n'ait pas eu l'idée de l'accompagner d'une jardinière de légumes. Elle voudra leur demander où il l'avait rencontrée, mais elle n'osera même pas leur adresser la parole.

Leur fille était peut-être morte quelque temps plus tôt, on lui avait loué sa chambre à la seule condition qu'elle n'en modifie pas le décor. Puis, comme elle avait perdu son travail on lui avait proposé de tenir la maison en échange de la nourriture et de la gratuité du logement. Ils l'avaient obligée à teindre ses cheveux, et la semaine suivante un chirurgien modifierait son nez pour qu'elle ressemble davantage à leur fille dont le visage était resté mutin malgré un âge déjà mûr et une maladie dégénérative.

L'homme s'arrêtera de manger, il lui dira que bientôt elle devra accepter un changement complet de sa dentition et suivre un régime draconien pour atteindre le poids dérisoire de sa fille quelques jours avant sa mort. La femme ajoutera qu'elle aurait aimé la voir tomber malade et subir le chemin de croix qui l'avait amenée à la mort. Elle voulait pouvoir la prendre dans ses bras pendant son agonie, la câliner comme si elle venait de naître, et pleurer en lui fermant les yeux. Il lui semblerait ainsi rendre un merveilleux hommage à sa fille. Elle refuserait pourtant de la faire enterrer à ses côtés, préférant donner un billet à un des gardiens du cimetière pour qu'il fourgue son corps à des carabins.

Maintenant elle est sûre que la nuit tombe. Les invités vont arriver, affamés, assoiffés, bavards. Elle n'a peut-être pas de mari, elle devra assurer le service et converser avec eux en ayant l'air de s'intéresser à leurs problèmes familiaux, à leur nouveau véhicule, à leur sort. Elle sourira, n'avalant que de rares bouchées, afin qu'ils ne doutent pas que le plaisir lié à leur présence est bien supérieur à celui provoqué par la saveur de la viande. Au moment du dessert, ils lui poseront des questions sur le voyage d'affaires qu'effectuait en ce moment son mari.

Elle essaiera de se souvenir de lui, mais elle ne trouvera aucun homme dans sa mémoire. Elle dira il va rentrer la semaine prochaine, je crois qu'il en a un peu assez de tous ces déplacements. On lui demandera s'il cherchait toujours à vendre son agence. Elle sera prise de panique, elle regardera l'heure, elle bâillera, elle leur dira je ne vous mets pas à la porte mais je suis épuisée. Ils se lèveront, ils s'en iront vexés. Elle tournera dans l'appartement, rien ne lui rappellera le moindre souvenir. Elle trouvera une boîte de somnifères sur la commode de la chambre, elle avalera deux comprimés. Sans prendre la peine de se déshabiller elle ira les cuver sur le grand lit.

Elle se réveillera en fin de matinée, elle ne se souviendra pas de la soirée de la veille. Elle reconnaîtra les lieux, elle avait emménagé deux ans plus tôt avec un mari et deux enfants qu'il avait eus d'un précédent mariage. Il avait dû s'en aller, les enfants étaient retournés chez leur mère et elle restait là en attendant de trouver un logement dans ses moyens. Elle avait un travail, elle ne savait pas lequel, mais elle était trop en retard pour s'y rendre aujourd'hui. Elle téléphonerait tout à l'heure pour dire qu'elle avait eu un petit accident en traversant la rue.

Elle ferme la porte-fenêtre, elle s'assoit sur le canapé. Elle s'appelle Marie Bollet, elle est née à Nancy d'un père chauffagiste et d'une mère couturière à façon. Elle se souvient de leur logement aux petites ouvertures que le soleil n'éclairait pas et qui donnait l'impression que le ciel était toujours couvert. Souvent elle sortait avec un ciré alors qu'il faisait un temps magnifique, ses camarades se moquaient d'elle quand elle arrivait à l'école.

Elle était brillante élève, mais elle aurait préféré des habits achetés dans le commerce plutôt que les robes que lui cousait sa mère dans des chutes. Elle attendait que ses parents soient endormis pour pleurer tranquillement dans son lit. Elle rêvait d'être née dans une famille noble, d'être une du Chabis, une de ces gamines élevées au château par une préceptrice. Elle aurait fait de l'escrime, elle serait morte d'hydrocution à dix-sept ans un jour de grande chaleur où elle se serait baignée dans l'eau glacée des douves. Sa dépouille aurait bénéficié d'une cérémonie dans la chapelle, on l'aurait inhumée au fond du parc dans le magnifique caveau baroque où reposeraient déjà tous ses ancêtres. Elle aurait eu une vie brève, mais suffisante, elle n'en demandait pas davantage à l'existence.

Elle se serait même contentée d'une enfance bourgeoise dans un pavillon assez grand pour qu'elle puisse inviter des camarades à passer le week-end et organiser des fêtes à tout bout de champ. Elle se serait appelée Françoise Jumont, ses parents auraient été fiers de ses cheveux blonds, de son corps élancé, alors qu'eux-mêmes auraient été bruns et petits. À l'âge de vingt ans elle aurait échoué à un examen, en rentrant elle se serait jetée par la fenêtre des combles. Ses parents auraient mis plusieurs annonces dans la presse, il n'y aurait eu cependant qu'une douzaine de personnes à ses obsèques.

À l'âge de trente ans elle se serait lancée dans l'élevage de panthères, elle aurait été dévorée par ses bêtes. À cinquante-huit ans elle aurait épousé un agriculteur, elle se serait levée chaque matin à l'aube pour l'aider à traire le troupeau. Au fil du temps son mari la dégoûterait, elle ne supporterait plus son contact. À chaque fois qu'il voudrait avoir un rapport, il la violerait sous la menace d'un pistolet qu'il aurait dans sa table de nuit pour défendre la ferme des rôdeurs. Elle finirait par se révolter, trop se débattre, et il presserait la détente. Il l'enterrerait tout de suite dans un coin de l'étable, il ferait brûler ses vêtements, il dirait aux voisins qu'elle l'avait quitté pour un représentant en fourrage et il ne serait jamais inquiété.

Elle arriverait à l'âge de quatre-vingt-huit ans avec un physique délabré et un mental comme déchiqueté et disséminé aux quatre coins de son cerveau. Ses enfants consacreraient une matinée à son enterrement et un dimanche à la mise au net de son studio. Ils déposeraient ses pauvres meubles sur le trottoir, ils se sentiraient délivrés en rendant les clés au propriétaire. Ils oublieraient en quelques semaines cette mère qui les avait trop aimés dans leur enfance, au lieu d'avoir ménagé son affection pour les rendre plus agressifs, plus susceptibles de lutter dans la vie avec la haine indispensable à la réussite.

À quatre-vingt-douze ans elle disputerait encore des parties de dames avec de tout jeunes retraités qui ne gagneraient jamais. Elle se déplacerait en autobus, elle n'aurait besoin de personne pour grimper sur le marchepied et elle refuserait les places assises que lui proposeraient les rares voyageurs obligeants. Chaque vendredi, elle inviterait à dîner chez elle sa fille unique ainsi que ses petits et arrière-petits-enfants. Vers la fin de sa vie elle leur servirait à chaque fois un gigot, s'imaginant pourtant varier la pitance et inaugurer son four neuf qu'elle posséderait en réalité depuis quarante ans.

Puis elle oublierait ce jour de réception, elle ne comprendrait pas pourquoi toute sa famille débarquait soudain à son domicile sans l'avoir prévenue. Elle reconnaîtrait sa fille, mais elle la trouverait vieillie, elle lui dirait tu es sûrement plus âgée que moi. Elle n'offrirait même pas un verre de limonade aux gamins, elle demanderait à tout le monde de s'en aller. Avant de partir on voudrait l'embrasser, elle pousserait des cris de vierge effarouchée. Quand on finirait par l'hospitaliser, elle dirait à sa fille tu es trop décatie, trop proche de la mort, ta présence me cause un malaise, je préfère regarder les jeunes gens à la télévision, ou alors fermer les yeux et imaginer des visages lisses comme des vitres. Elle mourrait pourtant en serrant sa main. Elle laisserait derrière elle le souvenir bouffon de son sempiternel gigot du vendredi soir.

Pour ses cent ans on lui offrirait un profond fauteuil où elle ferait la sieste toute la journée, on l'en extrairait le soir pour la mettre au lit. Un de ses quatre enfants serait mort quelques mois plus tôt à l'âge de soixante-dix-sept ans, on lui aurait dit qu'il était parti en voyage et elle ne se serait rendu compte de rien. Elle mourrait en avalant sa langue qu'elle aurait prise pour une glaire.

À cent sept ans elle serait encore capable de traverser son corridor en s'appuyant sur une canne, de faire réchauffer du lait, de se laver les mains, et d'utiliser un grand nombre de mots pour répondre aux questions qu'on lui poserait. Afin d'hériter du grand appartement qu'elle occuperait au centre de Paris, ses petits-enfants l'emmèneraient dans un pays partisan de l'euthanasie et elle mourrait sans moufter en regardant un paysage enneigé à travers la fenêtre de sa chambre.

Elle s'appellerait Carla Freto, elle périrait à l'âge de quatre ans, de quinze, de quatre-vingt-neuf, de neuf cent trois ans, mais sa mère, une Guiler, ferait une fausse-couche au quatrième mois et elle ne verrait jamais le jour.

Elle enlève ses chaussures, elle s'allonge sur le canapé. Si on sonne, elle ouvrira. Elle dira aux invités servez-vous, il y a un gigot dans le four, je vais me coucher, un jour vous comprendrez à quel point on peut être épuisée, douloureuse, bonne à mourir. Elle avalera tous les cachets qu'elle trouvera dans les tiroirs de la chambre et videra l'armoire à pharmacie de la salle de bains. Elle se couchera sur le lit, elle se laissera noyer par la vague chimique. Elle entendra les invités au salon déboucher une bouteille et discuter en remplissant leurs verres.

Avant de sombrer dans l'inconscience, elle se souviendra de son enfance dans l'arrière-boutique d'une droguerie. Ses parents portaient un nom d'animal, ils s'appelaient Mule ou Dalmatien. Mais son père ressemblait à un faucon, et sa mère avait de maigres jambes d'échassier. Elle leur avait toujours ri au nez tant elle les trouvait ridicules. Ils n'avaient jamais su se faire respecter, elle ne se gênait pas pour les injurier devant des tiers ou pour grimper sur un escabeau afin de leur tirer les oreilles. Elle obligeait son père à porter un bonnet d'âne déniché dans la réserve, alors que sa mère servait les clients les mains entravées par des menottes trouvées dans une panoplie de gendarme. Plus tard, elle les a forcés à s'accoupler pour amuser ses camarades en visite, et quand ils se faisaient prier elle les aspergeait de fluide glacial.

Ils s'appelaient Courtin, des clercs de notaire sans humour qui l'ont obligée à porter une queue de cheval jusqu'à sa majorité, à garder le silence à table, à couper ses ongles court, à s'affubler pour aller au lycée d'un uniforme dont sa mère était attifée trente ans plus tôt quand elle était élève chez les Visitandines. Son respect pour eux était pétri de ressentiment, elle rêvait de leur mort comme d'une sucrerie qu'elle aurait laissé fondre sur sa langue en suivant le fourgon qui trimballerait leurs dépouilles.

Ses parents, au nom si infime qu'on les en croyait souvent dépourvus, s'étaient connus dans une gare à l'occasion d'une bousculade un jour de grève. Sa mère avait un sourire qui découvrait ses gencives, derrière ses épaisses lunettes de myope proche de la cécité son père semblait comme retiré du reste du monde sur un îlot. Ils habitaient des banlieues différentes, ils devaient subir plus d'une heure de train pour se rejoindre. Ils ont trouvé un petit appartement près de Paris, ils s'y sont installés et sous la pression de leur famille ils se sont mariés l'année suivante.

Ils ne voulaient pas d'enfant, ils ont pourtant laissé cette grossesse non désirée suivre son cours. Ils se sont révélés par la suite d'honorables parents, même si parfois leur amour pour elle s'interrompait l'espace d'un jour ou deux pour laisser place à de la froideur, de la distance. Elle avait beau tenter de les séduire, ils la repoussaient, lui parlant avec autant d'indifférence qu'à un livreur, un voisin qui cherche à engager la conversation un matin où on est en retard, où il pleut, où on se sent patraque depuis cette affreuse blanquette de veau qui a constitué l'essentiel du dîner de la veille. Elle leur écrivait des petits mots qu'elle pliait en quatre, et qu'ils jetaient. Elle leur faisait de grands gestes, elle se mettait à chanter, à crier. Ils passaient la soirée dehors, fuyant sa présence et sa manière exaspérante de s'imposer malgré leur lassitude.

Sa mère était une Ponsardon, elle avait épousé un Guiter, elle était l'aînée d'une portée de cinq filles dont aucune n'avait de charme et dont la benjamine était si laide que depuis l'âge de dix ans jusqu'à sa mort un demi-siècle plus tard elle avait dû subir des séances trihebdomadaires de psychothérapie afin de supporter à peu près son image ignoble. Elle-même s'était fait opérer trois fois pour agencer tant bien que mal ses traits ingrats. Elle n'avait séduit son mari que par son esprit, sa gentillesse, son indulgence, fermant les yeux sur ses infidélités, sa goujaterie, son refus obstiné de l'emmener avec lui en voyage, en vacances, de lui présenter ses amis, et même certains membres de sa famille avec qui il entretenait des relations privilégiées. Il lui reprochait souvent d'avoir eu l'outrecuidance de venir au monde, il lui en voulait même de la faiblesse dont il avait fait preuve en l'épousant. À son avis elle aurait dû le mettre en garde, lui faire remarquer combien son physique constituerait un handicap pour sa fierté et la vie mondaine que sa profession l'obligeait à mener.

Afin de se faire pardonner elle lui offrait sa chair, ses cartilages, son squelette. Cette fois elle allait faire appel au meilleur chirurgien, il la déconstruirait pour mieux rebâtir une nouvelle femme à sa place, comme on utilise les pierres d'une masure pour ériger un monument, une église, un relais gastronomique pour les happy few. On lui trouverait alors un certain cachet, il pourrait l'emmener partout avec lui, la faisant passer pour une collaboratrice, une belle-sœur, et les soirs où elle serait en beauté il avouerait même qu'elle était sa femme. Il riait de ses projets, il aurait préféré qu'elle fasse une dépression, refuse toute thérapeutique et se laisse mourir d'inanition comme la première désespérée venue. Son décès aurait constitué la meilleure séparation, elle pouvait lui offrir sa mort comme une chevalière, une montre, fruit d'économies, de sacrifices, un jour d'anniversaire, de Noël, en guise de cadeau d'adieu.

Elle lui résistait, elle passait ses journées à se maquiller, et le soir il la décapait avec du savon. Il l'abandonnait sanglotante, dînant dehors, seul ou avec des amis de son sexe. Trop paresseux pour prendre une maîtresse, il rêvait de redevenir célibataire et de remplacer son épouse par le golf. Puis il s'est rendu compte qu'avec l'âge elle se fondait mieux avec le reste de la population féminine et qu'il pouvait s'afficher à ses côtés sans se sentir humilié. Mais à force de méchanceté il avait délabré son psychisme, elle était devenue si triste qu'elle pleurait en public et racontait avec aigreur tous les affronts qu'elle avait subis. Il a alors essayé de la faire interner, mais elle n'a pas voulu rester et on a refusé de la garder contre son gré.

Il regrettait de l'avoir épousée sous le régime de la communauté, un divorce l'aurait obligé à brader son agence et ses rêves de retraite paradisiaque se seraient envolés. Il lui a proposé d'échanger une nuit d'amour contre son suicide le lendemain matin. Mais elle n'avait plus envie de lui, elle préférait tout compte fait sa piètre existence au néant, et plus encore à la cuisson dans l'au-delà, au froid polaire de l'éternité, au sentiment de solitude que doit éprouver l'âme dépiautée du corps, errant à jamais, privée de refuge, du moindre perchoir, pour l'éternité.

Il est mort le premier, encore jeune, infarctus, congestion, accident, ou intoxication galopante en sortant d'un restaurant de fruits de mer. Elle l'a laissé enterrer par sa belle-famille, elle a couché à l'hôtel le soir même. Une semaine plus tard, elle se noyait à l'autre extrémité du monde. Des pêcheurs ont rapporté sa tête dans leurs filets, le reste de sa personne a été consommé par les poissons.

Elle émergera une dernière fois. À présent il lui semblera qu'au salon les invités font sauter le bouchon d'une bouteille de champagne et que les coupes se remplissent avec un bruit de torrent. Quelqu'un parlera plus fort que les autres, tout le monde rira. La pièce se videra, elle sera oppressée par le manque absolu de bruit. Son mari rentrera le lendemain de voyage, il pénétrera dans la chambre à dix-huit heures. Il appellera les secours, mais les pompiers n'ont jamais ressuscité personne.

Elle se lève du canapé, elle marche pieds nus sur le tapis. Elle n'a pas à en savoir beaucoup sur sa personne, elle s'est toujours laissé emporter par les circonstances. Elle n'est pas de ces femmes qui éprouvent le besoin de s'affirmer à tout instant, elle se faufile, elle préfère que peu de gens l'aperçoivent et qu'ils ne lui accordent aucune importance. Elle accepte même qu'on la prenne pour une autre, ou qu'on s'abstienne de la saluer comme si elle faisait partie de l'air ou de la lumière. Parfois elle devait éblouir comme un rayon de soleil couchant et on clignait des yeux sans la reconnaître.

Elle remet ses chaussures, elle va sur la terrasse. Elle se penche, elle regarde les voitures. Et puis elle se retourne, elle regarde l'intérieur du salon. Elle se rappelle de toutes ces heures passées côte à côte sur le canapé, mais souvent il s'asseyait dans un des fauteuils. Ils s'adressaient rarement la parole, ils se parlaient davantage quand il y avait du monde. Elle sait où il est en ce moment, il est parti la veille enterrer une tante dans un village auvergnat. Il a préféré qu'elle reste là, il ne voulait à aucun prix que ce dîner soit annulé. La défunte dans son cercueil, le gigot dans le four. Elle établissait un rapport farfelu entre ces éléments disparates. Elle était sans doute une Tréchin dont l'esprit cocasse transparaissait dès l'âge des premiers doudous.

Dans trois ou quatre heures les invités s'en iraient un peu écœurés d'avoir mangé trop goulûment, laissant derrière eux l'os dénudé dans un bain de jus caillé au milieu du plat. Elle déciderait de tout abandonner, de se pelotonner sous la couette. Elle s'endormirait d'un seul coup, comme on claque la porte d'une pièce où se disputent encore des gens qui vous ont excédé. Son esprit saugrenu ne manquerait pas de la faire rêver aux obsèques d'une viande trop cuite, et à un repas de vieillard saignant, bleu même, avec une pilosité comique sur les cuissots.

À son réveil, elle retrouverait le réel sans aucun enthousiasme. La vaisselle sale prendrait une apparence funèbre dans la lumière grise du matin et l'os semblerait trôner au milieu des bouteilles vides comme un crâne dans une vanité. Elle boirait un bol de café, elle écouterait la rumeur de la rue s'amplifier peu à peu. Elle attendrait, elle ne se souviendrait plus si d'habitude quelqu'un venait faire le ménage ou si elle était seule à tenir la maison. Elle serait prise de panique en voyant l'heure, elle s'habillerait n'importe comment, elle viderait les lieux.

Elle courrait dans la rue, elle descendrait dans une bouche de métro. Sur le quai, elle ne se souviendrait plus où était son bureau. Elle remonterait en bousculant tout le monde, elle fouillerait les poches de cet imperméable qu'elle avait mis sur ses épaules en s'en allant. Elle trouverait une clé, une pièce d'identité, elle se reconnaîtrait sur la photo. Elle demanderait son chemin, elle arriverait devant un vieil immeuble. La gardienne qui astiquerait les sonnettes la saluerait. Puis elle l'entraînerait à l'intérieur de sa loge, elle lui donnerait une lettre dont elle aurait déjà modifié l'adresse.

— Je vous l'aurais fait suivre tout à l'heure.

Elle partirait sans lui dire au revoir. Elle ne demanderait rien à personne, elle marcherait. Vers le soir, elle retrouverait la rue dont la gardienne avait inscrit le nom sur l'enveloppe. Elle rentrerait, son mari lui demanderait si elle s'était encore attardée chez cette amie à moitié folle qui faisait des tentatives de suicide et de la peinture sur soie. Elle sourirait, elle tournerait dans le salon sans savoir si quand ils étaient seuls le soir elle avait l'habitude de cuisiner ou s'ils allaient au restaurant afin de se changer les idées et d'écouter les conversations des tables voisines au lieu d'échanger les mêmes phrases dans leur cuisine, ou assis sur le canapé du salon pliés en deux devant des plateaux face au téléviseur qui diffusait des images et des sons qui les hypnotisaient sans leur apporter de réelles satisfactions.

Il lui dirait mais qu'est-ce que tu fais debout avec cet imperméable antipathique. Elle lui répondrait tu as raison, je suis distraite, il faudrait que je voie quelqu'un.

— Qui.

— Un médecin peut-être.

Un légiste, elle avait si souvent l'impression d'être morte et prête à être disséquée pour qu'on découvre enfin le mécanisme qui l'obligeait à se mouvoir malgré tout.

— Tu vois bien que je ne suis pas vivante.

Elle irait sur la terrasse, elle regarderait le carrelage et elle aurait déjà le vertige. Elle allait chercher dans sa mémoire blette, au hasard son cerveau finirait par lui rappeler ses origines normandes, son enfance dans une maison à colombages perdue dans le bocage, sa sœur tombée un matin d'été dans une mare à Ionville, ses parents l'adulant dès lors comme si elle était à soi seule la sainte Trinité. Et puis elle avait rencontré ce garçon dans une pharmacie où elle venait acheter des vitamines et lui un médicament contre la migraine.

Elle avait été séduite par sa très haute taille, auprès de lui elle avait l'impression d'être une miniature qu'il aurait pu mettre dans sa poche et emporter blottie contre sa cuisse chaude de géant. Ils s'étaient mariés, ils voulaient un quatuor d'enfants, ou même un quintette, de quoi remplir un grand appartement, un manoir dont ils feraient l'acquisition dès qu'il aurait vendu l'agence. Ils attendraient en vain une première grossesse, puis une infection dévasterait sa matrice et leur enlèverait toute espérance. Elle se sentirait coupable, il lui semblerait qu'elle faisait obstruction au renouvellement et à la croissance de l'espèce humaine. Elle commencerait à vaciller, à basculer parfois dans des trous de mémoire sans fond où elle se perdrait. Elle ne reconnaîtrait plus personne et son corps lui semblerait un échantillon détaché au petit bonheur de la foule.

Elle reviendrait au salon, il lui dirait tu ne te maquilles pas, tu n'as pas oublié que ce soir nous dînions chez les Pierrot.

— Pense à prendre ton maillot.

Elle irait dans la cuisine, puis elle finirait par trouver la salle de bains. Elle se regarderait, elle aurait envie de dévisser sa tête et d'en mettre à la place une autre, souriante, coiffée, radieuse, plus jeune, qui séduirait davantage son mari et lui vaudrait ce soir la sympathie appuyée des hommes. Elle regarderait les tubes de rouge à lèvres, les fards, si elle les avalait ils se diffuseraient peut-être dans son organisme, remontant jusqu'au visage, la maquillant de l'intérieur tandis qu'elle reposerait sur son lit dans la pénombre de la chambre.

Elle reviendrait au salon, elle dirait à son mari je n'irai pas chez les Pierrot.

— Je crois que je suis grippée.

— Tu n'es pas obligée de te baigner.

— Je vais me coucher.

Elle se dirigerait vers la porte d'entrée.

— Où tu vas.

Il la rejoindrait sur le palier. Elle lui dirait tu sais mieux vivre que moi, et puis tu te diriges dans l'appartement avec la même assurance que si tu l'avais construit. Moi je confonds les pièces, je me perds. Il la prendrait par le bras, il la reconduirait au salon. Il l'assiérait sur le canapé, il prendrait les maillots de bain dans la penderie de la chambre. Il lui donnerait un manteau, il l'entraînerait vers l'ascenseur. Dans la voiture, elle lui demanderait s'ils étaient mariés, si en définitive ils avaient des enfants.

— Dis-moi au moins comment je m'appelle.

En arrivant ils devraient tout de suite se changer afin de rejoindre les Pierrot dans la piscine. Elle remarquerait qu'on l'appelait Odette, mais elle n'oserait pas demander quel était le patronyme qui allait avec. On nagerait en rond, souriant, presque joyeux de mariner dans cette eau tiède saturée de chlore. Elle en aurait assez de se dandiner pour se maintenir à la surface, elle aurait voulu qu'une fée se penche sur l'eau et la change en urine afin que tout le monde quitte le bassin comme des grenouilles affolées.

À chaque fois qu'elle se dirigerait vers l'échelle, les Pierrot l'alpagueraient pour qu'elle profite encore un peu de leur bouillon. Ils projetteraient même un soir d'organiser un repas flottant, chaque convive se trouvant juché sur une grande bouée et faisant du sous-l'eau entre deux bouchées.

Elle rentre dans le salon, elle se dirige vers la cuisine. Elle a l'impression que le gigot mijotera à jamais, sans brûler, sans devenir un résidu calciné que les mâchoires des invités les plus aguerris s'avéreraient incapables de déchiqueter. Elle ne sait pas si elle est Carole Norbert ou Jennifer Diorc, si elle a vécu longtemps à Philadelphie dans une famille de lawyers, ou si son enfance s'est déroulée en face d'un garage dans une petite rue d'un quartier bourgeois de Marseille.

Sa mère était peut-être aussi haut perchée que sa voix, ou alors elle était petite, triste, grave même, avec une bouche effilée et longue comme une tranchée dont on s'attendait à voir surgir des soldats en mauvais état dopés à l'eau-de-vie pour un dernier assaut.

Elle ne sait pas exactement sa provenance, mais elle a conscience d'être un point précis, circonscrit, avec une histoire particulière qui n'est celle de personne d'autre sur la planète. Si elle choisit de finir la soirée les veines ouvertes au fond de la baignoire, elle aura malgré tout accompli tête haute sa destinée et personne ne pourra lui reprocher d'avoir gâché sa vie. Elle éprouve un sentiment de bonheur immense, l'avenir est une joie certaine, la tristesse est une faiblesse, la personnalité où elle se trouve en ce moment retenue ne s'y laissera pas aller, préférant le foulard au plus petit désagrément, la pendaison au coup de cafard, et la défenestration au moindre comédon. Elle a confiance en elle, sa structure est robuste comme le châssis d'un véhicule neuf. Elle ne craint pas de se fissurer, de se fragmenter, de se réduire en poudre.

Ce gigot lui laisse supposer que des gens vont venir, qu'elle ne sera pas seule pour le manger. On va sonner, elle ouvrira à un homme accompagné d'adolescents des deux sexes. On l'embrassera, elle comprendra qu'elle est mariée, trois enfants, et que depuis quelque temps les tâches éducatives lui pèsent au point de détraquer ses facultés mentales, de lui faire oublier même qu'elle est une Forgier, famille du Périgord pourtant solide qui depuis le Bas-Empire a tiré des enfants du néant avec ce flegme qui les a fait passer si souvent pour des cœurs de pierre.

Les gamins jetteront leurs cartables et leurs blousons n'importe où. Elle criera, en cognant les meubles avec leurs godillots ils emporteront leurs affaires dans leurs chambres. Son mari lui dira mais où en est cette histoire de dégâts des eaux. Elle lui demandera à ton avis je m'appelle bien Andrée, je suis bien née à Bordeaux dans les années cinquante. Il lui répondra pas du tout. Elle se laissera tomber en larmes sur le canapé.

Il appellera les enfants, il leur dira de mettre le couvert. Il fera réchauffer une boîte de petits pois, il sortira le gigot du four. Les gamins prendront place autour de la table de la cuisine, ils parleront bruyamment entre eux. Il leur imposera silence, il lui dira de venir les rejoindre. Elle s'assiéra, elle remarquera que la fille devait avoir une quinzaine d'années, alors que les garçons étaient plus jeunes. Ils auront tous les trois un air de famille, et la fille aura les mêmes oreilles décollées que son père. Il leur demandera s'ils avaient eu des notes au lycée, s'ils avaient des devoirs pour le lendemain, comment s'était déroulé leur contrôle de biologie, de physique, d'anglais, de géographie.

— Et la visite médicale.

Il voudra connaître leur pouls, leur poids, leur tension artérielle. Il leur dira dimanche je vous emmènerai courir à la campagne, j'en ai assez de vous voir vautrés, ratatinés sur vos lits comme des vieux.

Il coupera de minces tranches de gigot, il leur fera remarquer que le reste de la planète était mal nourri, qu'ils bénéficiaient d'un traitement de faveur et qu'ils auraient peut-être l'occasion plus tard de regretter tous les avantages dont ils jouissaient aujourd'hui. Quelques séances de torture, des années de prison, une double amputation leur enseigneraient le prix du bien-être, de la liberté, de la vie. Ils devaient apprendre à considérer chaque goulée d'air comme un présent dont l'étouffement pouvait à tout instant les priver, et chaque catastrophe aérienne, chaque inondation, chaque bombardement dont ils ne seraient pas victimes comme une aubaine. Ils ne devaient pas oublier que la moindre cellule de leur corps était une ennemie personnelle qui les haïssait depuis leur naissance, les guettait, prête à comploter, à s'allier, à élaborer des stratégies et à fondre sur eux de l'intérieur avec la force létale d'un poison.

D'ailleurs, il aurait pu décider il y a quelques années de refuser de se reproduire et le goût de cette viande serait sans doute sur les papilles de gens qu'il aurait invités avec leur mère pour passer une agréable soirée entre adultes du même âge, du même milieu socioculturel, au lieu de subir ce repas familial après une journée de travail à l'agence où il s'était déjà ennuyé huit heures durant. Il en avait assez de cette existence de père de famille qui ne lui procurait que des satisfactions imaginaires, irréelles, comme issues d'un conte auquel il n'avait jamais cru. Il était dégoûté par ces trois têtes affamées où fourchetée après fourchetée disparaissait la nourriture et dont sortaient trop souvent des mots mal arrangés entre eux, formant des phrases ridicules, qui les faisaient parfois brailler comme un trio d'attardés. Il aurait voulu qu'ils se désagrègent, qu'ils se liquéfient, qu'on ait plus qu'à les essuyer d'un coup d'éponge et s'en débarrasser dans l'évier.

La paternité avait gâché sa vie, et la maternité celle de leur mère. Pour leur permettre de voir le jour, pour leur faire ce cadeau, ils avaient perdu leur indépendance, et ils avaient dépensé un argent qui aurait pu leur servir à acquérir des biens matériels, ou à s'offrir des villégiatures dans des palaces. Ils les avaient aimés quand ils étaient petits, avec leurs formes arrondies, leurs joues bombées, leur gazouillis sans malice, mais à présent ils étaient devenus anguleux comme des meubles, et ils exprimaient à tout instant des idées vides et sottes.

Il se mettra à rire, à se moquer d'eux, comme s'il n'avait jamais rien vu de plus drôle, de plus grotesque que sa marmaille qui bientôt ferait partie du monde adulte, participant d'une façon ou d'une autre au processus de production, fondant un foyer, semant à son tour la vie, les bébés derrière elle comme les bacilles d'une épidémie. Il les tirera un à un par l'oreille, il leur dira de s'en aller, de passer la nuit ailleurs, chez des copains, des gens hospitaliers, et si personne ne voulait les héberger de marcher jusqu'au lendemain au lieu de s'engourdir comme des imbéciles sur un banc public.

Il avait besoin d'un huis clos avec leur génitrice, cette Blandine Leroux qu'il avait connue chez une tante et qui faisait à l'époque sa médecine. Il ne voulait pas de témoins. Il ouvrira la porte, il les poussera sur le palier. Il aurait aimé qu'ils se perdent, qu'ils dorment dans un égout où les rats les dévorent, les digèrent, les privent même de cadavres, de restes, rendant à leurs parents leur liberté originelle.

Il l'entraînera dans la chambre. Elle aura peur de cet homme qu'elle ne reconnaîtra plus, qui se déshabillera et l'étreindra. Elle se laissera jeter sur le lit, mais elle lui demandera de ne pas la violer. Il lui dira tu es folle, quand on s'est rencontré avant même qu'on ait terminé tu voulais déjà recommencer.

Il aura l'impression de pénétrer un corps qui vient de décéder et qui n'a plus la force de consentir ni de se défendre. Il lui reprochera cette indifférence qui gâchait leur union. Bientôt il aurait vendu l'agence, et il partirait. Elle resterait là, aux prises avec les gosses. La réalité monterait autour d'elle comme un flot, elle se débattrait mais elle coulerait à pic. L'autopsie révélerait qu'elle s'était suicidée en avalant ses bijoux. Sa sœur la ferait incinérer, les cendres resteraient plusieurs années au fond du coffre de sa voiture, et quand elle voudrait la vendre, avant de la nettoyer une dernière fois elle les jetterait dans la poubelle du lavomatic.

Il se retirera, il se drapera dans une serviette. Il ouvrira la porte d'entrée, les enfants dans l'expectative sur le grand paillasson rentreront sans un mot.

Il demandera à sa fille si elle allait au lycée, si elle était vendeuse, esthéticienne ou guichetière dans une poste. Elle le regardera avec un air étrange, comme si c'était elle qui venait de poser la question.

Elle filera dans sa chambre. Il ira s'asseoir à la cuisine. Il ne reconnaîtra plus les placards, ni les murs, ni le plafond qui reflétera sa silhouette, ni sa main posée sur la table. Il se lèvera, il croisera un de ses fils dans le couloir qui lui demandera de l'argent pour acheter un pull. Il l'évitera, il s'enfoncera au hasard dans l'appartement comme si les pièces devenaient plus nombreuses à mesure qu'il avançait. En définitive, il aboutira au pied du grand lit et il ne trouvera pas d'issue. Elle aura peur de cet homme qui lui semblera différent encore de celui qui l'avait violentée tout à l'heure. Il s'excusera de ne pas avoir frappé avant d'entrer, il bredouillera en voyant ses vêtements épars sur la moquette, puis il se demandera si en fait ils n'appartenaient pas à un autre.

Il apercevra la porte de la salle de bains, il se précipitera. Il tirera le verrou, il s'assoira sur le rebord de la baignoire. En fermant les yeux, il s'apercevra qu'il n'était pas cette conscience qui palpitait sous cet os chevelu dans ce cerveau dont il était le dépositaire malgré lui, sans compter ce corps emballé dans cette serviette, avec cette obligation de respirer pour ne pas mourir. Il se verra dans la glace, il aura l'impression d'avoir en face de lui un assemblage de petits morceaux de relations, d'amis, de parents, une foule expressive, remuante. Certains visages lui donneront envie de mordre, d'étrangler. Il aspergera sa figure d'eau froide pour les noyer, il tapera de la tête contre le mur pour les écraser, il brisera le miroir avec son front. Il reviendra dans la chambre, elle aura quitté la pièce. Il marchera au hasard, les autres chambres seront fermées à clé.

Il quittera l'appartement, dans la rue il aura la certitude que les passants n'étaient pas des éléments extérieurs et qu'il les dirigeait comme des doigts, des bras, des jambes supplémentaires. Même les immeubles feront partie de son corps, il aurait pu les obliger à avancer avec lui, les permuter, mélanger la ville, en faire un nouvel amalgame plus compact, ou au contraire la disperser, la perdre en une multitude d'immeubles éloignés l'un de l'autre, comme si un urbaniste avait voulu ériger des bâtiments solitaires comme des phares.

Il ne tiendra pas compte des rues, des trottoirs, de la circulation, tout se confondra, tout lui appartiendra, même le ciel nuageux et au-delà le cosmos qu'il ne se donnera pas la peine d'imaginer. Il zigzaguera, nébuleuse générale, cohue d'êtres, de matière, de planètes et d'astres. Il s'engouffrera dans un tunnel, une voiture le percutera. On l'enterrera six mois plus tard, quand après plusieurs opérations il sera décédé de ses blessures.

Derrière le hublot ce gigot est apaisant comme un nouveau-né assoupi au fond de son berceau. Grâce à lui elle pourra offrir un repas à tous les inconnus qui sonneront à la porte. Elle fera semblant de les reconnaître, elle leur sourira, elle leur offrira un verre. Elle lancera une conversation, elle dira j'espère que vous avez passé une journée aussi merveilleuse que moi. Vous ne pouvez pas savoir quel bonheur j'éprouve à être en vie, à sentir que la mort est encore si loin que je peux la considérer comme un mensonge, ou alors c'est que je suis morte au lieu de naître, et que je virevolte dans la vie éternelle.

On lui demandera si elle comptait toujours faire repeindre sa chambre de service et la louer à un étudiant. Elle répondra oui, non, je ne sais pas. Puis comme quelqu'un la voudra pour son fils, elle dira qu'elle l'avait vendue à un voisin, une voisine, une tante, une amie d'enfance qui voulait l'hiver y entreposer ses vêtements d'été, l'été ses manteaux, sans compter qu'elle comptait y mettre un petit lit pour venir s'allonger dans la journée loin du brouhaha de son appartement où sévissait son mari médecin qui faisait cabinet tout l'après-midi.

Elle n'ose plus regarder le gigot, il devient une source d'angoisse. Elle ne se rappelle plus l'avoir enfourné, son existence démarre à l'instant. Elle s'assoit, elle se souvient qu'auparavant elle était debout. Elle va vers la fenêtre, elle voit des poubelles alignées dans une petite cour. Elle recule, elle ouvre le réfrigérateur. Elle ne reconnaît pas les aliments en désordre sur les clayettes, ni la bouteille de lait à la capsule éventrée.

Elle se déplace jusqu'au salon, elle croit entendre un bruit de pas dans l'immeuble d'en face. Ces gens sont proches, ils sont séparés d'elle par un effet d'optique. Ils vont peut-être venir, elle les a sans doute invités quelques jours plus tôt. Ils l'embrasseront et lui demanderont des nouvelles d'une angine dont elle n'aura pas la moindre idée. Ils boiront plusieurs bouteilles de vin, mais ils négligeront le gigot auquel ils trouveront un goût métallique. Elle s'excusera, elle accusera un nouveau boucher de ne vendre que de la viande bizarre, à la saveur de plus en plus contestable, comme si elle avait été découpée sur une bête issue d'un film d'épouvante. Elle cherchera en vain un gâteau ou une glace dans le congélateur, elle en sera réduite à découper quelques fruits dans un saladier et à les saupoudrer de sucre.

Ils prétexteront une fatigue subite due à un décalage horaire pour s'éclipser à l'instant. Elle entendra la porte de leur appartement claquer de l'autre côté de la rue, elle videra le saladier à la poubelle. À nouveau, elle ne se souviendra plus de rien et son environnement lui semblera une apparition sans aucun lien avec sa personne. Le téléphone sonnera. On lui dira c'est toi, elle répondra oui. On lui demandera je suis bien chez les Jachard, et comme elle hésitera à répondre on raccrochera. Elle visitera chaque pièce, elle regardera son visage dans le miroir de la salle de bains. Elle se donnera une grosse quarantaine d'années, en ouvrant la bouche elle constatera que plusieurs molaires avaient été couronnées.

Elle fouillera les tiroirs de la chambre remplis de chemises d'homme et de corsages. Elle ne trouvera rien dans les poches des vêtements pendus dans l'armoire. Elle reviendra au salon, elle ira sur la terrasse. Elle aurait pu rejoindre la rue, marcher jusqu'à avoir assez vécu pour posséder une mémoire d'une heure ou deux. À moins qu'elle se souvienne d'une identité perdue dans la bousculade d'un boulevard, qu'elle sache soudain que sa mère l'avait accouchée par césarienne quarante-six ans plus tôt dans la clinique d'un paquebot où en compagnie de son père qui mourrait l'année suivante dans un accident de parachutisme elle faisait une croisière pour fêter leurs noces de carton. Elle reverrait son enfance comme un long couloir bordé de personnages, certains nets, lumineux, et d'autres plongés aux trois quarts dans l'obscurité. Elle se souviendrait que sa poupée préférée avait une inexplicable chevelure verte, que sa meilleure amie zozotait, qu'il y avait une pendule arrêtée dans le vestibule, et que sa mère lui avait présenté plusieurs beaux-pères présumés qui tous avaient pris la fuite avant la mairie.

Elle la reverrait en larmes, la menaçant de se jeter par la fenêtre si elle ne faisait rien pour l'empêcher de continuer à être malheureuse comme les pierres, et de ne rencontrer que des rustres qui ne faisaient que la consommer en vitesse, entre deux lits, avec le peu d'attention que l'on prête aux femmes qu'on n'aimera jamais. Elle accusait son mari d'être la cause de son malheur, elle maudissait cet accident ridicule. Il n'avait jamais pensé qu'à ses loisirs, son plaisir, solitaire, idiot, cette manie de tomber du ciel comme le Messie, et il avait fini par s'écraser sur un rocher comme une fiente. Elle aurait voulu qu'il soit toujours là-haut, qu'elle puisse le tirer à la carabine comme un oiseau. Elle aurait épargné le cœur, la tête, afin qu'il souffre plus longtemps, qu'il expie, qu'elle se sente enfin vengée de la vie épouvantable où il l'avait plongée cet après-midi-là quand il s'était jeté dans le vide avec un parachute mal embouché. Elle aurait aimé qu'il se balance à jamais entre ciel et terre dans des douleurs qui lui feraient regretter son saut et la ribambelle de ses précédentes culbutes.

Quand elle a eu seize ans, elle lui a offert pour son anniversaire un stage de parachutisme qu'elle n'a pas voulu accomplir. Elle l'a alors accusée d'être lâche, de détester son père, et de refuser d'assumer jusqu'au bout son karma. Elles se sont insultées, et dès le lendemain elle s'est retrouvée expulsée de l'appartement maternel, vivres coupés, obligée d'abandonner ses études et de travailler dans une grande surface. Peu après, une infection mal soignée dans un hôpital au personnel négligent lui a coûté ses ovaires et son utérus.

Elle ouvre le four. Elle pique le gigot avec un couteau et provoque un léger saignement. Elle referme la porte, elle a l'impression que le graillon a graissé sa chevelure et tous ses vêtements. Elle quitte la cuisine, traverse le salon, s'assoit sur la terrasse. La nuit n'est toujours pas tombée, le soleil lui semble suivre une trajectoire ascendante et puis redescendre comme si quelqu'un le manœuvrait dans le cadre d'une répétition ou d'un tournage. Pourtant le ciel est réel, et elle sent que son corps aussi. Elle a une mémoire d'humaine, elle attend son mari ainsi qu'un couple d'invités. Demain elle dînera chez les Pierrot après un long bain dans leur piscine, et au retour elle sera enrhumée. Pendant une semaine elle restera calfeutrée, se mouchant, buvant des bols de tisane devant le téléviseur.

Quand elle aura retrouvé sa porosité nasale elle éprouvera le besoin de passer toutes ses journées dehors. Elle lira dans les jardins publics, elle acceptera de converser avec les hommes qui l'aborderont, elle déjeunera même avec l'un d'eux et elle aura du mal par la suite à l'éconduire. À moins qu'elle profite de cette rencontre pour entamer une liaison, s'enivrer de sexe, de rendez-vous, d'innombrables messages échangés en cachette et de petits cadeaux qu'elle étalera devant son mari qui croira les lui avoir offerts des années plus tôt.

Par jeu elle lui avouera son histoire. Il lui demandera d'organiser une réception avant leur départ en vacances, il trouvera aussi l'image du téléviseur trop petite et dès le lendemain il en fera livrer un autre à l'écran surdimensionné. Elle prendra un malin plaisir à lui raconter chaque soir ses turpitudes de la journée, il se contentera d'insister sur la qualité des images et de monter le son pour qu'elle puisse apprécier la subtilité des basses.

Il commandera lui-même un raout chez le traiteur auquel il faisait appel quand il donnait un cocktail à l'agence. Elle y conviera son amant, et après quelques verres elle glissera la main dans sa chemise pour caresser ses pectoraux. Son mari discutera âprement avec un repreneur potentiel, et quand tout le monde sera parti il sera si heureux d'avoir à ce point fait progresser son affaire qu'il l'embrassera sur la bouche en la renversant sur le canapé. Elle passera à deux doigts du coït, elle ne devra son salut qu'à un long coup de téléphone d'un collaborateur paniqué par la faillite de leur plus gros client.

Elle en profitera pour s'éclipser et aller se coucher avec un somnifère dans le ventre. Le lendemain elle apprendra par la gardienne qu'on avait sonné à sa porte toute la nuit pour lui annoncer que son mari avait été descendu d'une rafale de mitraillette par un policier en faction devant l'ambassade des États-Unis. Il n'avait fait que brandir son poing mais les attentats étaient devenus trop fréquents et on évitait de prendre le moindre risque. Elle se sentira guérie de cet homme qui l'avait gangrenée dès leur première rencontre, elle passera toute la journée à choisir des cadeaux pour son amant dont elle décidera de faire son concubin. Il refusera, lui jetant au visage son épouse et sa marmaille qu'il lui avait cachées jusque-là. Il profitera de son abattement pour quitter le café où la scène venait de se dérouler. Le soir même elle essaiera de lui téléphoner, mais son numéro ne sera déjà plus attribué. Elle fera des recherches, seule une vieille femme perdue dans un village au nom obscène portera son nom à une lettre près, et de toute façon elle n'aura jamais entendu parler de lui.

Elle en voudra à son mari d'avoir interrompu le ronronnement paisible de leur vie, par sa faute elle se retrouvait seule dans cet appartement devenu trop grand, avec cette terrasse comme une tentation dont la porte-fenêtre constituait les bras ouverts à chaque fois qu'elle voulait aérer le salon. Son tempérament se fera maussade, elle accumulera les maladies auto-immunes, développant même pour couronner le tout une tumeur qui lui vaudra l'ablation d'une partie du poumon droit. Par lassitude de la vie, le jour où on diagnostiquera une banale appendicite elle refusera de se faire opérer, laissant le mal dégénérer, crevant dans ses déjections, comme un animal sauvage loin des vétérinaires et de la civilisation.

Ses parents seront morts quelques années plus tôt, son jeune frère recueillera sa succession et celle de son mari dont elle aura été si peu de temps l'héritière. L'agence sera en cessation de paiement, mais une fois l'appartement vendu et les droits acquittés il lui restera assez d'argent pour s'acheter un voilier.

Longtemps plus tard, vieillard mélancolique, une nuit il feindra une maladresse en manœuvrant le mât d'artimon et glissera dans la mer obscure. On croira à un accident, on ne retrouvera jamais son cadavre, et il ne viendra pas à l'idée de ses enfants d'organiser une petite réunion à sa mémoire devant un verre dans l'atelier de son pavillon où il aura passé ses dimanches et sa retraite à bricoler, construire des maquettes de bateaux, et remettre en état les voiles et le gréement de ses embarcations successives. Ils vendront sa maison, son voilier, se partageront ses économies et n'éprouveront plus le besoin de se rencontrer à présent que leur père n'était plus là pour organiser chaque mois un déjeuner familial.

L'une des filles vieillira sans enfant, seule, ses amis d'autrefois ayant fui son caractère épouvantable. Mais elle refusera toujours de s'humilier au point de renouer avec un des membres de sa famille. Elle prendra l'habitude de s'enivrer d'exercices physiques, forçant à courir sa vieille carcasse dans les allées du jardin public en face de chez elle, afin de transpirer, de fouetter son sang, d'oxygéner son cerveau jusqu'à le rendre presque optimiste à force de le gorger d'endorphines. On pouffera en la voyant trottiner comme une musaraigne empoisonnée prête à calancher à chaque pas. Elle tombera un soir derrière un bouquet d'arbustes. Le gardien la découvrira un quart d'heure plus tard. Elle mourra durant son transfert à l'hôpital.

Avant d'expirer elle regrettera toute sa vie, elle se dira même qu'elle aurait mieux fait de travailler plus sérieusement au lycée quand elle était jeune. Elle aurait pu acquérir un diplôme, puis faire carrière dans la banque, l'industrie, placer une partie de son salaire chaque mois, et à son âge elle aurait été à la tête d'un capital important qu'elle aurait laissé derrière elle comme le chef-d'œuvre de toute une existence. Chef-d'œuvre comestible que ses nièces et ces neveux n'auraient pas manqué de dévorer sur place ou de réfrigérer via un solide compte en banque selon leur idiosyncrasie, leurs goûts, leur manière d'envisager la vie. Alors qu'elle ne laissait derrière elle qu'une épargne insignifiante, quelques meubles invendables, une garde-robe à jeter, même pas un chien de race, un chat de gouttière mais malin, affectueux, à la petite langue rose et râpeuse comme une pierre ponce.

Elle partirait sans laisser de trace, la mort l'effacerait comme une tache. Elle laisserait pendant quelques jours un souvenir assez net dans la mémoire du gardien qui l'avait ramassée, mais les brancardiers voyaient trop de visages pour se rappeler du sien quand ils l'avaient recouvert du drap. Juste avant son dernier soupir elle émettra un petit cri désespéré, un couinement que le bruit de la sirène couvrira.

Elle ferme les yeux, elle languit que cette soirée se termine, qu'elle puisse enfin aller se coucher. Elle dira à son mari d'éviter de la toucher, et même de l'effleurer par inadvertance. Mais il s'endormira comme une masse sans prendre la peine de l'écouter. Elle ne trouvera pas le sommeil, pour sortir du lit elle devra enjamber son corps qui lui semblera plus volumineux que d'habitude. Elle ira s'asseoir sur le canapé du salon, elle repensera à cet insupportable dîner et au gigot que les invités avaient dévoré comme des goinfres en racontant les performances de leur petit-fils à l'école maternelle. Sans compter que demain elle devrait plonger dans la piscine des Pierrot et les écouter faire l'éloge de leur nouveau robot de nettoyage.

Elle sortirait de chez eux avec une bronchite, si les antibiotiques oraux n'en venaient pas à bout on l'hospitaliserait durant une semaine. Son mari viendrait la voir les premiers jours, puis il se bornerait à un simple coup de téléphone en fin d'après-midi. Il ne viendrait pas la chercher, elle reviendrait chez elle en métro. Il rentrerait ce soir-là à minuit, il lui dirait qu'il en préférait une autre dont il avait fait connaissance dans la salle d'attente de son dentiste.

Elle trouverait refuge chez les Pierrot qui la mettraient entre les mains de leur avocat. Pour ne pas les froisser elle serait obligée de se baigner trois fois par jour, et même de faire des longueurs avec leur fille, une infatigable asperge de dix-sept ans. À ce rythme elle ne tarderait pas à tomber malade à nouveau. On la soignerait avec dévouement comme une enfant adoptive ou une vieille domestique prête à mourir après quarante-cinq années de service.

Mais sans attendre la fin de sa convalescence on l'entraînerait dans des baignades qui lui seraient funestes et la cloueraient à nouveau au lit. Son divorce serait prononcé aux torts exclusifs de son mari. Les Pierrot profiteraient de son état cacochyme pour la faire tester en faveur de leur gamine qui hériterait quand on la retrouverait sept mois plus tard décédée au fond de la piscine. À moins qu'on parvienne à la ranimer, ou qu'elle ne se soit pas baignée ce jour-là, qu'elle ne se soit jamais réfugiée chez ces gens, mais plutôt chez une amie d'enfance, une Dumourin, une de ces filles trop mal faite pour plaire aux hommes, et pourtant pas aigrie, généreuse, prête à partager ses mètres carrés, les étagères de son armoire de toilette, la tringle de sa penderie, toujours disposée à organiser une petite fête pour distraire son amie dans ses périodes de déprime, dormant sur un fauteuil de mousse afin de lui laisser une chance de vaincre son insomnie dans son petit lit de célibataire.

Elles habiteraient ensemble quatre mois, le temps pour les deux femmes d'ouvrir un soir sans précautions à une bande de garçons qui leur voleraient des colifichets et les éventreraient comme de la volaille. Ils se feraient arrêter dans la nuit par une patrouille de police. Ils finiraient leurs études en prison, et à leur sortie ils mèneraient une vie rangée, se reproduisant, générant de l'argent, aimant plus que tout la vie de famille, la routine qui abrase l'angoisse, les week-ends dans la même maison perdue au milieu de terres agricoles où ils passeraient aussi les vacances d'été, s'octroyant rarement une semaine de voyage et changeant de voiture quand elle serait devenue une épave.

Ils ne penseraient plus guère à leur crime, cette faute de jeunesse qu'ils auraient expiée par des années de privation de liberté, d'humiliations quotidiennes, de peurs, de viols, d'intimité carottée, de semaines de cachot données injustement pour des injures à un gardien qu'ils n'avaient jamais proférées, sans compter le codétenu qui fait imploser le téléviseur de la cellule le jour d'une finale, et cette odeur indéfinissable qui flotte dans les maisons d'arrêt, les centrales, comme si toute l'humanité qui grouillait là était moisie malgré les aspersions avec une eau de Cologne cantinée à prix d'or.

Ils en voudraient à leurs victimes de n'avoir pas regardé par le judas, refusant alors d'ouvrir la porte et les empêchant ainsi de commettre leur forfait. Ils auraient sonné à tous les étages, mais personne ne se serait laissé prendre. Ils auraient fait du tapage dans la rue, brisant des vitrines, essayant de retourner des voitures. On les aurait arrêtés, et relâchés un mois plus tard sans qu'ils aient subi ces années de tourments.

Devenus vieux, ils raconteraient parfois leur calvaire au cours des longs déjeuners de Noël et du jour de l'an, mais leurs enfants changeraient de sujet de conversation pour que le récit affreux des aïeux ne traumatise pas leur progéniture. Atteignant le stade du gâtisme, ils deviendraient de plus en plus obsédés par leur détention, allant jusqu'à prendre leur épouse pour un maton qui ne dormirait que d'un œil, et leur lit pour un mitard bordé de draps où ils seraient contraints de s'enfermer pendant la nuit. C'est là qu'ils rendraient leur dernier soupir, étouffés à force d'enfoncer leur visage dans l'oreiller, attendant en vain un bruit de clé, un cliquetis salvateur, leur cœur s'arrêtant subitement après une vie exceptionnellement longue et dans l'ensemble remplie de joies, si l'on excepte cet épisode malheureux, cette incursion dans le monde du crime et ce châtiment qui aurait gâché quelques-unes des plus belles années de leur jeunesse.

Elle espère que demain les Pierrot leur annonceront qu'à cause d'une bactérie ils se sont vus dans l'obligation de vider leur piscine et d'en frictionner les parois avec un produit désinfectant hautement toxique dont les émanations interdisaient de prendre l'apéritif autour du bassin. Ils seront désespérés de les recevoir si mal, sans ce bain rituel qui faisait tout le charme de leurs dîners. Ils leur proposeront à la place une partie de billard, à moins qu'ils préfèrent bien qu'il pleuviote galoper dans le parc en guise de décrassage apéritif, ou faire un simple ping-pong à l'abri du préau.

Afin de ne pas les vexer ils consentiront à changer de chaussures pour monter sur le parquet du bowling qu'ils viendront de faire installer dans leur cave. Ils devront écrouler plusieurs dizaines de quilles avant de pouvoir remonter et s'attabler devant l'éternel plat de gibier que les Pierrot auront canardé eux-mêmes dans la grande propriété ancestrale où toute leur famille se retrouvait chaque dimanche fusil en main tant que durait la saison de la chasse. Ils possédaient du reste trois vastes congélateurs où des années de butin s'entassaient, et ils envisageaient même l'achat d'un quatrième appareil plutôt que de se résoudre à gâcher.

Après le repas, ils devront boire avec eux un verre de chacun des alcools de fruits que leur distillait clandestinement un bouilleur de cru. Ils chercheront à lever l'ancre, mais ils les retiendront en leur montrant les plans de la brasserie qu'ils projetaient de faire construire sur leur toit afin de pouvoir se restaurer sans quitter leur domicile dans une ambiance joyeuse au milieu d'une clientèle constituée de figurants et d'acteurs de troisième ordre trop contents de boire et de manger aux frais de la princesse. Avant qu'ils les laissent enfin s'en aller, ils installeront un chevreuil congelé dans le coffre de leur voiture. Ils s'arrêteront trois kilomètres plus loin pour s'en débarrasser au pied d'un arbre.

En rentrant ils se disputeront pour évacuer leur hargne, leur haine, leur désespoir d'avoir passé une soirée aussi désagréable avec des êtres si stupides qu'ils auraient dû se chasser eux-mêmes et faire congeler leurs cadavres par leur fille qui aurait pu petit à petit les débiter à la hache et les servir aux malheureux qu'elle n'aurait pas manqué d'inviter à dîner et qu'elle aurait obligés à prendre auparavant un bain dans la piscine afin de perpétuer les traditions familiales.

Ils auront du mal à trouver le sommeil, ils se donneront des coups de coude et des coups de pied dans le lit. Elle ira respirer l'air de la nuit sur la terrasse. Elle ne se souviendra plus dans quelles circonstances elle avait rencontré son mari, peut-être avaient-ils partagé le même taxi un jour de grève, la même table dans un café bondé, ou le même ascenseur hystérique qui les avait précipités l'un sur l'autre. Mais il lui semblera plutôt qu'il était apparu soudain à ses côtés ce soir chez les Pierrot, et que plusieurs décennies de vie commune s'étaient abattues sur eux tout à coup, les transformant à l'instant en un couple rôdé, grincheux, excédé de subir la présence de l'autre depuis un si grand nombre d'années. Elle décidera de s'en aller, de déserter le domicile conjugal avant que le jour se lève, éclairant d'une lumière crue le visage de cet homme qui lui avait déjà tant déplu à la clarté des lampes.

Elle entrera dans la chambre, elle remplira une valise sans faire de bruit. De toute façon, il dormira d'un sommeil plombé par le poids des nourritures et des boissons absorbées chez les Pierrot. Avant de partir, elle vomira sur le traversin. Elle marchera dans la rue, il n'y aura que le bruit de ses pas et celui des roulettes de son bagage sur le trottoir. Elle s'arrêtera devant certains immeubles, cherchant la plaque d'un médecin, d'un notaire, qu'il se nomme Menbort ou Casablanca, ou même qu'il soit affublé d'un patronyme burlesque avec trop de i, de o, ou pourvu de rallonges si nombreuses qu'il ferait penser à un itinéraire.

Elle se souviendra très nettement que son père continuait à exercer une profession libérale. Il acceptera de l'héberger, il lui restituera même sa chambre de jeune fille pour qu'elle en fasse à nouveau ses pénates et puisse y écouter de la musique avec ses amies d'enfance dont les identités lui reviendront peu à peu. Elle n'aura qu'à les appeler, elles pousseront des cris de joie en entendant sa voix, elles abandonneront leur travail, elles diront à leurs enfants de dîner seuls avec leur père, et elles arriveront l'une après l'autre. Elles chahuteront, dansant sur le tapis, faisant des signes ambigus au voisinage par la fenêtre ouverte, se déshabillant, échangeant leurs vêtements, s'amusant de l'allure clownesque des maigres dans les habits des grosses et des vaines contorsions des boulottes pour entrer dans les pantalons étroits des fluettes, des émaciées, des décharnées et des squelettiques.

Elles feront tant de bruit que sa mère lui enjoindra de calmer ses troupes, et comme elle n'en fera rien elle demandera à tout le monde de s'en aller immédiatement par respect pour son mari qui recevra des clients à l'autre extrémité de l'appartement. Quand elle se retrouvera en tête-à-tête avec sa fille, elle lui annoncera que sa conduite inadmissible lui vaudrait une privation de sorties pour un temps indéfini. En outre, elle confisquera plusieurs de ses robes récemment achetées, ainsi qu'un petit poste de radio rose bonbon qui trônera sur sa table de chevet. Elle pleurera seule dans sa chambre jusqu'à l'heure du dîner. À table son père s'indignera que l'année du bac elle puisse encore se livrer à de pareils enfantillages. Puis il reprochera à sa femme d'être une Dépacher, et d'avoir pollué le sang de leur fille, injectant dans ses veines un peu de l'esprit fantasque qui régnait dans cette famille de patachons.

On l'enverra se coucher avant le dessert, et sitôt dans sa chambre elle se jettera par la fenêtre pour exprimer sa rébellion d'adolescente brimée. Le surlendemain, elle rejoindra le caveau familial. Son père s'en voudra de n'avoir pas épousé une autre femme, une Dupuitar, une Carnin, une de ces femelles rigoristes qui mettent au monde une progéniture parfaitement équilibrée, incapable de se suicider pour une réprimande, et même de mériter la moindre gronderie. Il divorcera, il épousera en secondes noces une Fugin qui lui donnera deux petits garçons, calmes mais laids, auxquels il ne parviendra jamais à s'attacher. Il achètera un chien, trois chats, afin de les fondre dans la masse d'autres êtres vivants et de les perdre de vue. Ils surnageront malgré tout avec leurs yeux d'humains, leurs paroles articulées, leurs jeux plus élaborés que le badinage primaire des animaux.

Il les mettra en pension durant l'année scolaire, et pendant les vacances ils intégreront un home d'enfants. Il n'aura jamais le cœur à leur écrire, ni à leur téléphoner, il se bornera à leur faire envoyer régulièrement par sa secrétaire des paquets de publicités pour du matériel de bureau et des entreprises de nettoyage. Leur mère ira les visiter de temps en temps, mais à force de les voir si peu elle finira par s'en détacher et elle déléguera sa femme de ménage avec un gâteau ou un sac de vêtements.

Ils parviendront à l'âge adulte sans avoir connu l'amour parental qui leur était dû, et malgré ce handicap ils devront s'intégrer dans le monde du travail avec pour tout bagage un petit diplôme de commerce obtenu à l'issue d'un cycle court. Ils voudront réussir, mais ils manqueront de tact dans les relations avec leurs collègues qui les haïront et ne tarderont pas à demander leur tête qu'ils obtiendront à la place d'une prime et de la gratuité de la cantine.

Complexés par la médiocrité de leur situation sociale, ils se marieront à des femmes d'un certain âge, au physique déjà usé, au psychisme rendu rigide par les années. Ils les aimeront quand même d'un amour insensé, alors qu'elles leur compteront baisers et marques de tendresse. Pour assurer la survie de leur ménage, ils oublieront leurs ambitions de jeunesse et deviendront gardiens de nuit dans un parking où ils seront souvent agressés par des voyous. Un voleur de voiture irascible les atteindra d'une balle dans la colonne vertébrale qui les rendra hémiplégiques.

Leurs femmes refuseront de pousser leur fauteuil roulant et de leur prodiguer les soins que nécessitera leur état. Ils finiront leur existence dans un établissement où ils ne trouveront jamais la joie de vivre qui leur aura manquée tout au long de leur vie. Les infirmiers leur rappelleront les pions des pensions, et chaque soir ils pleureront dans leur lit comme du temps où ils étaient gamins. Quand leurs femmes décéderont ils recevront un faire-part qu'ils conserveront dans leur portefeuille jusqu'à la fin de leur vie tel un gri-gri.

Elle s'impatiente, le jour s'attarde. Elle voudrait que la saison change à l'instant, qu'il fasse trop chaud, que ce soit un été caniculaire, que même l'eau de leur piscine ne rafraîchisse plus les Pierrot, qu'ils partent en villégiature dans leur grand chalet suisse où ils passent leur temps à faire d'éreintantes excursions avec tout un stock d'amis qu'ils importent, logent, nourrissent, et épuisent en marches forcées dans la montagne.

Ils auraient résisté à leurs coups de téléphone presque quotidiens et à leurs cartes postales comminatoires, prétextant des problèmes administratifs, une opération abdominale, et toute une ribambelle de mauvaises raisons afin de repousser leur invitation. Pour les convaincre malgré tout de venir les rejoindre ils leur feraient parvenir un document où on les verrait bivouaquer sur un glacier avec un autre couple tout aussi frigorifié et brûlé par le soleil.

Elle voudrait se fâcher une bonne fois avec eux afin de ne jamais plus subir le chlore de leur piscine, ni leurs menaces de camping en haute montagne, mais son mari refuserait de s'aliéner des relations aussi huppées qui pourraient peut-être un jour lui racheter son agence. Vers la fin du mois d'août, il se croirait même obligé de céder à leurs avances et malgré ses protestations ils iraient passer une épuisante semaine dans l'immense chalet des Pierrot. Après chaque promenade, chaque pique-nique dans une zone escarpée, souvent après avoir essuyé une ondée, un violent orage de pluie, de grêle, après avoir vu la foudre claquer à quelques mètres, tout le monde se retrouverait dans le sauna qu'ils viendraient de faire installer et où on devrait passer son temps jusqu'à l'heure du dîner en alternant les suées avec de longues douches glacées telles qu'on en faisait prendre autrefois aux pensionnaires des asiles de fous. Avant le coucher, ainsi que le matin au réveil, on y séjournerait aussi pour se préparer au sommeil et pour réveiller ses muscles rendus atones par sept heures de lit. Elle reviendrait avec une dermite, elle consulterait successivement quatre dermatologues avant d'en venir à bout. Quant à lui il se foulerait le poignet lors d'une petite escalade, et de retour à Paris il aurait trois accrochages à force de conduire d'une seule main.

Quinze jours après les Pierrot les convoqueraient à nouveau. Elle refuserait de se rendre chez eux, mais son mari la supplierait et elle lui céderait pour ne pas briser leur ménage. Ils auraient fait agrandir la piscine pendant leur absence. À présent elle serait gigantesque, la machinerie s'épuiserait à chauffer toute cette eau, et il faudrait nager interminablement avant de gagner le privilège de pouvoir enfin grelotter au sec sur une affreuse balancelle en rotin. En rentrant, elle lui reprocherait la rhinopharyngite, la bronchite, la pneumonie qu'elle sentirait poindre, et il aurait une longue quinte de toux comme pour lui montrer sa solidarité.

Elle aurait envie de lui demander de partir, de lui dire je veux enfin respirer, expulser les Pierrot de ma conscience, de ma mémoire, oublier même que tu existes et que nous subissons une existence linéaire. Il opposerait la force d'inertie, se laissant tomber sur un fauteuil, allumant le téléviseur, regardant avec des yeux hagards un reportage sur les grains de beauté. Elle crierait, elle trépignerait. Il ferait semblant de s'intéresser à une intervention bénigne et à l'interview d'un cancérologue aux yeux ronds comme des calots. Elle le tirerait par le col de sa chemise, elle essaierait de le faire tomber par terre.

Il irait à la salle de bains. Il commencerait à se laver les dents, elle lui arracherait la brosse. Elle lui dirait mais va-t'en, va-t'en. Il irait se coucher, elle le menacerait d'avaler son rasoir s'il ne la laissait pas seule cette nuit, au moins une heure ou deux, ou même un seul quart d'heure qu'il pourrait passer à faire les cent pas dans la rue comme s'il promenait son chien. Il n'avait qu'à prendre un chien, et chaque soir s'éclipser pour l'emmener au diable vauvert vider sa vessie, il rentrerait le plus tard possible quand la bête en aurait assez de renifler, de courir, ou il ne rentrerait pas du tout, il comprendrait qu'il n'est que temps pour lui de s'installer ailleurs avec sa bête, dans un trois-pièces où ils auraient chacun leur chambre, ainsi qu'un petit salon commun où ils échangeraient caresses et coups de langue en écoutant de la musique, la rumeur des informations, ou le son cristallin du bulletin météo. Ils dirigeraient l'agence de concert, et la mèneraient en quelques semaines à la faillite.

Leur clochardisation serait fulgurante, et un jour qu'il aurait mordu un enfant le chien serait piqué. Il ne pourrait supporter sa solitude, il chercherait à la retrouver. La faillite l'aurait privée elle aussi de moyens de subsistance, elle occuperait la chambre de service d'une amie qui voudrait la récupérer pour y exiler son fils de dix-sept ans. Elle refuserait tout contact avec un pareil loqueteux qui lui donnerait une image effrayante de ce qu'elle serait peut-être dans un avenir proche. En sortant de chez elle, il croiserait une bouche d'égout grande ouverte pour cause de travaux, il enjamberait la barrière de protection et il se jetterait tête la première. Il agoniserait quatre jours à l'hôpital, puis on l'incinérerait en même temps qu'un corps de vieillard et un lot de membres amputés le jour même.

De son côté elle essaierait de surnager, elle serait représentante en chapeaux, en écharpes, et comme elle ne gagnerait pas sa vie elle ne pourrait payer le loyer du studio qu'elle occuperait depuis un trimestre. Elle demanderait en vain à son amie de lui prêter à nouveau la petite chambre, quitte à réintégrer son fils quelque temps dans le foyer familial. Afin de la culpabiliser, elle se jetterait par la fenêtre que son amie refermerait avec flegme sans jeter le moindre coup d'œil à son corps désarticulé sur le trottoir. À midi, elle déjeunerait même d'une tranche de thon à la basquaise avec une amie photographe, puis elle irait choisir un manteau dans un grand magasin. Le soir, son mari l'entretiendrait du drame dont il aurait entendu parler par la gardienne. Elle essaierait de changer de conversation, mais il plaindrait cette femme morte pour dix mètres carrés sous les toits.

Elle lui ferait remarquer que leur propre fils en avait besoin pour purger dans son coin son adolescence tourmentée. Il dirait il faut que je monte lui rendre visite, il reste cloîtré là-haut et j'ai l'impression que nous nous éloignons l'un de l'autre.

Elle lui répondrait tu préférerais qu'il soit ici, jamais content, nous injuriant, maltraitant les assiettes, tordant l'argenterie, ne perdant pas une occasion pour nous dévaloriser, nous comparer à de simples corps animaux, et certains jours à des minéraux, des cailloux mus par des coups de pied invisibles, des poussières propulsées par le vent de la ville, rêvant de nous capturer avec l'aspirateur ou de nous évacuer par le vide-ordures comme le produit clandestin d'une grossesse non désirée. Tu voudrais que toute cette haine rôde encore autour de nous, si tu montes le voir il risque de t'asphyxier de son fiel et de sa rancœur. Il ne te pardonnera jamais de t'être laissé aller, au lieu d'avoir exigé de moi une inoffensive fellation, une masturbation distraite du bout des phalanges expéditive comme une miction.

Quelques jours plus tard, ils boucheraient avec un pigeon mort le canon de la cheminée du petit appareil à gaz qui servait au gamin à se chauffer. Sa mort passerait pour un accident, ils oublieraient cet enfant, s'abrutissant de safaris, de lecture, de gastronomie, achetant aussi une succession de petits chats qu'ils feraient disparaître l'un après l'autre dès que l'approche de l'âge adulte les rendrait plus moroses et moins espiègles que lorsqu'ils étaient chatons. À soixante-six ans il repenserait un matin à cette femme qui s'était jetée par la fenêtre de son salon, et dix ans plus tard il éprouverait l'irrésistible désir de l'imiter. Son épouse ne se suiciderait qu'à quatre-vingt-dix ans, profitant qu'un ouvrier aurait enlevé le garde-fou du balcon pour le repeindre, lui permettant ainsi une chute aisée.

Elle marche sur la terrasse, elle a l'impression de monter la garde. Un médecin a peut-être diagnostiqué ce matin une maladie incurable dans l'organisme de son mari, et il va rentrer en panique. Les invités ne le trouveront pas aussi drôle que d'ordinaire, ils se promettront même de ne pas rendre cette invitation et de n'en accepter aucune autre. Ils partiront tôt, et dès qu'ils se retrouveront seuls il se mettra à pleurer comme un pleutre qui craint la douleur et la mort. Elle sera dégoûtée par ce visage trempé de larmes qu'il essaiera de plaquer contre le sien ou dans le creux de son épaule. Elle lui proposera des cachets afin qu'il oublie, qu'il dorme, et il les acceptera comme une marque d'affection.

Dès qu'il sera assoupi, elle avalera avec un grand verre d'alcool assez de somnifères pour éviter de se réveiller avant plusieurs semaines. Mais son mari émergera vers midi, et à treize heures on aura déjà achevé son lavage d'estomac. En sortant de l'hôpital, elle se dira maintenant j'aime la vie, et pour en profiter davantage elle fera de la danse, étudiera une langue orientale, et aura chaque soir un rapport avec son mari même les soirs où la chimio l'aura épuisé. On l'admettra au début de l'hiver dans une clinique sponsorisée par une radio musicale en pleine expansion. Il mourra crispé par les jingles et les tubes.

Elle prendra la direction de l'agence, découvrant les erreurs de gestions commises par son époux et licenciant son bras droit après l'avoir fait tester par un psychologue qui jugera son quotient trop bas pour ce poste. Elle engagera à sa place un homme jeune qu'elle paiera peu, mais dont l'efficacité et le charme ne tarderont pas à la séduire. Il deviendra son amant, puis son second mari. Il aura quinze ans de moins qu'elle, il se servira de cette différence d'âge pour l'asservir et l'humilier à l'occasion quand elle émettra en société une opinion qui l'irritera. Il dirigera l'agence, il en deviendra personnellement propriétaire, elle ne sera plus que son assistante, puis il la remplacera par une fille d'une vingtaine d'années aux jambes plus longues et au visage presque enfoncé encore dans l'enfance.

Elle ne se plaindra pas, se contentant d'une petite place dans l'entrée, triant les appels téléphoniques, préparant le café, photocopiant parfois quand on lui accordera cette besogne comme une faveur. Il finira par habiter seul l'appartement, avec son petit salaire elle louera une pièce en sous-sol loin de son ancien domicile. Elle ne regrettera pas son train de vie d'autrefois, elle jouira d'imaginer son mari heureux dans son ancien décor avec cette jeune gazelle dont il devait être plus fier encore que des meubles, de la terrasse, et du capital de l'agence dont il était à présent l'unique détenteur. Un hiver elle tombera malade, elle frappera contre le mur qui jouxtera son lit. De l'autre côté il n'y aura qu'un bric-à-brac de vieux sièges et de cartons remplis de vêtements démodés.

À l'agence, personne ne s'inquiétera de son absence et ses dernières amies la croiront brouillée pour une vétille. Les premiers temps elle toussera jour et nuit, puis elle s'étiolera en sourdine. Dix jours après sa mort la puanteur alertera un locataire venu chercher du vin dans sa cave. Son mari assistera à son enterrement en compagnie de sa maîtresse, ils se marieront six mois plus tard et ils auront quatre enfants de sexe mâle qui leur en feront voir de toutes les couleurs. Surtout le dernier qui refusera d'entreprendre des études, enlèvera le nouveau-né d'un couple ami pour lui soutirer une rançon, et n'obtenant rien s'en débarrassera une nuit pièce à pièce par les fentes des persiennes d'un rez-de-chaussée.

Après vingt années de prison, il empruntera de l'argent à ses parents pour ouvrir une boutique qui fera faillite en quelques mois. Écœurée, sa mère lui conseillera le suicide. Pour la première fois depuis le début de son adolescence, il lui obéira. Mais ses trois frères continueront à leur nuire, refusant de les aider à fixer un tableau au mur, les privant de leurs petits-enfants, et ne les prenant pas au téléphone. Ils auront une fin triste, elle, se passionnant pour ses orteils dont elle vernira les ongles huit fois par jour, lui, prenant son sexe pour un petit saint qu'il protégera avec de la ouate, l'aspergeant à tout propos de parfum comme une image pieuse d'eau bénite.

Ils se réveilleront chaque matin sans se reconnaître, s'accusant mutuellement d'avoir squatté le lit. Puis elle lui demandera vous savez comment je m'appelle, et il lui répondra moi aussi j'ai oublié mon nom. Ils éplucheront de vieux répertoires qu'ils trouveront sur une étagère, ils parcourront un annuaire. Elle dira je suis peut-être une Recinbot, une Michart, une Duvardet, mais lui n'aura aucun souvenir. Ils sortiront sur le palier, il n'y aura pas de nom sur la porte, ni sous la sonnette. Ils descendront, ils ne se reconnaîtront pas dans le miroir de l'ascenseur. Ils passeront lentement devant la longue rangée des boîtes aux lettres, mais aucun nom ne fera tinter leurs neurones. Elle dira nous ne sommes tout de même pas M. et Mme Tutri, Muter, Fanfart, et Siberlin non plus. Il lui répondra pourtant même les chiens, même les vaches portent un nom, si au moins nous nous souvenions chacun d'un sobriquet qui nous appartienne.

Elle sortira dans la rue, seule, attirée par le soleil et cette sérénité qu'elle imaginait à l'intérieur de tous ces cerveaux de passants qui lui sembleront marcher de plus en plus vite et qu'elle voudra rattraper malgré son corps octogénaire. Elle n'aura plus besoin de nom, l'appellation d'humaine, de vivante, lui suffira, elle se serait même contentée d'être un simple mouvement, un déplacement d'un point inconnu vers nulle part. Elle avancera de plusieurs centaines de mètres et tombera dans une flaque de soleil, comme si la lumière trop vive l'avait fait glisser. Elle ne passera que trois jours à l'hôpital. De retour à son domicile elle saura à nouveau son identité et ses origines sur le bout du doigt.

Elle secouera son mari quand il l'appellera Julia au lieu de Catherine, et pour tester sa mémoire elle le questionnera sur son nom de jeune fille, le menu de leur repas de mariage, les étapes de leur voyage de noces, ainsi que les dates de naissance de leurs fils si ingrats. Mais dix jours plus tard elle aura déjà tout oublié. Elle lui reprochera d'être là, et lui ne comprendra pas non plus pourquoi ils se trouvaient ensemble. Elle prétendra être une Durenui, une Fourtal, en tout cas une femelle issue d'une famille où comme elle on restait volontiers vieille fille, et il n'y avait aucune raison qu'elle cohabite avec un mâle qui ne serait jamais son mari. Elle lui demandera si seulement il avait un nom, ou s'il faisait partie de ces gens qui appartiennent à l'espèce humaine de façon anonyme comme les chaises, les armoires, les commodes appartiennent à la race inoffensive, humble, inanimée des meubles. Il bredouillera des noms de personnages historiques dont il se prétendra l'homonyme, puis il se retranchera dans le mutisme. Elle appellera la police qui devant la confusion mentale des deux protagonistes les fera interner tout de suite.

À leur sortie, ils auront acquis la conviction que leur identité réelle correspondait aux papiers officiels qu'on aura mis dans leurs bagages. Ils s'appelleront par leur prénom, puis le lendemain par un autre prénom assez ressemblant au véritable. Les jours suivants on assistera à une dérive, ils utiliseront des prénoms de plus en plus bizarres, et même en guise de prénoms des mots qu'ils construiront eux-mêmes, qu'ils formeront avec des syllabes cousues une à une en patchwork. Ils s'appelleront par des prénoms si alambiqués, si biscornus, si interminables, qu'ils deviendront des monologues croisés dans lesquels ils perdront le peu de raison qu'ils auront un temps retrouvé. Ils ne sauront plus s'ils étaient les bouches qui formaient les vocables, ou les oreilles, le cerveau de leur vis-à-vis, à moins qu'ils soient les parois de la pièce qui contiendra ce brouhaha de voix entremêlées. Ils ne pourront s'adresser la parole pour se dire bonjour, bonsoir, déjeunons-nous d'une tranche de veau ou cassons-nous quelques œufs pour faire une omelette, sans qu'aussitôt une cataracte inextinguible de vocabulaire se déclenche, qui rendra impossible toute tentative d'expression.

Ils en seront réduits à se taire, à tenter de se faire comprendre par des clins d'œil, des grimaces, des gestes, mais alors leur corps s'emballera, ruant, faisant tout basculer, allongeant le frigo sur le sol, acquérant même d'étranges pouvoirs, provoquant la danse du téléviseur, pulvérisant les vitres et les cloisons. Les voisins se plaindront du tapage occasionné par cette manière trop matérielle de s'exprimer, mais quand on viendra les verbaliser ils essaieront de palabrer et le palier s'effondrera entraînant le décès des agents. Ils s'accuseront mutuellement d'avoir provoqué cet accident, le ton montera, et elle aura le crâne fendu par le lustre du salon qui sera venu la fracasser jusque dans le cagibi du couloir où elle se sera réfugiée et dont la porte aura volé en éclats depuis plusieurs semaines.

On l'arrêtera au matin. Il sera incapable de s'expliquer, il ne se souviendra même plus de cet appartement. Il sera incarcéré, ses codétenus se moqueront de cet halluciné qu'ils soupçonneront d'essayer de se faire passer pour fou. Par jeu, des braqueurs le condamneront à mort. Ils l'exécuteront dans l'atelier d'informatique en l'étranglant avec le cordon d'une souris.

Pour la première fois depuis la fin de l'été dernier la soirée s'annonce vraiment douce. Après le dîner, ils pourront peut-être prendre le café sur la terrasse. Elle respire l'air de la ville avec bonheur, un air presque tiède qu'elle savoure comme une exhalaison de parfum. Elle est contente d'être posée là dans cet immeuble comme un animal de compagnie qui n'a pas choisi son gîte. Elle devait être élève dans un lycée où son futur mari donnait à cette époque des cours d'économie, comme elle ne comprenait rien il la retenait parfois après la classe pour lui donner des explications supplémentaires. Ensuite, il l'emmenait boire un soda dans un café proche et déjà il lui parlait de cette agence qui pesait de tout son poids sur ses épaules.

La première fois il lui a fait l'amour dans une chambre d'hôtel à l'heure du déjeuner, et après il a filé comme un voleur vers un rendez-vous inventé. Ensuite, il l'a possédée les jeudis et samedis après-midi dans un studio que lui prêtait un ami. Elle se souvenait des petits objets érotiques de mauvaise facture alignés sur une étagère au-dessus d'une table encombrée d'habits et de sous-vêtements roulés en boule. Il l'avait épousée juste après qu'elle ait passé son bac, il l'avait emmenée en voyage de noces en Espagne. Au retour, il en était déjà lassé et il lui faisait des scènes qui allaient jusqu'aux coups. Mais ses amis la trouvaient jolie, une certaine fierté tempérait son agressivité. Au fil du temps, il finissait même par se laisser influencer par l'avis général et il éprouvait de la tendresse pour cette gamine égarée dans la vie adulte où elle n'avait pas encore trouvé ses marques.

Il retrouvait même son désir pour elle, passant aux actes soir et matin, sans compter les week-ends où il se déchaînait au-delà même de son appétit pour le seul plaisir d'éprouver ses trente ans. Le lendemain, il partait à l'agence rassuré. Quand il croisait des jeunes gens dans la rue il rêvait de les entraîner dans des duels génitaux dont il sortirait vainqueur. Il aurait voulu que tous les mâles de la ville le provoquent afin qu'il puisse montrer sa superbe, il rêvait de foules de femmes concupiscentes convergeant de toute la planète dans l'espoir fou de partager avec lui un moment d'intimité, un coït magistral, afin qu'il leur administre une éblouissante démonstration d'amour.

En rentrant le soir il se disait qu'il avait de la chance qu'elle soit là, au lieu d'un laideron, d'une quinquagénaire qui pourrait largement être sa mère, ou même de rien, une place vide à côté de lui sur le canapé, de l'air qui le suivrait quand il préparerait sa pitance dans la cuisine et qui s'assiérait en face de lui durant son dîner. Il préférait de loin se trouver en présence de cet être jeune qu'on lui enviait pour la régularité de ses traits, et surtout pour la fraîcheur de la peau de son visage, sans compter l'élasticité de sa chair qu'on devinait malgré les habits à chacun de ses mouvements. Il aurait voulu pouvoir la dévêtir devant témoin afin qu'on puisse constater à quel point son ventre était ferme, ses cuisses appétissantes et sèches comme du filet, de même que ses fesses rebondies de jeune fille bien nourrie qui a longtemps pratiqué la danse sous la férule d'une maîtresse inflexible.

Il aurait voulu l'accrocher comme un drapeau à une hampe et l'agiter à sa fenêtre pour que voisins et passants puissent l'admirer. Ou alors il l'aurait filmée, il aurait diffusé son image au monde entier, à tout l'univers, aux galaxies qui n'ont jamais vu d'humain, et sont remplies d'êtres unicellulaires qui auraient été contraints d'évoluer en catastrophe afin de posséder au moins un rudiment d'œil pour voir sa jeune épouse pivoter nue autour de son axe tel un astre tout en longueur, couvert de déserts, de monts, pourvu d'une chevelure abondante et d'une petite pilosité mordorée, tapie, amusante, aux contours si nets qu'on l'aurait crue sortie d'un découpage de maternelle. Mais il finissait par décider qu'il n'avait pas besoin d'autre regard que le sien, que ses propres mains lui suffisaient à apprendre ses contours et à construire son hologramme dans son for intérieur.

Il n'avait plus ensuite qu'à la fixer de tous ses neurones pour la voir, pour la ressentir jusqu'à l'ébriété. Alors il lui disait dors, et il l'abandonnait dans la chambre. Il allait dans la cuisine, il fermait le volet. Il poussait la table devant la porte, il s'asseyait dos au mur sur un des tabourets en teck et il se masturbait en pensant à elle démesurément. Elle lui procurait des sensations qu'il n'avait jamais connues dans ses bras, et au moment de l'orgasme il lui semblait qu'elle se laissait éjaculer, poupée docile, fulgurant projectile brûlant les étapes du cerveau au méat. Le lendemain tout était à recommencer, il fallait d'abord qu'il l'ausculte, qu'il l'apprenne, qu'elle apparaisse en lui, avant qu'il puisse s'isoler loin d'elle et obtenir de son simulacre une jouissance miraculeuse dont son corps de femme vivante l'aurait séparé comme un mur.

Il ne l'aimait pas, mais il éprouvait des sentiments démentiels pour l'idée qu'il se faisait d'elle, pour la marionnette qu'il parvenait à constituer avec son image et sa structure corporelle. Il lui reprochait parfois d'être si tangible, si présente, au lieu de devenir un personnage imaginaire et ininterrompu dans son cerveau d'homme libre affranchi de la vie de couple. Il en avait assez d'être obligé de la supporter chaque soir, et les jours entiers des week-ends, des vacances, pour pouvoir en extraire à son gré la substance. Il lui demandait pourquoi elle refusait de se donner une fois pour toutes, de l'affranchir de cette obligation perpétuelle de la butiner pour l'obtenir dans sa tête comme une drogue qui daigne enfin faire son office et monter. Elle le regardait sans comprendre, il se moquait de son air ahuri, il recouvrait sa figure d'un linge.

Il la laissait pleurnicher dans la chambre, il buvait des verres sur le canapé et regardait la télévision en essayant de s'abstraire de l'enfer de sa vie. Il regrettait d'exister à la même époque que sa jeune épouse, alors qu'elle aurait pu naître dans la Grèce antique ou dans une vingtaine de siècles. Il rêvait d'une autre, ou d'une vie nettoyée de toute présence féminine, propre de sentiments comme une pièce carrelée. Elle était la source de la perversion qu'elle suscitait chez lui, sa petite personne malsaine était seule responsable de cette pratique étrange dont il était la victime.

Il fallait qu'elle déguerpisse, que la femme de ménage puisse aérer, aspirer, désinfecter, mettre des corbeilles de fruits dans toutes les pièces afin de dissiper son odeur. Les premiers temps il la chercherait partout, fouillant les placards pour trouver le moindre chemisier oublié, le plus banal soutien-gorge, et s'enivrer d'elle. Mais il ne resterait rien, même en s'enfermant dans l'obscurité pendant des heures il ne parviendrait pas à faire apparaître la moindre image en lui. Quand il n'en pourrait plus, il se posterait devant le grand miroir de la chambre, comme s'il pouvait avoir gardé d'elle un souvenir, une silhouette confuse, des bribes de visage, de corps, peut-être de quoi constituer un fantôme consolant qui l'aiderait à traverser la nuit.

Il n'obtiendrait rien, il quitterait l'appartement. Il marcherait longtemps avant d'atteindre un quartier excentré, il boirait au comptoir d'un café. Il chercherait querelle à tout le monde, jusqu'à ce qu'un type lui propose de le trucider s'il avait le courage de faire un pas dehors. Un passage aux urgences, la douleur physique, le temps lui permettraient de rationaliser son esprit et d'en exclure toute la nostalgie. Quand il réintègrerait son domicile, il éprouverait du reste un plaisir jubilatoire à constater qu'il était le seul être vivant dans ce volume protégé par les plafonds, les murs, la porte d'entrée et les fenêtres. Il serait même persuadé que le plus malingre des acariens ne se serait pas faufilé dans les mailles du chiffon à poussière, que tout était absolument inerte.

La semaine suivante, il la reverrait lors d'une réception chez les Pierrot. Dans son nouveau maillot de bain il la trouverait séduisante. Elle se laisserait embrasser, et en fin de soirée il la ramènerait chez lui. Au cours de la nuit, il lui reprocherait de ne déployer aucun effort pour correspondre à l'idée qu'il se faisait de sa personne avant leur rupture, ni à l'impression qu'elle avait produite d'abord sur lui lors de leurs retrouvailles au bord de la piscine. Elle s'excuserait, promettrait de s'améliorer, d'irradier une autre personnalité, de frapper son regard, son ouïe, son odorat différemment pour mieux lui plaire, pour le séduire enfin de façon définitive. Mais il n'en pourrait plus de cette fille tremblante qui lui offrirait une apparence sans aucun rapport avec la réalité qu'il exigerait d'elle. Il se chausserait et lui écraserait la tête à coups de talon. Par défenestration, il s'appliquerait ensuite la peine de mort qu'il aurait toujours préconisée pour les assassins.

Elle va à la cuisine, le gigot mijote toujours inlassablement. Les invités vont arriver en avance, son mari ne sera pas encore là. Elle les installera au salon, elle leur donnera quelque chose à boire. Elle leur demandera des nouvelles de leurs enfants, de leur chien, des travaux qu'ils faisaient effectuer en ce moment dans leur maison de campagne. Ils riront comme si elle leur débitait un flot de plaisanteries, elle comprendra qu'ils étaient sans doute un couple sans enfant qui avait les animaux et la nature en horreur. Elle leur promettra l'arrivée imminente de son mari, ils lui demanderont depuis quand elle avait abandonné son farouche célibat. Elle découvrira qu'elle vivait seule dans cet appartement et que ces gens étaient des relations personnelles qu'elle avait invitées de son propre chef.

Elle leur parlera du temps doux, mais en sortant de leur voiture un froid sibérien les aura saisis. Elle essaiera de bâtir une conversation à propos d'une catastrophe boursière dont elle croira avoir entendu parler le matin aux actualités. Ils ne comprendront rien à son histoire, d'autant qu'ils auront écouté la radio avant de venir et que le moral des marchés financiers sera au beau fixe. Elle leur dira si nous passions à table, mais elle s'apercevra que la table n'était pas mise. Elle s'excusera, on lui proposera de l'aider. Elle cherchera partout les verres, et en définitive elle mettra à la place trois gobelets de cuisine. Elle apportera le gigot, ils s'assoiront. L'homme proposera de le découper, elle lui dira oui merci vous le ferez mieux que moi. Elle se souviendra qu'elle avait oublié de préparer une entrée, des légumes, une salade, un plateau de fromages.

Elle se lèvera, elle ouvrira le réfrigérateur qui lui semblera indécent d'être aussi vide, avec ses parois nues, blanches, tachées par le contact de nourritures anciennes. Elle cherchera de la moutarde dans le placard, elle ne trouvera pas non plus de bouteille de vin. Elle reviendra à la salle à manger, la viande sera déjà servie. Elle reprendra sa place, elle dira bon appétit. Elle mâchera une bouchée, puis une autre, les invités l'imiteront. Quand il ne restera plus rien dans les assiettes, l'homme découpera à nouveau quelques tranches et resservira les convives. Après quoi tout le monde s'estimera repu.

On regagnera le canapé, elle proposera une tasse de café, une tisane, un armagnac. On lui dira non, merci, d'ailleurs nous partons, demain nous devons nous réveiller aux aurores pour aller faire de la gymnastique. Ils se lèveront, ils l'embrasseront alors qu'à leur arrivée ils lui auront simplement serré la main. Elle leur dira à bientôt, ils répondront à très bientôt. Elle refermera la porte, elle se demandera pourquoi elle leur avait ouvert au lieu de rester claquemurée loin de cette paire d'inconnus qui n'avaient même pas eu la politesse de décliner leur identité, ni la délicatesse de lui donner au moins deux ou trois indices pour lui permettre de les situer quelque part dans sa mémoire. Elle jettera l'os du gigot, elle ne parviendra pas à ouvrir le lave-vaisselle et elle déposera les assiettes dans l'évier.

Elle fera trois pas sur la terrasse, elle s'appuiera à la rambarde. Elle se dira qu'au moins à présent il faisait nuit et qu'elle n'avait plus rien à attendre. Elle pouvait dormir ou rester éveillée, elle était débarrassée de cette viande, elle n'avait plus à se demander à quelles bouches elle était destinée. Elle n'avait même plus besoin de connaître son nom, elle le saurait sûrement par cœur demain matin en ouvrant les yeux. Elle se demanderait par contre si le dîner de ce soir ne faisait pas partie des rêves qu'elle aurait enchaînés les uns après les autres toute la nuit.

Elle n'aura même pas à se préoccuper de ce détail, elle sera Florence Page, une célibataire en congé maladie pour dépression nerveuse. D'ailleurs elle prendra deux gélules bicolores avec l'orange pressée de son petit déjeuner. Ensuite, un bain moussant, des soins corporels, un coiffage, un maquillage méticuleux, et puis elle regardera pendant une douzaine d'heures le même canal de télévision dédié à la vente à distance. Elle sortira de chez elle à vingt et une heures, elle trouvera dans sa boîte une lettre publicitaire adressée à Laure Drumont. Elle la jettera dans le caniveau, elle ira prendre sa voiture dans le garage souterrain. Un type avec un chien lui fera peur dans l'ascenseur, il rira en retenant sa bête au dernier moment.

Elle courra jusqu'à son véhicule rouge baiser, elle s'enfermera dans l'habitacle. Elle se précipitera dans la ville, elle confondra les artères, elle se perdra. Elle renversera un cycliste, elle continuera à progresser sans s'en apercevoir. Elle traversera un échangeur, elle accélérera. Il y aura de grands immeubles disséminés de chaque côté de la route avec des publicités lumineuses sur le toit. Elle aura dans la tête les phares des voitures ralenties par un embouteillage sur l'autre voie. Elle se dira je pourrais m'arrêter et avaler quelques-uns des cachets qui sont dans mon sac. Après je ferai une longue sieste, si personne ne me dérange je finirai par me réveiller de moi-même, dispose, l'esprit clair, prête à affronter l'existence sans aucune retenue, volontiers, comme si j'avais demandé à naître, comme si j'avais piaffé depuis des millénaires pour faire enfin mon apparition.

Elle se garera sur une aire, elle s'endormira. Elle émergera trente-six heures plus tard. Elle saura alors qu'elle était joyeuse, et que cette mélancolie, ces envies soudaines de débarrasser le plancher n'étaient que la fumée un peu acre de son incandescent plaisir d'être là. Elle sortira de la voiture, elle marchera sous la pluie fine. Elle se faufilera entre les camions, un chauffeur la regardera et lui sourira comme s'il était prêt à lui adresser la parole. Elle aura froid, elle boira plusieurs tasses de café dans la cafétéria déserte. Il sera onze heures du matin, elle demandera à la serveuse où on était. Elle lui répondra à la Croix des Bois.

Elle commandera une aile de poulet, elle avalera quand même un comprimé entre deux bouchées. Dans le miroir des toilettes elle se rendra compte que le sommeil l'avait vieillie. Elle mettra une pièce dans le distributeur pour obtenir une serviette. Elle prendra une douche. Elle regrettera de s'être réveillée si vite, elle aurait pu dormir encore jusqu'au soir, puis somnoler entre deux eaux jusqu'au lendemain. Son débarquement dans le réel avait été trop brutal. Elle mettra ses mains devant elle comme pour repousser un corps, comme si tout ce qui existait la violait. Elle poussera un cri, la serveuse viendra lui demander si elle avait un problème.

— J'ai eu peur d'une mouche.

— Vous avez crié si fort.

Les bras le long du corps elle s'avancera dans la salle. Elle boira encore du café, un couple avec un bébé déjeunera à l'autre extrémité de la salle. Elle remarquera dehors le toboggan et les jeux pour enfants dans un petit enclos parsemé de flaques de pluie. Elle se dira qu'en ce moment à son bureau tout le monde était excité à propos d'un prochain changement de local, une secrétaire avait même jeté un téléphone à la tête du directeur commercial sans aucune raison. Elle voudra les retrouver malgré son arrêt maladie, elle rejoindra sa voiture sans être gênée par la pluie redoublée. Elle s'assoira trempée derrière le volant, elle ne mettra pas les essuie-glaces. Elle accélérera en regardant l'image floue à travers le pare-brise. Elle roulera sur l'autoroute, elle croira voir un vieillard traverser la voie. Elle freinera, il y aura un carambolage dont elle sortira presque indemne.

Un policier l'interrogera dans sa chambre d'hôpital. On viendra juste de lui plâtrer la cheville. Elle lui dira je suis gravement malade, je prends des médicaments qui troublent ma perception du monde extérieur, je ne devrais pas conduire, je ne devrais même pas marcher, il faudrait qu'on m'attelle à un lit. Quand il la laissera enfin seule, elle regrettera d'avoir parlé. Elle se versera un verre d'eau, elle avalera des comprimés tant et plus. Elle se réveillera dans une autre chambre avec un mal de gorge à hurler.

Quand elle sortira de l'hôpital on lui aura déjà enlevé son plâtre. En arrivant elle s'allongera sur le canapé, il fera chaud comme si l'été était arrivé pendant son coma. Elle aura l'impression de se sentir mieux, d'être autre chose que cette femme qui avait quitté ce parking sous la pluie. Elle se comparera à Chantal Merner, une fille qui partageait la même table qu'elle en classe de terminale. Une gamine brillante, toujours de bonne humeur en dépit d'une acné épouvantable qui la défigurait, éloignant les garçons. Elle sortait malgré tout, acceptant de ne jamais danser, d'abandonner les coins obscurs aux flirts de ses amies, et d'être pourtant boute-en-train, s'occupant des boissons, de la musique, revenant même le lendemain pour aider à faire le ménage. Elle était répugnante mais radieuse. À l'époque, elle aurait volontiers troqué son beau visage contre cette étincelle intérieure, cette joie de vivre malgré tout.

Elle se lèvera, elle gobera un cachet à la cuisine. Elle ira à la salle de bains, elle se répétera son âge à haute voix en se regardant dans le miroir. Elle aura l'impression que l'usure de son visage correspondait exactement au nombre d'années qu'elle avait vécues jusqu'alors. Puis elle se taira, elle se trouvera trop peu jeune pour être satisfaite d'exister. Elle essaiera quand même de mémoriser ses traits, comme pour les imprimer dans les cellules de son organisme et les empêcher de dériver à nouveau, de l'éloigner davantage de la jeune fille en parfait état qu'elle était à dix-huit ans.

Elle s'allongera dans la chambre. On sonnera, elle se lèvera pour aller ouvrir. Elle se trouvera en présence d'une femme qu'elle ne reconnaîtra pas, mais comme elle l'embrassera elle la fera entrer cependant. Elles s'assiéront toutes les deux sur le canapé. La femme lui dira tu as dû avoir tellement peur pendant cet accident. Elle hochera la tête, elle aura envie de s'appuyer contre l'accoudoir et de s'endormir. Elle lui dira nous serions venus te voir à l'hôpital si tu nous avais prévenus, je suis pourtant ta meilleure amie.

Elle la regardera, elle s'apercevra que malgré le maquillage sa figure était grêlée de marques anciennes de pustules d'acné. Elle lui dira tu es Chantal Merner, l'autre rira, lui dira mais enfin nous ne sommes plus au lycée. Elle criera j'ai été traumatisée par ce carambolage, les souvenirs dans ma tête sont en mauvais état. Ne t'inquiète pas, tu vas te sentir mieux petit à petit, tu es en convalescence, et puis cet incident thérapeutique. J'ai avalé trop de médicaments à la fois, j'avais si mal à la cheville. Hubert nous a dit, Hubert, tu sais le fils Germontel, il est interne là-bas, c'est lui qui nous a alertés, j'ai préféré attendre que tu te manifestes, et comme tu ne m'appelais pas je suis venue. Tu es toujours aussi gentille, tu penses toujours aux autres, tu es Chantal Merner à jamais. Tu ne vas pas dire que tu ne te rappelles plus de mon mariage, tu étais si gaie ce jour-là, le photographe t'a clichée quand tu as fini tout habillée dans la piscine.

Elle se souviendra que cette femme était depuis longtemps madame Pierrot, et elle lui demandera s'ils avaient encore fait agrandir le bassin. Nous sommes en pleins travaux, en attendant nous nous baignons dans le jacuzzi. Tu es invitée vendredi en huit pour l'inauguration, il y aura même un buffet au fond de la fosse à plongée dans une grande bulle en plexiglas, on mangera sous l'eau. Tu ne m'offres pas une tasse de thé, tu veux que je le fasse. Elle ne lui répondra pas, elle fermera les yeux, elle rêvera un instant de mourir.

Elle entendra un bruit de vaisselle en provenance de la cuisine, quand elle se ressaisira le thé sera servi sur la table basse. Elle n'osera pas lui demander de partir, puis elle lui dira va-t'en, je n'ai vraiment besoin de personne. Elle continuera à lui sourire, elle voudra même l'embrasser avant de partir. Elle lui dira non merci, je t'assure, j'ai horreur du contact des joues. Elle lui dira tu viendras, tu viendras, tu plongeras comme tout le monde, il y aura du caviar, de la musique, on dansera jusqu'à l'aube avec des semelles de plomb. Elle ouvrira la porte, elle lui dira je ne vais quand même pas te pousser dehors. Je m'en vais, je m'en vais.

Elle se retrouvera toute seule à parcourir l'appartement comme une ville. Elle s'échappera sur la terrasse, elle s'assiéra au soleil. Elle aura des comprimés dans sa poche, elle en avalera comme du pop-corn en regardant l'immeuble d'en face avec la même attention qu'un écran de cinéma. Elle oscillera, elle tombera en avant. Une femme sur son balcon s'inquiétera de son sort, mais par peur de déranger les secours pour rien elle ne donnera l'alerte que le lendemain en l'apercevant au matin dans la même posture. Elle sera déjà rigide, on devra malmener son squelette pour la placer dans un cercueil.

À ses obsèques sa nièce chantera deux couplets d'un cantique malgré le bruit d'un marteau-piqueur dont le grondement l'effraiera et fera trembler sa voix. Les Pierrot se seront déplacés, pendant qu'on rescellera la dalle ils convieront tout le monde à l'inauguration de leur piscine agrandie, embellie, magnifique.

Le gigot est toujours égal à lui-même, on dirait qu'il peut cuire à jamais, à l'écart des événements et du cours du temps. Elle serait prise de panique si le four refusait soudain de fonctionner, elle aurait l'impression que la réalité se dérobe tout à fait. Elle sait qu'on va sonner d'un instant à l'autre et que sa vie lui apparaîtra dans l'encadrement de la porte. Elle n'a pas d'alliance, ni de bague au doigt, elle est peut-être allergique aux métaux. En tout cas elle est certaine de n'être pas célibataire, ou alors elle a eu des enfants d'hommes différents, à la rigueur d'inconnus, tant elle aimait à une certaine époque de sa vie changer de partenaire chaque soir pour se prouver qu'elle plaisait vraiment.

Elle ouvrirait la porte à quelqu'un, elle reconnaîtrait au premier coup d'œil cet homme au sourire blanc avec qui elle avait passé vingt ans, ou cette fillette essoufflée, habillée comme l'as de pique, qui lui dirait j'ai soif, j'ai faim, je vais prendre ma douche, je suis crevée, j'ai une récitation à apprendre pour demain. Elle se rappellerait que ce matin elle avait dû la secouer à plusieurs reprises pour la réveiller, et puis il avait fallu la houspiller pour qu'elle s'habille au lieu de s'empiffrer de biscuits au chocolat et de télé. Elle sentirait surtout qu'elle l'aimait, même si elle avait oublié pendant quelques heures qu'elle existait. Elle lui demanderait tu veux une tranche de gigot.

— Encore du gigot.

Elle lui proposerait alors des œufs sur le plat, du jambon, du saumon fumé, et toute une foule de denrées qu'elle supposerait présentes dans le réfrigérateur. L'enfant lui ferait remarquer qu'à part un paquet de beurre, une salade défraîchie et un bocal de harengs le frigo était désert.

— Excuse-moi.

— C'est toujours pareil.

D'ailleurs à part ce rôti enfermé dans le four toute la cuisine serait vide.

— Mais dans les placards.

Les placards seraient remplis d'une nourriture qu'elle haïrait. De la purée déshydratée, des haricots verts, des épinards rébarbatifs dans leurs boîtes closes comme les cercueils zingués des grandes épidémies. Elle ne voudrait pas non plus que sa mère lui fasse encore des beignets, ou une de ces crèmes renversées dont elle l'aurait gavée toute son enfance. Elle aurait faim d'aliments encore inconnus de ses papilles, des viandes d'animaux lointains, des fruits aux saveurs particulières, hurluberlues, qui la feraient éclater de rire à chaque bouchée. Et puis il existait sans doute des légumes plus optimistes, plus gais que ceux qu'on lui servait depuis sa naissance.

Cette femme semblerait à la gamine laide d'une laideur pareille à celle qu'elle s'attribuerait quand elle s'inventorierait dans une glace, ou dans n'importe quel reflet de vitrine, de capuchon de stylo, dans celui du porte-rouleau chromé des toilettes. Elle aurait aimé qu'elle se baisse, qu'elle s'agenouille, qu'elle se mette à la portée de ses petites mains nerveuses d'enfant en colère. Quand elle aurait été lasse de la malmener, elle l'aurait contournée et se serait fait un plaisir de la shooter, frappant bas, ou assez haut pour traumatiser la colonne vertébrale afin de la voir marcher cassée en deux.

— Tu es sûre que tu ne veux pas une petite tranche de gigot.

Elle aurait dû découper une tranche de cette femme qui n'était plus que l'orifice désaffecté dont elle était sortie dix années plus tôt et la jeter par la fenêtre. Un clochard assez affamé pour tâter de l'anthropophagie aurait bien fini par s'en repaître. Puis elle aurait tranché à nouveau dans le vif, la privant peu à peu de toute sa chair, la tuant, laissant sur le carreau de la cuisine sa carcasse saignante. Ensuite, elle se serait endormie devant la télévision avec son pouce dans la bouche. Mais au matin elle aurait regretté sa conduite, elle aurait même éprouvé le besoin d'une sanction. Elle aurait choisi de se crever les yeux d'un petit coup de poignet sec avec la pointe du couteau qui aurait dépiauté sa mère.

L'affaire serait noyée dans une actualité sportive très riche à cette époque-là. Les restes de la femme seraient autopsiés, puis on leur réserverait des obsèques indignes du standing dont elle aurait joui de son vivant. Jamais inquiétée par la police, la fille serait placée dans une institution pour non-voyants où à force de volonté elle deviendrait peu à peu sourde et infirme afin de mieux se châtier du crime barbare dont la société aurait refusé de la charger.

Elle mourrait à quatre-vingt-onze ans après toute une vie d'un supplice voulu et exemplaire. Par humilité elle demanderait que son cadavre soit jeté à la décharge publique comme un vulgaire squelette de canapé. On lui refuserait cette fantaisie, le directeur ainsi que plusieurs employés de l'hospice où elle aurait terminé ses jours assisteraient à son modeste transport à la fosse commune. On l'oublierait dès le lendemain, mais le comptable lui garderait rancune de réapparaître dans certains dossiers comme un spectre, craignant même qu'elle ait contaminé son logiciel. Elle finirait pourtant par se dissiper tout à fait.

Elle se rend compte que ce gigot n'est pas le centre de son univers. Elle peut s'attribuer assez de valeur pour décider que toute la réalité converge vers sa conscience et qu'elle est à même de la traiter sans avoir besoin d'autre point d'appui qu'elle-même. Qu'elle se nomme Bénédicte, Solange, Philippine ou Manon, qu'elle soit une Chabot, une épouse Rondon, Orani ou Dumachet ne change rien à son statut de personne humaine. Elle n'a qu'à fermer les yeux, mettre la tête dans ses mains, pour que la mémoire fuse avec les souvenirs chatoyants de la veille et ceux un peu bistres d'il y a dix ou vingt ans.

De toute façon elle n'est pas un corps anonyme dans un appartement, elle est quelqu'un de particulier, que d'autres sont en mesure de reconnaître, à qui on peut témoigner de l'amitié, du désir, de l'amour. Elle va s'asseoir tranquille sur le canapé, l'existence lui semble tout autour d'elle comme un capiton où elle peut poser la joue, le front, sans craindre les atteintes d'un futur qui ne sera que la répétition sans fin de cet instant d'apaisement.

Elle se lève, elle voudrait quand même qu'il arrive, qu'il rentre. Lui ou un autre, mais qu'on ne l'oblige pas à attendre dans ce lieu où rien ne lui est familier. À moins qu'elle quitte l'immeuble comme une souris la boîte à chaussures où des garnements l'ont enfermée. La rue l'exaltera, avec son odeur, sa circulation, sa foule. Elle éprouvera le plaisir de sentir la nuit tomber sur sa silhouette, les lampadaires projetteront son ombre. Elle se pressera, se précipitera comme si elle cherchait à rejoindre un point précis de la ville. Comme si elle était une femme mariée, travaillant loin de son domicile, préférant une longue marche à l'atmosphère sordide des transports en commun.

Une de ces femmes qui arrivée chez elle cantonne pendant une heure son mari sur le balcon afin de pouvoir faire un ménage complet sans être encombrée par sa masse. Quand il peut enfin revenir au salon, elle sent qu'il éprouve un vague désir pour les poitrines nues des publicités. Elle lui reproche d'avoir mis leur fils unique en pension, et il va se coucher. Elle s'aperçoit qu'elle n'a presque rien mangé de la journée, alors qu'avant son retour il a pris plusieurs plats dans le congélateur et avalé pour son dessert une petite boîte de fruits au sirop ainsi que de la crème de marron et de la chantilly.

Elle se prépare une omelette, elle la jette sans la toucher et va lui dire tu vois quelle vie tu me fais mener, je n'ai même pas le temps de me nourrir, je n'en ai plus le goût, j'oublie, la journée s'est écoulée sans que mon estomac reçoive le moindre aliment, essaie au moins de faire quelque chose pour moi, tu peux quand même me tendre la main, au lieu de fermer les yeux, de faire des efforts pour t'endormir, pour que je disparaisse de ta vue au profit d'un rêve. Il se redresse dans le lit, il lui dit tu veux que je me rhabille, que je t'emmène dîner au restaurant du Rond-Point.

Elle quitte la chambre en claquant la porte. Elle retourne à la cuisine. Elle récupère l'omelette dans la poubelle, elle la lave sous le robinet. Elle la mange froide avec les doigts au-dessus de l'évier. Elle revient dans la chambre, elle lui dit tu veux vraiment savoir ce qui se trouve dans mon estomac. Elle lui raconte, elle évoque chaque bouchée comme un sacrifice, une offrande. Quand elle n'a plus de voix, elle se couche. Le sommeil ne lui vient pas, elle va au salon boire au goulot un alcool pris au hasard dans le panier à bouteilles. Elle revient en titubant s'affaler sur le couvre-lit.

Encore groggy le lendemain matin elle lui reproche de l'avoir laissée s'enivrer. Il s'habille en catimini dans le couloir, elle ne s'aperçoit de son départ que lorsqu'il est déjà à son bureau, heureux devant son écran avec un gobelet de café chaud dans le creux de la main. Il se dit que ce soir il lui refusera l'accès à l'appartement, elle aura beau tempêter il ne lui ouvrira pas. Elle s'invitera à coucher chez une nièce, à moins qu'elle passe la nuit dans le logement où sa mère habitait encore jusqu'à l'an dernier et que personne n'a eu le courage de vider depuis son décès. L'électricité était coupée depuis trois mois, elle se couchera à tâtons sur son lit. Elle se dira ça sent l'impotente, le cadavre, et puis elle s'habituera, elle trouvera même que les vieux fauteuils de cuir dégagent une odeur agréable de salle des ventes, d'antiquités, et elle décidera que dès le lendemain elle les emportera chez elle.

Elle allait récupérer aussi le lit, elle aimait le bois qui grince et les moulures. Une nouvelle vie commencerait, elle dirait à son mari de réformer son caractère comme elle avait en partie changé le mobilier. S'il refusait d'évoluer elle divorcerait avant l'automne et il ne lui faudrait pas plus d'un mois pour le remplacer.

Elle ne prendrait peut-être aucun meuble, mais dès le lendemain elle intenterait une procédure pour se débarrasser de lui. Elle ferait sortir son fils de pension, il passerait la nuit avec elle dans le grand lit et pour mériter sa place dans le monde des adultes il travaillerait au bas de l'échelle dans une entreprise de plomberie. Ce grand escogriffe mûrirait rapidement, il la respecterait et la réchaufferait tout à la fois comme un chien affectueux qui dort sans malice aux creux des draps de son maître. Quand elle en serait lassée, au lieu de le renvoyer à son père elle préférerait faire passer son assassinat pour un suicide d'adolescent. Son corps disparaîtrait dans les flammes du crématorium et le soir même elle aurait déjà des remords en prenant conscience de la solitude de son lit glacé. Elle appellerait son ex-mari, ils se retrouveraient dans un café pour pleurer en se serrant les mains jusqu'à deux heures du matin.

Il l'emmènerait chez lui, ils boiraient du thé, du rhum, ils mangeraient des gâteaux secs. Elle regretterait de s'être débarrassé d'un homme aussi sensible, aussi généreux, qui ne lui tiendrait pas rigueur d'avoir rompu. Elle se sentirait si proche de lui qu'elle lui avouerait son crime. Elle serait étonnée qu'il monte sur ses grands chevaux, et qu'il aille la dénoncer sur-le-champ. Elle supporterait mal d'être la pâture des médias pendant plusieurs semaines, sans compter les difficultés de la détention et la haine des autres prisonnières envers cette infanticide dont l'horreur de l'infraction les déculpabiliserait de leur propre inconduite. Elle tomberait malade, pour la sauver on lui enlèverait la majeure partie du foie. Elle mourrait quelques jours après l'opération. Son mari s'en voudrait de l'avoir donnée, elle aurait pu s'amender, lui faisant un nouvel enfant et l'élevant de façon irréprochable.

Elle en a assez de ce gigot, elle a l'impression que la réalité la mijote elle aussi et qu'elle la retient prisonnière avec la même détermination. Elle prendra la décision d'arrêter la cuisson, et de le laisser refroidir sur la table. Elle quittera la pièce, elle trouvera un manteau pendu dans l'entrée. Elle le mettra sur ses épaules, elle quittera l'appartement. Elle portera aussi un sac en bandoulière, à l'intérieur il y aura une carte de crédit et de l'argent liquide.

Elle croisera quelqu'un dans le hall d'entrée, il lui dira où tu vas. Elle ne répondra pas à ce type qu'elle trouvera triste, moche, avec ses oreilles rouges et sa mèche poivre et sel. De toute façon il lui semblera plus âgé qu'elle, il n'était pas question qu'elle forme avec lui un couple, une association. Elle pressera le pas, elle courra dans la rue. Elle montera dans un taxi, elle donnera au chauffeur une adresse liée dans son cerveau à un nom de femme dont elle supposera qu'elle est une amie, à moins qu'il s'agisse d'une sœur, de sa mère, mais dans ce cas il faudrait qu'elle soit une Pertis, et il lui semblera plutôt qu'à l'école les enseignants criaient toujours mademoiselle Tollin, mademoiselle Tollin réveillez-vous, quand elle s'endormait sur son pupitre dans le creux de ses bras croisés.

Le taxi la déposera devant un immeuble entouré d'un petit jardin mesquin mais bien entretenu. Elle suivra un couple qui pénétrera à l'intérieur, elle verra sur un tableau à côté des boîtes à lettres que les Pertis habitaient au neuvième étage. Elle prendra l'ascenseur, elle sonnera. Quand la porte s'ouvrira elle verra un petit garçon qui lui sourira, puis appellera sa mère. Une femme, trente-cinq ans, blonde, viendra l'accueillir. Elle lui dira mais entre, dépêche-toi, on vient juste de passer à table, tu aurais dû appeler, nous t'aurions attendue, je vais te mettre une assiette.

Elle aura l'impression de n'avoir jamais vu ce grand salon, avec ces baies, cette vue sur le fleuve et le quartier historique. Elle s'assiéra à la place qu'on lui assignera, en face d'elle se trouvera un homme qui lui demandera en continuant à manger si son mari avait enfin trouvé quelqu'un pour reprendre l'agence. Elle le regardera, elle se demandera si son visage correspondait à un souvenir dans sa mémoire ou si toutes les traces de leur probable mise en présence s'étaient définitivement effacées. Elle trouvera qu'il n'avait rien de caractéristique, d'ailleurs la femme et l'enfant non plus. Elle se demandera à quoi elle ressemblait elle-même, elle n'aura plus conscience de ses traits.

Elle se lèvera, elle ne verra pas de miroir sur les murs. Elle demandera où sont les toilettes, la femme lui répondra mais là-bas. Elle quittera le salon, elle bifurquera dans le couloir. Elle se verra dans la glace du lave-mains métallique, elle regrettera de n'avoir pas à la place de ce visage un peu marqué la figure insignifiante et lisse de la jeune femme. Elle se dira qu'en tout cas elle se souviendrait de sa tête, mais sitôt de retour à table elle l'aura déjà oubliée. Elle se regardera dans la lame de son couteau, elle refusera de se reconnaître le moindre lien avec ce reflet. Elle se griffera les joues, on lui proposera un cachet contre la migraine.

Elle se lèvera à nouveau, elle regardera les églises, les monuments, elle regrettera de n'être pas morte quelques siècles plus tôt dévorée dans une arène, de n'avoir pas eu une destinée, au lieu de cette petite vie de folle, cette traînée grise de temps vécu en vain. La jeune femme lui posera la main sur l'épaule, tu es sûre que tu ne veux pas que j'appelle un médecin, tu pourrais t'allonger, tu veux frictionner ton front avec un glaçon, prendre un bain aux essences de pin, tu peux appeler Charles, lui dire de venir te chercher.

— Charles.

— Oui, appelle-le donc.

— Charles.

Elle comprendra que Charles était son mari, son compagnon, quelqu'un qui lui était proche, sans doute le type qu'elle avait croisé et qui l'avait questionnée comme si elle devait lui rendre des comptes. Elle refusera qu'on l'appelle, elle aura soudain envie de s'asseoir sur un fauteuil, de s'y tasser comme une boule de chiffon et de les regarder continuer leur repas.

L'homme parlera à l'enfant, la femme desservira. Elle reviendra avec un saladier et un plateau de fromages. Elle demandera à l'homme s'il avait enfin pris les billets d'avion pour les vacances.

— Laura s'en est occupé.

— Je croyais que tu l'avais licenciée.

— Elle est encore chez nous jusqu'à lundi.

Elle n'avait aucune confiance en cette fille, ce n'était pas pour rien qu'il la mettait dehors. Agacé, il donnera un coup de fourchette sur le rebord de la table. Elle lui dira tu n'as aucun respect pour les meubles, les objets t'indiffèrent autant que les gens. Il sourira au gamin, il lui fera un clin d'œil. Elle dira j'en ai assez de tes manigances, cet enfant doit rester en dehors de nos discussions, je t'interdis de tenter à tout bout de champ de t'en faire un complice. Il mangera du livarot et trois feuilles de laitue. Il regardera dans le vague en mâchant. Elle tournera la tête en direction du fauteuil, elle lui dira excuse-nous pour cette scène lamentable, mais je suis à bout tu comprends, tu ne te rends pas compte de la chance que tu as, Charles est attentif, délicat, et moi je suis mariée avec un égoïste.

L'homme quittera la pièce, l'enfant partira en courant le rejoindre. Elle lui dira tu vois comme il est coléreux, parfois il me fait peur, je préférerais être célibataire, divorcée, ou être un homme capable de faire le coup de poing avec lui. Je suis une Cobez, chez nous les hommes ont toujours filé doux. Mon père s'excusait quand il avait renversé son verre, quand il avait fait un mauvais placement, et il exécutait une sorte de génuflexion devant ma mère avant de se rapprocher d'elle pour l'embrasser.

Quand il arrivait en retard le soir, il allait se coucher le ventre vide. Durant son congé il faisait les courses, le ménage, les lits, et il témoignait son admiration à ma mère par des sonnets qu'il tartinait lui-même cahin-caha car il n'avait aucun talent pour la versification. Maman ne lui en savait aucun gré, n'hésitant pas à lui faire des reproches, à l'humilier devant des tiers, parfois même devant nous, ses filles, qui en grandissant gagnions le droit de lui donner des ordres et de critiquer sa conduite avec aussi peu de respect que s'il avait été un animal de compagnie ou le canasson que nous montions le mercredi matin.

Nous pénétrions en trombe dans la salle de bains tandis qu'il prenait sa douche, nous nous moquions de son torse maigre, de son ventre mou, de ses parties génitales qui nous semblaient chétives par rapport aux appareils vigoureux de nos camarades. Nous l'empêchions de se sécher, il devait courir tout trempé dans la maison pour nous divertir. Nous éclations de rire lorsqu'il faisait une chute, qu'il se relevait d'un bond en se frottant et en courant de plus belle. Quand nous nous ennuyions trop, nous le déguisions comme une poupée, nous le maquillions, et l'envoyions faire un grand tour en ville jusqu'au soir.

Elle aimait les hommes avilis, pas ceux qui lui tenaient tête. Elle regrettait que son mari ne ressemble pas à son père, elle déplorait d'avoir un fils qui sans doute la traiterait dès ses quatorze ans sans le moindre égard. Elle se voyait déjà prêtée comme un vieux magazine à ses copains d'écoles qui se la passeront l'un à l'autre en faisant des commentaires désobligeants sur son corps un peu avachi et son manque d'ardeur en amour. Elle ne pourra pas compter sur son mari pour la défendre, un jour d'hiver à l'aube on retrouvera son corps mutilé sur un parking et l'enquête la fera passer pour une excentrique qui cherchait à se rajeunir en fréquentant des lycéens. Les coupables seront retrouvés, ils avoueront l'avoir tuée sans se souvenir pourquoi. Grâce à leur jeune âge, ils écoperont d'un sursis qui ne perturbera pas leur cursus scolaire.

Elle lui proposera d'aller faire un tour, de quitter cet appartement qui malgré le volume des pièces sentait le petit ménage devenu rance.

Dehors elle lui demandera pourquoi elle n'appelait pas Charles, il aurait pu les rejoindre quelque part. Elle aura envie de s'enfuir, de se retrouver seule n'importe où afin de laisser le temps à un souvenir solide de se reformer. Avec un peu de recueillement elle arriverait à voir une bouche un peu usée, une main, le bas d'une jupe, et elle reconstituerait pièce par pièce un élément de sa vie, peut-être une simple tante, ou une amie de sa mère qui venait parfois lui rendre visite, mais ce serait peut-être sa mère elle-même qui surgirait avec toute son enfance et d'ici à l'aube elle aurait recouvré l'ensemble de sa personnalité.

Elles monteront dans une voiture. L'habitacle empestera.

— Lucien a vomi l'autre jour.

La femme baissera les vitres et démarrera.

Elle fermera les paupières, elle posera ses mains sur le tableau de bord à chaque coup de frein. Elle rouvrira les yeux, elle ne reconnaîtra pas cette zone de la ville avec ces bars et ces restaurants flanqués de bancs de fruits de mers devant lesquels officieront des écaillers à casquette.

— Où on est.

— Tu vois bien.

Elle observera avec attention, puis elle préférera refermer les yeux. La voiture stoppera brusquement, elle s'apercevra qu'elle venait de la garer sur un trottoir. Elles quitteront le véhicule, elles marcheront en silence jusqu'à un bar aux lumières si discrètes qu'il sera presque plongé dans l'obscurité. On leur donnera un guéridon près de l'entrée, elles commanderont le cocktail du jour.

— Qu'est-ce que tu me racontes de beau.

Elle regardera dans le vague les gens en train de boire et de parler en éclatant souvent de rire comme s'ils se moquaient les uns des autres. Elle se lèvera, elle ira aux toilettes. Elle s'assoira dans une cabine, la tête entre les mains. Elle aura conscience d'exister, elle se souviendra même de sa date de naissance, de son nom, et de sa rencontre vingt-cinq ans plus tôt avec son mari dans une soirée où elle était allée à contrecœur alors qu'elle traînait un reste de bronchite poussée par une amie qui ne voulait pas sortir seule. Il l'avait invitée à danser, il lui semblait qu'elle avait été séduite par l'odeur de son blazer neuf, à moins qu'il lui ait raconté sa façon de concevoir le travail à l'agence et qu'elle lui ait trouvé un charmant talent de gestionnaire.

À présent, elle était convaincue que ce type n'avait plus sa place à ses côtés, mais elle éprouvait un sentiment de vertige à l'idée d'une vie solitaire. Elle n'avait qu'à rencontrer un homme qui lui convienne, dont elle ne se lasse pas d'entendre la voix, ni les quelques plaisanteries qu'il raconterait dès qu'ils auraient des amis à dîner. Elle apprécierait même son nez aux trop larges narines, ses joues enluminées par trente ans d'alcoolisme mondain, son cerveau qu'elle imaginerait en forme de poire sous son crâne en pain de sucre, surmonté d'un duvet d'oisillon qu'elle trouverait émouvant. Auprès de lui pour la première fois l'existence lui apparaîtrait tangible, sans lignes de fuite, sans marécages, ni sables mouvants.

Elle sentira que sa conscience est devenue solide, elle aura la certitude d'exister sous cette forme, cette identité, avec tout autour d'elle ce passé aux souvenirs bétonnés pour la soutenir, la protéger de l'égarement comme une gangue. Elle pourra avoir des projets, se dire à mon réveil j'irai prendre un café et lire le journal. Je m'intéresserai aux articles, j'aurais l'impression de faire partie des gens morts la veille sous une avalanche, une coulée de boue, d'être un nom dans la colonne des avis de décès et les annonces de mariage. Elle sera même ce prénom à coucher dehors dans le carnet de naissance, elle sera aussi cette femme qui vient de découvrir une molécule pour lutter contre les désagréments du syndrome prémenstruel, et ce nouveau ministre qui s'imagine qu'il va éradiquer la mélancolie grâce à une batterie de subventions accordées aux collectivités locales.

Elle trouvera que tous les gens sur les photos lui ressemblent, elle reconnaîtra son corps dénudé dans une publicité pour des cosmétiques, elle se trouvera à la fois pimpante et drôle. Elle se dira j'ai bien fait de ne jamais me prendre tout à fait au sérieux, j'ai un côté clown, je suis née pour amuser, j'aurais dû apprendre à jouer de la musique, à danser, à courir sur un fil, à dompter des tigres, à faire du cheval debout. J'aurais aimé la vie de cirque, l'odeur de la ménagerie, ces voyages incessants, ces nuits passées dans l'atmosphère fœtale de la roulotte.

Je suis une saltimbanque, une artiste, il suffirait que je prenne quelques cours pour pouvoir tenir ma place dans un ballet, une comédie musicale ou même faire des récitals, des tournées à travers le monde. Je pourrais aussi faire une carrière d'actrice, tenir le rôle-titre dans des films où se révélerait enfin au grand jour ma sensibilité qu'on a toujours prise pour une sorte d'aptitude démesurée à la maladie mentale.

La célébrité lui tiendrait chaud comme une couverture de survie, légère mais brillante, miroitante, éblouissant le public qui la considérerait enfin comme une déesse. Elle serait délivrée de son côté personne humaine, de tout ce versant de la réalité qui pesait si lourd sur elle et l'empêchait d'atteindre le bonheur. De toute façon, il y aurait des affiches aux carrefours, sur les boulevards, et même dans des rues de gabarit très modeste. Elle n'aurait qu'à lever les yeux pour connaître son nom et voir le visage qui lui correspondrait.

Quand elle serait à son domicile, elle ferait défiler les chaînes jusqu'à ce qu'elle se voie à l'occasion d'une interview, d'un tour de chant, ou enchâssée dans un film sous forme de business woman trompée par un mari érotomane, à moins qu'elle ne joue son propre rôle de star, plus populaire que beaucoup de marques de détergents et de produits alimentaires.

En relisant ses confidences dans les journaux elle se remémorerait aussitôt ce qu'il faudrait qu'elle sache de son passé pour correspondre en tout point à l'idée que le public se ferait d'elle. Pour plus de commodité, elle demanderait à son agent de lui fournir chaque semaine un dossier de presse mis à jour et elle ne pourrait que constater à quel point elle était une femme bien dans sa peau, joyeuse, heureuse, même si elle vivait dans une solitude absolue, sans homme, sans progéniture, sans animal, n'ayant pour contacts humains que ceux liés à l'exercice de sa profession, demeurant dans les interstices entre ses quatre murs à frôler la démence, à devenir parfois vraiment cinglée, et à remonter soudain la pente en s'apercevant sur une image, en décryptant ses paroles dans le cours d'un des interminables articles sur elle que la presse publierait à l'envi.

Elle se rendrait compte parfois qu'elle se prenait pour une autre, que sa carrière ne faisait que commencer, avec son cortège de figurations, de petits rôles dans des productions foireuses qui ne sortiraient jamais en salle, sans compter les enregistrements de chansons dans des studios bricolés au fond d'un garage qu'aucun professionnel ne perdrait jamais son temps à écouter. Pour vivre elle serait même obligée de rester avec son mari, de supporter son discours obsessionnel sur la vente espérée de l'agence. Il trouverait stupide son désir de vouloir réussir à son âge dans une carrière déjà encombrée par des demoiselles qui auraient pu être ses filles. Il refuserait d'aller avec elle aux projections des films où elle ferait une apparition trop courte le plus souvent pour que son nom figure au générique.

Quand ils iraient dîner chez les Pierrot, il la moquerait en comparant le montant total de ses cachets avec le salaire d'une petite employée de bureau à mi-temps. Elle aurait envie de l'étrangler. Pour se calmer elle plongerait au fond de la piscine, elle y resterait jusqu'à ce qu'elle ait vidé le contenu de ses poumons bulle après bulle.

Lorsqu'elle atteindrait sa cinquante-cinquième année, elle jouerait dans une reconstitution historique un rôle qui la mettrait en lumière et elle se croirait aux portes de la réussite. Mais la maladie l'empêcherait de jouer, on se mettrait à l'opérer presque chaque mois, et en définitive on la placerait dans une unité de soins palliatifs où elle trouverait encore la force de réciter des vers aux infirmières qui lui installeraient sa perfusion.

Alors qu'elle n'aurait plus de voix, en agonisant elle trouverait la force d'exécuter du bout de la langue une sorte de pantomime, à moins qu'elle ait eu soif et réclame une gorgée d'eau, ou qu'elle fasse une manière d'ultime bras d'honneur à ce public qui l'avait reconnue si tard, quand il n'était plus temps pour elle de dévider enfin la pelote épaisse et serrée de son talent.

— On en boit un autre.

Elle regardera son verre vide.

— Oui.

Elle se rappellera que tout à l'heure elle était chez cette femme et qu'elles étaient venues en voiture jusqu'ici. Autour d'eux, les gens riront moins et beaucoup se dévisageront en échangeant de rares phrases ou en gardant le silence comme s'ils se trouvaient dans un lieu de culte.

— Tu n'appelles pas Charles.

— Charles.

— Il nous raconterait peut-être quelque chose de drôle.

Elle n'imaginera pas que l'homme croisé dans le hall d'entrée puisse faire rire quiconque. À moins peut-être qu'on le tourne en ridicule au détour d'une conversation.

— Vous vous êtes disputés.

— Je ne sais pas.

— Mais si.

Elle lui demandera le prétexte de leur algarade. Elle se taira, perdant encore une fois son regard dans la salle.

— Tu peux bien me le dire.

La jeune femme lui prendra la main, elle sentira le contact de ses doigts chauds et elle la dégagera aussitôt.

— Qu'est-ce que tu as.

— Je ne me rends compte de rien.

— Tu veux qu'on s'en aille.

Elle lui dira tous ces gens autour de nous, elle lui répondra mais qu'est-ce que tu veux dire. Elle sera en panique, il lui semblera que tout le monde était persuadé de la nécessité de son existence alors qu'elle ne faisait que flotter sans même pouvoir expliquer sa présence.

Quand le verre arrivera elle le boira. Elle se souviendra de l'appartement, du gigot que quelqu'un à présent avait dû découper et servir. Si elle était restée là-bas, elle en saurait maintenant davantage sur sa personne. Elle n'osera pas demander à la jeune femme si elle lui connaissait une descendance, ou si ce Charles avait de grands enfants issus d'un premier lit. D'ailleurs, elle pouvait s'inventer une vie sans le secours de personne, elle n'avait qu'à rapprocher des syllabes l'une de l'autre, se dire qu'elle était une Falousin et que sa mère était née Nuret. Elle avait assez d'imagination pour se bâtir une enfance chimérique avec une fontaine mystérieuse au fond d'un jardin crépu et sombre dès cinq heures de l'après-midi.

Elle était capable de se fabriquer des parents, sa mère une femme à la peau claire préoccupée par l'impeccabilité de son chignon, son père un moustachu expert en meubles Boulle, assis chaque soir à la table de baccarat, les phalanges crispées sur des plaques qu'il finissait par perdre fiévreusement avant la fermeture du casino. Il aurait pu se suicider en rentrant, mais il préférait continuer à ruiner sa famille petit à petit.

Quand elle aurait atteint l'âge de douze ans, il en aurait été réduit à vendre la maison pour éponger une partie de ses dettes. Ils habiteraient alors un appartement exigu dans un quartier ouvrier et elle perdrait toutes ses amies en changeant de collège. L'année suivante, acculé par un créancier intraitable il sacrifierait son cabinet et s'engagerait comme acheteur chez un antiquaire. Son salaire s'évaporerait sur le tapis vert, et souvent le dîner se composerait d'un peu de riz lubrifié d'une lichette de beurre ou d'un fond de bouteille d'huile de colza.

Les huissiers viendraient souvent, même si faute d'objets à saisir ils repartiraient les mains vides. Ses parents s'aimeraient si fort que la misère ne semblerait pas les atteindre, et jamais sa mère ne ferait à son père le moindre reproche. Ils seraient expulsés, ils habiteraient tous les trois dans une petite pièce que leur prêteraient des parents. Elle ferait du baby-sitting afin de gagner de l'argent de poche et en profiter pour se nourrir à sa faim l'espace d'une soirée. Elle aurait la malchance qu'un bébé décède une nuit où elle en aurait la garde, on porterait plainte contre elle. Elle connaîtrait le traumatisme des interrogatoires, bien qu'aucune charge ne puisse en définitive être retenue contre elle.

À la suite de ce scandale, la famille refuserait désormais de les loger. Ils se réfugieraient dans un village aux maisons en pierre de volcan noires comme le goudron des rues. Sa mère trouverait à s'employer dans un café, son père ferait des travaux d'écriture pour la mairie et elle prendrait le car chaque matin afin de se rendre au lycée de la ville voisine. Le casino manquerait à son père, il deviendrait maussade et son épouse l'aimerait moins. Ils se disputeraient, elle lui reprocherait d'avoir flambé leur vie et il lui en voudrait de n'avoir jamais hérité de personne. Il s'en irait, on apprendrait plus tard qu'il aurait joué à la roulette russe avec un armurier, et qu'il aurait perdu.

Avec l'opiniâtreté d'une Covallin, à la mort du propriétaire sa mère serait peut-être parvenue à obtenir la gérance du café. Quant à elle, il aurait fallu qu'elle renonce à des études en faculté et à l'occasion d'un stage de dactylo dans son agence, elle aurait fait la connaissance de son futur mari. Ils se seraient installés dans un rez-de-jardin un peu humide, puis ils auraient déménagé pour habiter le grand appartement où elle se trouvait tout à l'heure. Ils n'auraient que de rares amis, des gens qui se ressembleraient jusqu'à paraître issus du même utérus. Les semaines seraient ponctuées par des gigots, de gros poissons grillés. Les conversations seraient identiques, quels que soient les protagonistes, sauf lors des dîners chez les Pierrot où l'on parlerait de ces projets pharaoniques qu'ils caresseraient pour multiplier les extravagants équipements de leur propriété.

Elle ne se poserait jamais la question du bonheur, elle passerait pourtant certaines journées à dormir et d'autres à faire le tour de la ville en bus, comme si elle éprouvait le besoin de se trouver un peu partout, émiettée, nulle part. Elle aurait même envie de se précipiter vers un aéroport dès que son mari serait à son bureau et partir n'importe où. Elle reviendrait en fin d'après-midi, heureuse d'avoir parcouru plusieurs milliers de kilomètres et de se trouver déjà de retour.

Le soir, elle aurait le sentiment de ne pas faire partie de ces gens installés autour de la table, elle aurait la certitude de s'être échappée. Mais quand elle se retrouverait seule avec lui dans la chambre, elle se rendrait compte qu'elle était toujours là et que ces décollages n'avaient servi à rien. À la fin du mois, son mari protesterait auprès de sa banque au sujet de ces versements à des compagnies aériennes sur lesquelles il n'avait pas volé depuis plusieurs mois.

Quand elle n'en pourrait plus de la vie qu'elle mènerait avec lui, elle s'en irait quelques jours chez sa mère. Elle passerait son temps pelotonnée dans un coin de la grande salle mal chauffée à écouter les conversations banales, ineptes, mais parfois comiques des consommateurs en train de s'alcooliser. Souvent un type éméché lui adresserait la parole, ou poserait en silence sa main sur son cou. Elle l'écouterait, elle se laisserait faire comme si ce contact grossier lui plaisait. Ensuite elle aurait le plus grand mal à se défaire du malotru, et sa mère devrait parfois l'aider à l'expulser.

Les deux femmes dîneraient seules lorsque les derniers clients seraient partis. Elles parleraient du père et conviendraient que par sa conduite il leur avait dérobé une vie merveilleuse, un petit paradis où elles auraient pu s'épanouir au lieu de devenir ces épaves, l'une déjà mûre, l'autre presque vieille, qui avaient perdu depuis si longtemps tout appétit pour l'existence. Elles videraient plusieurs bouteilles, puis elles iraient se coucher. Elles se relèveraient dans la nuit, se bousculant dans le couloir des chambres, et le matin le mal de tête les empêcherait de prononcer la moindre parole en prenant leur café.

Quand elle reviendrait d'une de ces escapades, son mari lui trouverait une mine si épouvantable qu'il prétendrait qu'elle était malade pour n'avoir à l'exhiber dans aucun dîner. D'ailleurs, il lui ferait souvent remarquer qu'à partir d'un certain âge une femme devait se montrer vigilante pour garder sa fraîcheur le plus longtemps possible. Il lui citerait l'exemple de couples amis dont l'épouse avait réduit de plus du tiers sa nourriture, avait remplacé le bain par une douche froide et la boisson par de la marche à outrance et du jogging.

Si elle voulait éviter les opérations hasardeuses qui tuaient l'expression, elle n'avait qu'à entrer en guerre, traquer le temps comme un envahisseur, un rongeur, un simple microbe contre lequel l'organisme peut lutter et sortir victorieux. La jeunesse était peut-être une question de volonté, elle serait la première à en apporter la preuve irréfutable. Si elle échouait, il se détacherait d'elle peu à peu, préférant la compagnie d'une plus jeune recrue au spectacle déprimant de sa défaite.

Elle le regarderait, elle aurait envie de rire, elle rirait. Il se replierait à la cuisine, il croquerait des cerneaux de noix. De retour au salon, il lui dirait tu sais je suis tellement fatigué, il faut vraiment que je vende cette agence. Il ajouterait qu'il lui trouvait un charme supplémentaire au fur et à mesure que les années passaient. Il aimerait même certaines de ses rides comme si elles avaient été des fossettes rescapées. Elle irait se coucher, elle prendrait plusieurs cachets, elle s'endormirait.

Il la réveillerait, il lui dirait je voudrais divorcer pour épouser un top model, un mannequin de cabine, n'importe qui, pourvu qu'un peu de jeunesse entre dans cet appartement. Tu ne sens pas ton odeur de quadragénaire, je ne peux plus la supporter, on dirait qu'une canalisation est fissurée, tu as beau te doucher, t'asperger d'eau de toilette, tu exhales un parfum de vieille femme en formation qui m'écœure, qui m'épouvante, qui me donne un avant-goût de la mort. Notre lit est comme un cercueil à deux places qui attend son couvercle.

Elle l'écouterait dans un demi-sommeil chimique, elle se rendormirait aussitôt qu'il aurait éteint la lumière et quitté la chambre. Il reviendrait vers le matin, arrachant les couvertures, lui enjoignant de s'habiller en vitesse, de jeter des affaires dans une valise et de partir. Il lui verserait de l'argent chaque mois pendant une année entière, puis elle trouverait un travail ou un nouveau compagnon qui subviendrait à ses besoins.

Elle lui dirait non je reste, laisse-moi dormir. Il se mettrait à hurler, mais elle se rendormirait quand même sous l'effet persistant des produits. Il ouvrirait grand la fenêtre. Comme il se serait couché la veille le soleil se lèverait au-dessus de l'immeuble d'en face. Il la traînerait jusqu'à la rambarde, il lui mettrait la tête et le haut du corps dans le vide. Il lui dirait tu partiras de toute façon, tu veux que je jette ta fin de quarantaine sur le trottoir ou tu préfères utiliser encore ton organisme quelques dizaines d'années et marcher en liberté sur tes jambes plus du tout désirables depuis longtemps, mais encore solides, utiles pour faire quelques courses le matin et une petite promenade l'après-midi.

Le soleil l'éblouirait, elle soulèverait ses paupières, puis elle les plisserait pour ne plus rien voir. Il la rejetterait à l'intérieur, sa tête heurterait le coin de la penderie. Elle saignerait un peu, elle s'assoupirait sur le sol. Il se raserait, s'habillerait, et avant de s'en aller il lui donnerait en vain plusieurs coups de pied dans la cage thoracique pour tenter de la réveiller. Il rentrerait tôt, il la trouverait assise sur la terrasse. Il lui dirait tu te souviens.

— De quoi.

— Ce matin.

— Je dormais.

Il boirait plusieurs verres. Elle lui paraîtrait moins flétrie que la veille, il projetterait une séparation plus lointaine, à échéance de deux ou trois années. Dans l'intervalle il aurait vieilli lui aussi, mais il aurait sûrement vendu l'agence et sa disponibilité totale lui donnerait un air d'adolescence. Il ne masquerait pas sa calvitie, il garderait son léger surpoids, mais il dégagerait cette puissante odeur de liberté que donnent l'opulence et l'oisiveté qui séduirait. Pendant des années il collectionnerait les conquêtes, avant de se fixer vers la soixantaine. Il choisirait alors une fille de vingt-cinq ou vingt-six ans, belle et saine, afin de se reproduire pour la première fois. Elle lui donnerait trois gamines qui lui voueraient un véritable culte, même lorsqu'elles seraient mariées et pourvues d'enfants à leur tour. Il serait vieux alors, mais il jouirait encore de la vie.

Il aurait même des relations sexuelles, quoique épisodiques, avachies, avec sa femme qui lui semblerait être encore jeune à côté de lui, avec sa peau parcheminée, abjecte, couverte sur le torse d'une miteuse fourrure de poils gris. Quand il ferait le bilan de sa vie, il éprouverait une certaine fierté d'avoir su détacher sa première femme de son existence comme un pansement qui a rempli son office et qui désormais ne pourrait plus constituer qu'une source d'infection. Grâce à cette rupture il se serait revigoré, et lorsqu'il atteindrait sa quatre-vingt-quatorzième année il y verrait la cause de sa longévité. Quant à elle, il saurait par les Pierrot que son destin aurait été bref, une encéphalite en aurait eu raison six mois après leur divorce. Elle n'aurait pas connu l'humiliation de la cinquantaine, la honte du couperet qui fait d'une femme une sexagénaire qu'aucun homme ne voit plus, comme si elle était déjà morte depuis longtemps et que les yeux des hommes ne soient pas aptes à discerner les fantômes.

Il ne mourrait qu'à cent trois ans, triste, dépité, avec un cerveau crépitant d'idées noires sur la nature humaine, l'avenir de la planète, le climat, l'intelligence toujours plus réduite des bébés à naître, ayant enterré coup sur coup son épouse, ses filles, et quatre de ses petits-enfants. Son dernier petit-fils serait son unique héritier, il garderait de son grand-père le souvenir d'un homme ridicule et il l'imiterait parfois pour amuser ses propres petits-enfants qui riraient à gorge déployée.

— On commande encore quelque chose.

Elle regardera cette femme, elle devra faire un effort pour se souvenir qu'elle était entrée dans ce bar avec elle. Comme s'il s'agissait d'un médicament elle absorbera d'un geste brusque le verre que le serveur lui apportera. Elle regardera un couple qui s'embrassera, elle essaiera de se souvenir d'un homme pris au hasard dans sa vie. Elle se rappellera du type croisé tout à l'heure dans l'entrée, mais elle se sentira désespérée à l'idée de n'avoir connu personne d'autre que lui.

Dans sa jeunesse elle avait dû s'amouracher, des garçons l'avaient aimée sur des lits étriqués de chambres de bonne, et puis une nuit d'août sur une plage au sable encore tiède. Plus tard elle avait connu la passion, quand l'amour donne envie de crier de plaisir, de douleur, comme si l'existence devenait une substance trop puissante pour l'organisme humain. Il aurait suffi qu'elle se souvienne, qu'elle retrouve la trace de ces instants pour ne plus être cette pauvre femme assise au milieu de tout ce brouhaha, en face d'une inconnue qui lui posait à certains moments des questions auxquelles elle ne pouvait pas répondre.

Elle se lèvera, elle se dirigera vers un point indéterminé, elle reviendra sur ses pas. Elle regardera les voitures sur la place de l'autre côté de la porte vitrée. Elle tendra le bras, elle aura envie de poser la main sur elles, ou de prendre un piéton entre deux doigts et de l'élever dans l'atmosphère comme un chaton. Elle sortira, elle trouvera qu'il fait trop froid et rentrera aussitôt.

La jeune femme la prendra par le bras, elle lui dira ne t'en va pas, viens boire un dernier cocktail, ensuite je te ramènerai chez toi. Elles videront encore un verre, elle se rappellera de quelqu'un qu'elle avait rencontré un jour en faisant des courses dans un grand magasin à la façade illuminée pour les fêtes de fin d'année. Il l'avait bousculée, il s'était excusé avec un petit sourire tentateur, comme s'il l'avait fait exprès. Elle s'était demandé pourquoi il portait ces affreuses lunettes à monture dorée au lieu de laisser sa paire de grands yeux bleus à l'air libre. Elle avait refusé le café qu'il lui avait offert au salon de thé du dernier étage, elle avait préféré lui toucher la main pour lui signifier qu'elle était d'accord.

Ils avaient roulé sous la pluie, elle se rappellera de la froideur des draps quand ils s'étaient mis au lit. Par la fenêtre elle avait vu des branches d'arbres avec de rares feuilles rousses que l'automne avait épargnées, puis la nuit était tombée. Lorsque tout avait été terminé, elle avait tâtonné pour allumer la lampe de chevet et regarder l'heure. Il était dix-neuf heures trente, elle avait conscience d'être en retard mais sans savoir exactement pourquoi. Il dormait, elle lui avait passé la main dans les cheveux. Il avait refusé de se lever pour la raccompagner à son domicile, ou même la conduire jusqu'à une station de taxi.

— Je te déposerai demain en allant au bureau.

Elle avait insisté, il lui avait dit de tourner à droite en sortant et de marcher pendant deux ou trois cents mètres. Ensuite, elle n'aurait plus qu'à s'asseoir sous l'abri et patienter un peu.

— Il y a des bus jusqu'à une heure du matin.

Elle était sortie, elle avait reçu un peu de pluie. Elle avait attendu longtemps, elle avait senti le froid la traverser comme si sa peau avait la porosité d'une étoffe. Puis elle avait dû sans doute retrouver son mari dans l'appartement de tout à l'heure. Il était à table avec un couple de clients étrangers à qui il avait dû faire la conversation pendant quatre-vingt-dix minutes alors qu'il ne parlait pas leur langue. Il avait fait semblant de savoir d'où elle venait, il lui avait servi une tranche de gigot sans laisser transparaître sa fureur.

L'homme et la femme lui avaient adressé la parole, elle leur avait souri sans comprendre un seul mot. Quand ils avaient été partis, son mari lui avait dit tu nous as fâchés avec eux et maintenant ils ne voudront jamais racheter l'agence. Avec des petits gestes secs, hargneux, il avait éclusé un fond de bouteille et avait disparu dans la chambre. Elle avait gardé de cette journée un mauvais souvenir, elle n'avait plus accepté les avances de personne.

Elle sera à nouveau assise en face de la jeune femme. Elles boiront toutes les deux, il lui semblera que la musique était plus forte que tout à l'heure et que les gens étaient enfoncés les uns dans les autres comme si les perspectives étaient abolies. Elles demeureront silencieuses, parfois la jeune femme fera un signe au serveur et il leur apportera un autre verre. Le plafond donnera l'impression d'être moins haut, le comptoir plus proche. Elle éprouvera la sensation d'être à sa place dans cette atmosphère molle, indulgente. Elle aura envie de ne plus jamais sortir d'ici, elle aurait voulu que ces inconnus autour d'elle demeurent à la même place et continuent à parler ou à rire indéfiniment. La jeune femme se lèvera, quand elle reviendra des toilettes elle lui dira j'ai trop bu.

— On s'en va.

Elle n'osera pas lui dire non. Elle verra la jeune femme additionner les montants des tickets, alors elle sortira une carte de crédit de son sac.

— Non, c'est pour moi.

En sortant, elle lui proposera de la raccompagner. Elle ne lui répondra pas, elle l'invitera alors à passer la nuit à son domicile.

— Mais tu devrais quand même prévenir Charles.

Dans la voiture elle aura mal au cœur, la jeune femme stoppera mais elle ne parviendra pas à se soulager.

— Tu veux qu'on s'arrête à une pharmacie de nuit.

— C'est pas la peine.

À leur arrivée, son mari sera en peignoir au salon.

— Tu as pu endormir Lucien.

— Il s'est endormi tout seul.

— Béatrice va passer la nuit ici.

Elle aura envie de lui dire je m'appelle Véronique, comme toutes les aînées chez les Levaillant depuis une bonne quinzaine de générations. Notre famille n'a rien à envier à la noblesse, aux descendants de personnages historiques, à tous ces cerveaux minuscules qui en ont été réduits à se singulariser sur un champ de bataille faute de talent d'entrepreneur en maçonnerie, d'instinct des affaires ou de simple bosse du commerce. Notre famille a toujours généré de l'argent, elle a su tirer profit de toutes les situations, elle s'est enrichie durant toutes les époques, même les plus sombres, sans haine, ni sensiblerie, tel un brise-glace qui trace sa route dans la banquise. Nous n'avons pas honte de notre empreinte dans le temps, même si aucun héroïsme ne peut nous être imputé, même si l'amour, même si les sentiments excessifs n'ont jamais alourdi notre barque.

Nous avons traversé les siècles tête baissée, le regard rivé sur nos intérêts comme une louve sur ses petits. Nous avons toujours su que notre devoir était de tirer le meilleur parti des ères qui se succédaient, d'être quoi qu'il arrive de la poignée des repus, des plus opulents, des plus cossus que la veille, qu'autrefois, que jadis, de cette élite qui sait se faufiler dans le temps sans encombre, garder un corps mince, maigre, tout en faisant dix-sept repas par jour et en se relevant la nuit pour engloutir une tranche de gigot froid afin de reconstituer ses forces après un rêve fatigant.

— Qu'est-ce que tu as.

— Rien.

Elle l'accompagnera à la chambre d'ami, elle lui prêtera un T-shirt.

— Je te laisse, je suis crevée.

Elle se retrouvera seule dans une petite pièce aux murs tendus de toile écrue. Elle regardera la gravure pendue au-dessus du lit, cette sainte agenouillée dans un oratoire lui donnera le mal de mer. Elle ouvrira la fenêtre, elle se déshabillera dans l'air froid. Elle ira faire un tour dans la salle de bains attenante, elle reviendra avec la moitié des cheveux trempés. Elle fouillera son sac, elle trouvera des comprimés bleus. Elle les avalera sans se souvenir quelles propriétés ils pouvaient avoir.

Elle se demandera pourquoi elle ne rentrait pas, pourquoi elle ne revenait pas dans cet appartement d'où elle était partie et qui était à l'heure actuelle le lieu le plus lointain de sa mémoire. Elle ne s'accordera plus aucune filiation certaine, elle ne se souviendra même plus du prénom que la jeune femme lui avait attribué tout à l'heure. En attachant deux syllabes elle formera Bami, un patronyme qui aurait pu être le sien avant son mariage. Son père instituteur l'aurait parfois fait étudier jusqu'à minuit afin qu'elle soit toujours la première, et le jour où elle lui aurait ramené un zéro en physique son visage se serait recouvert de plaques rouges qui ne l'auraient plus quitté jusqu'à sa mort.

Bami ou Bati, un grand type, bon enfant, employé de banque, qui les avait emmenés tous les dimanches avec son frère pêcher dans le fleuve des poissons inconsommables qu'il fallait rejeter à l'eau avant de rentrer et qui s'en allaient le ventre en l'air comme des détritus. Bati, Batu, Batumo, une sorte d'artiste raté qui pour survivre aurait traduit dans des langues qu'il n'aurait pas maîtrisées des prospectus pour des boîtes de jeux, des voitures téléguidées, des grues, des poupées programmables plus complexes que des machines-outils.

Adolescente, elle aurait souffert de n'avoir pour toute garde-robe que l'uniforme bleu marine de l'école religieuse où il l'aurait placée comme pensionnaire à la mort de sa femme et dont il aurait acquitté rarement le trimestre. Même pendant les vacances d'été elle aurait porté cette jupe plissée, ce chemisier désolant, et elle aurait été la risée des garçons. L'année de ses seize ans elle se serait fait engager dans un magasin, avec sa paye elle se serait acheté des vêtements afin de se fondre parmi les autres filles qui auraient évolué dans la ville.

Quand elle serait rentrée chez elle, son père se serait moqué de cette robe trop rouge, trop échancrée à son goût, sans compter ces chaussures à talons qui à son avis la perchaient comme sur un piédestal. Elle aurait pleuré, il ne serait pas parvenu à la consoler et serait retourné à l'étude d'un mode d'emploi. Elle se serait enfermée dans la salle de bains, elle se serait forcée à se regarder. Elle aurait accepté sa nouvelle apparence, elle aurait compris qu'elle était un personnage neuf et qu'à partir de maintenant elle devrait modifier sa façon de jouer son rôle dans la vie.

Elle serait retournée au salon, elle aurait demandé à son père s'il avait une autre remarque à lui faire.

Il lèverait les yeux de son travail, il lui dirait non, non, avec un petit sourire un peu abject, fabriqué avec ses lèvres fines et presque grises comme une paire de traits de crayon. Elle se serait avancée vers lui, elle l'aurait giflé. Elle aurait eu honte pour lui, et en même temps elle aurait éprouvé du plaisir à voir sa main d'adolescente imprimée nette et rouge sur cette peau de père. Quant à lui il aurait compris qu'il valait mieux faire semblant de ne s'être rendu compte de rien, et il lui aurait demandé si elle préférait dîner d'un râble de lapin ou d'une tranche de jambon. Elle ne lui aurait pas répondu, il lui aurait proposé une escapade au petit Indien d'en face pour rompre un peu la routine de cette cuisine de ménage sans aucun génie.

Tout au long du repas il lui aurait parlé d'un grand triptyque qu'il peindrait dès qu'un ancien camarade des beaux-arts lui aurait prêté pour quelques jours un coin d'atelier. Elle lui aurait dit gagne plutôt de l'argent, trouve un moyen, essaie au moins d'acquérir ce talent. En rentrant il aurait repris le cours de sa traduction, mais dès lors il aurait craint la gamine à l'égal d'une marâtre, d'une épouse, et il aurait essuyé ses réflexions offensantes le nez baissé sur son ouvrage.

Elle ne serait plus retournée au pensionnat, elle aurait trouvé un travail chez un maroquinier. Deux ans plus tard elle y aurait rencontré son futur mari venu acheter un sac pour l'anniversaire de sa fiancée, une petite brunette très fade qu'elle n'aurait eu aucun mal à supplanter. Son père aurait assisté à leur mariage, mais comme elle aurait eu honte de sa mise négligée elle l'aurait fait passer pour un oncle. Par la suite, il n'aurait plus assez travaillé pour s'assurer une vie décente. Clochardisé, il aurait sonné un jour à sa porte et elle l'aurait éconduit sans même lui offrir les restes du gigot de la veille qu'elle se serait apprêtée à jeter aux ordures.

Il n'aurait pu s'habituer à la boisson, il aurait dû subir sa condition dans un état de clairvoyance permanent. Mais peu à peu la folie aurait suppléé l'alcool, et il se serait mis à parler sans discontinuer comme un ivrogne. On l'aurait pris pour un poivrot exalté, il aurait connu le fourgon de police, la cage du commissariat où il se serait fait étrangler une nuit par un travesti en manque qui en aurait voulu au genre humain.

Elle n'aurait pas été avertie de la mort de son père, du reste elle aurait fini par l'écarter du centre de son histoire intime et par en faire un individu périphérique, quelque chose comme un voisin, l'habitant d'une cité limitrophe, ou plus éloigné encore, quelqu'un qui vous a donné l'heure une fois ou qui apparaissait quinze ans plus tôt dans une publicité pour une marque de radiateurs.

Pour compenser elle se serait bâti une mère, une aristocrate enceinte d'un homme marié qui l'aurait accouchée à la sauvette dans un orphelinat où elle aurait été élevée jusqu'à l'âge de sept ans. Par la suite, elle l'aurait prise dans sa maison et elle serait passée aux yeux de tous pour l'enfant d'une petite bonne qu'on aurait recueillie par charité. Elle aurait demandé à son mari s'il se rappelait cette grande cour pavée avec derrière un massif de lauriers roses la maison de bois qui abritait la buanderie, et s'il avait gardé souvenir du grand chien maigre et distingué qui portait un nom d'aromate comme tous les animaux des Grandot de la Tourelle depuis leur anoblissement par François Ier en pleine bataille de Fontenoy.

Mais à l'époque où il l'aurait connue, elle ne serait déjà plus cette enfant de domestique qui dort à l'écart de la maison des maîtres. Faisant fi de toutes les conventions sa mère l'aurait reconnue depuis son veuvage survenu cinq ans plus tôt. Elle aurait pris ses repas à la table familiale, aurait disposé d'une grande chambre avec cheminée, serait partie en vacances été comme hiver, et aurait fréquenté le reste du temps une école privée où la discipline aurait été sévère, la mixité pas de mise, le maquillage formellement interdit. À cette époque il aurait été entendu qu'elle était Émilie Du Grammont, même si certains enseignants l'appelaient Grandon, et si elle demandait aux nouvelles élèves de l'appeler Nadine ou Caro pour faire plus court.

Sa mère aurait été assez fantasque, l'appelant tantôt Julie, tantôt Sophie-Anne, lui demandant même à l'occasion son nom de famille, puisque c'était le même que le sien et qu'elle avait un formulaire à remplir pour réclamer une subvention aux monuments historiques. Chaque matin elle se serait réveillée en notant sur un petit carnet sa fiche d'identité de la journée, souvent elle aurait été une Carole, une Jade, une Joëlle, et son patronyme un simple de Fut, ou un roturier Blancart, un vulgaire Toupin, mais au petit déjeuner sa mère l'aurait déjà contredite, lui donnant du petite Josianne, de l'Élisabeth chérie, l'abreuvant de diminutifs rappelant des prénoms allemands, italiens, africains, et d'autres qui n'existaient sûrement nulle part.

Elle lui rappellerait que depuis dix-sept siècles aucune Des Julion n'avait failli, aucune De la Terre n'avait été laide, efflanquée, grosse, ridicule par sa hauteur, ou d'une taille inférieure à la moyenne, aucune Trusderot n'avait jamais eu honte de ne pas appartenir au gratin, d'être affublée de mère en fille de ce grand nez, de ces jambes presque courtes, de cette poitrine trop volumineuse qui s'alourdissait avec les grossesses et les années, aucune Nardi n'avait jamais été triste, supportant les ruptures avec le sourire, riant au nez des cancers, accueillant, joviales, microbes et virus comme des amis venus passer un agréable week-end dans l'intimité de leur organisme, et mourant dans un fou rire quelques années plus tard après des mois de souffrances intolérables, réveillant par leur hilarité tous les pensionnaires de la petite clinique où on les avait déposées lorsque l'hôpital n'en avait plus voulu.

Tout en mangeant ses tartines, elle aurait supplié sa mère de lui griffonner sur un bout de papier l'identité dont elle pourrait se réclamer jusqu'au soir. La femme aurait haussé le ton, lui reprochant son ingratitude envers la grande maison des Casim où elle avait été accueillie à sa naissance comme une princesse bien qu'elle soit tout juste la fille d'une amie de passage repartie bourlinguer sitôt délivrée. Puis se ravisant, tu es une Voinu, une Dertui, je t'ai portée dans mon ventre tant de semaines, tu étais ma corvée, mon calvaire, je t'ai appelée Florence, Clémence, Garance, ou peut-être Louise, j'ai le droit de ne pas m'en souvenir, j'ai fait une croix sur toute cette époque sinistre où je t'ai conçue, mise au monde, élevée dans un berceau comme un petit animal au fond d'une corbeille.

En ce temps-là je devais lutter avec toute la force intérieure d'une Guéramand pour ne pas t'attacher à mon ventre avec une corde de pendu et aller me jeter dans le fleuve. J'étais désespérée que tu sois là, je me reprochais sans cesse ta présence, ton existence de jeune cerveau en route vers la souffrance derrière le crâne à la fontanelle encore ouverte. J'ai pensé prendre des cours de prestidigitation afin d'apprendre à te faire disparaître comme un lapin, un volatile. Pour qu'on te dissolve, pour que le réel soit nettoyé de toi, j'aurais accepté qu'on me coupe les jambes, qu'on m'aveugle, m'assourdisse, me cuisine et me serve en ragoût dans une porcherie.

Je m'en voulais tant que tu existes, que par ma faute tu aies mis les doigts dans l'engrenage. Je t'aimais, chez les Lecouvreur on aime ses enfants au point de regretter de les avoir mis au monde. Ton père lui te trouvait rigolote avec tes tresses, tes sourires, il avait l'optimisme niais des Magerot, il ne voyait pas les plaies, les maladies, les douleurs fulgurantes sur les starting-blocks sous la peau diaphane. Ton père, ce Turmaget qui toute sa vie n'avait éprouvé que du plaisir à mettre un pied devant l'autre, à respirer, et pour qui même la mort représentait une promotion. Il se supposait une villa de fonction dans l'au-delà, avec des avantages dont il exigerait l'accroissement chaque année. Il ne voyait pas que tu n'étais qu'une petite douleur en train de croître, il avait par rapport aux enfants l'indifférence amusée des Leclerc.

Il te prenait dans ses bras, il te faisait rouler dans le lit, il s'émerveillait de tes petits sourires qui précédaient toujours une coulée de larmes. Il n'essayait pas de te comprendre, il te prenait pour un jouet bienheureux. Il aimait tant l'existence qu'il aurait même accepté que tu naisses une deuxième, une troisième fois, et jamais il n'aurait trouvé que tu existais assez. Moi en te regardant j'ai toujours vu ton squelette, tes cendres, le vide déjà comblé que tu laisserais en t'en allant.

Chez les Chombes nous avons toujours eu l'humilité chevillée au corps, et nous savons bien que nos habits sont des cercueils de toiles et nos appartements des caveaux. Nous n'aurons jamais l'outrecuidance d'imaginer une naissance comme un espoir, l'augure d'un avenir radieux, et nous pleurons nos bébés comme des morts. Je me rappelle, petit cadavre, tes grosses joues roses, ton corps potelé. Je te mettais des couches, comme on lange les mourants qui n'ont plus le contrôle de leurs sphincters. Je te baignais, je te talquais, je t'aurais entourée de bandelettes s'il l'avait fallu.

Chez les Bonnier, la descendance s'assimile plutôt à une excrétion. On évite d'y toucher, on ne l'embrasse, ni ne la torche, on s'en débarrasse, le personnel se charge d'en venir à bout et il ne nous la rend que dégrossie, prête à être injectée dans un lycée, une faculté, dans la vie professionnelle, sociale, prête au mariage, à la reproduction, au divorce, aux maladies de la trentaine, des cinquante ans, à la mort prématurée des sédentaires, au gâtisme des plus sobres, des sportifs et de ceux qui vivent en harmonie avec la nature.

Tu ne dois pas perdre de vue que la famille Dumontel constitue comme un vol plané de douze décennies au-dessus de l'espèce dans tout ce qu'elle peut avoir de lâche et d'ordinaire. Nous sommes fiers d'être des Pollier, un de nos ancêtres a donné notre nom à un théorème encore utilisé à l'heure actuelle, et mon père fabriquait de grandes sculptures qui par un jeu d'orgue donnaient l'impression de pousser de grands cris quand il y avait du vent. Toi tu portes le nom de ton père, une famille qui se compromet à chaque conflit et dont toutes les générations ont fait de la prison.

Je me suis mariée pour devenir une Megnon, m'arracher une fois pour toutes à ce milieu d'idéalistes où l'argent manquait, où faute de voiture on prenait les transports en commun, où pour joindre l'économie à la sanction on était condamné à marcher à pied quand on était puni. J'ai aimé l'odeur d'argent sale qui régnait dans la famille de ton père, et ces interminables déjeuners où on s'écœurait de nourritures superflues qu'on mettait ensuite des heures à digérer en buvant des alcools pour les entraîner plus vite au fond des boyaux.

Sache te montrer digne de leur abjection, épouse un Dugarçon, un de ces types qu'on dirait taillé dans l'excrément, tant ils empestent l'arrivisme et le désir d'asservir leurs semblables. Épouse un Lambrin, un Baulin, un Juster, ou reste célibataire mais tiens-toi droite et cesse d'engloutir des tartines, les hommes ont honte de se pavaner avec des filles trop en chair, ta viande ne doit jamais être si abondante qu'on ne puisse deviner les côtes, les maxillaires, il ne faut jamais qu'on perde de vue ton armature osseuse.

Pour aujourd'hui, tu t'appelleras seulement Alice Périmont, mais si tes résultats scolaires s'amélioraient tu pourrais devenir Lise Blany, et si tu avais une mention à ton examen l'année prochaine tout le monde t'appellerait Gaëlle Cremerat, tu pourrais même changer de coiffure et porter des escarpins haute couture. Plus tard certains te connaîtront sous le nom de Gabrielle Deveau, et tu épouseras un Bernard Guibet, un Denis Cache, un Mathieu Pessot, tu ne seras pas tout à fait heureuse, mais les filles Huchard t'envieront, elles qui en seront réduites à poursuivre d'austères études d'économie et à échouer dans le lit de vulgaires Mullin pour purger leurs sens pendant les vacances.

À vingt-cinq ans tu seras peut-être Janice Sumon, tu auras des dents blanches, d'interminables jambes, de petits seins, pas de mari, mais tu seras une image tenace dans le mental de tous ceux qui t'auront vue à l'état numérique, mouvante, parlante, chantante, et tu t'accompagneras parfois à la guitare, au piano, avec un marteau dont tu cogneras un baril de métal.

Si tu échoues dans cette voie tu seras la petite Corinne Berrot, avec sa veste de cuir bleu, sa chevelure décolorée, son sourire rafistolé par un dentiste bon marché, son travail désespérant chez un traiteur où elle préparera les mêmes mélanges de crudités à longueur d'année. Elle habitera une ancienne réserve d'épicier où on aura fait installer une douche et une kitchenette. Elle regardera chaque soir l'image issue d'un téléviseur minuscule qui lui rougira les yeux comme un chagrin. Elle s'endormira entre deux séries et le dimanche matin elle obtiendra plusieurs orgasmes par masturbation. Vers midi elle sortira de chez elle, elle déjeunera d'une quiche avec un peu de salade verte et un soda dans un café de son quartier. Parfois, quelqu'un s'intéressera à elle, réglant son addition, l'emmenant au cinéma, l'hiver couchant avec elle à la nuit tombée dans sa voiture, l'été la sautant à son domicile dans les rayons orangés du crépuscule qui lui donneront la fausse impression de se trouver à l'aube d'une histoire d'amour.

Un jour pourtant on éprouvera de l'affection pour elle, mais au bout de quelques semaines on s'en lassera. On la couvrira d'injures pour qu'elle comprenne que la rupture était définitive, qu'il était inutile d'appeler, d'apparaître, d'envoyer des messages, des prières, des signes de vie, qu'elle devait se fondre dans l'air comme une bouffée de pollution. Dès lors, elle ne sortira plus le dimanche, préférant la compagnie indolore de son corps à la méchanceté d'autrui.

Elle vieillira dans l'autarcie, remplaçant son téléviseur à chaque fois qu'il trépassera et au moment de la retraite elle vivra jusqu'à sa mort une suite ininterrompue de jours de branle. Elle mourra avec ses courses en remontant l'escalier. Le voisin qui la découvrira assistera le surlendemain à sa crémation. On lui donnera ses cendres, il les déposera sur un muret en sortant du cimetière. En rentrant, sa femme se moquera de son sentimentalisme qui lui aura fait perdre une matinée. Le soir, ils se disputeront à propos de leur fille à qui il aura offert un nouveau manteau malgré un quatre sur vingt en technologie.

Au début de la semaine suivante, il apprendra que la petite chambre de la morte était à vendre. Il la visitera et s'en portera acquéreur aussitôt, priant le propriétaire de la laisser en l'état. Elle lui servira de refuge quand son épouse l'aura exaspéré. Allongé sur le mauvais lit il se rêvera une vie humble, mais célibataire, paisible, sans l'ombre d'une femme, d'une amie, d'un proche, dans cette coquille de pierre sous le zinc. Il y passera ses vacances, tandis que sa famille voyagera à travers le monde avec le fruit de son travail de kinésithérapeute. Il fera des siestes dans la chaleur du mois d'août, se réveillant en nage et s'apercevant qu'il avait taché le drap dans un rêve.

Il regardera le ciel par le fenestron et en se penchant il observera les gens dans la rue dont certains seront en débardeur et d'autres se presseront avec leur porte-documents. Quand parfois sa femme lui téléphonera il lui dira que la communication est mauvaise, qu'il n'entend plus rien, et il coupera. En septembre, il refusera de rouvrir son cabinet. Il restera reclus là-haut, sa femme lui faisant monter des provisions par sa fille pour qu'il ne soit pas affaibli quand il reprendrait enfin ses activités. La nuit on l'entendra chanter ou rire, et certains habitants de l'immeuble le croiseront nu dans l'escalier.

Il sera interné, il reviendra habiter auprès de sa famille avec un traitement adapté. Il louera la chambre de service à un étudiant, il mettra les bouchées doubles dans son travail afin de renflouer ses caisses au plus vite. Son épouse fera des efforts pour l'aimer à nouveau, éprouver même un certain désir de lui propice à une vie sexuelle qui lui permette de s'épanouir à l'intérieur du couple. De son côté, il ne couvrira plus sa fille de cadeaux et il la blâmera quand elle se montrera insolente envers sa mère. Il mourra subitement à quatre-vingt-deux ans en essayant un pantalon dans une boutique. Sa femme sera morte beaucoup plus tôt d'une infection pulmonaire et sa fille avant la trentaine dans une rave.

Le patrimoine du kiné ira à une jeune psychiatre qui l'aura suivi quelque temps. Elle gardera cette chambre secrète, elle en fera un usage adultère. Son mari finira par en découvrir l'existence, par l'y surprendre avec un interne qui s'enfuira comme une mauviette en se rhabillant. Il l'acculera dans un coin, la menacera avec un couteau à cran d'arrêt qui depuis son service militaire ne quittait jamais sa poche. Elle se moquera de sa jalousie, de son visage enlaidi par la colère. Il la laissera morte sur le sol après avoir enfoncé quatorze fois la lame dans son ventre.

Il sera condamné à cinq ans de prison. À sa sortie, l'ordre lui refusera l'autorisation d'exercer à nouveau. Son père lui prêtera assez d'argent pour ouvrir un petit restaurant, à vrai dire une pizzeria où il s'agitera jusqu'à la fin de ses jours pour joindre les deux bouts. À sa mort, sa nièce et ses deux neveux hériteront de son établissement. Ils le vendront aussitôt, paieront les droits de succession, et avec le reliquat épargneront, ou s'offriront des meubles et des vacances.

C'est à toi de choisir, tu peux n'être que Géraldine Lepage et rester à court d'argent toute ton existence malgré travail et avarice. Tu peux mener la vie libre d'une Yvette Gal, riche de naissance, corps superbe, visage attrayant de figurine peinte. Tu peux même avoir assez d'ambition pour devenir Julie du Montel avec ses grands chapeaux, sa gentilhommière, sa façon d'accoucher de séries d'enfants magnifiques comme on dépose des pointillés du bout d'un pinceau sous un monogramme.

Ne te laisse pas aller à la facilité, tu dois considérer que ton penchant à n'être que Lucienne Roux est une maladie de jeunesse, un accident, il te faut d'urgence renier cette identité, accéder aux couches supérieures où gravitent les Hentin, les Oursert, les Monurin, et toutes ces escouades de jeunes filles que leurs mères ont propulsées au-dessus de la population commune dès l'âge des premières tracasseries périodiques.

Tu ne voudrais tout de même pas être cette Charlotte Grimai que tu peux croiser dans la rue un jour ou l'autre avec son manteau bon marché et sa tête de représentante en pommades, ni Solange Mevin mère à seize ans d'un bébé au museau écrasé. Si tu n'y prends pas garde tu leur ressembleras, tes joues seront ternes, tes cheveux perdront toute leur brillance, tu te regarderas dans la glace et tu auras honte d'être Marie-Louise Col, déjà âgée de quarante-deux ans en sortant à peine de l'adolescence, ayant perdu un enfant dans un incendie la veille sans avoir joui de ses premières années, de ses sourires, de ses premiers pas sur le gazon du jardin public.

Tu seras alors aussi bien Mélanie Munt. Ton mari aura une petite situation dans une entreprise d'informatique, pour éviter le licenciement il passera ses soirées à essayer de remettre ses connaissances au goût du jour, mais la médiocrité de son intelligence fera de lui le candidat idéal à la charrette. Il ne travaillera jamais plus, tu accoucheras juste avant la ménopause d'une petite fille que vous aurez le plus grand mal à élever et qui sera une adulte dont la réussite professionnelle ne compensera jamais la beauté absente. Elle vous en voudra de l'avoir mal faite, comme si au moment de sa conception vous aviez tremblé en dessinant son embryon.

Elle se mariera tard avec un barman rencontré dans un club de vacances, elle ne se reproduira pas afin de ne pas infliger son manque de grâce à de nouveaux spécimens. Quand tu mourras, en guise de profanation elle t'arrachera une paupière et la jettera dans le vide-ordures. Elle assistera à ton enterrement en mangeant des sucreries qu'elle tirera l'une après l'autre d'un bruyant sachet en papier kraft. Dès le mois suivant, elle mettra son père dans la maison de vieux la plus mal notée par un magazine qui viendra juste d'établir un palmarès et elle n'ira jamais le voir jusqu'à son décès. Bien qu'il aime beaucoup la vie, elle aura assez d'ascendant sur son mari pour l'obliger à se suicider en sa compagnie un jour de mauvais temps où leur maison de campagne lui semblera triste sous les giboulées.

Et si tu devenais Ève de Bretour, cette fille presque idiote que ses parents battent dans l'espoir qu'elle apprenne l'orthographe et résolve des équations du second degré. Tu aurais un squelette déformé par les nombreuses chutes que tu aurais faites quand ils t'auraient envoyée aux quatre coins des vastes pièces de leur castel. À l'âge adulte tu subirais plusieurs opérations qui redresseraient ta colonne vertébrale, mais tu conserverais toujours une démarche chaloupée et cet air ahuri d'enfant martyr.

Tu perdrais ton père à vingt ans d'une tumeur au cerveau, ta mère mourrait six mois plus tard dans un accident d'hélicoptère en survolant une réserve d'animaux. On t'épouserait par intérêt, on te viderait de ta fortune comme on gobe un œuf et on t'abandonnerait avec des dettes. Ta stupidité rebuterait les employeurs, même au plus bas de l'échelle tu t'avérerais incapable de gagner ta vie. Ton niveau intellectuel ne te permettrait pas de reculer l'échéance des saisies, de l'expulsion, et tu serais à la rue.

Un sans-abri te prendrait sous sa coupe, te prostituant à des coreligionnaires à un prix d'ami. Quand certains se plaindraient de ta prestation, il t'enfoncerait la pointe effilée d'un tesson de bouteille dans la cuisse. Tu mourrais une nuit de septicémie. On trouverait des papiers dans une de tes poches, on appellerait au hasard des gens qui porteraient le même nom que toi. Ce ne seraient que de lointains parents, mais ils accepteraient de t'inhumer dans le caveau tout neuf dont ils viendraient de faire l'acquisition. Ton enterrement serait l'occasion pour eux de l'inaugurer sans chagrin, et de pouvoir constater à quel point il était fonctionnel avec cette dalle qui coulissait comme le couvercle d'un plumier.

Je crains même que tu sois Gabrielle Lormel, toute une enfance studieuse saccagée par ces années d'adolescence où tes veines connaîtront l'aiguille hypodermique. Dans peu de temps tu seras morte, à quatorze, seize ans peut-être on te retrouvera raide comme un rat empoisonné sur ton lit, et le médecin constatera ton décès avec dans le regard une lueur de mépris envers tes parents désespérés.

Tu n'aurais pas davantage intérêt à endosser la destinée d'Olivia Perraux, une gamine précoce qui fera une grande école, aura quatre enfants de sexe mâle, et les tuera l'un après l'autre quand ils atteindront leur troisième année. Ta technique consistera à les étouffer dans leur sommeil en les faisant passer pour épileptiques.

À la quatrième reprise on pratiquera une autopsie, et on découvrira la supercherie. Tu perdras la raison en maison d'arrêt, à ta sortie ton mari te recueillera par pitié. Tu tenteras régulièrement de l'empoisonner, il finira sa vie tétraplégique trois jours après que tu lui aies offert à dessein une moto pour son anniversaire. On te placera dans une maison de retraite où tu te montreras trop nuisible pour qu'on puisse te garder, on prendra prétexte d'une tentative d'étranglement sur une infirmière pour t'incarcérer. Tu mourras dans un mitard glacé où des surveillantes exaltées un soir d'Halloween t'auront jetée et aspergée d'eau froide.

L'année suivante les cachots seront supprimés, à leur place on installera une cafétéria avec un distributeur de boissons en libre-service afin que les détenues puissent venir se détendre avant de regagner leur cellule après les heures de travail en atelier.

Et si tu étais Bernadette Roland, petite brune aux cheveux courts, aigrie sitôt formée, avec ses jupes mal coupées, ses pantalons de confection, qui tentera pendant des années de se prostituer chaque soir alors qu'elle exercera dans la journée la profession de secrétaire médicale. Tu connaîtras la honte de stationner au coin d'une rue, d'être embarquée par la police, verbalisée au commissariat alors que ton physique repoussera les clients et que cette mauvaise habitude ne te rapportera jamais rien.

Tu feras à trente-trois ans un mariage dégradant avec un employé de la voirie, et pour te venger de la mesquinerie de son statut social tu l'obligeras à te verser une petite somme d'argent avant chaque rapport. Quand il t'aura donné toute sa paye, tu refuseras de lui faire crédit et tu l'obligeras à coucher au salon pour qu'il ne soit pas tenté de toucher à toi pendant ton sommeil. Tu deviendras de plus en plus vorace, tu lui feras payer le moindre détail, et tes tarifs augmenteront à tel point qu'il troquera son salaire contre une seule nuit d'ébats. Ensuite, il aura devant lui trente longs jours d'abstinence au terme desquels tu auras à nouveau relevé tes prix et découpé encore ta prestation en autant de services dus à titre de suppléments.

Il n'aura plus les moyens d'un coït, il engloutira tout son argent pour le pauvre plaisir d'apercevoir tes affreux petits seins, de loin, comme deux flans surmontés de cerises brunes dans la lumière jaune de la lampe de chevet. Tu ne les lui montreras qu'un instant, ensuite tu te coucheras et tu le jetteras hors de la chambre. Il reviendra à la charge, essayant de négocier en te parlant d'amour et tu lui annonceras que dorénavant même ta conversation sera payante. Il te suppliera de lui adresser malgré tout une dernière parole, tu mettras un doigt sur ta bouche. Il s'agenouillera, tu riras. Il te plaquera sur le lit, fera de toi tous les usages. Tu crieras, tu auras l'impression d'être une vitrine dévastée par une bande de voyous.

Il s'excusera au matin, mais tu porteras plainte. À l'audience, la cour sera émue par le récit de son chemin de croix. Acquitté, il rejoindra le domicile conjugal. Désormais tu le craindras, et tu le laisseras accéder à ta chair en toute liberté. Il se lassera vite des pratiques ordinaires, il exigera certains jeux. Il s'amusera à t'électrocuter avec une petite machine achetée dans un bric-à-brac, un choc trop puissant t'emportera. Sa mère le laissera t'enterrer dans le jardinet de son pavillon où il te transportera avec une camionnette municipale.

Il se remariera deux ans plus tard avec une femme qui lui donnera confiance en lui ainsi que deux enfants, et l'encouragera à embrasser une carrière commerciale où il réussira. Tu n'auras été dans sa vie qu'une anecdote désagréable et il t'évacuera de sa mémoire. Mais il ne comprendra jamais pourquoi sa fille aînée te ressemblera à ce point, comme s'il avait contaminé son appareil génital en pénétrant le tien. Quand elle atteindra la trentaine il aura l'impression de te retrouver à l'époque de votre mariage. Il ne pourra s'empêcher d'acheter un fusil de chasse dans un hypermarché et de l'abattre. Il mourra en captivité.

Sois plutôt Violette Redot, une grande blonde aux yeux verts, Maria Filu, Denise Sarre, Françoise Destri, ou alors même Nicole Papin, avec sa manie de faire des siestes au moindre jour de congé et de s'endormir à son bureau pendant les pauses. Et si tu étais Delphine Dorrin, née il y a soixante-dix ans dans une famille de ferblantiers. Tu te souviendras de ta jeunesse, quand tu régnais sur un mari, deux filles, du personnel de maison et un jardinier qui s'occupait du parc. Tout le monde te respectait et tu faisais pleurer tes enfants pour une peccadille.

Aujourd'hui tu seras veuve, à l'étroit dans un studio de banlieue. On ne viendra jamais te voir, tu ne disposeras pas de téléviseur ni d'électroménager d'aucune sorte. À la nuit tombée tu regarderas des photos de famille entassées dans des boîtes à biscuits. Tu rêvasseras, tu chercheras aussi des failles dans l'éducation que tu auras donnée à tes filles pour expliquer leur agressivité à ton égard. Tu leur écriras souvent afin de leur demander des nouvelles et de les inviter à venir chez toi goûter avec leur progéniture quand bon leur semblerait. En guise de réponse, elles t'enverront parfois une lettre où elles te reprocheront une gronderie dont tu ne conserveras aucun souvenir.

Par retour du courrier tu essaieras de justifier ta sévérité en arguant que tu étais née Louvin, une famille austère d'huissiers de justice où les enfants devaient obéir au doigt et à l'œil comme des bêtes de cirque. Pour le nouvel an, un de tes gendres te fera parvenir par son comité d'entreprise un colis contenant des pâtes de fruit et une demi-bouteille d'alcool. Le reste du temps tu vivras de rien, et même le pain te paraîtra un extra que tu ne t'accorderas qu'une ou deux fois par semaine.

Plus que de la tristesse de ton alimentation, tu souffriras de l'ennui qu'aucune visite, aucune rencontre ne viendra jamais distraire. Tu te promèneras dans les parages de ton immeuble même les jours de pluie ou de canicule. Tu t'approcheras des enfants, tu auras envie de leur passer la main dans les cheveux mais tu n'oseras jamais. Tu t'estimeras trop jeune pour adresser la parole aux personnes âgées assises sur les bancs publics, alors tu remonteras t'enfermer chez toi jusqu'au lendemain.

Tu essaieras un soir d'entrer en contact avec le couple qui habitera sur le même palier que toi, tu iras sonner à sa porte sous prétexte de leur demander une tasse de farine. Ils regarderont par l'œilleton et ils n'ouvriront pas. Tu n'oseras pas aller importuner tous les habitants de la maison avec ta tasse vide. Tu retrouveras la torture de ton petit logement désert avec l'espoir minuscule d'une insipide distraction procurée par tes vieilles photos de famille qui ne t'émouvront plus guère depuis longtemps.

Tu colleras ton oreille au sol pour entendre la conversation que tiendront les gens du dessous, ou au moins le son de l'émission qu'ils seront en train de suivre. À onze heures tu ne percevras plus rien, tu t'intéresseras alors en pure perte aux cloisons qui t'entoureront et dont ne filtrera aucun bruit. Tu escaladeras ta table de cuisine, tu tenteras d'ausculter du mieux possible le plafond et par peur de chuter sans avoir rien entendu tu redescendras. Tu resteras assise, tu regarderas l'évier goutter. Tu regretteras que la cité soit si calme, à part quelques effusions en fin de semaine. Tu rêveras de batailles rangées chaque soir et de voitures incendiées que tu puisses contempler depuis ta fenêtre.

Tu voudras la guerre, avec ces alertes, ces virées dans les abris où on est bien obligé de frayer les uns avec les autres, de tailler d'interminables bavettes pour tromper la peur et de pousser ensemble des hurlements de terreur quand les murs s'ébranlent sous les obus. Et puis cette joie trouble quand on remonte et qu'on cherche en commun ses affaires parmi les gravats. Le plaisir de partager un repas avec des inconnus qu'on croisait pourtant si souvent dans le hall et dans l'ascenseur. La nuit sous les tentes installées en toute hâte par l'armée, ce sommeil paisible, côte à côte, chacun entortillé dans sa couverture kaki.

Et puis ce réveil dans le matin froid, avec le soleil qui illumine la catastrophe. Le petit déjeuner pris ensemble avec les enfants qui courent dans les ruines comme des lutins, les soldats qui plaisantent pour conjurer les craintes d'une nouvelle attaque. Tu sympathiserais avec une famille du rez-de-chaussée, des gens qui auraient trois enfants à qui tu tiendrais lieu de grand-mère provisoire. Tu saurais te montrer douce, tu les câlinerais comme jamais tu n'aurais câliné tes propres filles. Tu aurais des conversations avec la mère qui dureraient toute la journée, et le soir on se réunirait par petits groupes pour ingérer la nourriture préparée par les soldats.

On discuterait jusque tard dans la nuit, évoquant la reconstruction de la cité selon des plans plus modernes. Tout le monde rêverait de logements spacieux, de terrasses vitrées, de salles de bains avec vaste baignoire, douche programmable, de cuisines robotisées et meublées de longues tables permettant des repas avec douze ou quinze convives. On imaginerait des jardins intérieurs, suspendus, où l'on pourrait à longueur d'année cultiver des légumes et quelques fleurs pour agrémenter la vie.

Puis arriveraient les premiers baraquements en tôle qui permettraient aux gens de s'isoler et de retrouver une certaine intimité. On t'attribuerait un petit espace clos, avec un réchaud et une arrivée d'eau. On te distribuerait des vivres deux fois par semaine, tu te nourrirais à même la casserole assise sur ta couchette. La famille avec qui tu aurais eu des relations amicales serait logée à l'autre extrémité du camp. Tu irais lui rendre visite plusieurs fois, mais on s'excuserait d'être trop absorbé par la dure vie quotidienne pour pouvoir te consacrer plus de quelques minutes entre une lessive dans une bassine et la toilette des gamins dans un tub de fortune.

Tu passerais tes journées à adresser la parole aux soldats qui te sembleraient moins aimables que les premiers temps. Le soir venu tu retrouverais ta cage métallique avec l'espoir d'un nouveau bombardement pour toute distraction. Mais cette guerre éclair serait définitivement terminée, et quelques mois plus tard tu emménagerais dans un nouvel immeuble vite construit planté au même endroit que le précédent. Ton logement serait plus étroit encore, avec une fenêtre à un seul carreau qui te ferait penser à une fente. On te donnerait des meubles de base afin que tu puisses dormir et survivre, mais tu n'aurais plus les boîtes de photos.

Tu scruterais le sol, les cloisons, mais tu ne percevrais pas le moindre chuchotement, pas le moindre bruit. Tu ferais claquer ta langue, tu respirerais fort. Puis tu t'étendrais, tu entendrais les battements de ton cœur. Tu sortirais, tu marcherais sous les lampadaires. Il y aurait des jeunes gens à moto qui s'arrêteraient à ta hauteur, et qui redémarreraient en voyant ton visage. Tu quitterais peu à peu la zone éclairée, tu marcherais entre les monticules de décombres que des pelles mécaniques auraient repoussés avant la reconstruction de l'immeuble. Tu t'assiérais sur un fragment de mur, tu fouillerais le sol du bout du pied. Tu te souviendrais que parfois une météorite isolée tombait au hasard sur la terre, tu tendrais ton front au ciel pour lui servir de cible. Puis tu rentrerais lentement, tu te coucherais. Jusqu'à la fin de ta vie tu espérerais en vain le retour des hostilités. Tu mourrais à quatre-vingt-sept ans, tu sourirais dans ton agonie, te croyant à nouveau sous la tente, avec ces voisins devenus si proches pendant le bombardement, et chauds comme des amis, tendres comme tes filles si elles t'avaient aimée.

Tu espéreras des catastrophes, des malheurs, des événements, mais la vie autour de toi te semblera de plus en plus paisible. Tu auras beau sortir tard dans la soirée, dans la nuit, personne ne s'intéressera à toi. Les rues de la cité seront vides, tu rêveras de métropoles en t'endormant comme petite fille tu rêvais du pays des jouets. En fin d'après-midi tu te posteras devant l'ascenseur et tu alpagueras les locataires quand ils reviendront de leur travail. Tu leur parleras comme à des familiers, tu poursuivras la même conversation de l'un à l'autre comme s'ils n'étaient qu'un seul individu dans des corps différents. Ils ne te répondront pas. Tu remonteras t'enfermer chez toi quand ils seront tous rentrés.

Tu retrouveras les photos, tu écriras à tes filles pour qu'elles viennent te chercher. Elles finiront par te renvoyer tes lettres sans les avoir lues, et à la fin de l'année tu ne recevras pas de colis. Tu perdras la raison petit à petit, éprouvant un sentiment de panique lors des rares instants de lucidité où tu comprendras que ta vie s'achèvera inéluctablement dans la démence.

Afin de ne plus connaître cette impression d'enfermement, de mise à l'écart, tu t'installeras une sorte de bivouac dans l'entrée de l'immeuble. Tu offriras aux habitants la vue de ton vieux corps dénudé ainsi que des bordées d'injures. On sera contraint de t'évacuer. Tu finiras ton existence sur un lit comme un lépidoptère, épinglée par la piqûre à effet retard qu'on te fera chaque semaine.

Pierrette Guillot, Joséphine Casaquet, Rose Michel, le choix est vaste, presque infini, tu pourrais devenir aussi Jeanne Lipres, de taille moyenne, mais un joli visage et des yeux clairs. Elle n'a pas une intelligence de premier plan, même quand elle est seule elle ne réfléchit jamais très longtemps. Elle s'habille toujours en noir ou en bleu foncé pour essayer de paraître plus mince. Elle s'est mariée l'an dernier avec un ingénieur sorti d'une petite école sans renommée. Ils savent que leur vie sera un paysage limité et qu'à leur mort ils ne laisseront rien de notable derrière eux.

Ils ne prendront même pas la peine de mettre au monde des enfants, tant ils craindront qu'ils soient piètres ou qu'ils ne vivent pas assez longtemps pour s'acquitter de la corvée de leur enterrement. Ils ne sont pas tristes, ils acceptent leur destin étroit, leur petit lopin d'existence. Ils ne connaissent pas l'ivresse du bonheur, ils se consolent en imaginant les vies soucieuses de couples qui ne se relèvent jamais de la procréation, aimant trop leurs enfants pour s'aimer encore, et en définitive pour éprouver même le moindre respect l'un pour l'autre. Ils se promettent quant à eux d'avoir une vie sexuelle régulière au fil des années, entretenant s'il le faut leur désir en accueillant des éléments extérieurs ou en pratiquant des vices. Ils prévoient d'avoir leur dernier rapport vers l'âge de soixante-quinze ans, ensuite ils attendront leur mort en se bornant aux seuls plaisirs de la table que leur état de santé rendra encore possibles. Ils abandonneront leur corps à la recherche. Régulièrement entretenu et rénové l'immeuble où ils auront passé leurs quarante dernières années sera toujours habité plus de trois siècles après leur décès.

Ils voient d'avance leur vie dans tous ses détails, ils n'en veulent pas d'autre. Ils ne sont pas envieux des gens brillants, des ambitieux, ils rient de toute cette population qui s'imagine que l'existence est à leur disposition pour matérialiser leurs espérances et leurs fantasmes de petits humains mis au monde par une simple femelle de cette espèce aux origines si modestes dont on peut voir des traces dans n'importe quel musée.

Mais tu te prends sans doute pour Noëlle Barguin, avec son corps si sensuel que même habillé il semble nu et ce visage qu'elle porte comme un masque tant son sourire est figé, tant ses pommettes sont saillantes et ses yeux brillants comme des billes. Elle habite une ville de province où elle termine ses études, l'an prochain elle fera un stage chez un oncle avocat et l'automne suivant elle ouvrira son propre cabinet. Elle louera un appartement près du palais, ses parents lui donneront des meubles de famille et lui offriront un lit neuf ainsi que l'équipement complet de sa cuisine. Elle aura un ami qu'elle verra deux soirs par semaine, le reste du temps elle appréciera les dîners solitaires dans le silence de sa petite salle à manger avec le roulement continu de ses pensées qui accompagnera chaque bouchée.

Elle profitera de son repas pour passer en revue mentalement tous ses dossiers, et au détour d'un plat de poisson ou d'un quartier de pomme elle trouvera parfois un nouvel argument pour mieux plaider la cause d'un de ses clients. Elle frissonnera quand elle ira au parloir pour un entretien avec une infanticide, un violeur, ou un jeune meurtrier de grand-mère. Elle considérera chaque procès perdu comme un échec personnel, s'identifiant à ces assassins au point de faire une tentative de suicide à chaque fois qu'ils attenteront eux-mêmes à leurs jours.

Elle se fanera vite. À trente ans sa chevelure sera rayée de mèches blanches tandis que sa face sera entièrement polluée par les rides. Elle aura été plaquée depuis longtemps, elle n'aura pas trouvé de remplaçant. Son cabinet ne récoltera que les affaires les plus morbides que tout le barreau de la ville aura refusées, et ne pouvant même plus payer sa secrétaire elle sera obligée de le fermer. Pour la consoler, son père lui offrira un tour du monde. Elle reviendra désespérée par tous ces pays dévorés par la misère et ces gens qui se traînent dans les rues avant d'aller remplir les cases encore vides des cimetières polychromes que les touristes visitent sous le soleil épouvantable de l'Amérique du Sud.

Elle sera si bouleversée qu'elle en arrivera à ne plus comprendre pourquoi les gens de sa ville natale supportaient encore de jouer cette comédie, d'aller d'un point à un autre, d'avoir des projets, au lieu de s'immobiliser, de profiter de leurs dernières années pour observer fixement l'instant de leur mort afin de n'être pas surpris le moment venu. Elle s'enfermera dans son logement, se faisant livrer des vivres, demeurant allongée la plupart du temps. Elle aura l'impression d'assister au spectacle de sa fin qui s'approchera d'elle lentement, comme sur un rail. Quand elle aura la certitude que la collision venait de se produire, elle ne comprendra pas pourquoi son corps continuait à bouger à la demande et son intellect à avoir conscience de la réalité. Elle appellera un médecin qui lui dira qu'à trente-deux ans elle avait peut-être encore plus d'un demi-siècle de vie sur les bras. Il lui laissera une ordonnance qu'elle jettera par la fenêtre, mais elle n'aura pas le courage de la suivre dans l'air frisquet d'octobre.

Elle épousera l'année suivante un confrère divorcé qui lui infligera chaque week-end sa fille de dix ans, une gamine jalouse qui d'emblée la détestera. Elle ne se plaindra jamais, cherchant à atteindre l'extrémité du désespoir afin de n'avoir plus qu'à se laisser glisser avec joie hors de la vie. Quand la mère de l'enfant tombera malade, elle acceptera tout de suite de la prendre à plein temps. Il y aura des drames quotidiens, des repas où la gamine les bombardera de nourriture comme dans une farce. La nuit, elle viendra se coucher entre eux et mouillera leurs draps. Un jour elle appellera une association pour se plaindre d'attouchements répétés. Ils seront interpellés.

Le père essaiera de se défendre, mais elle reconnaîtra les faits. Elle éprouvera une grande joie à se sentir réprouvée, haïe, et lors du procès elle saura inventer des détails qui les accableront. Ils ne retrouveront la liberté que quinze ans plus tard. Il lui en voudra trop pour reprendre la vie à deux, il s'installera tout seul chez sa mère.

Quant à elle ses parents seront morts ruinés par la faillite de leur banque d'affaires, et elle cherchera à mourir de misère dans la rue. Elle connaîtra le pain rassis des poubelles et le sommeil sur des trottoirs plus durs que le mince matelas de son ancienne cellule. Son mode de vie spartiate la gardera vaillante jusqu'à un âge avancé, à quatre-vingt-dix ans elle courra encore. Son manque d'optimisme se sera mué en hébétude, elle sera devenue un animal que la découverte d'un reste de nourriture réjouit et que la peur de l'orage fait piailler. Elle mourra abattue par un policier en état d'ébriété qui sera radié aussitôt et condamné plus tard à une peine de prison.

À sa sortie, il entreprendra de vaines démarches pour récupérer ses restes et les faire enterrer à ses frais. Il regrettera son acte jusqu'à la fin de sa vie, consultant régulièrement des thérapeutes qui ne pourront jamais extraire tout à fait de son psychisme ce sentiment de culpabilité. Sa femme l'aura quitté dès son arrestation et aura disparu dans la nature avec leurs enfants. Il travaillera dans la brigade de nettoyage d'un supermarché. Chaque dimanche il déjeunera seul dans un petit restaurant, il s'offrira un apéritif et un carafon de vin rouge. Ensuite, il rentrera chez lui et essaiera de faire une longue sieste abouchée au sommeil de la nuit suivante pour arriver jusqu'au lundi matin sans connaître l'ennui. Il n'aura que cinquante-trois ans le jour où il ira à la rencontre d'un camion sur la bretelle d'autoroute qui desservira sa commune. Il mourra sur le coup, son corps ira valdinguer sur un terrain de pétanque désert à cette heure de la nuit.

La compagnie d'assurance du poids lourd retrouvera son épouse qui touchera assez d'argent pour offrir une montre à son concubin et un stage de poney aux gamins. Elle n'aura pas la chance de vivre aussi âgée que son mari, elle périra à quarante-neuf ans brûlée vive alors qu'elle nettoiera à l'essence un vêtement dans une pièce close. Ses enfants seront placés, seuls au monde ils acquerront un sentiment de haine des autres qui leur sera précieux une fois adultes. Ils n'auront pas de diplôme, mais ils sauront se faire une place dans la société et même devenir riches avec le temps.

Et Chloé Moirret, avec son faux air de renard et ses grosses jambes qu'elle fait bronzer au moindre rayon de soleil. Tu peux très bien décider de la remplacer au pied levé, tu t'habitueras très vite à son père obsédé sexuel qui passe des heures à visionner des films enfermé dans sa chambre, tandis qu'elle regarde avec sa mère des débats et des reportages au salon.

Et Gisèle Mudot, Judith Belat, Véronique Carti, toutes ces filles dont au bout du compte la vie se terminera, tu pourrais bien être l'une d'entre elles prise au hasard. Que t'importe de devenir centenaire ou de périr à dix-sept ans dans une collision, ton destin n'a aucune valeur intrinsèque et il n'a d'importance pour toi que le temps de ton apparition. Et si tu étais même Carole Noulta, cette enfant qui sait marcher depuis le mois dernier et qui dans trois semaines va tomber par accident du cinquième étage dans une fosse d'ascenseur en travaux. Tes parents n'ont qu'une vingtaine d'années, ton décès sera la première tragédie de leur existence.

Cependant, ta mère sera enceinte trois mois après et quand ta petite sœur naîtra on évoquera plus ta mémoire de crainte de lui porter malheur. Elle sera douée pour le piano, à treize ans elle fera déjà des tournées internationales. Elle mourra avant sa majorité dans une catastrophe aérienne. Tes parents reporteront toute leur affection sur ton jeune frère, mais dès la préadolescence il se droguera. Rien ne le guérira. Il deviendra un adulte dégingandé, toujours malade, incapable de gagner de l'argent autrement qu'en diluant sa dose déjà frelatée pour la revendre par petits paquets aux lycéens que sa dégaine de décavé impressionnera.

À la mort de ton père, il héritera d'assez d'argent pour s'injecter dans les veines des produits de bonne qualité et passer ses journées au lit. Quand par la suite ta mère décédera, il vendra son appartement et ses affaires. Il finira dans le dénuement, et pour ne pas connaître à cinquante et un ans les affres du manque et de la rue il parviendra à emprunter une dernière fois de l'argent à sa gardienne pour acheter la poudre nécessaire à une overdose. C'est elle qui retrouvera son corps trois jours plus tard en accompagnant l'ouvrier venu repeindre les volets.

Sois Denise Tunet, elle te ressemble un peu avec sa façon de ne jamais savoir très bien qui elle est. Sa vie a l'avantage de se dérouler dans un pays chaud, elle passe tous ses jours de congé à la plage. Et Lolita Junois, grande fille aux yeux verts qui vit dans une ville du Nord entre un père employé de bureau et une mère à la maison toujours en train de repasser ou de faire sa lessive car elle déteste les machines à laver.

Elle étudie dans la tiède humidité, avec la buée qui brouille les vitres et empêche les rares rayons de soleil d'entrer. Elle aime les chiffres, les mots, les cartes de géographie qu'elle peaufine avec toute une batterie de crayons de couleur et de feutres.

Elle s'interdit de rêver pour ne pas souffrir d'en être réduite à vivre le moment présent, elle décide à chaque instant d'aimer son existence comme si elle l'avait désirée avant de venir au monde.

Mais certaines nuits elle rêve malgré tout de devenir Yvette Fabre, une jeune fille admirée qui gagne de l'argent en participant à des tournois d'athlétisme. Elle occupe une grande chambre avec une salle de bains privée et elle a de longues conversations avec son père sur les meilleurs placements financiers. Dans deux ans elle sera vice-championne du monde et abandonnera la compétition pour se consacrer à l'éducation des jumeaux qui ne tarderont pas à germer dans son ventre. Elle finira sa vie soixante-douze ans plus tard sans avoir connu de réel motif d'affliction.

À son réveil, elle doit faire un effort pour aimer à nouveau son corps, son visage, et cette journée au parfum de lessive, avec ces heures de classe, ces camarades éclairés au néon quand la nuit tombe, ce retour au bercail, ce père qui raconte, cette mère qui rit, ce travail scolaire, ce dîner de soupe, de gratin, ce coucher, et puis ce rêve qui se déclenche parfois.

Elle ne sera pas docile toute sa vie, un jour elle commettra un impair ridicule. Et tant qu'elle restera sous leur toit, ses parents railleront sa tentative de suicide que leur médecin de famille aura traitée par le mépris, leur conseillant de la placer quelques secondes sous la douche pour la réveiller d'entre les morts. Le lendemain, elle sera allée à l'école comme d'habitude et depuis elle n'aura jamais osé recommencer.

À vingt-deux ans elle volera de ses propres ailes, travaillant chez un expert-comptable, habitant une sous-pente romantique et confortable loin de la ville où elle aura passé toute son enfance. Elle fera la connaissance d'un garçon dont elle sera amoureuse, elle saura ce qu'est le bonheur. À vingt-trois ans elle achètera sa première voiture, dix jours plus tard en rentrant d'une fête elle en perdra le contrôle et s'encastrera dans la vitrine d'un chemisier. On lui coupera la jambe gauche, le bras droit, son ami s'en sortira avec une fracture ouverte du nez. Les premiers temps il paraîtra la soutenir, l'assurant de la persistance de son amour. Mais avant même sa sortie de l'hôpital il aura trouvé un prétexte pour la quereller et pour rompre.

Il se mariera l'année suivante, aura deux filles, divorcera, mourra en plein coït à trente-sept ans mordu à la gorge par le chien de sa maîtresse. Quant à elle, ses parents la prendront chez eux où elle passera ses journées à imaginer ce qu'aurait pu être sa vie. Elle aura juste quarante ans lorsque quelques jours après le décès de son père, sa mère décidera de se suicider par le gaz. Elles périront toutes les deux. Leur petite maison sera transformée en buvette où viendront se retrouver à la sortie des cours les élèves du lycée voisin. Par la suite, elle sera rasée avec toute la rue pour permettre l'extension du réseau autoroutier. Un jour, cet espace servira à nouveau à l'habitation sous une forme impossible à imaginer aujourd'hui. Puis, on l'affectera à nouveau aux transports, à moins qu'on le creuse profondément, qu'on en fasse un lac chauffé dont l'eau sera aussi tiède que celle de la piscine des Pierrot.

Nicole Garrin, tu pourrais très bien être cette jolie fille toujours en robe, en jupe, quelle que soit la saison. Elle change souvent d'ami, de coiffure, ses résultats scolaires écrasent le reste de ses camarades. Son père l'adule, il lui donne un argent de poche qui équivaut à un salaire de cadre moyen. Il est fier de faire avec elle les boutiques de mode, de lingerie, les chausseurs. Il organise des réceptions où elle apparaît plusieurs fois dans des tenues différentes, alors que son épouse porte les mêmes vêtements depuis son mariage et se sent mise au rancart.

Quand son mari est en déplacement, elle tente de reprendre barre sur sa fille en lui interdisant de sortir le soir ou d'ouvrir une bouteille de champagne pour réviser avec une amie. Elle ne tient aucun compte de ses consignes, elle rentre souvent à l'aube et certains soirs elle invite toute sa classe à boire jusqu'à l'ivresse. Par jeu, ils cassent les vitres, le mobilier, ils ont des rapports sur les canapés, et au matin ils prennent des douches collectives pour se rafraîchir.

Quand son père est de retour, il lui pardonne ses frasques et blâme sa femme d'avoir essayé de la brider. Il est si obnubilé par sa fille qu'il finit par bâcler ses affaires et se ruiner. Il meurt en automne, alors que Nicole est majeure depuis la fin de l'hiver. Elle vit avec sa mère dans un deux-pièces où elles se chamaillent comme des animaux enfermés dans une cage trop exiguë. Elles se battent parfois, elles ont le visage et le cou abîmés. Elle a abandonné ses études, elles travaillent toutes les deux dans un magasin de bijoux fantaisie. Elle continue à voir ses anciens amis, elle participe à des parties où elle se goberge d'alcool et de médicaments de toutes sortes. Un soir en rentrant, elle fracasse la tête de sa mère contre le mur.

Condamnée à six ans de prison elle n'est pas heureuse derrière les barreaux, d'autant qu'on lui refuse le privilège de garder la porte de sa cellule ouverte pendant la nuit afin de pouvoir promener son insomnie librement dans les coursives. Elle ne peut s'empêcher de penser avec amertume aux fêtes de son adolescence, elle revoit ses robes d'autrefois, le sourire énamouré de son père, et elle souffre que personne dans cette enceinte ne lui voue la moindre affection. Elle se dit que sa mère aurait pu avoir une tête plus solide et rester en vie. Elle lui aurait sûrement pardonné son geste et elle n'aurait jamais connu la privation de liberté.

Elle s'en veut aussi de n'avoir pas pris la fuite, elle serait à l'heure actuelle salariée dans une région lointaine et chaque samedi elle fréquenterait un club où des garçons lui offriraient un verre avant de se la partager dans l'habitacle de leur voiture. Elle n'éprouverait pas d'orgasme, mais une sensation qui serait toutefois plus proche de la jouissance que toutes celles qu'il lui était possible de ressentir ici. Une fois rentrée à son domicile, elle prendrait un bain dans sa baignoire sabot. Avant d'aller se coucher elle ferait frire des œufs qu'elle mangerait en regardant les fleurs du papier peint.

Le dimanche matin elle passerait l'aspirateur, changerait ses draps, nettoierait les carreaux des fenêtres à l'alcool à brûler. Ensuite, elle regarderait les nuages, le soleil, la neige, la pluie tomber et tous ces gens qui marcheraient sur le trottoir. Elle serait heureuse de ne pas se trouver à la veille de devenir une personne âgée et de n'être pas cet affreux petit chien qu'elle verrait lever la patte sur le mur d'en face.

Les garçons accepteraient de la posséder mais ils préféreraient éviter de s'en embarrasser le reste du week-end. Elle serait d'ailleurs plus tranquille ainsi, la solitude lui permettrait de profiter de sa liberté. Elle penserait, observerait, se ferait une idée personnelle du monde extérieur. L'après-midi, elle longerait les allées de platanes du grand jardin public, regardant les feuilles vertes sur les branches, brunes sur le sol, se demandant quelle était la saison. Puis elle rentrerait, ayant soudain perdu le goût de vivre.

Elle se mettrait au lit, elle pleurerait sur son oreiller en regardant la nuit tomber. Elle ne parviendrait pas à s'endormir, faute de cachets elle avalerait le contenu d'un pot de confiture et d'un paquet de galettes. Le lundi matin elle reprendrait son travail avec un mal au cœur qui ne se dissiperait pas de la journée. Le reste de la semaine serait morose, le samedi suivant on la retrouverait éventrée dans les toilettes de la boîte de nuit. Son assassin serait un gamin d'une quinzaine d'années dont elle aurait refusé les avances.

Alors, il vaut mieux encore qu'elle reste à l'abri dans les locaux de l'administration pénitentiaire.

Elle patiente, elle dialogue avec d'autres détenues pendant la promenade. Pour se distraire, elles échangent même des histoires drôles, des souvenirs cocasses, ou de coucheries magnifiques. Une semaine sur deux, sur trois, de temps en temps elle reçoit la visite d'une amie, d'un copain, on lui donne des magazines, de la nourriture, des piles pour son transistor. Elle s'intègre à son nouveau milieu, elle y cherche le bonheur comme une aiguille dans une botte de foin.

On la change d'établissement, elle partage sa cellule avec une trafiquante un peu lesbienne. Lors d'une ronde de nuit elles sont surprises par une surveillante, on les transfère dans le quartier d'isolement. Elle reste seule toute la journée, sa promenade se déroule dans une cour de huit mètres carrés où elle ne rencontre jamais personne. Elle est privée de transistor, de lecture, de visites. Elle pourrait se parler pour se distraire, mais elle pousse des cris. Elle cherche à devenir folle afin de perdre toute notion de cette réalité qui la pressure, pourtant jour après jour elle garde sa raison et sa souffrance demeure. Elle demande aux gardiennes qu'on prenne en compte sa douleur morale et qu'on la transporte à l'infirmerie. Sans savoir à qui elle fait allusion elle promet qu'en échange d'une remise de peine elle dénoncera ses complices. On la raille, on la menace du cachot si elle continue à hurler.

Et sa peine qui ne fait que commencer, toutes ces années devant elle qui devront se dérouler avant sa levée d'écrou. Elle sortira un matin de septembre, il y aura assez de soleil pour l'éblouir, les fumées d'échappement lui donneront mal au cœur, elle se précipitera pour vomir dans les toilettes d'un café. Elle sortira dans un cercueil de bois mat, un après-midi d'avril. À dix-huit mois de sa libération, une détenue jalouse aura pris en grippe son joli corps et l'aura estourbie sous la douche. Elle sortira début juin, une ancienne camarade de lycée viendra l'accueillir et la logera dans sa maison pendant plusieurs mois. Elle aura le temps de s'attacher aux enfants, au labrador, mais le mari aura des relations sexuelles avec elle qui lui seront douloureuses comme des viols. Le jour où elle se refusera, il la frappera. Elle s'en ira avec son petit sac de voyage et sa figure éclatée.

Elle usera son pécule dans des hôtels, des cabanes à frites. Quand elle n'aura plus rien, elle attendra la mort sur un banc. Elle sera ramassée, lavée, rhabillée, recyclée, réinjectée dans le monde du travail sous forme d'assistante dévouée à une femme d'une cinquantaine d'années qui dirigera un journal de décoration. Au bout de six mois, elle aura assez économisé pour quitter son foyer de travailleuses qui lui rappellera trop la promiscuité de la centrale pour emménager dans une pièce en entresol. Elle passera sa première nuit à écraser des cafards, puis elle parviendra à assainir son petit local et elle s'y plaira.

Elle s'inscrira à une bibliothèque, un cours de poterie, elle occupera ses loisirs. Un jour de bouclage, sa patronne lui parlera sur un ton bourru, elle répliquera en lui enfonçant un coupe-papier dans la gorge. Ce deuxième meurtre l'enverra à nouveau en prison, elle n'en sortira que vingt années plus tard, désorientée et incapable de s'assumer. Elle n'aura que quarante-sept ans lorsqu'on la retrouvera attachée, morte, dans un carton de réfrigérateur. Elle aura une balle dans la tête, on conclura à une vengeance et on procédera pour la forme à l'interrogatoire du mari de la directrice qu'elle avait assassinée. Ses cendres seront dispersées par grand vent avec celles de huit autres cadavres que personne n'aura réclamés.

Tu ne vas pas endosser un pareil destin, sois une petite femme sans envergure, une Laure Bounet, une Dominique Turi, ou sois Jeanne Derrat au grand-père instituteur, au père attaché commercial dans une entreprise de produits chimiques. Elle a des yeux qui lui servent pour voir mais qui ne donnent pas le sentiment de se trouver en présence d'un regard tant ils s'abstiennent de renvoyer la lumière, de scintiller en aucune façon. Même quand ils pleurent, ils restent ternes et le chagrin ne leur confère aucun charme. Elle a une bouche armée de dents qui lui servent à broyer les produits dont elle s'alimente, mais son sourire non plus n'est pas un instrument de séduction. Il en est de même du reste de son visage qui ne lui fournit rien d'autre qu'une apparence, et de son corps sans attrait mais qui possède une paire de bras, un tube digestif, et tout ce qui rend possible une vie normale.

Tu ne t'en contenterais pas, tu voudrais essayer de compliquer les choses. Tu t'inventerais des problèmes, tu accuserais ta mère de t'avoir donné des bains froids dans ton enfance pour économiser un peu d'énergie. Tu dirais à ton père qu'il s'était toujours plus intéressé aux chats qui s'étaient succédé dans l'appartement qu'à ta pauvre existence de gamine banale dont les professeurs ne parvenaient jamais à retenir le nom. Tu te plaindrais de n'avoir ni frère ni sœur, d'être un îlot solitaire dans l'espace et le temps qu'ils abandonneraient à leur mort sans alter ego. Tu aurais l'impression qu'ils ne te voyaient pas, que tu n'étais pour eux qu'une vague odeur qui flottait à leur domicile.

Tu exhiberais ton tampon pendant le dîner pour qu'ils te remarquent. Mais ils baisseraient le nez dans leur nourriture et continueraient à manger. Ils te proposeraient de t'offrir une psychothérapie pour tes dix-sept ans ou de t'envoyer faire du ski avec des jeunes de ton âge. Tu rédigerais un petit roman où ils seraient deux personnages ridicules obsédés par leurs performances du vendredi soir dans un établissement de partouzards miteux où ils auraient leur rond de serviette depuis le début de leur mariage. Tu donnerais les clés de ton brûlot lors d'une interview télévisée et ils seraient profondément blessés dans leur amour pour toi.

Un soir ton père prétendrait t'avoir aimée depuis ta naissance et ta mère t'avoir désirée. Tu sourirais, tu refuserais de leur pardonner. Tu écrirais une chanson à succès où tu parlerais d'eux sous leurs noms véritables. Tu les brocarderais, on danserait sur les tortures imaginaires qu'ils t'auraient infligées alors que tu étais encore un bébé incapable de transmettre des souvenirs à l'enfant et à l'adulte qui allait résulter de son évolution. Les médias les traîneraient dans la boue, ils perdraient leur travail, ils se réfugieraient dans un pays limitrophe où personne ne voudrait les employer.

Ils vivraient en reclus dans un logement chauffé par un poêle à bois, avec deux fenêtres qui donneraient sur des entrepôts desservis par une voie ferrée. Ils dépenseraient le moins possible, achetant les denrées en promotion, ne jetant jamais les restes, afin que leurs économies durent le plus longtemps possible. Ils se lasseraient vite d'arpenter la ville à la recherche d'une activité quelconque qui leur fasse gagner un peu d'argent, ils passeraient leurs journées dans l'oisiveté absolue. Pour conjurer l'ennui, ils regarderaient les wagons qu'on chargerait et qui s'en repartiraient tractés par une locomotive à moteur diesel. Ils auraient aussi des conversations à ton sujet qui dureraient plusieurs heures, ou même qui les tiendraient en haleine toute une semaine avec de brèves ponctuations pour dormir et se sustenter tant la haine leur donnerait du ressort.

Pendant ce temps, tu monterais une comédie musicale et ils descendraient encore dans l'estime du public car tu les représenterais te violant. Ton spectacle aurait un retentissement mondial, la photo de tes parents véritables serait reproduite sur les affiches au-dessous de celles des acteurs qui joueraient leur rôle et tu ferais diffuser à titre promotionnel un petit film de famille où ils figureraient debout devant le gâteau d'anniversaire de tes dix ans avec un air de géniteurs abusifs qui n'échapperait à personne.

Quand ils sortiraient faire leurs courses, traversant les boulevards extérieurs pour aller jusqu'au supermarché qui pratiquerait les prix les plus bas de la région, ils se verraient sur les grands panneaux d'affichage clignotants destinés à attirer l'attention des automobilistes. Ils se faufileraient entre les gondoles, attrapant comme des voleurs les produits dont ils auraient besoin pour leur survie. Un couple les reconnaîtrait à la caisse, ils se feraient lyncher par la foule des clients. Quand la police interviendrait ils seraient déjà déchiquetés. On s'apercevrait par la suite que le rayon coutellerie aurait été pillé, et que leurs têtes auraient été salement tranchées avec un hachoir.

On te rendrait leurs restes en désordre dans une caisse unique. Tu aurais des remords, tu leur offrirais de luxueuses obsèques dans un grand cercueil carré où ils demeureraient unis à jamais. Tu poursuivrais ta carrière en essayant de les réhabiliter par des complaintes humides, un opéra mélodramatique et un livre de souvenirs où tu avouerais tes mensonges en les portant aux nues. Le public ne te suivrait pas, à vingt-cinq ans tout le monde t'aurait déjà oubliée. Tu vivrais à la campagne, seule, et tu dessinerais des personnages déprimants sur les murs de ton salon. Tu n'aurais aucun voisin immédiat, d'ailleurs même les touristes ne visiteraient pas cette région au climat pluvieux.

Juste avant que ta femme de ménage prenne son service à neuf heures du matin, tu te jetterais par la fenêtre de ton premier étage. Tu tomberais sur un monticule de terre souvent détrempée qui amortirait ta chute, tu t'en tirerais avec quelques contusions et parfois une légère foulure. Une ambulance te transporterait à l'hôpital régional, tu y apprécierais les examens, les soins, comme autant de marques d'affection qui te redonneraient goût à la vie. Vers la cinquantaine, ton squelette résisterait moins bien, les blessures s'aggraveraient. À soixante ans tu connaîtrais ton premier coma. L'été de tes soixante-dix ans tu te recevrais mal, ta moelle épinière serait atteinte, tu en serais réduite à la chaise roulante.

Sauter par la fenêtre deviendrait pour toi un exercice difficile. Tu paierais une infirmière qui t'étranglerait un peu matin et soir pour te faire frissonner et passer le temps. À quatre-vingt-quinze ans tu serais toujours assez robuste pour supporter cette pratique, mais tu mourrais de froid une nuit où ta fenêtre se serait ouverte sous l'effet de la bourrasque durant une tempête de neige. On t'enterrerait dans la plus stricte intimité, les médias ne relateraient pas l'événement, et ton infirmière dont tu aurais fait ta légataire universelle n'aurait même pas la délicatesse de t'offrir un avis de décès.

Tu seras Ghislaine Tarmet, Louisette Geandert, Camille Renon, tu naîtras dans une trentaine d'années troisième fille d'un couple nommé Arthur et Sophie Hunot, et on t'affublera du prénom de Lucia qui résonnera toute ta vie à tes oreilles comme une sorte d'humiliation sonore, un chapeau ridicule dont on te coiffera à chaque fois qu'on te parlera. Tu seras douée pour la physique, tu te réveilleras la nuit afin de trouver la solution de problèmes jusqu'alors irrésolus. Tes découvertes te rendront célèbre avant d'être adulte, tu feras des conférences dans toutes les universités de la planète. Cette notoriété ne te rendra pas heureuse, tu te sentiras même mal à l'aise d'être si souvent nommée par ces bouches innombrables qui prononceront ton prénom avec les accents de tous les peuples du monde. Tu te pendras dans la bibliothèque d'une académie où tu seras venue recevoir une distinction. Jusqu'à la fin de leur vie, tes parents demeureront fiers d'avoir mis au monde un être dont les travaux auront marqué l'histoire des sciences et ils ne te tiendront jamais rigueur de l'inélégance de ta sortie.

Tu es peut-être née autrefois dans une ferme où tes parents t'envoyaient dormir dans l'étable quand ils voulaient être tranquilles pour faire à tue-tête l'amour. Tu n'arrivais pas à t'endormir, tu avais peur du meuglement des vaches, l'odeur des bouses te donnait la nausée. À dix-huit ans tu épousais le petit propriétaire d'une filature, ton père mourait quinze jours plus tard renversé par un étalon. Tu faisais payer à ta mère tes nuits d'angoisse, tu l'expulsais de la ferme et la logeais dans un appentis. Tu la nourrissais rarement, elle devenait efflanquée.

Quand elle se plaignait de ta rudesse, tu lui rappelais tes souffrances de gamine et tu diminuais encore sa ration. Tu disais à tout le monde que depuis la mort de ton père elle s'était enfermée dans cette cabane où elle se laissait mourir de faim. Tu ne lui fournissais plus qu'une soupe claire, froide, et un jour tu l'en privais définitivement. Ses hurlements d'affamée se perdaient dans la lande, et quand quelqu'un s'approchait il les croyait dégorgés par un revenant. Après sa mort, tu laissais son cadavre sécher sur place sans aucune forme d'obsèques. Tu étais heureuse d'imaginer son squelette recroquevillé, honteux de n'être pas raide et droit comme ceux des cimetières.

Tu accouchais d'un fils, quatre ans après d'une fille. Ton mari était arrêté pour malversation, on le libérait mais il devait rembourser la société qu'il avait spoliée et il était obligé de vendre sa filature. Il parvenait quelques mois plus tard à en acheter une autre, la vie reprenait son cours. À quarante-cinq ans tu tombais malade, à l'époque la formule du médicament qui t'aurait guérie n'existait pas encore dans le cerveau de son inventeur qui jouait au diabolo et tirait sur la lune avec un fusil à bouchon. Tu agonisais en été, tu te plaignais plus encore de la chaleur que de la souffrance. On t'éventait, on t'appliquait sur la peau des linges mouillés. Tu voulais te lever de ce lit moite, t'habiller, sortir sous le soleil et marcher à l'ombre des mûriers de ton jardin.

Tu n'avais pas envie que ton existence s'interrompe si tôt, tu imaginais qu'il te restait une foule de jours à vivre rangés les uns derrière les autres comme une population de dominos destinés à tomber au ralenti, t'amenant lentement à l'acceptable mort des vieux. Tu demandais à boire, tu étais morte.

On t'enterrait un mercredi, dès le lendemain ton mari cousait les ossements de ta mère dans un sac de jute rempli de pierres et le jetait au fond d'une rivière. Puis il faisait raser l'appentis avant de vendre la ferme à un professeur qui voulait y fonder un pensionnat. Il ne se remariait pas, il mourait quatre années plus tard.

Recueillis par sa sœur, tes enfants n'étaient pas heureux dans sa maison sévère. Ta fille souffrait de devoir porter d'année en année une affreuse petite robe noire au nom d'un deuil qui s'éternisait, ton fils n'en pouvait plus d'ingurgiter des langues mortes du matin au soir et de devoir dormir dans le grenier hanté par le bruit du vent quand il avait fait trop de contresens dans une version grecque. Adultes, ils étaient instables, changeant de ville, d'occupation, chaque année, chaque mois, souvent même emménageant le matin et déménageant dans la nuit avec une camionnette de fortune. Ils se reproduisaient dans le désordre, laissant partenaire et progéniture derrière eux lorsqu'ils en étaient lassés comme du reste.

Un de tes petits-fils a mal supporté d'être abandonné de la sorte. À douze ans il volait dans les voitures en stationnement, à quinze il agressait les passants, à dix-sept il commettait son premier crime, à vingt ans son trente et unième. Il errait d'un État à l'autre, traversant les banquises, l'océan, laissant derrière lui une traînée de sang. On l'arrêtait dans un pays friand d'exécutions capitales, au terme d'un bref après-midi de débats il était condamné. Il périssait trois jours plus tard sous le garrot sans s'être sincèrement repenti, sans jamais avoir aimé quiconque, sans avoir rien compris à la vie.

Une de tes arrière-petites-filles dont l'éducation a été menée par une mère issue de la semence de ton fils, et qu'il n'avait même pas pris la peine de reconnaître, la traumatisant ainsi et lui donnant cette espèce de méchanceté particulière aux êtres qui ont souffert, a connu de graves troubles du langage. Cette mère dégénérée lui interdisait de parler, l'obligeait à s'exprimer par écrit comme une muette, et à sa majorité malgré de multiples séances chez des orthophonistes elle demeurait incapable de prononcer certains mots qui semblaient l'effrayer comme des grenades prêtes à exploser. Elle articulait des phrases parsemées de silences, de trous qui rendaient son discours sibyllin ou incompréhensible. On finissait par prendre en mauvaise part tout ce qu'elle disait, on se fâchait, elle était seule. Rentrée de son travail, elle passait sa soirée à faire de la pâtisserie. La nuit, elle dévorait les gâteaux encore tièdes. Elle se forgeait ainsi des fesses trop grasses, et de toute façon elle n'était pas assez jolie pour plaire. Avant la trentaine on reconnaissait déjà en elle la célibataire endurcie à la brosse à dents solitaire sur la tablette du lavabo.

Elle s'inscrivait à une agence de rencontres, un garçon souffrant de problèmes psychiatriques s'amourachait d'elle. Il ne s'offusquait pas des manques à l'intérieur de son langage, ils étaient pour lui comme des grains de beauté sur la peau d'une personne aimée. Après quelques rapports qui ne lui procuraient pas le plaisir qu'elle attendait, elle s'en séparait.

Il lui téléphonait chaque jour pour la supplier de lui accorder une possibilité de se rattraper, ou au moins un rendez-vous dans un lieu public afin qu'il puisse jouir une dernière fois de sa présence. Il la guettait à la sortie de son travail. Afin de ne pas provoquer de scandale devant ses collègues, elle attendait d'avoir fait quelques pas vers la bouche de métro pour appeler au secours. Il était ceinturé, frappé par des passants à qui cet incident permettait d'évacuer le stress d'une journée de labeur et de contention.

La même scène se reproduisait le lendemain et les poings s'abattaient sur son corps douloureux des blessures de la veille. Chaque nuit il prenait l'habitude de faire le siège de son domicile, sonnant à son interphone et bombardant ses persiennes de projectiles. Mais ce chagrin d'amour finissait par corroder son cerveau fragile, les troubles dont il souffrait s'aggravaient. Il lui envoyait des menaces de mort, il l'appelait à son bureau pour lui conseiller de se jeter immédiatement par la fenêtre plutôt que de tomber entre ses mains d'amant déçu prêt à tout pour lui extorquer un hurlement de terreur à la place des cris de plaisir qu'elle n'avait pas voulu pousser dans ses bras. Il avait l'énergie des fous, les passants ne parvenaient plus à le maîtriser. Un soir il l'entraînait contre son gré dans une rame, il montait avec elle à son appartement, il la propulsait dans sa chambre.

Par crainte cette fois encore de ne pas lui faire atteindre l'orgasme, il l'éclatait avec un gros galet veiné de bleu qu'elle avait ramassé l'été précédent sur une plage. On l'arrêtait le lendemain, paumé dans la ville avec des taches de sang sur son imperméable clair. Il passait le reste de sa vie dans un hôpital, il avait l'impression que les médecins le comprenaient et qu'avec les autres malades il faisait partie d'une sorte de club privé. Il mourait à soixante-trois ans lorsqu'à la suite d'un tremblement de terre le bâtiment où il était bouclé s'effondrait.

Tu es aussi bien Paulette Jannnier, gamine née en plein Moyen Âge, mariée à seize ans à un ébéniste. Tu étais heureuse en famille, et de tes sept enfants il t'est resté deux fils qui ont pris la succession de ton mari quand il est décédé à quarante-cinq ans de la peste.

Tu peux devenir Marie-Pierre Carolet, née le 15 mars 1519 chez un commerçant de l'île Saint-Louis. Ta mère avait un petit chien de manchon que lui avait offert une cousine hollandaise de passage à Paris. Tu t'amusais à lui courir après jusque dans les cuisines et à lui nouer un ruban de soie au-dessus des yeux. Tu as pleuré plusieurs jours quand on l'a retrouvé au fond du jardin à moitié dévoré par un renard.

À treize ans tu avais déjà ta taille adulte, on organisait pour toi des dîners où on te présentait à des maris potentiels. Tu plaisais à un petit vieillard dodu titulaire d'une charge de médecin à la cour, tes parents t'ont donnée à lui. Il était vigoureux, tu as enduré une nuit de noces qui t'a semblé aussi âpre que la question ordinaire de l'Inquisition. Il est mort quand tu avais à peine dix-sept ans, tu as porté son deuil avec une sorte de jubilation pendant un nombre incalculable de saisons. Tu profitais de ton veuvage comme d'un plaisir, même le sommeil dans ce grand lit désormais désert te procurait une joie qui te semblait plus intense que l'amour, ce sentiment que tu n'avais cependant jamais connu. À la suite d'une blessure insignifiante que tu t'es faite à la main en ouvrant le portillon rouillé de ta roseraie, tu as contracté le tétanos et tu en es morte avant d'avoir atteint ta vingt-neuvième année.

Tu peux être tout un bataillon de filles à la fois, des femelles de tous âges, de tous les temps, certaines grognant dans la nuit de la préhistoire, ou reines sur des trônes scintillants de pierreries, et d'autres attelés dans les champs comme des bestiaux à l'aube du premier millénaire. Sans parler de tous ces troupeaux d'anonymes, qui à bout de bras ont porté l'espèce de mère en fille comme un trésor, qui l'ont propulsée jusqu'à aujourd'hui pour qu'elle puisse courir les rues et mourir sans s'être jamais inquiétée, paisible et transfusée d'anxiolytiques pendant la dernière semaine avant la culbute.

Tu existes peut-être d'une façon générale sans qu'on puisse t'attribuer avec certitude aucune personnalité particulière, tu fais partie de la ville comme l'air un peu sale qu'on y respire. Tout le monde te contient en quantité infinitésimale, comme une vitamine, un sel, un métal en suspension. Tu es dans tous les cerveaux à l'état d'idée fixe, de concept incompréhensible, de souvenir verdâtre comme la vase d'un étang. Pour certains, tu es même un simple habit, un manteau, une chemisette au col usé depuis longtemps. On t'oublie dans une penderie, on te comprime dans un carton avec d'autres vêtements qu'on ne mettra jamais plus. On te pose sur le trottoir, un passant te récupère, te lave à grande eau en rentrant chez lui. Tu termines sous forme de molleton au fond du panier du chat dont les griffes te labourent tandis qu'il ouvre sa gueule et bâille.

Il y a longtemps tu étais peut-être une nourriture, un légume qui a disparu depuis des siècles de la surface de la planète après avoir nourri hommes et bétail pendant trois mille ans. Et si tu n'étais plus là depuis des lustres, si on t'évoquait à tort, à la suite d'un quiproquo, d'un jeu de mots, d'une métonymie. Si tu étais la chute d'une blague usée à l'époque reculée où on la racontait encore. Il faut te deviner, tu es la solution d'une énigme que les enfants se posent en sortant de classe. Tu es une opération intellectuelle basique, la division de quatorze par deux ou un problème de géométrie élémentaire. À moins que tu marines toute ta vie dans l'acide d'une formule chimique tout à fait corrosive, ou dans la piscine radioactive d'une centrale.

Et si tu n'étais qu'une coutume passée de mode, un bon usage tombé en désuétude, la corvée des visites du jour de l'an, ou ces vêpres du dimanche après-midi qui n'en finissaient pas de s'éterniser. Ou alors un pou d'autrefois, un de ceux qui hantaient les lits et la moleskine des sièges des halls d'hôtel, des trains, des plus grands restaurants d'Europe. Je te verrais davantage poupée électronique dans les bras d'une fillette écœurée de cadeaux le jour de son anniversaire, ou sous forme de jouet bizarroïde derrière lequel courrait son frère toute la journée en poussant des cris.

Tu seras un simple pétale perdu dans un bouquet de fleurs qui se fanera en trois jours dans un pot d'étain sur un coin de commode, un peu de poussière au coin de l'œil d'un vieil homme qui se débarbouillera dans un cabinet de toilette éclairé par une ampoule, une dent au fond de la bouche d'une femme pressée qui fera quelques courses dans une galerie marchande avant de rentrer chez elle lire un magazine féminin qui comportera tout un dossier sur les premiers symptômes de la dépression.

Tu seras une petite maison au bord de l'océan, tu te rempliras aux vacances d'une famille nombreuse qui s'entassera dans tes pièces humides. À chaque génération un enfant se noiera sur la petite plage en contrebas. On ne voudra plus venir dans ce lieu funeste, tu resteras vide pendant plusieurs années puis la mairie exercera son droit de préemption, te fera raser et remplacer par une dune.

Tu seras une brève communication téléphonique entre deux commerçants qui s'échangeront leurs vœux d'une rue à l'autre, une conversation de couple couché tôt pour avoir moins froid un soir où le chauffage sera tombé en panne, un échange d'insultes entre deux ivrognes devant un bar qui viendra de fermer. Tu seras un orgasme par-ci par-là, dans une chambre, une voiture décapotée sous le soleil et les attaques exaspérantes des insectes. Tu seras une prière moulinée jour et nuit dans un temple, une ritournelle de mouvement à billes dans une mécanique de précision, un crash dont la cruauté aura pour excuse sa fugacité. Tu seras l'encre d'une recette qui servira à faire les crêpes d'une réunion enfantine, la mélodie d'un réveil qui lèvera toute la semaine un homme à quatre heures du matin, une femme à sept heures, et d'une façon générale à des moments divers la multitude des gens qui se seront portés acquéreur de ce modèle lumineux, à cadran blanc, aux gros chiffres ventrus comme des Bouddha.

Tu seras le petit rire désespéré d'une femme qui marchera dans la rue sous l'orage sans imperméable ni parapluie, l'eau à la bouche d'un gourmand qui passera devant la vitrine d'un traiteur, l'épuisement d'un marathonien qui s'écroulera un kilomètre avant l'arrivée et dont le cercueil se perdra dans la pagaille d'un aéroport mis sens dessus dessous par une insurrection populaire avant d'arriver dans sa lointaine famille. Tu seras une bombe sous une banquette de métro dans un wagon bondé de voyageurs hallucinés par le va-et-vient de leur vie quotidienne, stagnant entre deux eaux dans le liquide séreux de leur conscience, fixant à chaque station le visage détendu des jeunes femmes des publicités. On passera toute la nuit à les extraire des tôles broyées, d'autres les remplaceront dès le lendemain matin, avec ces mêmes yeux hagards, cette même souffrance qu'on imagine en suspension à l'intérieur d'eux-mêmes.

Tu seras une pichenette donnée par une mère à son petit garçon pour l'inciter à sortir enfin de la baignoire dont l'eau aura refroidi depuis longtemps, le sucre qui fondra dans la tasse de café d'une vieille femme seule un matin dans sa cuisine éclairée par l'aube campagnarde, le coup de couteau dans le ventre d'un adolescent bagarreur. Tu seras une petite guerre, une épidémie générale dont chacun mourra ou portera le reste de sa vie les stigmates, un restaurant où se retrouveront les journalistes d'un magazine spécialisé dans la numismatique. Tu seras un bébé rougeaud minuscule qui malgré les efforts de tout un service ne vivra qu'une trentaine de secondes après son expulsion, le sous-sol d'un immeuble où un clochard viendra mourir au chaud, le tintement d'une clochette lors d'une cérémonie religieuse au fin fond d'une région montagneuse enrobée de neige huit mois sur douze.

Tu seras la fortune évanouie d'un broker, le temps obstinément nuageux qui recouvrira une ville pendant tout un hiver et fera éclore les suicides comme des poussins sortant de leur coquille, la chaleur cotonneuse d'une chambre où une gamine malade imaginera un bonheur après lequel elle courra toute sa vie. Tu seras une femme obsédée par le sexe de son mari en dépit de vingt années de mariage. Tu seras une vitre usée à la lucarne d'un grenier. Tu seras un instant le museau d'un chien descendu à vingt-trois heures par un gros homme en pantoufles qui mourra dans la nuit d'une congestion cérébrale. Tu seras ce grand musicien qui n'existera qu'à l'état d'embryon car il périra accidentellement avant d'arriver à terme, ou ce garçon prétentieux sans doute issu d'un spermatozoïde de rien du tout et qui parvenu à l'âge de la retraite se perdra en allant chez le boulanger, ou bien cet embouteillage monstre qui paralysera les boulevards extérieurs toute une soirée à la suite d'une montée des eaux.

Tu seras cette famille de quatre éléments en train de disparaître dans le naufrage de son petit voilier, de brûler vive dans l'incendie de sa caravane, de se pavaner sur les transats de la terrasse arborée de l'appartement dispendieux où elle viendra d'emménager la veille. Tu seras la part de bonheur supposée de ceux qui meurent en ayant jamais mangé que des bribes, de ceux qui ont passé leur vie attachés dans une cage, des torturés, des infirmes, des fous, des douloureux de toutes sortes. Tu seras un grain de sable sur la plage d'un club de vacances, une caresse furtive sous un manteau à la terrasse d'un café, une gifle dont une rupture définitive s'ensuivra. Tu seras le monde entier, ce sera juste une sensation fugace, et puis tu ne seras plus rien.

À moins que tu persistes comme un influx nerveux, un clapotis dans un cerveau d'emprunt, que tu te reproduises à l'infini comme une cellule. Tu seras un petit univers dans l'imagination d'un enfant à peine relié à l'extérieur par des cathéters et des sondes qu'on préfère conserver dans cet état plutôt que de l'achever tout à fait. Tu seras la pluie et le beau temps d'une semaine de la vie d'une femme en visite chez sa sœur où elle prendra le soleil dans le jardin à chaque fois qu'il fera la moindre apparition, un gadget destiné à muscler la mémoire des personnes âgées, une orange pelée dans un ascenseur par un homme de ménage.

Tu seras Anne Crelin, en tout cas ce jour de février où elle résoudra l'équation de son existence par le meurtre de ses cinq enfants et son suicide raté dans une brasserie où elle se sera réfugiée pour mourir dans le brouhaha des voix et des verres entrechoqués. Tu seras Xavière Moutin, en particulier son petit air ironique qui lui vaudra tant de désagréments dans sa scolarité, sa vie professionnelle, et fera si souvent sortir son mari de ses gonds. Tu seras Dominique Nuget, Henrina Depuri, Béatrice Fret, et toutes ces femmes obsédées par le devenir de l'humanité qui rateront leur vie sans éclairer en aucune manière le futur de la moindre lueur. Tu ne seras rien d'autre que toi, une de ces filles modestes qui portent le nom qu'on leur donne comme une jupe surannée récupérée dans le grenier familial à la rentrée des classes afin d'épargner une dépense à cette famille économe jusqu'à l'avarice.

Tu seras peu, tu seras à peine, tu seras le souvenir d'une femme que tout le monde aura oubliée, le dessin d'une demoiselle imaginaire sur l'étiquette d'un apéritif depuis longtemps prohibé, le petit caillou dans la vessie d'un vieux monsieur en train de s'éteindre dans une chambre d'hôpital. Tu seras cette fille que tu as toujours jalousée étant enfant, tu devras assumer sa personnalité d'adulte insomniaque, supporter la haine de ses parents qui lui préféreront sa sœur aînée, et cette insupportable atmosphère qui régnera dans son ménage où elle élèvera des enfants violents prêts à tout instant à lui sauter au visage, sans compter plus tard cette atroce vieillesse désespérée qui la contiendra comme un étui noir.

Tu seras successivement toutes les filles de l'école, tu vivras à leur place certains jours, fière parfois de la belle figure qui te sera prêtée, honteuse quand elle sera vilaine, quand te sera échu un corps maigre, obèse, blême, taché d'envies, et lorsque la voix sera rauque, suraiguë, les mains épaisses ou minuscules comme des petits bouquets de morceaux de crayons. Tu seras une de ces journées sans prétention où les enfants étudient, où les adultes travaillent, où les vieillards s'ennuient, où la vie bat son plein, dont personne ne se souviendra par la suite, et qui aura constitué pourtant un élément de l'existence d'une génération de vivants.

Sa mère lui dirait tu n'en finis plus de beurrer des tartines, de les mâcher, tu es goulue, tu te mets en retard. Chez les Derterai on se lève de bonne heure, on travaille jusqu'au soir, on soulève des montagnes, on atteint les sommets de la hiérarchie, on bâtit un empire. Chez les Frorout on se réveille un quart d'heure plus tôt chaque année afin de gagner du temps sur la vie, de rentabiliser au maximum son existence, d'être conscient de chaque instant, d'en être ébloui, assourdi, comme d'une petite déflagration.

Tu ne te rends pas compte de la chance que tu as d'être un tas de cellules grouillantes, de piloter un corps libre dans l'espace, de pouvoir te transporter, traverser des événements et te les remémorer à volonté. Chez les Domin on se réjouit en toutes circonstances, on accepte même la douleur comme une forme de canular irrésistible. Je souhaite qu'un jour tu t'amuses comme une enfant au cours de ton agonie, qu'on soit obligé de t'attacher à ton lit tant les crises d'hilarité te secoueront à chaque fois que la souffrance dépassera la mesure.

Chez les Berrat nous avons conscience du ridicule de l'espèce humaine dont nous faisons partie depuis l'origine, nous nous moquons de nos enfants dès leur naissance, ils ne parviennent jamais à se prendre au sérieux, éclatant de rire à chaque fois qu'ils aperçoivent leur image dans un miroir ou lorsqu'on leur montre plus tard le cliché polychrome de la petite tumeur qui les emportera. La vie est gaie, on roule à l'intérieur comme une balle. La vie est drôle, chez les Detot nous ne nous lassons pas de cette lente plaisanterie qui court de la naissance jusqu'à nos quatre-vingt-dix-sept ans, nos cent ans, notre âge avancé que seuls atteignent les membres d'une famille saine, toujours de bonne humeur, pliée en deux dès potron minet à l'écoute du premier bulletin d'information, sachant traquer la blague sous la tragédie, désossant les malheurs de l'humanité pour en reconstituer le squelette hilarant, et passant le reste de la journée à éclater de rire au nez des gens, des animaux et des façades.

Chez les Remontin nous sommes si joyeux qu'avec le temps nos mâchoires se sont hypertrophiées pour mieux sourire, nos descendants finiront par n'avoir plus de lèvres afin que les dents restent visibles sans qu'on ait à les retrousser. Toute cette joie que les foules trimbalent sans le savoir dans les rues, les souterrains, qu'ils barricadent avec le reste de leur personne au fond des appartements. Il suffirait qu'ils prennent conscience tout à coup de ce bonheur d'exister dissimulé comme un trésor multiple, démesuré, derrière chacune de leurs angoisses, derrière leur perception effarée de la réalité, il suffirait qu'ils s'aperçoivent que les temps les plus gris contiennent de la lumière, et que la nuit éblouit quand on la regarde en face. Et ce fou rire des couples qui se séparent après des années d'amour, de mises au monde, de déchirements. Ils continuent à en être secoués alors qu'ils vivent seuls depuis des années, qu'ils ont repris des habitudes de célibataires, et que leur vie paraît sinistre aux imbéciles.

Chez les Turier nous avons toujours été méfiants par rapport à la joie, au bonheur, à l'euphorie, toute cette quincaillerie intérieure qui plaît à la jeunesse et dont le feu de paille est en cendres depuis longtemps lorsqu'elle accède à l'âge adulte. Nous privilégions les études, les concours, l'apprentissage du réel, nous formons des individus qui s'enfonceront comme autant de fléchettes dans les centres névralgiques de la société. Nous les Guérron, nous laissons pousser la marmaille, nous refusons de l'influencer, même si au bout du compte elle ne fait honneur à personne et meurt dans la rue sans jamais vivre assez longtemps pour avoir mûri.

Choisis ton patronyme, appelle-toi Gussard, Louni, Hurtot, mais n'oublie pas que tu es née chez les Vardon et que ton père a conduit toute sa vie un triporteur pour permettre à ta mère de t'élever décemment avec ta sœur cadette et ton petit frère mort en exercices pendant son service militaire. Tu as fréquenté d'abord la petite école du bas de la rue des Monts-d'Or, puis le collège du quartier Julin et le lycée qui lui était attenant. Aujourd'hui tu as quarante-quatre ans, ton père est décédé, tu vois ta mère de temps en temps mais tu es fâchée avec ta sœur qui a tenté de t'asphyxier au gaz de ville quand tu avais dix-sept ans. Depuis que tu as quitté la faculté tu travailles dans la même entreprise de télécommunications, tu n'as pas fondé de famille et tu passes souvent de coûteuses vacances en solitaire. Tu n'es pas heureuse, ton existence est vide, mais tu la préfères à celle de tes amies qui se sont créées avec leur mari un enfer privé où à longueur d'année elles crament les poings serrés.

Le soir, tu adores te coucher en rentrant, dîner au lit d'une main en faisant défiler de l'autre les chaînes du téléviseur. Dans ces instants-là, tu aimes vivre, tu as l'impression qu'autour de toi tout te caresse, te lèche, que ton lit est comme une bouche, ta couette comme de la salive tiède qui t'isole de la fraîcheur de la chambre. Tu ne te rends pas compte que ton existence va chavirer, que dès septembre tu mèneras la dure vie de Claudine Pottier, cette femme toujours patraque, enseignante dans une école primaire où déjà à sept ans les enfants injurient leurs maîtres. Le chahut sera constant, la directrice te convoquera pour te rappeler à l'ordre et tu fondras en larmes dans son bureau. En sortant de l'école tu t'arrêteras dans un troquet vieillot où tu te feras servir des grogs, puis tu te dirigeras en chaloupant vers la bouche de métro.

Chez toi, tu feras une crise de nerfs, brisant contre les murs tes derniers verres encore intacts. Le voisin d'à côté viendra sonner pour se plaindre du vacarme, pour t'excuser tu lui proposeras une tasse de café. Il refusera, et dès qu'il sera parti tu recommenceras ton cirque. Il appellera la police qui te dressera un procès-verbal, après leur départ tu te recroquevilleras sur ton lit où tu sangloteras une partie de la nuit. Le lendemain, tu retrouveras les quolibets des gamins qui se riront de tes sanctions et de tes manifestations d'autorité comiques et désespérées. Quand arrivera le mois de mai tu connaîtras le sort d'Yvette Zerto, tu feras des ménages la nuit dans les bureaux d'une multinationale.

Tu finiras ton travail à quatre heures du matin, tu attendras parfois ton bus quarante-cinq minutes dans le froid et le vent. Tu n'auras pas le temps de dormir, à sept heures tu réveilleras ton fils pour le collège. Tu feras un petit somme dans la matinée, une vague sieste l'après-midi, mais ton visage conservera malgré tout les stigmates de ton labeur nocturne. Le dimanche tu seras invitée chez ta sœur, elle occupera un poste subalterne dans une préfecture depuis que son mari aura disparu sans laisser de traces après avoir vendu en catimini la maison familiale et vidé leur compte la semaine suivante. Tu seras heureuse de pouvoir discuter devant une part de tarte aux prunes, de te détendre, d'oublier ces bureaux dépourvus d'occupants, ce bruit d'aspirateur, ces kilomètres de baies vitrées que tu devras nettoyer chaque année. Pendant ce temps, ton fils jouera avec sa cousine et ils connaîtront ensemble leurs premiers émois.

En rentrant, vous dînerez d'un bol de chocolat et de brioche grillée. Il te dira qu'il a un devoir à faire pour le lendemain, il se plaindra de ne rien comprendre au problème. Tu reliras plusieurs fois l'énoncé, tu ne te souviendras pas avoir rencontré un pareil rébus. Jusqu'à minuit vous vous échinerez tous les deux, mais ce travail lui vaudra une mauvaise note qui t'attristera. Dorénavant, tu essaieras de t'initier à toutes les matières qui seront à son programme. Tu parviendras à t'intéresser à l'histoire, mais les maths t'exaspéreront trop pour que tu puisses faire le moindre progrès. Les langues vivantes te plairont davantage, tu feras l'acquisition d'un matériel portable qui te permettra de répéter sans fin des phrases prononcées lentement par des acteurs étrangers pour parfaire ton accent tout en accomplissant ton travail dans les bureaux déserts.

Tu rêveras de changer de statut, devenant la secrétaire trilingue d'un directeur toujours en déplacement qui te laisserait toute liberté pour régler les petits problèmes quotidiens. Ton salaire te permettrait de prendre un répétiteur pour ton gamin, et de faire de la gymnastique deux fois par semaine afin de raffermir ton corps de trente-sept ans qui te donnerait un peu d'assurance s'il était mieux entretenu. Avec le temps, tu grimperais dans l'organigramme de la société, tu deviendrais cadre, ayant même sous tes ordres une jeune femme qui devrait supporter ta mauvaise humeur quand ton fils se serait ramassé à un contrôle ou lorsque tu aurais froissé un de tes quadriceps en essayant un appareil à ton club de sport.

Tu aurais à nouveau des rapports avec des hommes, ils profiteraient des réunions de travail pour t'inviter à dîner. Ils t'emmèneraient dans des petits restaurants où il y aurait des bougies sur les tables, tu prendrais plaisir à être convoitée, puis à te laisser consommer en fin de soirée dans une chambre d'hôtel ou sur leur lit conjugal quand l'épouse serait absente et que cette profanation les exciterait. Le lendemain, ils éviteraient ton regard, ils répondraient du bout des lèvres à ton salut. Tu les inviterais chez toi à prendre un brunch le dimanche suivant, ils souriraient sans te répondre et tu les attendrais en vain. Le lundi, ils te diraient qu'ils avaient passé un week-end ensoleillé en famille dans la maison de campagne qu'ils étaient en train de retaper de leurs mains sans avoir recours à aucun artisan.

Ce genre de déconvenue ne parviendrait pas à entamer ton moral, tu inviterais ta sœur dans ton nouvel appartement et tu lui montrerais des vêtements achetés dans des boutiques où tu n'aurais jamais pu mettre les pieds deux ans plus tôt. Tu lui donnerais tes vieux habits, tu éprouverais du plaisir en la suppliant de ne pas te remercier et plus encore quand elle les porterait en venant te voir la semaine d'après. Tu lui donnerais aussi les vieux vêtements de ton gamin afin qu'elle rafraîchisse la pauvre garde-robe de sa fille. Tu aurais l'impression de les avoir sous ta coupe, tu leur parlerais comme à des inférieurs.

Un jour tu ordonnerais à ta nièce de rincer la baignoire, et tu la secouerais sous prétexte qu'il resterait deux ou trois cheveux sur les parois. Comme elle saignerait du nez, sa mère prendrait sa défense et tu les chasserais. Dès lors, tu passerais tous tes jours de repos en solitaire avec ton fils. Souvent tu serais lasse de le voir tergiverser d'une pièce à l'autre, tu en aurais assez de le voir grandir, devenir presque aussi haut qu'une armoire, et exaspérée tu lui demanderais où il voulait en venir exactement. Il s'enfermerait dans sa chambre, tu jetterais toute la nourriture à la poubelle. Quand il réapparaîtrait tenaillé par la faim tu lui dirais d'aller s'acheter une pizza avec son argent de poche. Il disparaîtrait furieux.

Quand il rentrerait à une heure du matin tu lui dirais que tu ne tenais pas un hôtel, tu lui claquerais la porte au nez. Débarrassée de ce lascar, tu passerais une nuit plus paisible que d'ordinaire. À ton réveil, tu déciderais que malgré ses quatorze ans il avait un corps assez développé pour faire un adulte. Il reviendrait prendre une douche et se changer, tu lui dirais notre relation touche à sa fin, je t'ai donné de belles années de ma vie, mais à présent je suis lassée de ce rôle de mère si ingrat qui ne permet pas à une femme de s'épanouir ni d'aller jusqu'au bout de ses aspirations.

Sans lui tu serais peut-être devenue politicienne, styliste, économiste de premier plan. Il avait tué dans l'œuf un avenir que tu ne retrouverais jamais plus, maintenant tu devrais te contenter d'une destinée terne, sans jamais connaître les paillettes de la célébrité. Tu ne lui en voudrais pas, à condition qu'il s'en aille immédiatement. Il aurait les larmes aux yeux, tu lui donnerais tout l'argent que tu aurais dans ton sac. Le soir tu le retrouverais assis sur le paillasson, tu lui permettrais de réintégrer sa chambre mais au matin tu le découvrirais plié en deux pendu à l'espagnolette. On chercherait sans succès à te faire avouer que tu avais su jouer sur lui de ton ascendant de mère pour le pousser à commettre un acte qui sinon ne lui serait sans doute pas venu à l'esprit toute sa vie durant.

Dès la semaine suivante tu louerais sa chambre à une jeune femme de vingt-cinq ans qui débuterait une carrière de journaliste dans une grande radio privée. Vous deviendriez intimes après quelques semaines de cohabitation, vidant des théières dans ta cuisine à longueur de soirées, chipotant des petits morceaux de fromage, des carrés de chocolat, et piquant des fous rires comme deux ados. Quand elle recevrait quelqu'un, tu lui prêterais ton grand lit. Tu n'éprouverais aucun sentiment de jalousie en l'entendant gémir dans les bras d'un homme, mais tu essaierais d'éprouver un plaisir simultané toute seule dans ton coin.

Souvent elle t'emmènerait à des inaugurations, des projections privées, et tu apercevrais des gens célèbres dans la bousculade des buffets. Tu rêverais d'une carrière d'attachée de presse dans une maison de production ou de lectrice chez un éditeur. Elle t'encouragerait à poser ta candidature pour un poste de rédactrice dans un magazine de mode, elle se moquerait de toi quand tu t'étonnerais de ne jamais recevoir de réponse. Tu comprendrais que tu n'avais pas ta place dans ce monde-là, d'ailleurs elle prendrait un appartement dans un autre quartier et tu n'aurais plus jamais de ses nouvelles.

Tu viderais des théières toute seule à longueur de soirées, tu regretterais ton fils qui aurait sans doute en grandissant amené des camarades amusants ou même beaux malgré leur accoutrement saugrenu. Tu louerais sa chambre à un garçon de café qui économiserait une partie de l'année pour voyager le reste du temps. Il repousserait tes avances, pourtant il t'inviterait plusieurs fois à venir boire gratuitement dans la brasserie où il servirait. De temps en temps, il t'accorderait même une conversation avant d'aller prendre son service. Il te manquerait quand il s'en irait accomplir son périple, tu t'allongerais souvent au milieu de ses affaires qu'il aurait laissées en désordre derrière lui. Il reviendrait à la date prévue, mais tu te montrerais trop pressante et sans tenir compte de ton chagrin il déménagerait.

Tu logerais par la suite une jeune fille de dix-huit ans dont les parents ne pourraient plus supporter la présence. Tu aurais des relations sexuelles avec elle, mais ces rapports sans réel coït te frustreraient. Trois semaines après son arrivée, elle commencerait à s'en prendre à toi avec autant de violence que si tu étais responsable de sa venue au monde. Tu essaierais de la restituer à sa mère un jour où elle viendrait prendre son linge sale, mais elle te proposerait simplement de l'emmener quelques jours en vacances avec ses frères l'été prochain. Tu protesterais, elle filerait en te promettant de la réintégrer définitivement dans ses pénates à la rentrée de septembre.

La semaine suivante la gamine éventrerait le hamster que tu aurais acheté un mois plus tôt pour partager un peu d'affection avec un être vivant. Tu déciderais de la rendre à l'instant à sa famille, mais elle aurait quitté son domicile que par l'entremise d'un panneau accroché au balcon une agence chercherait à présent à relouer. Tu entamerais des recherches, mais ces gens se seraient volatilisés comme une poignée d'âmes. Tu mettrais la valise de leur fille sur le palier, tu la pousserais dehors. Elle se déshabillerait, gambadant nue dans l'escalier et t'accusant de l'avoir dépiautée comme une lapine. Les voisins ouvriraient un à un leur porte, tu la ferais rentrer chez toi pour éviter un plus sérieux esclandre. Tu essaierais de négocier son départ, lui proposant de la dédommager ou de lui trouver une place à l'intérieur de ton entreprise dans une filiale éloignée. Elle refuserait, exigeant de rester sous ton toit, d'être nourrie avec les aliments dont elle te fournirait la liste le matin, et de recevoir chaque semaine assez d'argent pour pouvoir sortir, suivre la mode, prendre des taxis afin de ne pas se faire agresser dans les transports en commun.

Une nuit elle mettrait le feu à ton lit avec de l'essence. Les flammes embraseraient les rideaux et se propageraient au reste de l'appartement. Brûlée au bras gauche tu réussirais à t'échapper. Les pompiers parviendraient à maîtriser l'incendie en détrempant toutes tes affaires. Tu porterais plainte contre la gamine, mais elle t'accuserait de l'avoir violentée et d'avoir mis toi-même le feu pour réduire en cendres le corps du délit. Quand après plus d'une année de détention tu recouvrerais la liberté ton employeur ne voudrait plus te reprendre, ton appartement remis à neuf serait à présent occupé par un couple avec un petit garçon qui refuserait de te laisser entrer quand tu lui demanderais à visiter ton ancienne tanière.

Dans la journée tu chercherais un travail avec tes yeux de femme matée par la détention, la nuit tu dormirais dans un foyer où les odeurs seraient encore plus écœurantes qu'en prison. Tu trouverais un emploi à la ménagerie du Jardin des Plantes. Tu détesterais ces singes, ces ours, qu'il te faudrait nourrir et soigner comme des enfants. Tu prendrais en grippe un chimpanzé, tu lui ferais avaler du verre pilé. On te renverrait. Avec le peu d'argent que tu aurais sur toi tu t'achèterais un tailleur neuf, du maquillage, et du parfum pour chasser la puanteur du foyer que tu aurais l'impression de traîner derrière toi malgré des savonnages répétés sous la douche. Tu marcherais dans la rue, tu ferais le tour de la ville, tu prendrais une consommation à la terrasse d'un café malgré le froid.

Tu traînerais toute la nuit sans que jamais personne t'aborde. Au matin on te refuserait l'accès au foyer. Tu comprendrais qu'émanait de ta personne quelque chose qui trahissait l'humaine à bout de course qui malgré ses quarante et un ans n'inspirait plus à personne aucun désir d'entrer en communication, tant on la sentirait bonne à mourir. Alors tu mourrais avec une certaine désinvolture en courant te jeter sous le premier métro. Tu aurais sur les lèvres ce petit sourire ironique, supérieur, qui témoigne de la noblesse des Du Tomin et qui nous vient de l'époque où nous périssions dignement sur le bûcher en maudissant le pape et ses sbires au nom de nos convictions anabaptistes.

De toute façon, ne t'imagine pas que ton existence sera une pétarade qui fera grand bruit. Tu naîtras dans une cinquantaine d'années ou peut-être davantage dans une de ces zones pavillonnaires où il y aura un hôpital dans chaque rue, où tout le monde sera malade plusieurs fois par an afin de conjurer un sentiment d'ennui si intense que pour le soulager aucun traitement ambulatoire ne suffira. Il n'est même pas sûr que tu fasses un jour ton apparition. Tu demeureras peut-être dans l'air à l'état de projet, de menace, et tu te dissiperas avec l'époque où tu aurais dû exister.

Tu te crois prête à devenir femme, et tu vivras peut-être dès cet après-midi sous les traits d'un quadragénaire à la cravate tachée par le jus du steak de son déjeuner en visite chez un client à qui il tentera de placer un contrat d'entretien pour la chaîne de fabrication de son usine de pâtisserie industrielle. Le type trouvera ta prestation trop chère, tu auras beau transpirer dans ton costume froissé à l'endroit des aisselles il te reconduira en te suggérant de lui proposer un de ces jours une offre plus alléchante. Avant de rentrer à ton bureau tu achèteras un pain au chocolat, tu le mangeras au volant de ta voiture.

Tu seras convoqué chez ton supérieur, il t'annoncera que dorénavant tu devras prendre ton congé en novembre, la période la plus creuse de l'année dans votre secteur d'activité.

À dix-huit heures trente, ton épouse te téléphonera pour t'annoncer que ta fille aura été rackettée à la sortie du lycée. On lui aura volé son sac, son blouson, elle ne sera pas blessée mais elle sera toujours sous le choc. Tu lui diras je ne peux pas rentrer avant vingt heures, j'ai une réunion à laquelle je suis obligé d'assister. Elle raccrochera sèchement et tu t'attendras à passer une soirée exécrable. Tu quitteras ton bureau, tu traverseras un embouteillage, tu te gareras en stationnement interdit.

Tu donneras l'argent à la femme, tu t'allongeras sur la table de massage. Une odeur de verveine flottera dans l'air, une musique d'ascenseur couvrira le bruit de la circulation. Elle te massera le dos, puis elle te demandera de te retourner. Elle finira par prendre ton sexe en main, elle le fera éjaculer à l'instant de son choix comme en appuyant sur un bouton-poussoir on déclenche un petit jet d'eau. Elle t'essuiera avec des mouchoirs en papier, tu feras une toilette sommaire devant le lavabo.

En arrivant chez toi ta femme te dira avec Léa on a déjà dîné, il y a du jambon et de la salade au réfrigérateur. Tu mangeras sur la table de la cuisine, elle te reprochera de n'être pas allé embrasser ta fille dans sa chambre. Elle te dira on a l'impression que tu n'es pas son père, que rien n'existe en dehors de ton travail et de tes petits loisirs. Tu iras la voir, elle sera en pyjama sur son lit. Elle téléphonera à un copain pour lui raconter sa mésaventure, elle te congédiera d'un signe de la main. Tu t'assoiras au salon, ta femme te dira je vois bien que tu penses à autre chose, qu'avec Léa nous n'occupons qu'une place restreinte dans ton cerveau.

— Pas du tout.

— Tu attends qu'il soit l'heure de se coucher pour que je me taise.

Tu ouvriras la fenêtre, elle te dira j'ai froid. Quand vous serez enfin au lit elle se serrera contre toi, puis elle se recroquevillera contre le mur en te reprochant ton indifférence.

— Dors bien.

— Le sommeil ne me fera pas taire.

Tu te lèveras pour ne pas l'entendre, elle te suivra. Tu t'allongeras sur le canapé, elle rapprochera un fauteuil pour mieux projeter ses phrases dans ton oreille. Tu ne répondras à aucun de ses reproches dans l'espoir que leur flot se tarisse de lui-même. Ton silence l'exaspérera, elle te griffera. Tu te regarderas dans la glace de la salle de bains, tu tamponneras tes joues avec de l'alcool. Tu retourneras te coucher, elle te rejoindra. Elle se calmera peu à peu, elle s'endormira.

Tu te relèveras, tu t'en iras. Tu rouleras, tu changeras de ville. Tu passeras la nuit suivante dans une chambre d'hôtel dont la fenêtre donnera sur un échangeur. On te retrouvera le lendemain matin suicidé par hémorragie. Tu auras grossièrement tranché ton pénis avec un fragment de vitre brisée et tu l'auras jeté à l'autre bout de la chambre comme si tu avais voulu signifier quelque chose que personne ne comprendrait jamais.

Et puis ne t'imagine pas que tu seras toute ta vie un être humain, tu auras peut-être une place beaucoup plus modeste dans notre société. Tu deviendras le quatrième chien des Duparet qui en ont toujours eu un depuis leur mariage bien qu'ils soient petitement logés avec leurs deux enfants à présent dans la dernière ligne droite de l'adolescence. Tu seras le chat des Grignan, tu grimperas aux arbres du jardin de la petite maison où ils vivront dans la banlieue d'un gros bourg. À moins qu'à sa mort tu deviennes leur belle-sœur, une femme autoritaire d'une quarantaine d'années qui dirigera toute seule une exploitation agricole depuis le décès de son mari. Au bout de quelques mois, tu deviendras sa grande fille qui partira poursuivre ses études dans une ville universitaire.

Tu occuperas une petite chambre dans un vieil immeuble en travaux de réfection d'année en année et d'un bout de l'année à l'autre. Tu n'assisteras pas aux cours, tu te laisseras séduire par les jeunes, les quinquagénaires, et même les vieux. Tu changeras si souvent de bras que tu perdras la sensation d'être une personne cloisonnée, tu auras l'impression d'être fluide, de te laisser absorber comme une banale boisson par la foule de tes amants. Mais une chute sans gravité dans l'escalier d'un restaurant produira en toi un choc salutaire et la raison te reviendra. Tu regarderas alentour, tu feras une différence marquée entre les objets extérieurs et la coque bien close de ta conscience. Tu éconduiras l'homme qui t'accompagnera ce soir-là pour profiter en solitaire de ton intégrité retrouvée.

Et pourtant le mois suivant tu deviendras Véronique Fleurat, dentiste dans un quartier cossu de la capitale. Du matin au soir tu remplaceras des dents saines par des prothèses blanches comme des assiettes, et le soir tu retrouveras ton mari chirurgien esthétique dans une clinique aux prix obscènes comme des paquets d'excréments. Vous vous disputerez, quelquefois même une injure partira quand vous serez en visite chez des amis. Tu divorceras dans la haine, préférant dévitaliser ton gamin comme une molaire plutôt que de risquer en partager la garde avec son père. Tu craqueras après deux heures d'interrogatoire, mais sitôt en détention tu seras soudain Marine Forret, jeune professeur de physique en vacances au bord de la mer avec Antoine Cotrein ton petit ami rencontré trois mois plus tôt au bar d'un théâtre.

Vous serez allongés sur la plage, vous vous serez baignés plusieurs fois dans l'eau tiède et vous commencerez à avoir faim. Vous irez déjeuner d'une salade dans un petit restaurant situé sur un terrain vague sous une paillote boiteuse. Tu t'apercevras que tu as attrapé un coup de soleil sur les cuisses. Il te parlera d'une histoire de bateau, d'île, de pêche au gros. Tu remarqueras pour la première fois que ses lèvres étaient trop rouges et son front étroit comme une bande de sparadrap. Tu te souviendras de la nuit passée, de la chaleur moite qui régnait dans la chambre, du coït paisible et presque ennuyeux que vous aurez eu avant de vous endormir, de ton réveil aux petites heures du matin avec cette sensation qu'il y a quelqu'un de trop dans le lit, qu'il aurait mieux valu que tu partes toute seule le temps de l'oublier et peut-être de rencontrer quelqu'un d'autre qui ait au moins le pouvoir de te faire rêver.

Il te caressera le visage, sa main te semblera molle, tu auras l'impression d'être touchée par une vieille femme saignée à blanc. Tu boiras du vin pour essayer d'avoir une sensation moins aiguë de sa personne, pour qu'il atteigne un certain degré d'irréalité, que tu puisses le confondre avec un fiancé lointain, un type que tu aurais à peine connu ou une créature imaginaire perchée comme un oiseau dans un recoin de ton esprit. Il perdra peu à peu beaucoup de sa présence, sa voix prononcera des phrases qui s'useront dans les airs avant de te parvenir. Quand tu le regarderas son visage te semblera générique et tu pourras lui attribuer une dizaine de noms différents.

Tu boiras encore, il sera en face de toi comme une foule immense en file indienne dont tu ne verrais à toute allure qu'un élément à la fois. Puis la perspective s'élargira, tu auras la sensation de te trouver au milieu d'une cohue. Tu te lèveras, tu traverseras la route en titubant. Tu atteindras la plage, tu te laisseras tomber sur le sable brûlant. Il te ramènera à l'hôtel, tu t'endormiras. Tu te réveilleras en fin d'après-midi, il sera assis derrière la table. Tu l'observeras, il te semblera la cause de ton affreux mal de tête. Tu iras dans la salle de bains, il te demandera si tu vas mieux. Tu resteras longtemps sous la douche, tu t'habilleras.

Tu refuseras qu'il t'accompagne, tu marcheras seule dans la ville. Les marchands ambulants t'aborderont pour te vendre des bijoux en argent, tu ne jetteras même pas un coup d'œil sur leur étal. Tu prendras un thé en regardant de loin un charmeur de serpent et les touristes s'engouffrer là-bas dans le souk. Un jeune autochtone viendra s'installer à côté de toi, il te demandera s'il peut te servir de guide pour visiter les tombeaux. Tu l'éconduiras, tu reprendras ta marche. Tu entreras dans un hall d'hôtel, tu réserveras une chambre pour la nuit. Tu reviendras prendre tes affaires, il n'aura pas bougé de place. Il te verra remplir ton sac sans aucune réaction, tu lui diras on se croisera peut-être à l'aéroport.

Il fera nuit maintenant, les rues seront encore plus bruyantes. Ton nouveau logement sera éclairé par une lanterne dont l'ampoule diffusera une lumière chiche et blanche sur les murs peints à la chaux. Tu t'allongeras sur le lit grinçant, tu te sentiras heureuse d'être seule, comme si ce type avait été une simple tumeur dont tu venais de t'amputer toi-même d'un geste primesautier. Tu te diras en rentrant je me ferai couper les cheveux, tatouer jusqu'à devenir bleu. Je verrai une fille différente quand je me regarderai dans la glace, je prendrai même un petit accent banlieusard qui me donnera un genre.

Tu n'auras même pas à monter dans l'avion pour rentrer chez toi, tu te changeras en Maria Bruteran au beau milieu de tes rêvasseries. Ton sort deviendra alors très modeste, à vingt-cinq ans tu seras déjà mère de trois enfants dont le père à la jambe droite atrophiée aura un petit travail dans les bureaux d'une conserverie de poisson. Vous habiterez un port de mer dans une maison minuscule entourée de quelques mètres de jardin séparé de la chaussée par un grillage et un vieux mur hérissé de ferraille rouillée.

L'année suivante ton mari sera renvoyé pour un infime vol, on en parlera dans la presse locale et aucune entreprise ne voudra l'engager. Vous vivrez d'aides publiques insuffisantes et de cartons de nourriture obtenus après d'humiliantes démarches. À Noël vous serez invités dans la salle des fêtes de la mairie, on distribuera des cadeaux aux enfants et vous partagerez un repas avec les autres pauvres de la commune. Vous ne nouerez aucune relation avec vos commensaux tant ils vous sembleront loqueteux, tant vous craindrez de vous laisser infecter par leur misère. Vous rentrerez chez vous le cœur sur l'eau, les enfants se succéderont toute la nuit aux toilettes pour vomir.

Lors des grandes marées vous irez en famille ramasser des coquillages, mais tout le monde aura eu la même idée, l'énorme concurrence vous empêchera de vendre le produit de votre pêche. Vous en mangerez une partie, jetant le reste. Tes enfants ne seront pas assez beaux pour faire oublier leurs résultats scolaires désastreux, et tout compte fait ton bonheur sera moyen dans cette maison où ton mari tournera en rond du matin au soir sans jamais trouver l'énergie pour aller acheter un journal afin de consulter les offres d'emplois.

Tu aideras une boulangère le dimanche matin, tu feras des travaux de couture à domicile, et pour te changer les idées tu iras parfois te promener toute seule jusqu'au bout de la jetée. Tu aimeras regarder les vagues, tu te sentiras forte, décidée à continuer à vivre malgré ton pauvre lot, incapable de te laisser aller à la facilité du saut, de l'éclatement de ta tête contre l'une des innombrables arêtes des rochers qui affleureront à chaque ressac. Tu n'éprouveras aucune honte à exister, tu éprouveras même une certaine fierté de te trouver vivante en pleine bourrasque sous les rayons intermittents d'un soleil masqué par moments par un banc de nuages noirs. Tu tendras la tête vers le ciel, tu écarteras les bras comme si tu cherchais à te donner en offrande au paysage.

Tu auras perdu l'équilibre, à moins qu'un malade mental, un illuminé, un pêcheur aigri à la suite d'une mauvaise campagne t'ait poussée. Tu commenceras à peine à chuter et tu seras déjà Françoise Querrat, cette fille qui écume les concours de beauté chaque week-end, rapportant des coupes dorées, des médailles dont sa chambre est tapissée des plinthes jusqu'au plafond. Tes parents t'admireront, depuis ton enfance ils te couvriront d'une gabegie de robes, de chaussures, de falbalas. Tu auras une sœur aînée de facture moyenne, elle sera partie l'an passé s'installer chez un ami libraire dans une ville distante d'une cinquantaine de kilomètres qui vous sépareront l'une de l'autre mieux qu'un désert.

À l'âge de dix-neuf ans une crise d'épilepsie emportera Françoise Querrat pendant son sommeil, mais tu prendras la précaution de devenir sa sœur juste avant son décès et elle te remplacera dans la mourante. Tu te déplaceras avec ton ami pour assister aux obsèques et consoler tes parents. Afin qu'ils fassent plus rapidement leur deuil, tu jetteras ses trophées ainsi que la collection de maillots dans lesquels le corps radieux de Françoise défilait tandis qu'elle jouissait en son for intérieur de cette poisseuse libido dont l'assistance l'enduisait de ses regards raides comme des sagaies.

En rentrant tu retrouveras la librairie, tu auras un certain goût pour étaler les nouveautés dans la vitrine et donner des conseils aux clients indécis. Ton ami aura un caractère tranquille qui t'exaspérera, et tu essaieras par tous les moyens de le mettre en colère. Il croira te calmer en te faisant un enfant, mais les nausées des premières semaines de grossesse te transformeront en harpie. Après l'accouchement l'état de ton caractère empirera, par haine de lui tu refuseras de t'occuper de ta fille sous prétexte qu'elle lui ressemblera. Il lui tiendra lieu de mère tandis que tu continueras à le vilipender et à jeter parfois les boîtes de lait et les couches pour l'empêcher de pouponner les jours fériés quand toutes les pharmacies seront fermées.

Une nuit où il dormira d'un profond sommeil, tu ne résisteras pas au plaisir de t'asseoir délicatement sur le visage de ta fille en regardant le cadran lumineux de ta montre jusqu'à ce qu'une minute trente se soit écoulée. Ensuite tu iras te recoucher et vous aurez ensemble votre premier rapport depuis la conception de l'enfant onze mois plus tôt. Le matin, il sera étonné de n'être pas réveillé par ses cris. Il la trouvera morte au fond du berceau. Le médecin établira un certificat attestant une mort naturelle. Tu porteras quand même plainte contre lui. En examinant le cadavre de plus près un légiste établira l'homicide. Bouleversé par la mort de sa fille, il croira trouver une échappatoire à sa peine en passant aux aveux.

Il se rétractera en prison, t'accusant d'avoir voulu te débarrasser d'un enfant dont tu avais toujours jugé l'existence superflue. Tu sauras te montrer pathétique en apparaissant plusieurs fois à des heures de grande écoute. Tu seras aimée, et on le haïra. Lors d'un transfert un inconnu lui tirera une balle de revolver avant de prendre la fuite. Le projectile sera amorti par le gilet pare-balles et terminera sa course en lésant la colonne vertébrale à l'endroit du cou. Il comparaîtra aux assises sur une chaise roulante. Condamné à dix-huit ans de prison, il mourra l'année suivante électrocuté avec le cordon soigneusement dénudé du rasoir électrique dont l'administration lui aura concédé l'usage pour lui éviter de se blesser avec une lame de sa main devenue tremblante depuis l'agression. Son corps sera inhumé dans un cimetière proche de la prison à l'intérieur du carré cerné de hautes grilles où l'on enterrait autrefois les guillotinés.

Tu continueras à tenir la librairie, tu auras des aventures avec plusieurs femmes avant de te fixer avec un homme plus âgé que toi. Tu iras vivre dans sa grande maison sinistre bordée par une autoroute en construction, vous déménagerez pour un appartement en ville quand les premières voitures commenceront à y circuler. Tu te lasseras vite de cette existence, tu ne supporteras plus ton apparence médiocre avec ces jambes un peu trop courtes, ces chevilles épaisses. Même ta personnalité te semblera hideuse avec sa propension à la haine, au crime, et son incapacité à l'amour.

Une autre que toi se serait préparé une collation de médicaments chamarrés et l'aurait dégustée avec une ou deux coupes de champagne et un parisbrest, laissant monter petit à petit l'inconscience au cerveau comme un dernier plaisir, avec le souvenir des moments les plus doux de cette existence maintenant aux abois, en arrière-plan, déjà presque invisible dans le crépuscule. Au lieu de te suicider, tu préféreras devenir Céline Lorderou et vivre dans un joli petit corps au crâne garni d'un cerveau d'une intelligence sans excès mais pratique, efficace dans le quotidien et qui ne générera jamais ni angoisse ni insomnie. Ton mari sera cuisinier à la cantine d'un lycée, tes trois enfants de deux à sept ans fréquenteront la crèche et l'école de ton quartier. Tu les aimeras, et après neuf ans de mariage tu éprouveras toujours une réelle affection pour ton mari.

Quand les gamins seront couchés, tu lui feras parfois la surprise d'une nouvelle caresse érotique piochée dans le magazine féminin auquel tu t'abonneras chaque année pour recevoir en cadeau une radio waterproof ou un thermomètre. Il t'estimera, te racontant ses problèmes professionnels et discutant avec toi de ses projets. Vous formerez une famille unie, les dimanches d'hiver vous irez vous promener dans la campagne, l'été vous ferez quelques brasses dans un lac transparent sous le soleil. Tu aurais volontiers mené cette existence jusqu'à la vieillesse, mais le jour de l'anniversaire de tes trente-deux ans tu seras tout à coup Jean-Michel Werter, un menuisier de vingt-sept ans habitant une ville de montagne. Tu travailleras dans une usine de meubles qui fabriquera aussi la totalité des cercueils nécessaires à la mise en bière des morts de toute la région. Tu auras la plupart du temps une sexualité solitaire et quand parfois tu réussiras à séduire une fille tu te montreras si brusque qu'elle ne souhaitera pas te revoir.

Tu finiras par te marier quand même avec une parente éloignée qui ne possédera aucun atout pour se montrer difficile dans le choix d'un époux. Elle aura une intelligence ordonnée, mais limitée comme un jardin potager, et quant à son physique il sera de cent cinquante-cinq centimètres à peine avec une tête trop ronde, bonne à se faire shooter sur une pelouse de championnat. Vous aurez pourtant des relations sexuelles incessantes dès que tu rentreras de ton travail et vous connaîtrez pendant le week-end deux journées de jouissance ininterrompue.

Lorsque tu atteindras la cinquantaine tu commenceras à te fatiguer de ces exercices physiologiques, tu reprocheras à ta femme de ne jamais avoir eu aucun désir de procréer et tu la tueras par strangulation. Tu craindras d'avoir à accomplir une lourde peine, tu décideras alors de devenir Charlotte Lavimont, effrontée d'une quinzaine d'années dont les amis se succéderont nuit après nuit dans sa chambre où trônera encore sur une étagère un Babar à la peluche usée jusqu'à la trame. Tes parents t'inciteront à t'occuper de ton travail scolaire, tu leur claqueras toutes les portes de l'appartement à la figure. À dix-neuf ans tu quitteras l'école au milieu de l'année, ainsi que le domicile familial. Tu seras hébergée par une amie étudiante en droit, tu seras serveuse dans un bar de nuit où tu rencontreras des hommes qui pour te séduire se croiront obligés de t'offrir des verres à tire-larigot.

Une nuit où tu seras ivre jusqu'à l'inconscience, l'un deux t'emmènera dans une maison de campagne isolée et t'éventrera pour satisfaire un fantasme qui le tarabustait depuis l'enfance. Il laissera ton cadavre sur place, il ne reviendra plus jamais sur les lieux. À sa mort dix-sept ans plus tard ses héritiers découvriront ton squelette en venant visiter leur nouveau bien. La police n'établira jamais de rapport entre cette découverte et ta disparition qui sera une affaire classée depuis longtemps.

Mais, la chance aura voulu que dans la voiture qui t'amènera sur le lieu de ton assassinat tu aies eu malgré l'alcool un bref sursaut de lucidité, un flash de clairvoyance, et que tu échappes à la triste destinée de cette pauvre fille pour devenir juste à temps Sophie Gerrai, jeune femme habitant une petite ville distante d'une centaine de kilomètres. Tu vivras alors avec un conseiller juridique à qui tu serviras de secrétaire. Tu éprouveras pour lui une admiration dont il abusera en te faisant supporter ses caprices. Chaque hiver, il t'obligera à subir une douloureuse opération des fémurs pour te faire gagner six à huit centimètres, ou te les faire perdre selon sa toquade de perche ou de nymphette.

Ces interventions répétées finiront par t'abîmer, aucun chirurgien ne voudra plus t'opérer. Il convaincra alors un psychiatre de t'administrer une série d'électrochocs sous prétexte d'améliorer ton humeur. Tu sortiras de la clinique nettoyée de tous tes souvenirs et tu ne le reconnaîtras pas. Tu vivras encore sous son toit quelques mois, dormant dans une ancienne chambre de domestique au fond de l'appartement. Puis un jour où tu seras sortie faire un tour pour profiter d'un rayon de soleil d'hiver, tu le quitteras sans l'avoir voulu.

Tu te laisseras aborder par un homme que tu prendras aussi bien pour lui que pour n'importe qui d'autre et tu ne seras pas surprise de passer la nuit dans un logement aux papiers peints décollés, aux deux pièces étroites, sombres malgré l'absence de rideaux aux fenêtres. Le lendemain matin à ton réveil il sera déjà parti, tu te feras réchauffer du café dans la cuisine. Tu prendras une douche, tu feras le ménage, tu battras même la descente de lit jusqu'à ce que ta main en soit endolorie. Puis tu t'assoiras sur une des horribles chaises de la salle à manger, et tu attendras.

À son retour la nuit sera tombée depuis longtemps, il sera mécontent de te retrouver là. Il enlèvera son manteau, ses chaussures, il vaquera entre les parois de son gîte, se laissant aller comme s'il était seul. Tu n'oseras pas lui parler, ne sachant même pas si tu pouvais lui adresser des paroles familières ou si tu devais plutôt t'en tenir à des phrases plus circonspectes. Tu l'entendras remuer des ustensiles à la cuisine, puis il apparaîtra avec une assiette remplie de nourriture qu'il posera directement sur la table. Il se versera un verre de vin, il commencera à manger.

Tu auras faim, tu le regarderas mais il n'aura d'yeux que pour les aliments qu'il portera à sa bouche. Tu essaieras de dire quelque chose, juste pour manifester ta présence. Tu ne parviendras à prononcer qu'une suite de mots dont la juxtaposition n'aura aucun sens mais qui le feront rire entre deux bouchées. Il saucera son assiette, il se servira un grand morceau du fromage qui coulera sous une cloche en plastique transparent posée sur le buffet derrière lui. Puis il se balancera sur sa chaise, regardant alternativement le plafond et une photo de bébé à plat ventre sur une fourrure pendue au mur. Tu tenteras à nouveau de t'exprimer. Au lieu de rire il s'énervera, te hurlant de t'en aller tout de suite avant qu'il te jette dehors. Tu lui demanderas où tu en étais, il t'ouvrira la porte.

Tu sortiras, tu descendras quatre étages d'un escalier en colimaçon que tu ne te souviendras pas avoir monté la veille. Les rues seront désertes, leurs noms te seront inconnus. Tu arrêteras un taxi, mais comme tu ne sauras pas lui dire où tu voudras aller il te déposera aux urgences d'un hôpital. Une infirmière te fera vider tes poches, ton petit sac. Il n'y aura aucune adresse, ni le moindre indice de ton identité. On te donnera un lit, tu partageras ta chambre avec une femme dont l'incessant monologue te lassera au point de te faire assez haïr ton sort pour prendre la décision de devenir à l'instant Noémie Gallin, artiste peintre de trente-six ans dont les tableaux commenceront à se vendre après des débuts difficiles et qui viendra de faire l'acquisition d'une maison à la campagne où elle pourra travailler des grands formats dans la grange transformée en atelier.

Tu prépareras une exposition chez ton nouveau marchand de la rue de Seine. Le soir du vernissage toutes les toiles seront vendues. Dès le lendemain, tu partiras en voyage à Venise avec un ami sans ressources. Tu prendras une chambre sur le Grand Canal. Il se jettera par la fenêtre dès la première nuit. Tu refuseras d'être rapatriée avec son corps. Tu te promèneras seule, abritée des averses par un grand parapluie rouge acheté dans un magasin près de la gare. Tu iras d'église en église, tu essaieras de graver dans ta mémoire chaque peinture, chaque vitrail, tu t'agenouilleras devant madones et crucifix pour le seul plaisir de te laisser dominer comme une esclave. Puis tu retrouveras l'extérieur, la lumière du jour, la bousculade. Tu seras ébaubie, tu regarderas l'eau, le ciel gris, tu auras l'impression de te trouver à l'intérieur d'un monde dont ton travail ne pourrait jamais donner qu'une idée inférieure et vague.

Tu mangeras des gâteaux dans un salon de thé, tu envieras l'espèce de sérénité que tu imagineras nimber la conscience des autres clients. Tu te reprocheras d'avoir un jour commencé à peindre, par orgueil, vanité, comme si tu avais cherché à entrer en guerre ouverte avec la réalité, à essayer de la surpasser en la reflétant dans un miroir dont tu posais le tain touche par touche. Tu comprendras à quel point toute ton œuvre était dérisoire, tu décideras de changer d'activité dès ton retour. Avant de rentrer à l'hôtel tu marcheras dans la nuit. La pluie aura fait place au vent et au froid. Tu seras contente de retrouver la chaleur du lit, tu resteras dans l'obscurité à penser à ta vie future déchargée du fardeau de la création. Tu imagineras une existence enfin libre d'angoisses, tu projetteras de faire raser la grange et d'alimenter le feu d'un méchoui avec tes réserves de pinceaux et de châssis neufs.

Tu obtiendrais de l'argent en vendant des robes de créateurs dans un coin de boutique de la place des Victoires. Tu occuperais tes loisirs à faire de l'équitation, du tir à l'arc, tu achèterais des chiens pour t'obliger à te dégourdir les jambes avant de te coucher. Tu repousserais les avances des hommes afin de ne pas compliquer ton emploi du temps. Tu agrémenterais ta vie sexuelle de quelques accessoires et l'absence de contacts humains ne te frustrerait pas. Tu passerais chaque week-end dans ta maison de campagne où tu n'inviterais jamais personne, préférant un après-midi silencieux dans la grande salle surchauffée par les radiateurs à une interminable conversation entre amis devant la flambée d'une cheminée ancestrale.

Pourtant de retour en France par peur de donner un coup de pied dans ton passé et de ne jamais pouvoir reconstruire d'avenir acceptable, tu continueras à peindre, surmontant chaque jour ton mépris pour ton travail de la veille. Cinq ans plus tard, on te retrouvera pendue à une poutre de ton atelier. Ton marchand augmentera le prix de tes dernières toiles, il publiera un catalogue raisonné de ton œuvre. Tu seras tout à fait oubliée à la fin de la décennie suivante, on trouvera même inutile de remettre en place la stèle ouvragée de ta tombe quand des profanateurs auront mis à sac le cimetière une nuit de sabbat.

Mais tout en te balançant comme un pendule avec le nœud coulant autour du cou tu auras pris la précaution de devenir David Creter juste avant d'expirer. Ce garçon de vingt ans n'aura aucune ambition artistique, il fera des études d'économie dans une ville du Nord. Tu prendras plaisir à passer des examens, à les réussir, à te saouler et à faire du tapage dans les rues avec tes camarades de promotion. Tu trouveras du travail chez un constructeur de véhicules utilitaires. Le samedi matin tu courras dans le bois qui entourera la résidence où tu auras loué un appartement. Le soir tu iras danser. Parfois, tu rentreras avec une fille vers trois heures et demie du matin. Vous aurez un rapport sur ton canapé-lit et le lendemain avant qu'elle reparte vous en aurez un autre. Les fois où tu regagneras seul ton domicile, tu auras du mal à trouver le sommeil malgré l'heure tardive. Tu regarderas la pluie tomber à travers les vitres du salon, tu videras des canettes de bière sans parvenir à t'étourdir. Tu attendras que le jour se lève pour te coucher, tu finiras par t'endormir en tenant fermement ton sexe entre les cinq doigts de ta main droite comme un gamin serre la patte de son ours afin de se rassurer quand sa mère éteint la lumière pour la nuit.

Tu épouseras une collègue de travail l'année de tes trente ans. Vous aurez deux filles très brunes, vous les élèverez dans une maison perdue dans un lotissement d'habitations qui se ressembleront toutes comme deux gouttes d'eau. Après la naissance de la cadette, ta femme n'éprouvera plus aucun désir pour toi et elle aménagera le cellier pour pouvoir y dormir loin de ton corps. Soucieuse de préserver l'intégrité de votre famille elle ne prendra jamais d'amant. Elle assouvira ses besoins sexuels le dimanche après-midi quand les filles seront à la Maison des jeunes. Elle s'enfermera dans la salle de bains, elle atteindra l'orgasme rapidement et tu l'entendras crier depuis le salon où tu regarderas un match.

Ta sexualité passera par une cohorte de prostituées qui à ton retour du bureau te feront des fellations dans ta voiture sur un bout de parking perdu au milieu des ruines d'une ancienne cité-dortoir dynamitée depuis longtemps. Une fois par semaine tu loueras même une chambre d'hôtel pour une relation plus élaborée. Votre compte en banque se ressentira de ces dépenses, vous serez obligés de rogner sur votre budget et vous contenter d'une nourriture à base d'aliments premier prix. Tu te sentiras coupable de dilapider au détriment des gamines qui certains hivers ne pourront pas partir en classe de neige et porteront toujours des vêtements achetés en solde. Ta femme se saura responsable de cette situation, elle n'osera jamais te faire aucun reproche. Tu essaieras de limiter les frais en séduisant une jeune DRH qui viendra juste d'arriver dans ton service. Les premiers temps tu l'inviteras au restaurant, tu lui offriras des babioles et votre relation ne dépassera pas le stade du flirt.

Tes anciennes habitudes perdureront et cette fille ne sera qu'une source de dépenses supplémentaires. Mais au bout d'un mois, après une rupture avec un homme dont elle partageait l'existence depuis plusieurs années, elle te cédera. Chaque soir tu te rendras chez elle, vous aurez une relation rapide et tu rejoindras ta maison avant l'heure du dîner. Le week-end, tu t'absenteras par petites périodes de deux ou trois heures. Une nuit tu te réveilleras et tu prendras ta voiture dans le froid pour un passage furtif entre ses draps. À ton retour, tu croiseras une de tes filles dans le couloir qui mènera aux toilettes. Au petit déjeuner elle te demandera pourquoi tu étais vêtu de pied en cap à une heure pareille, tu lui répondras j'avais cru entendre du bruit dans le garage. Ta femme sourira, heureuse que tu aies enfin trouvé une maîtresse qui la remplace.

Tu choisiras cet instant pour lui fausser compagnie, abandonner ce rôle de mari volage et devenir Lionel Tranet, pilote de long-courriers, marié depuis une quinzaine d'années à une Rezzard, une femme au petit corps léger qu'elle semblera déplacer dans l'espace comme une ombre chinoise. Tu auras toujours refusé d'avoir des enfants, de crainte qu'elle te perde de vue. Elle n'aura même pas le droit d'adopter un animal, et le jour où elle rapportera un chat égaré tu l'obligeras à le faire piquer le lendemain matin. Elle disposera d'un téléviseur pour se distraire quand tu seras en vol, mais il demeurera éteint en ta présence et elle devra t'écouter parler à longueur de soirées. De temps en temps tu lui poseras une série de questions afin de mieux la cerner et d'éviter qu'elle t'échappe en modifiant sans que tu le saches sa perception de la réalité.

À la suite de problèmes oculaires on t'interdira de piloter. Tu resteras chez toi toute l'année, observant ton épouse avec la plus grande attention, lui donnant son bain, la maquillant, l'habillant des vêtements de ton choix. Tu la sortiras une demi-heure par jour, le reste du temps elle devra apprendre par cœur tes paroles au fur et à mesure qu'elles sortiront de ta bouche. Tu lui fourniras des informations sur le monde, mais elle n'aura pas accès aux médias. Tu lui parleras de vos relations, mais elle ne verra plus personne et tu ne lui permettras même pas d'entendre la voix de ses parents quand ils appelleront.

Un jour tu lui supprimeras la promenade, elle restera recluse dans votre appartement. Les premiers temps tu lui permettras de prendre l'air chaque matin une dizaine de minutes devant la fenêtre, puis tu préféreras la confiner tout à fait. Tu t'occuperas toujours avec autant de soin de son apparence, pourtant tu la maintiendras dans une atmosphère proche de l'obscurité afin que rien ne la distraie de l'apprentissage continuel du monologue ininterrompu et de plus en plus dense que tu lui débiteras dans le creux de l'oreille. Parfois tu t'interrompras, tu lui répéteras le début d'un raisonnement que tu auras tenu plusieurs heures auparavant et il faudra qu'elle le poursuive sans hésiter jusqu'à ce que tu lui permettes enfin de se taire. Tu recommenceras alors à parler et son cerveau devra à nouveau faire l'effort d'enregistrer chacun des mots que tu lui diras.

Certaines nuits tu lui feras subir de longs interrogatoires, l'obligeant à remonter plusieurs mois en arrière quand tu avais évoqué les différentes cuisines orientales, la capture des chevaux sauvages, ainsi qu'un sujet historique touchant à l'empire romain. Elle se mettra à trembler de tout son corps, tu auras même l'impression que sa chevelure se dresse sur sa tête tant elle sera terrorisée à l'idée de mal se souvenir et de te déplaire. Tu l'encourageras en lui promettant de la laisser dormir une heure de plus le lendemain si elle parvenait à se tirer de ce mauvais pas. Elle bredouillera, tu lui diras de se calmer et tu lui accorderas une seconde chance. Au lieu de la saisir, elle aura une crise de nerfs qui te mettra hors de toi et tu l'égorgeras.

Plutôt que d'essayer de faire disparaître son corps tu deviendras Sophie Dentin, propriétaire d'une grande pharmacie dans un quartier bourgeois. Tu seras mariée à un généraliste qui profitera de ta position pour renouveler à longueur d'année sa clientèle labile en t'empruntant les clés de l'armoire blindée pour séduire des malades toxicomanes par une offrande de morphine. Tu subiras ce type comme un simple désagrément à l'intérieur du beau voyage que constituera ta vie.

Tu seras fière du garçon déjà adolescent qu'il t'aura donné quinze ans plus tôt, et son affection remplacera la sienne. Le soir ton mari dînera au salon, alors que tu profiteras de l'intimité d'un repas avec ton fils dans ta chambre dont tu claqueras la porte et tireras le verrou. Tu l'encourageras même à sortir de son côté, à ne pas rentrer de la nuit afin de vous laisser seuls dans la douceur de cet appartement où personne ne pourra plus vous distraire l'un de l'autre. Après avoir mangé, vous aurez des effusions de tendresse sur le lit où tu te souviendras l'avoir conçu un après-midi d'hiver où la neige tombait trop dru pour aller au théâtre. Tu auras conscience de ton désir et du sien, mais tu craindras de le perturber en bousculant le tabou de l'inceste.

Tu trouveras plus habile de devenir Annie Bergerot, une de ses camarades de lycée pour laquelle il avait le béguin depuis la Toussaint. Il sera timide, gauche, presque agressif tant il aura peur de te découvrir ses sentiments. Tu feras les premiers pas, l'invitant à réviser à ton domicile en l'absence de tes parents, et l'embrassant sur la bouche avec une ardeur dont tu n'aurais jamais fait preuve étant sa mère. Tu auras avec lui de nombreuses et décevantes étreintes. Les premiers temps tu mettras sa maladresse sur le compte de l'inexpérience, puis tu seras obligée d'admettre qu'il était un mauvais amant et que tu aurais mieux fait de le cantonner dans son rôle de fils. Tu lui infligeras sa première rupture qui l'atteindra de plein fouet après la disparition de sa mère quelques semaines plus tôt.

Pour ta part, tu essaieras de te distraire avec d'autres camarades de classe dont tu obtiendras parfois des jouissances qui te consoleront de ta déconvenue. Quand tu atteindras l'âge de dix-huit ans tu épouseras un ami de ton père. Tu lui feras deux enfants avant de le prendre en grippe et de l'abandonner pour être Géraldine Derprès, une femme simple qui occupera un poste d'employée dans une administration où des horaires souples ainsi qu'une ambiance chaleureuse lui permettront de s'épanouir. Pourtant à trente-trois ans elle sera encore célibataire. Elle gardera malgré tout l'espoir de fonder une famille et de changer ses habitudes de laissée-pour-compte.

Dès que tu prendras possession de cette femme tu renouvelleras sa garde-robe, dépensant toutes ses économies, l'endettant même pour plusieurs années. Au lieu de passer ses soirées chez elle à rêver d'un futur qui resterait improbable tant qu'elle ne ferait rien pour qu'il advienne, tu l'obligeras à aller dans les quartiers les plus animés jusqu'à ce qu'un homme l'interpelle. Elle sera effarouchée, elle ne comprendra pas pourquoi elle se retrouvait si vite nue entre les bras de quelqu'un sans charme qu'elle venait à peine de rencontrer, mais tu resteras inflexible. Elle aura une vie sexuelle débridée, ne dormant la nuit que quelques heures et passant ses jours de congé à se répandre. Cette multitude d'amants produira sur elle un effet désagréable, d'ailleurs elle sentira bien qu'aucun d'entre eux n'avait le moindre désir de fonder un foyer avec elle.

Elle cherchera à retrouver au moins sa paisible vie d'antan, s'accrochant aux portes ou à sa grosse commode en chêne pour éviter d'être emportée dans les rues dès la nuit tombée. Tu la laisseras gigoter quelques minutes pour éprouver un plaisir plus intense en la maîtrisant et en l'obligeant à quitter son appartement à petits pas saccadés de marionnette. Quand tu en auras assez de partager son encéphale, tu inonderas sa conscience de toute ta personne et son moi minuscule se noiera. Elle n'apparaîtra plus que sous forme d'échos de plus en plus rares qui t'amuseront un instant avant de s'épuiser et de disparaître. Tu continueras à mener une vie dissolue, à arriver au bureau épuisée, à user en pure perte les restes de ta jeunesse. Mais la solitude intérieure, l'absence de conflit entre vous te rendront ton existence ennuyeuse comme une corvée. D'autant que tu seras affligée à chaque fois que tu te regarderas, tant tu auras une tête quelconque et un corps dépourvu de reliefs émouvants.

Tu en auras assez de t'offrir, de n'être acceptée qu'avec un certain dégoût par les mâles qui consentiront à t'aimer durant une demi-heure distraite sur un coin de lit. Tu resteras parfois chez toi tout un week-end, tu te feras un plat cuisiné et un dessert glacé. Tu chercheras à éprouver la joie de manger loin des autres, dans l'intimité d'une cuisine dont tu auras fermé la porte et la fenêtre pour te détacher du reste de l'humanité. Tu t'empâteras, et quand tu auras assez déformé ton corps, quand ton ossature aura du mal à le supporter, quand tes muscles ne le déplaceront plus qu'avec une lenteur extrême, tu laisseras tomber cette pénible existence pour celle de Marie Morrin, vingt ans à peine, jolie fille, compositrice, violoniste, pianiste, et même joueuse à l'occasion de nombreux instruments à vent.

Tu bénéficieras alors d'une petite silhouette souple que tu éprouveras du plaisir à masser avec du lait de toilette et à offrir parfois à un garçon de ton âge ou à un homme plus mûr dont la conversation sur une époque que tu n'auras connue qu'à travers le voile trouble de l'enfance te séduira. Tes parents habiteront un grand appartement dont tu occuperas plusieurs pièces rendues indépendantes par une cloison et un escalier de service. Nés de familles industrielles, ils auront toujours été fortunés et ils posséderont plusieurs Rembrandt pour affirmer leur bon goût d'esthètes. Ils alimenteront régulièrement ton compte en banque, faisant face sans mot dire aux dépenses exceptionnelles et aux gabegies.

Tu t'adonneras à la composition en toute liberté, refusant même les propositions de concerts publics et d'enregistrements qui t'auraient rapporté un cachet conséquent. Tu composeras des opéras, des sonates, des concertos, et souvent la nuit tu joueras toute seule des pièces de ton cru en attendant que le sommeil te vienne. Tu seras si heureuse de vivre que tu en deviendras lumineuse, comme irradiée, et que tout le monde recherchera ton contact pour profiter de ta joie d'exister. Quand le soir tombera ta présence éclairera ta chambre mieux que des lampes, et tu te trimballeras dans les rues comme un halo issu d'un projecteur invisible. On te regardera, on te suivra en cohorte comme une sainte. Tu n'accompliras aucun miracle, tu ravaleras ta lumière et ton bonheur afin qu'il ne serve jamais à personne d'autre qu'à toi.

Mais un matin en te réveillant tu n'arriveras plus à déchiffrer tes propres partitions et tu ne parviendras plus à jouer d'aucun instrument. Dans le courant de la journée tu seras bien obligée de convenir que tu étais devenue Pierre Lerand, né trente-huit ans plus tôt à Melun comme il sera écrit sur sa carte d'identité. Alors que tu traverseras le jardin pour t'en aller avec son sac de voyage que tu auras trouvé sur la commode de ta chambre, tu croiseras ton père qui malgré tes dénégations t'accusera de violation de domicile. Tu le bousculeras et réussiras de justesse à t'enfuir.

Tu n'auras pas assez d'argent dans ton portefeuille en skaï bordeaux pour prendre un taxi ou acheter un billet de train. Tu tourneras dans la ville en autobus, tu repasseras par les mêmes endroits et pourtant tu les reconnaîtras de moins en moins. Le soir venu tu te sentiras perdu, tu auras faim, soif, tu te feras servir un repas dans un restaurant et tu t'avéreras incapable de régler l'addition. Tu passeras la nuit au commissariat, le lendemain tu iras traîner sur les quais et tu aideras à débarquer des marchandises. À midi tu déjeuneras avec les autres débardeurs, le soir on te permettra de dormir dans l'entrepôt. Ta constitution sera fragile, après une semaine de labeur ton dos te fera tant souffrir que tu ne pourras plus porter aucun poids.

Tu trouveras un autre travail dans une huilerie, le soir tu ramèneras dans ta chambre d'hôtel une odeur prégnante d'olive. Pendant tes jours de repos tu essaieras de reconstituer ton passé, tu inscriras le résultat de tes recherches dans un cahier d'écolier. Tu te souviendras qu'une nuit tu avais suivi cette jeune musicienne et que tu étais entré chez elle par effraction. Ébloui par son charme tu t'étais senti misérable et tu l'avais tuée. Puis tu t'étais endormi sur son corps tiède. À ton réveil toute trace d'elle avait disparu, mais elle existait à ta place bien que tu sois toujours le même et que vos êtres soient dissous l'un dans l'autre comme deux fluides. Ta personnalité actuelle sera difficile à cerner, quand le langage se révélera incapable de la décrire tu dessineras sur la page un pantin. En remontant plus loin dans ton passé tu détermineras avec certitude qu'avant le drame tu occupais un petit appartement ancien dans le quartier le plus populaire de la ville, d'ailleurs tu en auras la clé au fond d'une poche.

Un samedi, tu prendras le risque de t'aventurer là-bas. Tu auras la chance de ne rencontrer personne dans la cage d'escalier, la serrure aura été forcée et il te faudra briser les scellés pour pouvoir entrer. À l'intérieur tu trouveras un désordre consécutif à une fouille et tu t'apercevras qu'une serviette contenant des documents administratifs se sera évaporée. Tu extirperas une bière dans le désordre du frigo, tu la boiras debout en regardant par la fenêtre les enfants tourner en vélo dans la cour étriquée. Tu éprouveras un sentiment de bien-être à retourner ainsi dans ton passé, tu n'auras même pas peur que quelqu'un te surprenne.

Tu resteras là jusqu'à la tombée du jour. En sortant tu croiseras un gamin d'une dizaine d'années qui deviendra blême en t'apercevant et montera quatre à quatre se réfugier chez lui. Tu t'éloigneras à pied, en RER, tu dormiras sur un siège en plastique dans un aéroport éclairé a giorno. À trois reprises au cours de la nuit les agents de sécurité te délogeront et il te faudra changer de place. Tu ne te réveilleras qu'à huit heures, il sera trop tard pour te rendre à ton travail. Avec le peu d'argent que tu auras sur toi, tu pourras payer ta nourriture de la journée. Le lendemain, tu aborderas des passagers pour leur demander une pièce. À la fin de la semaine, ton apparence deviendra répugnante et on ne te donnera plus rien. Tu voleras dans les sacs à main entreposés sur les chariots pendant la livraison des bagages. Tu seras arrêté.

En te fouillant on découvrira tes papiers. On t'accusera du meurtre de la musicienne, on t'interrogera en pure perte soixante-douze heures d'affilée. Tu feras vingt ans de prison, à ta sortie ton humeur sera si rongée par la vie carcérale que même l'air de la liberté ne parviendra pas à te rendre optimiste. Tu t'achèteras des gâteaux, tu fumeras un cigare, tu boiras un grand café sur une terrasse ensoleillée et tiède malgré l'hiver. À la tombée de la nuit, tu te promèneras sur le port que tu longeras jusqu'à la corniche. Tu enjamberas le parapet, tu feras quelques pas sur les rochers. Tu monteras sur un promontoire, tu te demanderas pourquoi tu ne t'étais pas pendu aux lits superposés de ta cellule. Tu hésiteras à prendre ton envol, tu auras si peur que tu te laisseras tomber sans brio en criant comme un lâche.

Avant d'atteindre la mer opaque où se refléteront les lumières de la route, tu deviendras Thérèse Daudin qui sera en train de dîner à quatre cents kilomètres de là en présence de son mari et de ses deux enfants. Tu te trouveras à l'instant au cœur d'une dispute qui opposera ton fils aîné à son père au sujet d'un voyage dangereux qu'il voudra effectuer dans un pays en guerre. Tu lui proposeras de l'accompagner au lieu de continuer à vivre enfermée dans cette existence dont malgré la querelle de ce soir tu subodoreras déjà la tranquillité épouvantable. Comme ton mari se mettra en colère, tu quitteras la pièce. Tu t'enfermeras dans la grande salle de bains aux gravures un peu gondolées dans leurs cadres d'acier.

Tu apprécieras le silence, avec juste cette rumeur lointaine de voix qui s'entrechoquent à l'autre extrémité de l'appartement. Tu t'installeras devant la glace au-dessus du lavabo, tu constateras que ton visage était trop pâle mais qu'en revanche il avait conservé un indéfinissable zeste d'adolescence malgré ta quarantaine et tes quelques rides. Tu te déshabilleras, tu aimeras ces seins petits et fermes aux aréoles claires. Les vergetures qui zébreront tes fesses ne te gêneront pas, tu apprécieras ta toison noire un peu tombante comme un bouc. Tu t'assoiras sur le petit fauteuil recouvert de tissu éponge, tu te caresseras pour mieux prendre contact avec ton corps. Tu éprouveras immédiatement du plaisir, tu t'en lasseras aussitôt.

Tu préféreras rêvasser avec ton nouveau cerveau, faire remonter petit à petit des souvenirs tout nouveaux pour toi dont le surgissement te donnera l'impression d'en vivre le contenu pour la première fois. Tu te remémoreras ta rencontre avec ton mari alors que vous étiez étudiants et qu'il habitait une chambre poussiéreuse où tu avais même hésité à poser ton sac quand il t'y avait entraînée pour la première fois. D'ailleurs vu l'état du lit tu lui avais demandé de changer les draps. Puis en guise de préliminaires vous aviez pris une douche tous les deux et tu avais savonné avec soin son sexe comme celui d'un enfant.

Le lendemain tu t'étais installée, remplaçant sa chaise paillée défoncée, lavant les rideaux, le sol, désinfectant les sanitaires. Tu t'apercevras que tu étais une de ces femmes que la propreté obsède, une hygiéniste qui fait passer la blancheur avant les sentiments. Ensuite vous avez déménagé plusieurs fois avant d'aboutir il y a cinq ans dans cet appartement qui faisait l'angle d'une petite rue calme et d'un square où les vieillards étaient plus nombreux que les landaus. Tu t'allongeras dans la baignoire, tu t'aspergeras avec le pommeau de la douche et tu laisseras peu à peu le niveau de l'eau monter jusqu'à ton cou.

Vêtue d'un peignoir tu rejoindras ton mari assis au salon. Il te reprochera ton inconscience, ton refus d'assumer tes responsabilités de mère. Tu monteras le son du téléviseur, tu étendras tes jambes sur l'accoudoir du canapé. Ta fille viendra te demander de lui recoudre l'ourlet de sa jupe qui se sera décousu au nettoyage. Tu iras avec elle dans sa chambre, tu remarqueras l'odeur trop sucrée de son eau de toilette dont la pièce sera imprégnée. Son lit ne sera pas fait, il y aura un tas de vêtements dans un coin. Tu couperas la musique, tu lui diras de mettre un peu d'ordre avant de se coucher. Elle te jettera sa jupe à la figure, tu lui diras tu n'as qu'à la recoudre toi-même. Tu traverseras le couloir jusqu'à la cuisine, la table ne sera pas débarrassée. Tu ouvriras la fenêtre, tu auras envie de prendre le square du bout des ongles et de le poser sur la commode du salon comme une crèche.

Tu te promettras de sortir demain matin dans cette ville que tu connaîtras en ayant pourtant l'impression de n'y avoir jamais mis les pieds, et de circuler dans les rues avec dans le regard cette espèce d'émerveillement qu'on peut lire dans les yeux des touristes. Ton mari envahira l'espace sonore de la cuisine avec sa voix sous prétexte de te rappeler un dîner le lendemain chez les Pierrot où avant de se mettre à table il faudra transpirer un peu pour honorer le quick de leur nouveau tennis. Ensuite durant tout le repas les invités s'extasieront sur la qualité du revêtement et l'originalité du filet d'une couleur appétissante comme de la chair. Après le café, tout le monde retournera sur le court pour un bref échange avant de pouvoir regagner sa voiture mouillé de transpiration sous l'épaisseur des pardessus. Il te recommandera de ne pas oublier d'acheter une boîte de chocolats.

— Je crois qu'en ce moment ils aiment le chocolat.

Tu te retourneras, tu soupireras. Il haussera le ton pour te rappeler que ce dîner n'était pas anodin, qu'il comptait leur fourguer son agence et toutes les actions qu'il possédait encore dans cette usine d'assemblage de semi-conducteurs proche de la faillite.

Tu refermeras la fenêtre, tu te tromperas de porte et tu seras surprise de constater à quel point ton fils avait le bas du dos chargé de poils. Tu t'excuseras, tu ouvriras un placard où seront rangés des valises et du linge de maison avant de retrouver ton chemin. Tu t'allongeras bras en croix sur le grand lit recouvert d'une couette à motifs géométriques. En entrant dans la chambre, ton mari craindra que tu couves un mal qui t'empêche de sortir le lendemain et malgré tes protestations il appellera un médecin.

Un quart d'heure plus tard un grand type chauve t'auscultera. Il te demandera si tu avais déjà eu des problèmes cardiaques. Ton mari lui dira elle a fait un infarctus il y a quatre ans. Il préférera te mettre en observation, il convoquera une ambulance.

Tu passeras la nuit cernée d'appareils dans une grande salle où le bruit des respirateurs artificiels t'empêchera de dormir. Le lendemain on refusera de te laisser sortir, le cardiologue te préviendra qu'on allait t'opérer d'extrême urgence dans la journée. Tu lui diras mais mon cœur bat, écoutez-le, vous vous trompez de corps. Il sourira, il se tournera vers une femme qui occupera un lit voisin du tien, il lui annoncera que l'alerte était passée et qu'on allait la ramener dans sa chambre. Tu te redresseras, tu exigeras qu'on te laisse partir. On te piquera, on t'attachera avec des sangles. Tu ne reprendras conscience qu'à ton retour du bloc opératoire, tu ne reconnaîtras pas ton mari dans la combinaison de papier vert qu'on lui aura fait revêtir avant d'entrer dans la salle de réveil.

Du reste tu te sentiras étrangère à ta conscience, tu auras l'impression d'y avoir été un jour en visite et de t'y être laissée enfermer par surprise comme dans une nasse. Tu ouvriras la bouche pour dire des mots qui resteront à l'intérieur sans que tu les connaisses toi-même, sans que tu les aies sentis se former et s'unir, des mots qui se désagrégeront sans laisser le moindre résidu. Tu entendras des paroles, des bruits d'objets qu'on déplace, des grincements de sommiers, et tu verras un rideau beige que le personnel ne cessera de faire coulisser d'un bout à l'autre d'une tringle.

Pour fuir cette vie infernale tu chercheras à être Edwige Verterant, cette célibataire de vingt-cinq ans qui viendra juste de déposer les statuts d'une petite société d'import export dont les locaux se situeront dans le fond d'une impasse où les ateliers désertés par les artisans côtoieront les petites maisons en cours de réhabilitation. Elle sera associée à une camarade de promotion. Elles tenteront d'abord de vendre des oiseaux exotiques, des ouistitis, des bébés fauves. Elles seront obligées de les faire conditionner dans des emballages alimentaires pour tromper les douanes. La plupart des animaux crèveront en soute, le jeu n'en vaudra pas la chandelle. Elles essaieront alors de proposer à des centrales d'achat des jouets scandinaves en bois naturel, mais leurs prix seront trop élevés et on ne voudra pas davantage d'un lot de petits plateaux peints à la main qu'elles braderont pièce par pièce auprès de leurs connaissances.

Elles falsifieront leurs comptes afin d'obtenir un prêt et retarder la déconfiture. Au lieu de conjuguer leurs énergies pour produire enfin un bénéfice, elles se partageront cet argent qu'elles dépenseront en vêtements et en week-ends de thalassothérapie. C'est à l'occasion de l'un d'entre eux que tu quitteras enfin ce corps malade en attente d'une greffe hypothétique, pour prendre possession de cette jeune femme en pleine santé allongée sur le dos dans l'eau salée et chaude de la grande piscine du centre de soins. Tu regarderas la mer déchaînée au-delà des baies vitrées, des dunes, et tu nageras vers un essaim de rayons de soleil éparpillés près du petit bain. Puis on t'appellera pour une aspersion, un massage, un entretien avec une diététicienne ronde comme un Mayol.

En fin d'après-midi tu te reposeras dans ta chambre à côté d'un homme d'une trentaine d'années au sexe mince et court dont la voix traînante avec laquelle il te lira un article sur les vins liquoreux t'agacera. Vous descendrez au restaurant, on vous servira de petites portions que vous picorerez du bout de la fourchette. Il parlera encore, de vin, de cinéma, de la jet-set dont il aura entrevu un membre la veille, d'une foule de sujets que sa voix malaxera avant de blesser ton oreille comme un larsen. Après le dîner vous irez vous promener sur une plage à marée basse. Le bruit du vent couvrira ses phrases, il finira par se taire.

Tu te mettras à courir sur le sable humide, tu seras émerveillée de profiter d'un corps en si bon état qui ne s'essouffle pas au moindre effort comme une carcasse fichue. Il te rejoindra, il te dira on rentre se coucher. Tu lui répondras non, et tu détaleras en poussant des cris qui lui feront hurler mais arrête, il fait froid, on ne va pas rester là toute la nuit à attraper une pleurésie. Tu auras envie de laisser la marée monter jusqu'à ton ventre pour le seul plaisir de lui échapper avant qu'elle t'engloutisse, et même de risquer la noyade, laissant les vagues se briser sur ta poitrine, retardant le moment où tu reviendrais enfin sur la plage. Le danger te semblera préférable à toute cette existence dont tu auras le souvenir, ce passé immense et imprécis qui fera de toi une personnalité sans contours, une femme comme un étang de vies accumulées et inextricables.

Il te rattrapera, il te dira tu es folle. Tu éclateras de rire, il t'abandonnera vexé. Tu le verras glisser sur un bouquet d'algues, puis s'éloigner en se frottant les fesses. Il se retournera pour te crier quelque chose, puis il disparaîtra dans l'ombre de l'escalier qui mènera à la route. Tu marcheras, tu respireras profondément l'air marin comme pour chasser ton angoisse d'être à ce point indéterminée, migrante, petit point sautant d'une tête à l'autre sans aucune solidarité envers les cerveaux qui t'auront abritée. Tu auras peur de t'avancer, d'aller à la rencontre de l'océan. Tu rentreras, le restaurant sera plongé dans l'obscurité et le bar de l'hôtel sera en train de fermer.

Tu le retrouveras dans la chambre, allongé nu sur le lit. Tu lui feras une réflexion sur la petitesse de son gland. Tu le trouveras ridicule avec son air de marquise outragée. Tu appelleras la réception, ils auront une chambre de libre. Tu déménageras immédiatement. Il s'habillera en hâte, il te suivra dans le couloir en te suppliant de lui dire le réel motif de ton mécontentement. Tu lui souffleras dans les yeux comme si tu voulais éteindre une bougie, il s'en ira comme un chien battu.

Avant de t'endormir, tu prendras le temps de te prélasser sur le drap frais. Tu regarderas un défilé de mode à la télévision, tu hésiteras à prendre la place d'un des mannequins au physique plus agréable que le tien. Tu préféreras rester dans ce corps qui t'était déjà familier et qui avait si bien couru sur le sable. Tu l'exploreras du bout des doigts, tu commenceras à le caresser. Tu éprouveras une sensation étrange, comme si tu provoquais du plaisir à un être auquel tu ne sois reliée que par un lien imaginaire sans aucune existence physiologique. Tu entendras le corps gémir, tu lui feras même pousser un cri que tu étoufferas dans l'oreiller. Puis tu le lèveras, tu lui feras enfiler un pull, ouvrir la fenêtre et gagner le balcon.

On entendra le bruit des vagues, on verra le parking où une voiture tergiversera pour trouver la sortie. Le corps s'assoira avec docilité sur le transat, il frissonnera un peu sous les rafales de vent. Il orientera son regard vers le ciel, il isolera un groupe d'étoiles qui lui paraîtront plus lumineuses que le reste de la voie lactée. Alors lui viendra à l'esprit le souvenir des petites lumières qui clignotaient dans la discothèque où il se rendait jadis le samedi après-midi quand ses seins n'étaient pas encore aussi lourds qu'aujourd'hui. Tu interrompras cette réminiscence, tu déclencheras dans le cerveau un état de lucidité extrême à l'égard du monde extérieur. La réalité deviendra pour lui plus présente, plus concrète qu'un sentiment. Pendant un instant il ne sera rien d'autre que le parking, le ciel et le bruit de l'océan. Puis il échappera à ton contrôle, il suscitera des images parasites représentant des visages d'hommes, des torses, des bras aux muscles saillants, et le réel sera supplanté.

Tu feras rentrer le corps dans la chambre, tu l'installeras devant la petite table. Tu lui feras prendre du papier à lettres dans le tiroir afin qu'il écrive le nom qui lui correspondait pour pouvoir demain t'en souvenir quand tu demanderais à régler ta note. Tu le dirigeras ensuite vers le lit, tu l'étendras sur le dos comme un cadavre en attente de la mise en bière. Le cerveau pensera à tout cet argent englouti dans ce week-end, il éprouvera de l'angoisse et il ébranlera le corps qui frémira. Tu chercheras à le tranquilliser, à lui faire évoquer plutôt l'eau chaude de la piscine et la douceur des massages. Il persistera à générer des pensées inquiétantes, à se représenter une image sombre de l'avenir. Tu lui imposeras de se replonger dans la partie la plus euphorique de cette promenade nocturne, avec tous ces rochers phosphorescents sous la lune et ces flaques de mer. Tu l'amèneras lentement à s'apaiser, à se trouver dans un état propice au sommeil et à s'endormir.

Tu lui laisseras toute liberté dans ses rêves, et au matin tu parviendras à concentrer son attention sur le soleil dont un rai pénétrera dans la chambre au travers des rideaux disjoints. Tu lui feras prendre le temps de s'étirer, puis de se plonger dans la baignoire. Tu n'interviendras pas dans le choix des vêtements, pourtant tu aurais préféré qu'il choisisse autre chose que cette robe en lainage qui alourdissait sa silhouette. On frappera à la porte, il voudra entrer et reparler de la soirée de la veille. La bouche s'ouvrira pour lui dire laisse-moi tranquille, je n'ai aucune envie de te revoir. Il prononcera encore quelques mots auxquels il ne lui sera pas répondu, puis il se dissipera dans le couloir comme un courant d'air.

Tu descendras à la salle à manger. Tu ne parviendras pas à te solidariser avec ce corps et ce cerveau où tu te sentiras toujours une intruse. Le jus d'orange, le café et les viennoiseries seront une succession de petites jouissances qui te demeureront étrangères. La mer calme ce matin-là, le ciel bleu, la dune seront des images auxquelles tu n'auras pas accès. Tu resteras dans le demi-jour de la salle, dans le bruit des couverts et des chaises. Quand il reviendra à l'attaque, tu entendras la bouche lui dire assieds-toi, je ne comprends pas du tout ce qui a pu se passer entre nous hier soir. Tu t'apercevras que tu étais en train de perdre tout contrôle sur cette fille.

Peu à peu tu n'entendras plus rien, tu ne percevras plus aucune lumière. Tu seras tout à fait exclue de cet être, pour ne pas disparaître tu seras obligée de devenir le premier client venu. Un homme d'une vingtaine d'années qui secouera la tête, qui se débarrassera de toi comme d'un fétu de paille incongru. Une femme mal lunée que ton débarquement intempestif dans son cerveau d'humeur exécrable exaspérera, et qui essaiera de t'écraser comme un pou. Un enfant attablé devant un bol de céréales dans lequel il te recrachera avec une bouchée saturée de sucre et de banane. Un serveur qui te promènera d'une table à l'autre, qui te fera visiter l'office et te délogera en se cachant derrière une colonne d'un coup d'ongle furieux. Et même un couple qui se lèvera de table, sautant de l'un à l'autre et provoquant dans leur tête à ton passage le même genre de démangeaison que les fourmis dans un pied engourdi. Tu remonteras avec eux jusqu'à leur chambre, en se rasant le mari essaiera de te fendre d'un coup de lame et en se maquillant la femme voudra t'étouffer sous le fard.

Ils iront se promener au soleil, croisant plusieurs curistes qu'ils salueront d'un sourire. Ils achèteront les journaux du matin, ils feront halte à la terrasse d'un café en front de mer pour les lire à leur aise. Le bruit des mouettes et des voitures te parviendra par intermittences ainsi que des figures fulgurantes de passants qui laisseront place à chaque fois à l'obscurité totale. Ils demanderont au serveur des serviettes en papier et un pot d'eau chaude afin de se tamponner le front, les tempes, le cou, cette zone incertaine où ils sentiront parfois une présence tierce qui les poussera à bout. Ils se sentiront mal, ils iront faire quelques pas. Ils auront le vertige, ils se croiront en état d'hypoglycémie et ils reviendront au café manger du sucre. Le malaise persistera, ils s'effondreront sur leurs chaises. Tu oscilleras de plus en plus vite d'un crâne à l'autre, si bien qu'ils n'auront même pas le temps de se sentir soulagés par ton absence. Le serveur alertera le patron qui préférera appeler les pompiers plutôt que d'être embarrassé par deux macchabées.

On les emportera. Il n'y aura pas de chambre pour eux à l'hôpital, on les laissera en attente dans un couloir au milieu du charroi des urgences. Tu en profiteras pour déserter le couple et investir la tête d'une infirmière. Elle aura quarante-sept ans, tu parviendras à te glisser au plus profond de sa personnalité et à exister en tandem avec elle. Tu bénéficieras d'une audition et d'une vue parfaite, alors que celles du couple laissaient à désirer. Tu partageras son plaisir de faire une pause agrémentée d'une tasse de thé dans la salle réservée au personnel dont la fenêtre mesquine donnera sur une cour de récréation en pleine effervescence.

À midi trente elle aura fini son service, elle prendra sa petite auto aux portières cabossées par des années de conduite urbaine. Tu découvriras le trajet au fur et à mesure en essayant d'améliorer un peu ses réflexes tant sa façon nonchalante de freiner t'effraiera. Elle fera halte dans un supermarché, tu influenceras son choix au rayon boucherie et tu l'inciteras à acheter des fruits d'importation récente qu'elle n'aura encore jamais goûtés. Elle fera plusieurs fois le tour du quartier avant de trouver à se garer près de chez elle. Tu aimeras son intérieur à dominante bleu pâle, avec quelques touches pistache qui achèveront de donner à l'appartement un petit air cosy.

Elle ira tout de suite dans sa chambre, elle se couchera. Tu utiliseras sa mémoire pour te souvenir qu'elle avait été de garde toute la nuit et qu'elle voulait être en forme pour aller ce soir aux cinquante ans d'une cousine pour qui elle avait tricoté de ses mains un cardigan. Elle s'endormira tout de suite, mais tu veilleras pendant une heure encore afin de fouiller les sinuosités de sa psychologie.

Vous vous réveillerez de concert à dix-neuf heures, vous prendrez une tasse de café en constatant toutes les deux que la nuit tombait de plus en plus tôt en ce mois de novembre et qu'il fallait faire un effort pour garder un moral aussi resplendissant qu'au cœur de l'été. Vous vous shampouinerez, vous vous sécherez les cheveux en les démêlant à peine du bout des doigts. Vous prendrez dans la penderie une robe en velours vert, vous l'enfilerez et vous tournerez sur vous-même devant la glace. Elle se trouvera assez jolie, tu jugeras son contentement très excessif. Ta façon de dénigrer son aspect teintera sa bonne humeur d'un nuage de tristesse. Elle prendra la bouteille de mirabelle qu'elle gardait dans son congélateur pour la soutenir dans les moments pénibles, elle en avalera un verre. Elle se regardera à nouveau, malgré tes railleries elle se trouvera très à son goût.

D'ailleurs il sera déjà vingt heures, elle fera démarrer sa voiture. Au sortir de la ville, un encombrement vous ralentira. Elle appellera pour dire qu'elle n'arriverait sans doute pas avant vingt et une heures. Vous vous garerez devant un pavillon blanc au bout d'une traverse. À l'intérieur il y aura une trentaine de personnes aux joues rouges d'avoir trop bu. Vous offrirez le cardigan à la cousine qui l'enfilera et dansera en chantonnant faux tandis que deux mâles grisonnants marqueront la cadence en frappant des mains. On vous indigérera et enivrera en un clin d'œil. Vous irez vous allonger dans une chambre.

Vous serez sorties de votre demi-sommeil par un beau-frère qui posera sa main sur votre ventre et vous demandera si vous avez besoin des soins d'un gynéco. Vous déclinerez son offre, il caressera quand même votre poitrine et il appuiera sa bouche avinée contre la vôtre. Vous vous débattrez, vous vous mettrez à hurler. On viendra juste de mettre de la musique, d'ailleurs avec le bruit des conversations personne ne vous aurait de toute façon entendues. Tu refuseras de subir cette torture, tu préféreras t'éclipser et l'abandonner à son sort.

Tu te glisseras dans une prise, tu te laisseras porter par le courant jusqu'au salon. Tu grimperas jusqu'au lustre, tu tomberas dans la tête d'une gamine aux dents appareillées. Tu jugeras son intelligence limitée et sa mémoire encombrée de traumatismes générés par une mère qui l'aura jalousée dès sa naissance. Tu la quitteras pour un vieillard assis dans un coin sur un fauteuil à bascule. Il sera protégé du bruit par une surdité totale qui l'isolera mieux qu'un blindage. À ton arrivée il sera en train de penser au reste de gâteau qui traînera là-bas sur la table, il se promettra un plaisir immédiat en l'avalant à grosses bouchées. Il se lèvera, et encore échaudée par la nausée de tout à l'heure tu le quitteras avant qu'il atteigne le plat où reposera son fantasme alimentaire.

Tu sauteras d'une tête à l'autre, tu ne t'attarderas nulle part comme si tu avais la volonté de n'être personne en particulier. Puis tu profiteras du départ d'une famille pour prendre la fuite enfermée dans le cerveau de leur bébé qui viendra de naître quinze jours plus tôt. Dès que vous serez en ville, à l'occasion d'un feu rouge tu t'éclipseras par la vitre entrouverte. Tu patienteras toute la nuit dans la tête d'un jeune fugueur qui dormira pelotonné dans l'entrée d'un cinéma.

Au matin tu te précipiteras sur la foule qui peuplera tout d'un coup les artères. Tu sauteras si vite de crâne en crâne que tu parviendras au même instant à faire partie des piétons, des gens dans les autos, les bus et les métros. Puis tu sauteras à travers toute la planète, partageant successivement l'existence de cerveaux distants de plusieurs méridiens, ou même expulsant l'occupant habituel de sa coquille et après t'en être servi l'abandonnant comme un vaisseau désert qui ne retrouvera jamais son pilote. Tu seras continuellement l'humanité, et à chaque instant tu seras successivement présente dans chaque individu comme un éclair, un scintillement. Tu seras contente de toi, tu ne te rendras même pas compte que ce genre d'élucubration infantile mérite tout au plus une paire de claques donnée d'une main molle afin d'éviter de marquer les joues.

En attendant pour aujourd'hui tu n'es jamais qu'Aude Mardelin, et si tu ne te dépêches pas de finir ton petit déjeuner tu vas arriver en retard à l'école. Je ne veux pas avoir des remontrances de la part de la directrice qui me reprochera encore de ne pas avoir fait de toi une Brigitte Carelot ou une Véronique Seradat, une de ces filles au comportement automatisé, fiable, absolument précis, qui font honneur à l'espèce.

Méfie-toi de la liberté, sois Sylvie Chaumont et ne t'envole jamais. N'oublie pas que tu n'es pas un oiseau, un avion, une soucoupe. Tu es collée à cette terre, gigote tant que tu voudras à condition de brider ton intelligence, de la chevaucher toute ta vie comme un petit âne qui escalade sans prétention les méandres du quotidien, bâté par le poids des jours et la certitude que l'avenir est une petite chose depuis toujours déjà là, fondue dans le paysage comme un arbuste, un buisson, une ville au loin incertaine comme un mirage dans la chaleur d'un matin d'été.

Ne sois pas trop, contente-toi d'une présence discrète, ne sois qu'un petit point au sein de ta conscience, une peccadille, pas une grosse tache d'être, un pâté où tu te désespéreras d'être en vie. Imite Laure Danret, avec sa petite personnalité fine comme une aiguille qui s'insinue dans la réalité sans provoquer aucun dégât. Sois Juliette Ducorin, née avec juste assez de cerveau pour n'être ni morte ni simple d'esprit, et qui jouit du bonheur insensé de se sentir au monde en accomplissant les gestes simples de son petit métier si élémentaire qu'on a même pas osé le confier à une machine, ou en changeant à ses moments perdus l'ordre des pièces de sa collection de bouchons d'eau minérale sur la double-étagère qui fait le tour de ses toilettes.

Elle se réveillera, elle ira hydrater sa bouche desséchée dans la salle de bains. Elle ouvrira la fenêtre sur une aube d'hiver. Les passants emmitouflés marcheront dans la neige fraîche et les voitures déraperont au feu rouge du bout de la rue. Elle se rhabillera, elle aura oublié la soirée d'hier. Elle ne se souviendra plus de rien. Dans le couloir elle ne reconnaîtra pas cette femme blonde qui l'embrassera.

— Tu as bien dormi.

Elle dégagera une odeur de parfum qui lui donnera mal au cœur. Elle aura l'impression qu'elle la regardait dans les yeux comme pour chercher à l'atteindre.

— Tu vas bien.

Elle n'osera pas la contredire. La jeune femme lui proposera de prendre un café toutes les deux à la cuisine en l'absence de son mari et de son fils qui étaient déjà partis depuis plus d'une heure. Elle la suivra, elle mangera même avec appétit une paire d'œufs brouillés avec du pain beurré. Elle lui parlera d'une dispute conjugale qui l'avait tenue éveillée une partie de la nuit, et de ce résidu de haine qui comme de la vase remontait en obscurcissant tout à chaque fois qu'un couple se disputait.

— Tu comprends.

Elle utilisera sa bouche pour manger une tartine afin de la rendre momentanément impropre à la conversation.

— D'ailleurs de temps en temps toi aussi tu dois détester Charles.

— Charles.

— J'en suis sûre.

La jeune femme se taira, la dévisageant. Elle entendra le bruit d'un aspirateur dans un appartement mitoyen. Elle remplira sa tasse, elle la videra d'un trait dans un mouvement de panique. Elle se lèvera de table, elle se précipitera hors de la pièce. La jeune femme lui demandera où tu vas. Elle voudra lui répondre, mais comme aucun mot ne lui viendra à l'esprit elle courra dans toutes les directions à la recherche d'une issue. Elle lui barrera le chemin quand elle aura enfin trouvé la porte d'entrée. Elle lui dira tu ne vas pas bien, je ne peux pas te laisser partir dans cet état-là.

— Je vais téléphoner à Charles.

Elle poussera la femme contre le mur, elle tombera par terre assommée. De crainte de l'avoir tuée, elle attendra qu'elle se relève un peu groggy pour s'enfuir. Lorsqu'elle sera au rez-de-chaussée elle l'entendra crier sans qu'elle puisse savoir si elle voulait qu'elle remonte ou si elle appelait au secours. Elle constatera dehors qu'elle avait dû inventer l'aube de tout à l'heure. Les rues seront sèches, l'air tiède. Il n'y aura pas de feu au bout de la rue, les passants seront débraillés comme aux alentours d'une plage en plein mois d'août.

Elle sort le gigot du four, elle le tient du bout d'une fourchette et en découpe une tranche. Elle s'aperçoit qu'il est presque cru alors qu'elle a l'impression qu'il cuit depuis plusieurs mois. Elle croit entendre son mari sonner, il lui semble même le voir s'impatienter sur le palier en cherchant la clé dans ses poches. Elle regarde par le judas, il n'y a personne. Il est à peine dix-neuf heures quinze. Elle ouvre la baie vitrée du salon, elle se penche par-dessus la balustrade. Si elle a des invités à dîner, ils se gareront comme ils pourront à cheval sur le trottoir d'en face.

Elle ne se souvient pas avoir prévu quelque chose pour le dessert, s'ils ont envie de clôturer ce repas par une sucrerie elle leur proposera de s'amuser à faire fondre le contenu d'un sachet de flanc en poudre dans du lait chaud. Avant de s'en aller ils pourront goûter l'entremet encore brûlant, et dès qu'ils seront partis son mari piquera une crise en lui reprochant de l'avoir ridiculisé. Elle lui dira si tu préfères je m'en vais, il disparaîtra dans le couloir et elle entendra claquer la porte de la chambre. Un mois plus tard elle se remémorera cette scène couchée dans le lit de la chambre d'hôtel qu'elle occupera à Calais depuis trois semaines. Elle se souviendra des quelques vêtements jetés dans une valise et de ce mari qui faisait semblant de dormir à chaque fois qu'elle lui disait tu vois cette fois je pars, je ne reviendrai jamais. Ensuite elle avait habité chez un ancien amant qui avait profité de son passage pour renouer sexuellement avec elle.

Elle préférera la solitude, elle aura échoué dans cette ville un jour de soleil mais dès le lendemain il pleuvra tous les jours. Elle passera son temps à chercher à comprendre pourquoi elle était venue jusque-là, puis elle rentrera à Paris, à Londres, à Mexico, dans une ville champignon du Colorado. Elle retrouvera le domicile conjugal, son mari lui dira tu m'encombres, tu es sûre que tu n'es pas malade, que tu vas vivre encore longtemps. Elle exigera de l'argent, elle repartira. Cette fois elle louera une maison à la campagne, elle aura une vieille voiture pour faire ses courses. Elle s'astreindra à assister à toutes les manifestations locales pour ne pas périr d'ennui, et elle fera des mouvements d'assouplissement matin et soir en écoutant une station de radio culturelle.

La nuit elle observera le ciel avec un télescope acheté dans un magasin de jouets. Elle ne parviendra pas à se passionner longtemps pour les planètes, elle rentrera se coucher. Elle ne s'endormira pas tout de suite, il faudra d'abord qu'elle subisse le lent défilé de quelques souvenirs dont elle aura l'impression d'être l'esclave. Parfois elle ressortira, elle s'assoira emmitouflée sur le banc de bois. Elle cherchera à faire entrer la nuit en elle comme un liquide, à la laisser recouvrir sa conscience d'une couche obscure qui la protège de sa mémoire.

Malgré ses efforts elle demeurera aux prises avec des instants passés depuis des dizaines d'années qui remonteront en elle et éclateront. Elle se mettra à geindre, elle fera le tour du jardin en perdant ses pantoufles et en écorchant ses pieds contre les pierres. Elle reviendra s'asseoir, en silence elle pleurera tête haute. Avec son regard vide, elle ressemblera à la statue qu'on aurait pu sculpter d'elle. L'aube se lèvera, elle aura peur de la lumière, elle se repliera à l'intérieur de la maison. Elle fermera les volets, tirera les rideaux, attendra blottie sur un fauteuil que le temps passe et que le sommeil lui vienne. Elle aura faim, elle verra qu'il est déjà midi à la pendulette de la cuisine. Elle avalera le contenu d'une boîte de conserve, elle boira plusieurs rasades au robinet de l'évier. Elle mangera du beurre à la cuillère, elle videra un pot de crème fraîche et un tube de lait condensé. Elle sera déçue quand elle s'apercevra que toute cette nourriture ne la lestait pas assez pour la plonger dans un état de torpeur propice à l'endormissement.

Elle ressortira. Elle s'allongera sur le banc, elle n'aura plus peur du jour ni du soleil. Elle se dira je suis aussi heureuse qu'une autre, je ne me sens même pas triste de devoir vieillir, me racornir et mourir. Je vois très bien mes os, mes cendres, et je n'éprouve aucun chagrin pour mon avenir. Elle sourira, elle ne comprendra pas pourquoi elle était si souvent prise d'inquiétude. Elle rentrera, elle s'endormira sitôt posée sur le lit.

Elle voit une moto qui heurte l'aile d'une voiture et prend la fuite. Elle se demande si son mari n'a pas acheté un deux-roues l'an dernier pour traverser les embouteillages, à moins qu'il prenne le métro depuis qu'on a construit cette nouvelle ligne si confortable. Elle devrait peut-être cesser d'être là sur cette terrasse comme un badaud perdu dans les airs, surtout s'il est hospitalisé depuis la veille à la suite d'une phlébite. Elle n'a qu'à couper deux ou trois tranches de gigot et après avoir achevé leur cuisson dans une poêle les mettre dans une boîte en plastique pour compléter l'exécrable dîner qu'on leur sert probablement à la clinique.

Elle cherche dans le salon des traces de cette hospitalisation, elle ne trouve que les coordonnées d'un plombier. Elle pense que son mari va l'appeler furieux d'une minute à l'autre pour lui reprocher de l'avoir laissé seul toute la journée et de ne lui avoir apporté ni sa radio ni un pyjama propre comme il le lui avait demandé. Elle essaiera de lui faire dire le nom de l'endroit où il se trouve, puis elle appellera les renseignements pour en avoir l'adresse. Elle a peur qu'il ne reconnaisse pas sa voix au téléphone, qu'il raccroche et appelle la police. Elle ouvrira aux agents qui après avoir fouillé tout l'appartement lui attribueront l'identité inscrite sur les papiers trouvés dans la poche de l'imperméable pendu à la patère du vestibule.

Elle s'assoit sur le canapé, elle cherche à mettre de l'ordre dans sa perception de la réalité. Elle respire, elle a aussi envie de pisser depuis tout à l'heure. Elle cherche les toilettes, une fois assise sur le siège elle se découvre un besoin supplémentaire et elle s'attarde. Ensuite elle fait un tour à la salle de bains, elle éprouve du désir en se lavant. Elle revient apaisée au salon, elle se dit qu'à présent la soirée va se dérouler d'elle-même comme un tapis. Elle n'aura pas à intervenir, même le gigot se découpera tout seul et sautera dans les assiettes comme dans un dessin animé. Elle ne doit pas avoir peur de celui qui est peut-être son mari, elle s'habituera à son visage et à son corps dont elle prendra l'empreinte en se serrant contre lui lorsqu'ils seront au lit.

Si elle était célibataire quelqu'un finirait bien quand même par lui téléphoner, elle ferait semblant de se souvenir de ce merveilleux dimanche après-midi qu'ils avaient passé ensemble aux puces une semaine auparavant. Elle lui dirait ce soir je n'ai rien de prévu, si on sortait ensemble. Il lui donnerait rendez-vous devant un cinéma. Il la prendrait dans ses bras en lui disant tu as l'air bizarre, on dirait que tu ne me reconnais pas. Après le film il l'emmènerait dîner dans un restaurant aux murs gris où les serveuses sembleraient accablées et les minuscules aliments esseulés dans les assiettes immenses.

Il aurait de grosses mains qui lui feraient penser à des moufles, mais il lui raconterait avec humour la chute qu'il aurait faite la veille sur une plaque de verglas alors qu'il aurait été en déplacement dans l'est de l'Europe. Il lui promettrait de lui montrer ses contusions tout à l'heure, elle pourrait même le frictionner avec la préparation que le médecin lui aurait prescrite. Il lui demanderait si elle comptait toujours adopter un cocker, emmener sa nièce en vacances à la montagne, changer la moquette de sa chambre, se faire retendre la peau des joues et trouver enfin un travail où elle soit en contact avec des jeunes gens qui jour après jour lui infuseraient leur gaieté.

— Tu veux un dessert.

Elle se demanderait si elle n'avait pas plutôt l'habitude de hocher la tête en réclamant une tisane. En définitive elle accepterait de partager avec lui un brownie. Dès la première bouchée elle se rendrait compte qu'elle détestait le goût du chocolat. Elle poserait sa cuillère sur la nappe en lui disant je crois vraiment que je n'ai plus faim. Elle lui proposerait de payer l'addition, elle fouillerait les poches de son imperméable sans trouver ni carte ni argent. Il réglerait en souriant, comme s'il avait l'habitude de ses simulacres d'invitations.

Dans la rue il lui mettrait le bras autour du cou, elle aurait l'impression de marcher dans un corps étranger à côté d'un inconnu qui la prendrait pour une autre. Il habiterait quelques rues plus loin, il l'étreindrait dans l'ascenseur exigu comme l'intérieur d'une armoire. Elle ne reconnaîtrait pas l'appartement dans lequel il l'introduirait. Il lui dirait tu veux boire un verre, et comme elle ne saurait quoi répondre il la pousserait dans la chambre. Il se déshabillerait, elle se dirait qu'elle n'avait jamais aimé les hommes nus. Il lui dirait qu'est-ce que tu attends, et il la plaquerait sur le lit. Il lui enlèverait ses vêtements, elle se laisserait violer en poussant des cris de douleur qu'il prendrait pour l'expression d'un chapelet d'orgasmes. Ensuite il s'endormirait pelotonné contre elle avec une horrible figure de vieux bébé aux désirs exaucés.

Elle se détacherait de lui, elle fuirait sans prendre le temps de se doucher. Elle marcherait poisseuse dans la rue. Si elle était restée là-haut, elle n'aurait pas résisté au soulagement de l'égorger en utilisant la grande paire de ciseaux qu'elle aurait aperçue en arrivant sur un coin de table. Elle chercherait à se souvenir, à déterminer l'enchaînement des circonstances qui l'auraient amenée jusque-là. Sa mémoire ne pourrait pas remonter plus haut que l'instant où il l'aurait presque étouffée dans l'ascenseur.

Ils étaient peut-être en relation depuis des années, ils avaient vécu ensemble et elle avait eu un enfant de lui. Quand le gosse était tombé malade ils s'étaient sentis coupables comme s'ils lui avaient volontairement inoculé cette déficience du système immunitaire lors de sa conception. Ils se rejetaient la responsabilité, se disputant parfois si bruyamment à son chevet qu'une infirmière les priait de sortir. À la mort du gamin leur couple avait éclaté, il était parti vivre de son côté. Après quelques années ils avaient recommencé à se voir, mais il lui serait impossible de déterminer si ces suppositions avaient un fond de vérité et si à chaque entrevue elle tombait dans le même traquenard ou si d'ordinaire il la respectait.

Elle atteindrait la berge d'un canal où des cafés et des restaurants seraient encore ouverts et bondés. Elle n'aurait plus aucune trace du viol dans sa mémoire, le type aurait disparu lui aussi. Elle serait posée à cet endroit de la ville comme un mannequin de vitrine, on aurait pu la déplacer le long du quai ou la jeter à l'eau. Elle aurait coulé au fond, elle ne serait jamais remontée à la surface et on l'aurait retrouvée sous les feuilles mortes avec des carcasses de vélo rouillées quand on aurait vidé cette partie du canal pour effectuer des travaux.

Elle s'avancerait vers l'établissement qui lui semblerait le plus lumineux. Elle s'assoirait à une table ocupée par un couple qui la regarderait avec réprobation. Un serveur lui parlerait, grâce au vacarme il prendrait pour une réponse le mouvement de lèvres qu'elle produirait au hasard. Il lui apporterait un liquide amer où flotterait une tranche de citron. Elle le boirait cul sec en penchant la tête en arrière. Elle n'aurait à l'esprit que tous ces gens assis dans la salle, elle se demanderait s'ils avaient un rapport avec elle ou si elle était un morceau découpé dans une autre réalité dont elle était exilée. Elle se lèverait, elle chercherait à toucher les visages, elle serait repoussée par les mains de tous ces corps dont ils feraient partie. Elle fixerait les yeux d'une tête de femme dont la bouche formerait une grimace qui dégénérerait en éclat de rire. Elle s'accrocherait aux oreilles, elle essaierait de secouer l'ensemble de cet être humain dont elle ne comprendrait pas l'émoi. On se saisirait d'elle, on lui ferait lâcher prise.

Ensuite elle marcherait à nouveau sur le quai, avec le souvenir des yeux qu'elle avait fixés dans le bar qui se superposerait à l'image grise et jaune du canal. Elle ne se rapprocherait pas du bord, elle ne regarderait pas l'eau avec concupiscence. Sans l'avoir cherché elle progresserait toute la nuit vers une place encore déserte qu'elle atteindrait à six heures et demie du matin. Elle tremperait sa main dans le bassin d'une des fontaines avant de s'asseoir sur un capot de voiture d'où elle contemplerait hébétée les jets d'eau. Quelqu'un ouvrirait la portière, elle se lèverait.

Elle traînerait jusqu'à midi dans les rues piétonnes, puis elle se souviendrait du nom et de l'adresse d'une femme qui lui semblerait familière. Elle marcherait encore, elle l'attendrait jusqu'au soir devant sa porte sur une marche d'escalier. Elle rentrerait tard, elle aurait un petit cartable en cuir vert dans une main et un sachet de courses dans l'autre. Elle lui dirait tu as une drôle de tête, tu t'es encore disputée avec Carl. Elle la ferait entrer dans son appartement, les murs seraient tapissés d'un papier rouge et elle aurait l'impression de pénétrer au cœur d'une muqueuse. Elle boirait avec elle un verre de porto, puis elles dîneraient ensemble sur la table d'angle du salon d'un plat de pâtes et d'une tranche de dindonneau. Elle lui reprocherait de n'avoir pas cherché du travail, ni un logement indépendant. Tant qu'elle persisterait à vivre en couple, elle continuerait à se dégrader. Surtout que Carl n'était pas un élément apaisant, il s'appliquait à titiller sa désespérance en lui lisant chaque soir un florilège de textes macabres tirés de la Bible et des romans les plus tourmentés de Régis Jauffret.

Mais tout d'un coup elle ne la reconnaîtrait plus, et son nom lui échapperait. Elle lui dirait qu'est-ce que vous faites chez moi, elle lui répondrait tu ne te sens pas bien. Elle chercherait la terrasse, le gigot dans la cuisine. Elle ne reconnaîtrait pas les lieux, elle lui dirait pourquoi vous me séquestrez. Elle lui dirait mais va-t'en, j'ai assez perdu de temps ce soir avec une folle. Elle la pousserait sur le palier, et avant de claquer la porte elle lui crierait tu devrais consulter dare-dare.

Dans la rue elle n'aurait plus mémoire de rien, elle aurait pour seul horizon la bande obscure du trottoir à perte de vue devant elle et les phares des voitures qui défileraient sur le côté. Elle avancerait toute la nuit, le lendemain vers neuf heures elle se rappellerait de l'immeuble d'où elle était partie deux jours plus tôt. Elle arriverait là-bas sans avoir commis aucune erreur de navigation. Elle se posterait sur la terrasse, son cerveau revendiquerait plusieurs identités successives qu'elle regarderait défiler avec indifférence. En rentrant au salon elle aurait pourtant l'impression d'avoir toujours été quelque chose comme Catherine Bérard, une femme à présent presque quinquagénaire au mari mort deux ans plus tôt des suites d'un accident de chasse.

Elle vivait grâce à la prime de l'assurance décès qu'il avait contractée au moment de leur mariage. Elle avait une fille et deux petits-fils. Ils résidaient outremer, elle ne les voyait qu'en fin d'année. Elle était en relation avec son père, des neveux, une vieille tante, mais elle avait enterré sa mère alors qu'elle était encore adolescente. Elle se rappellerait les yeux verts de cette femme qui lui reprochait de grandir trop vite, de mal se tenir, et d'avoir une verrue sur l'aile du nez qu'aucun dermatologue n'acceptait d'extraire.

Elle était aussi bien Mireille Carion, cette cuisinière célèbre pour son livre de recettes traditionnelles qui avait fait le tour du monde. Il lui suffirait d'ouvrir un tiroir pour trouver une enveloppe contenant son billet d'avion pour les États-Unis où elle devait se rendre le lendemain afin d'enregistrer une série d'émissions et faire plusieurs conférences sur l'art d'accommoder les primeurs. Mais une fois sur place elle ne se souviendrait plus de rien, elle ne saurait que faire de toutes ces victuailles et de ces casseroles qu'on aurait préparées à son intention. Elle regarderait la caméra avec un air désemparé, puis elle quitterait les praticables en se pressant comme si elle craignait de se faire descendre.

L'assistant la rattraperait, elle lui montrerait les dents. Elle aurait dans les yeux la terreur des bêtes aux abois. On la renverrait après plusieurs jours de tentatives infructueuses, elle retrouverait son appartement et cette terrasse où elle passerait toutes ces journées à observer la rue. Elle finirait par admettre qu'elle ne s'était pas déplacée, qu'elle n'était qu'une simple Germaine Verment dont les talents culinaires se limitaient à la cuisson des gigots. D'ailleurs elle jetterait celui qui reposerait toujours dans le four à moitié décomposé sans avoir jamais été tout à fait cuit. Elle en achèterait un autre le jour même, mais quand elle voudrait retrouver son domicile elle ne ferait que se perdre et s'enfoncer davantage dans les méandres de la ville.

Elle passerait la nuit dans un hôtel, au matin elle s'apercevrait qu'on avait cambriolé sa chambre dans la nuit. On lui aurait pris son sac et son imperméable. Elle descendrait à pas de loup, elle attendrait que le réceptionniste soit en grande discussion avec la femme de ménage pour se précipiter dehors. D'abord la foule lui paraîtrait douillette et chaude comme un manteau fourré, puis elle commencerait à avoir froid sous le petit vent glacé qui soufflerait sur cette matinée de printemps. En fin d'après-midi elle s'abriterait de la pluie dans un grand magasin, à la fermeture elle pénétrerait dans un immeuble en se coulant derrière un gamin.

Elle aurait peur de se faire repérer par la gardienne en restant dans le hall d'entrée. Elle prendrait l'ascenseur jusqu'au sixième étage, puis elle grimperait encore une volée de marches jusqu'aux chambres de service. Elle essaierait en vain d'ouvrir une porte fermée par un cadenas, elle se réfugierait dans les toilettes. Elle tirerait la chasse comme on tire une sonnette d'alarme pour appeler au secours, et pourtant elle serait terrorisée à l'idée qu'on accoure. Elle entendrait des pas dans le couloir, puis le cliquetis d'une clé dans une serrure. Le réservoir n'en finirait pas de se remplir, elle aurait peur que le bruit de l'eau signale sa présence. Dans le silence revenu elle ferait un effort pour éviter de penser à la nuit qui allait lui échoir. Elle ne pourrait pas rester là longtemps, les locataires toqueraient et s'impatienteraient l'un après l'autre. On finirait par la découvrir, on la sommerait de rendre l'appareil à musique qu'on l'accuserait d'avoir dérobé le mois dernier. Comme une flaque d'urine se formerait à ses pieds on la laisserait finalement décamper en l'injuriant quand même tant qu'elle serait à portée de voix. Elle retrouverait la rue où la nuit serait tombée, où le froid la saisirait.

Elle serait toujours enfermée dans les toilettes et pour l'instant personne n'aurait frappé. Elle essaierait de ralentir sa respiration afin que l'ouïe la plus fine soit incapable de la détecter en passant. Puis elle se plaquerait contre le mur, elle donnerait des coups de tête sans parvenir à la nicher dans la pierre.

Elle sortirait dans le couloir, elle croiserait un jeune homme qui s'excuserait en lui cédant le passage. Elle glisserait sur le trottoir, elle se relèverait et continuerait à courir malgré une douleur vive au genou droit. Elle descendrait dans plusieurs bouches de métro, elle monterait dans des autobus et des taxis qu'elle fuirait sans les avoir payés. Elle oublierait les rues au fur et à mesure qu'elle les traverserait. Elle tomberait encore, elle chercherait à se relever en s'aidant de ses bras mais elle retomberait à chaque tentative.

Elle serait hospitalisée. On ferait des recherches, on lui trouverait une identité. On lui dirait vous êtes Dominique Segaret, vous habitez au 10 de la rue Madame un appartement mesquin où vous avez vécu depuis votre naissance il y aura quarante-sept ans au début d'un mois d'août si chaud qu'il s'était révélé impossible de ravitailler Paris en pains de glace.

Une jeune femme viendrait la chercher à sa sortie, elle la traiterait avec la plus grande familiarité comme si elles avaient été des amies d'enfance. Elle la conduirait rue Madame, elle monterait avec elle jusqu'à l'appartement. Elle mettrait de l'eau dans la bouilloire électrique, elle préparerait du thé et installerait dans une assiette un assortiment de galettes. Elle lui parlerait de plusieurs personnes qui lui sembleraient inconnues, et d'un repas de famille qui aurait tourné au vinaigre le mois dernier à cause d'une discussion politique. À dix-sept heures trente elle s'excuserait de n'avoir pas le temps de ranger les tasses, elle remettrait sa veste de laine, et après l'avoir embrassée elle s'en irait en lui promettant de l'appeler le lendemain pour savoir comment elle avait passé la nuit. Elle l'entendrait échanger quelques mots dans l'escalier avec un homme et même rire avant de ressortir en tirant la porte d'en bas derrière elle.

Il y aurait des photos pendues aux murs dans des sous-verres et dans un coin un poste de radio en bakélite. Elle découvrirait deux chambres en enfilade ainsi qu'un cabinet de toilette sans baignoire ni douche. Elle ouvrirait les trois fenêtres du logement pour chasser l'odeur du lieu qui lui semblerait issue d'une intimité étrangère. Elle ouvrirait l'armoire à glace, elle n'aimerait pas tous ces vêtements alignés qui empesteraient aussi. Elle prendrait des allumettes dans la cuisine, mais elle n'oserait pas y mettre le feu. Elle sortirait, et quand épuisée après quarante-huit heures d'errance les bleus la ramasseraient elle aurait toujours en mémoire cette odeur tenace.

On la garderait plusieurs jours sans savoir qu'en faire. Puis on lui dirait une étudiante a retrouvé votre sac, vous êtes Jeannine Mazagran c'est écrit sur votre passeport. Il y a deux ans vous avez fait procéder à un changement d'adresse, vous êtes à présent une provinciale et quand vous séjournez à Paris un ménage ami vous héberge. On les appellerait, ils l'emporteraient chez eux comme un achat. Ils lui présenteraient leurs quatre enfants déjà grands, ils lui montreraient son matelas dans l'arrière-cuisine. Elle devrait servir à table, faire la vaisselle, la lessive, le ménage, sans le secours de l'électroménager qui se fatiguait à chaque usage et consommait de l'énergie.

Le lendemain les deux aînés feraient sauter le loquet alors qu'elle serait nue devant le lavabo. Elle se demanderait par la suite si leur intervention lui avait causé du plaisir ou si elle avait crié pour exprimer son désarroi. En fin de matinée la femme lui donnerait un chariot écossais et une liste de courses à faire au marché. Elle remonterait pour réclamer un parapluie, on lui donnerait une capuche en nylon vert imprimé de canards. Elle se sentirait ridicule, elle préférerait encore se laisser tremper.

Elle serait désorientée au milieu de ces pâtés de petits immeubles que de grandes pelouses sépareraient comme des rayures. Elle suivrait une vieille qui tiendrait au bout de sa main un sac à provision, mais elle l'emmènerait loin et elle disparaîtrait dans une tour en béton gris. Elle chercherait à revenir en arrière, elle déboucherait sur des morceaux de forêt cernés de constructions désertes qui sembleraient rescapées d'un conflit.

Quand la nuit tomberait elle monterait jusqu'à un appartement dont la porte serait grand ouverte sur le couloir jonché d'immondices. Elle aurait faim et soif, mais aucun robinet ne donnerait la moindre goutte d'eau. Dans un coin il resterait une chaise appuyée contre un mur, elle s'assoirait. L'obscurité deviendrait presque absolue, elle n'entendrait plus que le bruit des rats qui peu à peu déserteraient les autres étages pour se rassembler autour d'elle. Les premières morsures seraient douloureuses, puis elle ne sentirait plus rien et elle s'endormirait d'un sommeil lourd. À huit heures du matin on ferait sauter le bâtiment pour construire un auditorium.

Sa disparition passerait inaperçue, la véritable Jeannine Mazagran ne tarderait pas d'ailleurs à refaire surface. Le couple serait obligé de lui restituer son sac, il serait embarrassé pour lui fournir des explications sur cette forfaiture. Elle porterait plainte contre eux, mais elle n'obtiendrait pas le moindre dédommagement. Ils lui en voudraient de sa rancune, ils refuseraient dorénavant de la recevoir. Elle devrait payer des frais d'hôtel quand elle monterait à Paris, la dépense grèverait son budget et elle espacerait ses déplacements. Elle finirait par ne plus quitter sa bourgade du Finistère où elle vivrait dans une maison de pêcheur avec sa mère et une sœur arriérée. Son travail à la charcuterie la dégoûterait de plus en plus. La nuit elle se lèverait pour aller voir la lune éclairer l'écume des vagues. Elle rentrerait en longeant la falaise, aigrie d'avoir une vie sans panache, sans amour, sans même un simple compagnon de lit.

Elle envierait sa mère d'avoir eu une famille, d'avoir connu au moins la satisfaction de remplir ses fonctions animales comme n'importe quelle bête en liberté. En rentrant elle boirait un café au lait, elle mangerait des biscottes. Elle se recoucherait à contrecœur, elle se rendormirait en écoutant le chant des premiers oiseaux. Elle arrêterait de travailler, elle se barricaderait dans sa chambre toute la journée. Elle s'occuperait en tentant d'améliorer son apparence par des séances de corde à sauter qui loin de la muscler lui démoliraient les vertèbres, et par des tentatives de coupes de cheveux qui les raccourciraient jour après jour sans l'embellir en aucune façon.

Elle ne descendrait que lorsque sa mère et sa sœur seraient couchées. Elle dînerait des restes qu'elles lui auraient laissés, puis elle sortirait dans la nuit. Elle essaierait de trouver du charme au froid, à la pluie, à la tempête. Elle chercherait à faire naître en elle une pensée quelconque et à la développer comme une mélodie. Elle ne ferait que ruminer son amertume, regrettant de n'avoir pas l'étoffe d'une empoisonneuse pour au moins pimenter sa vie en euthanasiant les siens. Ensuite elle aurait vendu la maisonnette, elle se serait installée dans un logement à Montrouge. Elle se serait ennuyée, sauf certains soirs où des voyous l'auraient tabassée dans la rue quand ils se seraient aperçus qu'il n'y avait rien à voler dans les poches de son manteau usé.

Elle aurait alors la joie de faire établir un certificat médical, puis d'aller porter plainte au commissariat. Un policier prendrait note des circonstances de l'agression, il l'avertirait qu'on ne retrouverait pas les coupables. En rentrant à son domicile il lui semblerait quand même que la société lui attribuait une valeur, et tant que ses blessures ne seraient pas guéries elle aurait le sentiment d'exister. Puis elle retomberait dans son marasme, s'attribuant moins d'importance encore que les chats qu'elle verrait grignoter les poubelles.

Quand elle aurait épuisé sa réserve d'argent, elle serait serveuse dans un restaurant de quartier. Elle prendrait plaisir à avoir des contacts sociaux, certains clients solitaires entretenant parfois une conversation quand ils auraient fini leur plat. Elle s'emplirait de vanité pour plusieurs jours quand quelqu'un irait jusqu'à lui montrer la photo de sa chaîne hi-fi, ou à lui présenter des échantillons afin de connaître son avis sur le choix d'un tapis de sol.

Mais les agressions lui manqueraient, elle tenterait sa chance à nouveau. Elle se posterait vers quatre heures du matin dans un ancien tunnel ferroviaire qui servirait d'entrepôt aux petits trafiquants et aux voleurs à la tire. La plupart du temps on lui crierait de s'en aller, on lui donnerait même parfois un billet pour qu'elle détale. Cependant une ou deux fois par semaine elle rencontrerait malgré tout une clique d'irascibles qui la roueraient de coups. On enregistrerait ses trop nombreuses plaintes en ricanant, alors que son bonheur d'être agressée ne s'émousserait pas.

À cette époque le restaurant qui l'emploierait fermerait pour laisser place à une blanchisserie. À nouveau elle perdrait le goût du travail. Quand elle arriverait en fin de droits elle préférerait souffrir de la faim plutôt que de répondre à la moindre annonce. Elle ne vivrait plus que la nuit quand elle exposerait sa personne dénutrie à la mauvaise humeur des malfrats. Après une agression barbare à la barre à mine, elle mourrait une nuit dans le cabinet d'un médecin chez qui elle aurait ses habitudes.

Elle se rappelle un dîner chez les Pierrot l'hiver dernier quand il avait neigé quinze jours d'affilée. L'eau de leur piscine était brûlante comme celle des baignoires où on plonge les enfants cacochymes par crainte de les enrhumer. Ils avaient été obligés de participer à un match de water-polo, puis on les avait empêchés de se rhabiller sous prétexte que la salle à manger était chauffée à blanc. Ils avaient dîné en maillot de bain. Les Pierrot leur faisaient remarquer à tout instant qu'ils avaient de la chance d'être assis au chaud plutôt que de grelotter dehors où la température cabriolait au-dessous de zéro. Elle se souvenait avec horreur de tous ces verres de bordeaux qu'il avait fallu boire pour les rassurer sur la qualité des magnums qu'ils avaient disputés à des Japonais lors d'une vente aux enchères.

En sortant le vent glacé les avait saisis, et les Pierrot en chaussons avaient dû les aider à pousser pour faire démarrer leur voiture transie. Ils avaient essuyé une tempête sur le chemin du retour, ils avaient passé une partie de la nuit immobilisés sur la bande d'arrêt d'urgence jusqu'à l'arrivée de la dépanneuse. De retour chez eux elle avait giflé son mari tant elle était en colère. Il s'était emparé d'elle, la jetant de toutes ses forces sur le canapé comme s'il avait voulu marquer un essai. Elle avait pleuré, elle prétendait qu'elle ne mettrait plus jamais les pieds chez les Pierrot et qu'elle divorcerait s'il se permettait de la maltraiter à nouveau. Il s'était servi un verre et il l'avait aspergée avec la bouteille. Elle lui avait fait part de toute sa haine, il avait gloussé en regardant un tie-break à la télévision.

Elle était allée se déshabiller dans la chambre, sa chevelure et ses vêtements empestaient le whisky. Elle aurait voulu pouvoir lui envoyer un infarctus par la voie des airs, qu'il gise convulsé sur le sol quand elle reviendrait au salon. Elle aurait aimé qu'il devienne liquide, gazeux, qu'il se fraye un chemin entre les portes-fenêtres mal jointes et se perde dans l'atmosphère sans avoir même laissé la moindre tache sur le tapis. Elle aurait préféré encore qu'on vienne l'arrêter, qu'on l'emmène passer la nuit dans un centre de torture où on lui aurait fait perdre son arrogance à force d'ampères et de volts. Il serait revenu enfin brisé comme un soulier qui ne sera plus jamais neuf et doit accepter le pied qui lui est dévolu sans plus chercher à le pressurer avec son cuir raide rempli de morgue.

Elle aurait mieux fait de rester célibataire ou de cohabiter avec une femme dont elle se serait sentie assez proche pour lui livrer ses pensées, lui prêtant son corps de temps à autre afin de ne pas la frustrer. Elle avait rencontré cet homme dans un train, un avion, une gare routière où ils attendaient tous les deux un car pour la Suède ou Vladivostok. Elle avait couché avec lui le soir même afin de couper court à son prétentieux bavardage sur la peinture médiévale qui l'exaspérait depuis des heures. Le lendemain il se permettait de l'embrasser en pleine rue et de lui faire des petits serments d'amour niais.

Elle n'avait jamais osé lui dire qu'elle aurait préféré quelqu'un d'autre à sa place, elle s'était laissé épouser pour s'éviter les embarras d'une scène d'explications.

Elle s'était couchée, la haine circulait en elle à la place du sang. Elle rêvassait, imaginant une tumeur en train de se former en lui dans un endroit reculé de son organisme où les techniques les plus avancées ne pourraient la détecter que lorsqu'il serait trop tard. Après quelques semaines de thérapeutiques inutiles au cours desquelles il vomirait chaque matin et grillerait l'après-midi sous le feu des rayons, il connaîtrait une agonie qui en d'autres temps lui aurait semblé pénible et qui à ce moment-là le détendrait au contraire comme une bière fraîche après une course en plein cagnard.

Elle souhaitait qu'il devienne fou et s'immole par le feu dans la cuisine à la manière des schizophrènes de mauvais poil. Elle n'aurait même pas à faire repeindre les murs, elle lessiverait la pièce jusqu'au plafond et c'est à peine si çà et là une ombre brune rappellerait son sacrifice. Il pouvait aussi sectionner ses bourses et s'amuser à les jeter sur le pare-brise d'une voiture en train de se garer devant l'immeuble comme un gamin balance une bombe à eau.

Elle est retournée au salon, il somnolait devant le téléviseur où un couple s'ébattait en poussant des râles. À la place de la jeune femme elle aurait pris ses jambes à son cou pour éviter tout contact avec ce pénis rose et gras comme un cochonnet. Il lui a dit tu es sûre que tu ne devrais pas retourner voir Guillermot. Elle a pris un petit vase en cristal grenat, elle l'a projeté sur le sol en criant qu'elle n'irait plus jamais voir de psychiatre.

— Pourquoi.

Elle est retournée dans la chambre, avant de claquer la porte elle l'a entendu éclater de rire. Elle voulait oublier Guillermot, Vallers, Puitimet, Corindrat, elle ne se souvenait plus s'ils étaient plusieurs, ou s'il n'y en avait qu'un qui lui apparaissait sous un nom différent à chaque fois qu'elle allait le voir. Elle refusait d'entendre à nouveau parler de ses troubles, de voir tous ces comprimés au bord de son assiette à chaque repas, de se laisser endormir à chaque changement de saison pour subir un choc qui lui nettoyait la mémoire à grande eau comme un pont de bateau. Elle entendait garder son cerveau comme un objet intime, qu'on ne montre à personne, qu'on ne laisse aucune main frôler, caresser, tripoter comme une vulgaire cuisse, un sein, ou un vagin qu'on peut prêter le temps d'une étreinte, pour un après-midi, une nuit, toute une vie, ça n'a pas d'importance, tant cette chair est distante, ne recèle aucun secret, aucune trace du passé, n'a aucune conscience, tant on peut la traverser de part en part comme du vide.

Elle se souvenait de cet affreux dîner chez les Pierrot, elle ne voulait pas que Guillermot efface cette soirée. Elle voulait conserver aussi l'image de son mari devant la télé, le bruit de ses paroles sarcastiques, de son rire, et celui d'une voix d'homme qui parlait haut quelque part dans un appartement voisin, à moins qu'elle soit en train de l'imaginer afin d'éluder le silence. Elle s'est couchée, elle aurait voulu qu'il vienne la rejoindre et qu'il pose sa main sur la sienne en mourant subitement. Elle aurait senti son corps se refroidir, elle aurait fini par s'endormir. Au matin elle aurait appelé un médecin, deux jours plus tard il serait incinéré et les Pierrot l'enlèveraient à la sortie du crématorium pour l'emmener passer une semaine chez eux où elle pourrait malgré une température extérieure de plus en plus basse se baigner matin et soir dans une eau chaude comme le ventre d'une mère.

Quand elle réintégrerait son domicile elle éprouverait soudain du chagrin, elle tournerait dans le salon en pleurant et en s'écroulant parfois sur un siège pour se lamenter. Elle regretterait surtout qu'il soit mort sans s'en rendre compte, au lieu de connaître l'angoisse salutaire de ceux qui s'aperçoivent qu'ils perdent pied et sentent qu'ils se séparent lentement du réel comme d'un gros noyau vivant dont ils ne sont plus que la peau de plus en plus fine, avant de disparaître tout à fait. Elle sortirait pour prendre un chocolat, des croissants, à une terrasse bondée où elle se sentirait protégée de la solitude. Il n'y aurait plus que des sandwichs à cette heure avancée de l'après-midi, elle s'assiérait à l'intérieur face à la rue pour regarder les passants maltraités par la bourrasque.

Elle aurait voulu que la mort lui ait été épargnée, qu'il soit condamné à errer dans la ville. Qu'elle puisse à tout moment le voir sur une chaîne qui serait dédiée à son châtiment. À chaque fois qu'il s'apprêterait à passer devant son immeuble, elle descendrait lui rappeler qu'elle ne l'avait jamais aimé. Elle croirait distinguer Guillermot dans la foule avec son affreux nez cassé de boxeur, à moins qu'il s'agisse plutôt de Jolin avec ses pulls en cashmere et ses lunettes noires d'éternel vacancier. Elle se demanderait si elle survivrait à un nouveau traitement, s'il ne vaudrait pas mieux qu'elle aille voir un tueur à gages pour que perché sur le toit d'en face il l'élimine par surprise d'une balle dans la tête tandis qu'elle serait accroupie devant son réfrigérateur à la recherche d'un yaourt aux myrtilles.

Mais si la balle échouait sur le mur, elle se retrouverait aux prises avec son existence et la prochaine fois qu'elle croiserait Guillermot elle le suivrait sans moufter. Assis derrière son bureau de bois peint il lui sourirait en jetant à peine quelques coups d'œil discrets à son ordonnance au fur et à mesure qu'il la rédigerait. Il l'emmènerait dans un réduit, il lui tendrait un gobelet d'eau pour qu'elle avale tout de suite une gélule sortie d'une boîte d'échantillon. En sortant elle commencerait à sentir sa conscience devenir distante, comme si elle voulait filer loin devant elle pour la semer. Elle marcherait plus vite, elle courrait pour la rattraper. Elle boirait un verre au comptoir d'un bistro, elle vomirait en sortant dans une corbeille. Elle aurait un goût amer dans la bouche, mais elle retrouverait peu à peu son état mental naturel de démente.

Elle se rappellerait la figure de Fourgeray, ce psychiatre de trente ans, de quarante-neuf, soixante, ce vieillard avec sa manie de la faire parler pendant des demi-heures entières comme s'il avait voulu qu'elle se vide complètement afin de n'avoir plus à soigner que son squelette. Elle aurait envie de pénétrer en trombe dans le souvenir qu'elle gardait de lui et de sauter à son cou pour l'étrangler jusqu'à ce que mort s'ensuive. Elle l'aurait vu écumer, il aurait résisté comme il aurait pu avec son corps aux muscles atones, puis il serait tombé sur le sol avec la lourdeur d'un bœuf qu'on vient d'exécuter dans un abattoir. Elle aurait quitté son cabinet heureuse d'avoir nettoyé sa vie de cette salissure, pour se récompenser elle se serait acheté un tailleur chiné et une paire de chaussures bicolores.

Elle se promènerait souriante le long du canal, croisant les chiens et les patineurs sous une pluie si fine qu'elle n'attristerait personne. Elle mangerait une salade dans un restaurant où elle serait seule malgré la foule qui circulerait à l'extérieur. Elle irait aux toilettes mettre ses vêtements neufs.

Elle se promènerait encore, et quand elle s'apercevrait qu'en fait rien n'avait eu lieu, elle reviendrait dans le cabinet de Fourgeray. Il accepterait de la recevoir entre deux rendez-vous, elle s'apercevrait que l'envie de le mettre à mort lui aurait passé. Puis d'un mouvement souple elle sauterait hors de chez lui, et la clinique des Étoiles lui reviendrait aussitôt en mémoire. Avec ses vieillards désespérés qui déambulaient en laissant goutter leurs larmes sur le linoléum rouge tigré de blanc, ses femmes qui se croyaient enceintes au dernier degré et geignaient pour qu'on les ampute de leur ventre, ses grands adolescents hagards, ses infirmiers aux épaules larges, son interne freluquet comme un poil.

Il l'a rejointe dans la chambre. Elle lui a dit je te croyais mort, il a souri. Il a jeté un à un ses vêtements sur la chaise, elle lui a fait remarquer qu'elle aurait préféré voir quelqu'un d'autre se déshabiller. Il lui a répliqué que de son côté il était triste à la pensée qu'il y aurait pu y avoir à sa place un être à qui il aurait pu parler et qu'il aurait pu pénétrer jusqu'à l'orgasme.

Il aurait mieux valu qu'aucun d'entre eux ne se trouve là, ils encombraient l'espace par erreur. Ils auraient dû déraper en rentrant de chez les Pierrot. Leur mort aurait été signalée par la station de radio de l'autoroute, la nouvelle aurait tinté dans les quatre-vingt-cinq habitacles de camions et de voitures particulières qui auraient été à l'écoute à ce moment-là. L'appartement aurait été vendu par leurs douze héritiers, et le couple d'acheteurs, après quelques joyeux coïts de propriétaires sur un lit immense qui aurait occupé la moitié de la chambre, se serait déchiré en rêvant de retrouver son partenaire raide mort au matin sous la couette. Eux aussi auraient fini par comprendre qu'ils occupaient le terrain indûment, ils auraient contracté une maladie dont ils seraient morts dans l'année. La famille qui aurait pris leur place connaîtrait un tel état de bonheur que chacun de ses membres dégagerait non seulement de la lumière mais aussi de la chaleur comme une ampoule. Une nuit alors que tout le monde dormirait dans l'allégresse et la clarté, la température monterait tant que le lendemain la smala ne pourrait pas se réveiller car elle serait cuite.

Elle lui a dit je n'aime pas quand tu dors à côté de moi, tes rêves polluent les miens comme de la suie. D'ailleurs en ce moment je vois tes pensées circuler dans la pièce et m'emmailloter comme les bandes velpeau d'une jambe qu'on plâtre.

Il s'est couché, elle lui a reproché de ne pas porter de pyjama et de lui imposer son corps nu depuis le début de leur mariage. Même après un long séjour dans la piscine des Pierrot son pénis dégageait une odeur qui bien que ténue trouvait le moyen de s'acheminer jusqu'à ses narines. Elle avait mal au cœur toute la nuit, elle était obligée de s'empiffrer de médicaments contre la nausée pour arriver à dormir un peu. Il lui a répondu tu mériterais une injection de neuroleptiques, elle lui a arraché une poignée de cheveux. Il s'est frotté la tête en lui proposant un mois de vacances dans un asile. Elle a ouvert la fenêtre pour chasser les miasmes de leur dispute qui lui semblaient puer autant que la première charogne venue.

Elle pense à cette viande, cette cuisine et cette ville tout autour comme un grand écrin infiniment complexe. Elle regarde le soleil virevolter au-dessus de l'immeuble d'en face. Elle a l'impression qu'elle aussi sautille sur le carrelage, qu'elle va se quitter d'un instant à l'autre pour devenir un être réel aux souvenirs articulés autour d'une conscience qui les hiérarchise et les convoque à volonté. Elle ne peut croire que sa perception actuelle de la réalité soit suffisante pour constituer une personne humaine, elle se sent plus proche d'une simple présence, d'une lueur qui lui permet tout juste d'être en vie.

Le soleil bondit dans tous les sens comme si un enfant maladroit le poursuivait et le shootait à chaque fois. Elle comprend que la réalité défaille, que sa façon de peu exister pousse le monde extérieur à devenir fantasque.

Elle va revenir à la cuisine. Le gigot l'accueillera, debout à côté du four. Il ressemblera à Francine Lemarain, une femme dont le crâne avait été gravement brûlé dans un accident. Elle avait un petit encéphale très heureux et insouciant comme un oisillon. Elle occupait les fonctions d'économe dans une école privée où les élèves étaient tenus de la respecter et de l'appeler mademoiselle. Dès le mois de mars le soir en rentrant elle s'achetait un cornet de fraises et elle le grignotait en chemin. Elle s'attardait devant la vitrine d'un marchand de meubles pour admirer un canapé bleu hors de prix qui aurait transformé son petit salon en délicieux boudoir où elle aurait pu pendant des heures contempler confortablement la moulure sommaire qui encadrait son plafond bas.

Elle devait se contenter d'un divan usé, ainsi que d'un vieux mobilier noir hérité de sa mère. Elle détestait en particulier la grande armoire plaquée d'ébène où puisque son logement ne comportait aucun placard elle était bien obligée de ranger ses habits. Elle souriait pourtant d'un bout de l'année à l'autre, ivre de cette gaieté de volatile dont elle a joui jusqu'à plus de quatre-vingt-dix ans.

Elle ne ressemblait pas à Cora Cerrin, médecin d'une intelligence brillante et triste qui passait son temps à démoraliser ses malades, leur faisant même espérer une mort prompte pour éviter la déchéance d'une agonie au long cours. Elle vivait avec un architecte dans une maison biscornue au bord d'une mer grise comme un cerveau. Ils se disputaient souvent à voix basse, comme s'ils se jetaient mutuellement des sorts en marmonnant. On l'a soupçonnée d'avoir noyé son cadavre, mais les hommes-grenouilles ont fouillé la baie en vain. Elle avait simplement convaincu son compagnon de s'exiler sous une fausse identité et de se suicider afin que ses parents ne soient pas affligés d'avoir mis au monde un poltron qui refusait d'endurer les tracasseries de l'existence.

Sa disparition ne l'égayerait pas, elle n'aurait jamais la sereine vitalité de Florine Sarret qui jusqu'à son dernier jour ferait chaque matin une heure de relaxation sous l'eau glacée de sa douche et ne se nourrirait que de légumes crus dont les pigments donneraient à son visage un teint de bébé.

Elle est exaspérée de n'avoir mémoire de rien, autour d'elle tout semble réel à présent et elle demeure un point d'absence perché sur la terrasse. Elle refuse désormais de surveiller l'évolution du gigot et d'attendre l'arrivée salvatrice d'un mari ou d'invités qui lui permettent de prendre sa place dans la soirée qui se profile et mènera à la nuit, au matin, et à la kyrielle des jours qui lui restent à vivre.

Elle revient à l'intérieur, elle s'assoit sur le canapé. Elle allume le téléviseur, les informations la situent dans le temps et l'espace. Elle est loin des secteurs d'agitation, elle se trouve dans une zone où il ne se passe rien. Elle regarde une vieille qui se plaint d'être mitraillée à chaque fois qu'elle veut pendre son linge à sa fenêtre, puis il y a un terrain de golf saupoudré de cadavres aux vêtements bariolés, des matrones qui semblent torturer les testicules d'hommes incertains dans la lumière rasante d'un crépuscule vénitien et des villes qui s'enfoncent fumantes dans la mer.

Ensuite elle voit le salon sur l'écran, avec une femme hébétée qui regarde un point fixe. Elle voit la terrasse, le soleil, la rue, le palier, l'intérieur de l'ascenseur où un couple de jeunes gens projette de faire blinder la porte du deux-pièces qu'ils ont reçu en cadeau de mariage.

Elle change de chaîne, elle voit le visage de la femme du canapé avec ses yeux d'aliénée, d'être vidé à la petite cuillère de toute personnalité comme un pot de crème par un enfant vorace. Elle voit un passé dévasté comme si on lui avait fait la guerre, avec des puits béants, des monticules, des montagnes de souvenirs à l'état de détritus entassés. Elle voit la femme se lever de son siège, courir dans le couloir, se regarder avec méfiance dans le grand miroir de la chambre, se précipiter sur le téléphone à côté du lit, composer des numéros qui se perdent dans le vide, sourire en désespoir de cause et revenir à son point de départ avec la mine réjouie des robots.

Elle éteint le poste, elle a assez d'imagination pour se dire je sortirai d'ici tout à l'heure, je n'aurai besoin de personne pour mettre de l'ordre dans mon esprit bouleversé. Je saurai soudain que je suis Mélanie Derriaud, une femme de trente-huit ans qui pilote des jets privés d'un continent à l'autre. On lui avait prêté cet appartement pour quelques jours, mais dès le lendemain elle devait emmener un trio d'hommes d'affaires en Europe centrale. Elle se rendrait à l'aéroport, elle passerait la nuit à faire les cent pas devant les comptoirs déserts. Vers l'aube elle s'endormirait sur une chaise rouge comme une tomate.

Quand elle se réveillerait les enfants qui joueraient avec les chariots la bousculeraient en se moquant de son air ahuri. Elle regarderait les noms des compagnies de navigation sans qu'aucun provoque en elle la moindre réminiscence. Elle ne se souviendrait pas non plus de la manière de piloter un appareil, elle se demanderait s'il fallait appuyer sur des pédales comme pour jouer de l'orgue ou s'il suffisait d'actionner des deux mains un appendice.

Elle fuirait la lumière, elle s'enfermerait dans des toilettes dont elle briserait l'ampoule avec le talon de sa chaussure. Elle aurait peur toute seule dans l'obscurité, elle sortirait de sa cache en poussant un hurlement qui effraierait une volée de touristes asiatiques.

Elle se réfugierait dans une maison de la presse, elle demanderait au vendeur s'il l'avait déjà vue dans son uniforme flanquée d'un steward obséquieux qui traînait leurs deux valises. Il aurait pitié de sa mine déconfite, mais il ne pourrait s'empêcher de rire. Elle s'emparerait d'une poignée de quotidiens qu'elle distribuerait à des clients qui les reposeraient sur le présentoir. Il la prendrait par la main, il l'éloignerait du magasin comme un gamin turbulent.

Elle demanderait à un Africain en boubou s'il se souvenait d'elle. Il prendrait la peine de la dévisager avant de lui répondre.

— Je ne vous ai jamais vue.

Elle se dirigerait vers une porte, elle se rendrait à la station de car. Elle regarderait les gens autour d'elle, elle se sentirait diminuée de n'avoir pas de bagages. Elle avait sans doute transporté certaines de ces personnes dans son appareil, on allait lui adresser la parole en l'appelant par son nom et elle n'aurait plus qu'à entamer des recherches pour retrouver enfin la ville où elle avait son port d'attache.

Elle était peut-être originaire d'Allemagne, d'Angleterre, d'Italie, bien qu'il lui semble n'avoir aucune notion des langues pratiquées dans ces pays-là. Elle monterait dans le car, elle s'assiérait au fond à côté d'un homme à lunettes qu'elle fixerait avec ses yeux cernés. Le type la regarderait bien en face pour s'assurer qu'il ne la connaissait pas, puis il baisserait les yeux sur son magazine financier. Elle poserait une main sur sa manche, il l'enlèverait tout de suite d'un geste sec comme pour lui signifier qu'il n'entendait lui venir en aide d'aucune façon.

Elle se tournerait vers la vitre, elle aurait envie de sauter et de courir sur l'autoroute de voiture en voiture jusqu'à trouver quelqu'un qui l'accueille chez lui. Elle se laisserait emmener dans n'importe quel hôtel particulier, n'importe quelle chambrette, elle aurait servi de chat, de chien, on aurait pu la mettre comme un écureuil dans une cage dont elle aurait fait tourner la roue toute la journée, pourvu qu'on lui attribue un rôle quelconque qui lui tienne lieu d'identité.

Elle serait devenue le mari d'une pauvre fille trop insignifiante pour avoir jamais tenté personne, son nouveau-né transparent comme la vitre de la couveuse où il mûrissait depuis une dizaine de jours, ou le géranium qui fleurira chaque année malgré les hivers les plus rudes sur le balcon de ces vieillards qui refusent de mourir car ils trouvent cette pratique dégoûtante, abjecte, tout juste bonne pour les jeunes désespérés qui n'ont encore aucune idée de la valeur de la vie.

Quand le car la déposerait à Paris avec les autres passagers, elle serait André Bumaid. Il se plaindrait au chauffeur de sa conduite poussive dans les encombrements de la porte Maillot. Il aurait un sac noir en bandoulière, il refuserait de faire la queue pour avoir un taxi. Il prendrait le métro, à son domicile il serait accueilli par son épouse furieuse d'avoir dû rester seule pendant près de trois semaines avec leurs deux garçons en bas âge qui lui en auraient fait voir pis que pendre. Elle aurait eu l'impression de gérer des bêtes qui renversaient tout, griffaient, et déchiraient à l'occasion des repas les rideaux du bout de leur fourchette. Et puis ils ne se seraient pas montrés plus câlins qu'une paire de parpaings, refusant même le moindre baiser quand après une soirée infernale elle aurait réussi enfin à les mettre au lit.

Il lui dirait en tout cas il faut que je me précipite au bureau, la conférence sur les nouvelles techniques de conditionnement a dû commencer depuis une demi-heure. Il prendrait les clés de sa voiture sur la console du couloir. Il lui dirait ce soir on pourrait faire garder les enfants, aller au cinéma, finir la soirée dans un restaurant échangiste. Il s'enfuirait avant qu'elle ouvre à nouveau la bouche.

Il arriverait à son travail vingt minutes plus tard. Un collègue s'étonnerait qu'il ne soit pas venu directement de l'aéroport, à présent la conférence serait terminée, il serait en train d'en préparer le compte rendu afin de le diffuser dès midi à toute l'entreprise. Il lui dirait l'avion a eu du retard, de toute façon ces histoires de conditionnement ne concernent que très indirectement le secteur dont j'ai la responsabilité. Il boirait un café, il essaierait de se souvenir quelle était sa fonction exacte. Il n'aimerait pas ses mains, ces gros doigts lui sembleraient incongrus.

Il aurait peur de rencontrer des gens dans l'ascenseur, de se tromper en leur donnant la réplique. Il prendrait l'escalier de secours, descendrait les vingt étages en se dépêchant. Une bonne pluie le tremperait quand il traverserait la place. À chacun de ses pas il perdrait davantage le fil de sa personnalité, il s'éloignerait de la ville avec dans la tête une sensation de froid humide pour tout état de conscience. À la tombée de la nuit, il aurait faim. Il ferait irruption dans une boulangerie et volerait une grande tarte qu'il mordrait en prenant la fuite. Il tomberait dans une flaque, il aurait un goût d'eau et d'hydrocarbure dans la bouche. Il se relèverait avec peine, il tenterait de courir encore alors qu'on n'aurait même pas pris la peine de le poursuivre.

Il atteindrait une zone d'entrepôts alignés les uns à côté des autres illuminés par une lumière éblouissante qui lui ferait venir les larmes aux yeux. Des vigiles vêtus de vert le traqueraient sans violence jusqu'à ce qu'il rejoigne le faubourg éclairé par la lumière douce des lampadaires. Il deviendrait aussitôt Dora Vernier, et se presserait pour passer au supermarché avant la fermeture.

Elle achèterait de la viande, du cresson et une barquette de framboises. Son mari lui dirait pourquoi tu rentres si tard, tu étais où. Elle poserait ses courses sur la table de la cuisine, elle lui crierait c'est à ton tour de faire le dîner.

Elle éprouverait un plaisir fulgurant à se caresser presque sans l'avoir voulu en se savonnant sous la douche. Dans son survêtement bleu et blanc elle s'assoirait les cheveux encore mouillés sur le canapé déhoussable du salon repeint par ses soins lors d'un congé maladie. Elle allumerait la radio, elle circulerait entre les stations, elle ferait une pause à chaque fois qu'elle entendrait une voix. Elle écouterait quelqu'un raconter son déménagement, sa déception d'avoir de nouveaux voisins si désagréables, si intolérants, si ridicules dans leurs vêtements qui semblaient taillés dans des drapeaux. Il les soupçonnait de l'espionner avec du matériel sophistiqué qui traversait les murs. Par jalousie ils venaient sonner à sa porte à chaque fois qu'il avait un rapport sexuel ou qu'il était en train de jouer du violoncelle. Il se vengeait en fracturant leur boîte à lettres pour jeter leur courrier au caniveau.

Elle entendrait son mari entrechoquer une casserole et une poêle. Elle se souviendrait que la semaine passée il avait voulu lui faire accepter une sodomie alors qu'elle se sentait nauséeuse depuis le matin. Elle l'avait repoussé plusieurs fois, puis elle l'avait soulagé du bout des doigts avant de plonger dans un sommeil morbide où elle avait fait un rêve de cercueil. Elle s'était réveillée à quatre heures, elle avait allumé la lampe de chevet. Elle avait lu un article sur l'amincissement des cuisses en jetant de temps à autre un regard sur son visage mou, moelleux, et son nez raide qui happait l'air sans troubler le silence de la chambre.

Elle avait éteint, elle s'était levée. Elle s'était préparée, elle était sortie. Elle avait marché jusqu'à la rue excentrée où elle travaillait dans un laboratoire de cinéma. Elle avait attendu dans une brasserie qui venait d'ouvrir ses portes. À sept heures l'équipe du matin était venue prendre un café sur le zinc. Elle les avait rejoints, elle avait éprouvé une certaine joie à se laisser embarquer dans leur conversation.

Ils étaient obnubilés par une histoire d'astre qu'un observatoire avait cru voir exploser cette nuit aux confins du système solaire. Ils imaginaient que toutes les planètes allaient éclater les unes après les autres, ils se voyaient en riant projetés dans l'espace et flotter là-haut comme des satellites hors d'usage.

Au cours de la pause du déjeuner certains avaient encore divagué à ce propos. Quand elle avait quitté son poste à seize heures, elle ne pensait plus qu'au sexe de son mari qui à certains moments lui paraissait si grotesque dans son manchon rayé de veines qu'il lui aurait semblé plus à sa place dans un guignol que chevillé à son ventre comme un tromblon.

Elle avait rendez-vous chez un ponte qui devait l'opérer d'un nodule avant la fin du mois. Elle était seule dans la salle d'attente. Elle a fermé les yeux, elle s'est assoupie. Un bruit d'ascenseur l'a réveillée. En sortant elle était contente que l'opération soit repoussée et s'avère peut-être en définitive superflue. Elle est rentrée, l'appartement était silencieux. Elle savait que pendant deux heures encore il serait absent. Le lit n'était pas fait, elle s'est étendue sur la couverture. Elle était heureuse d'être vivante et seule. Elle avait l'impression de se rencontrer comme une inconnue, d'apprécier soudain sa saveur.

Elle se demanderait si en réalité cette nuit-là elle ne s'était pas rendormie la lumière allumée, et si comme chaque matin elle n'avait pas sursauté au bruit du réveil. Son mari lui crierait que le repas était prêt, elle le rejoindrait à la cuisine. Elle lui dirait je me suis toujours demandé ce que tu pouvais bien avoir dans la tête, il lui répondrait j'ai fait des pommes de terre sautées. Elle essaierait de regarder ses yeux pour le déchiffrer, il baisserait les paupières comme s'il la craignait.

Elle trouverait la viande mal cuite, il l'accuserait de faire les courses n'importe comment. Elle le préviendrait que ce soir elle voulait dormir, qu'elle ne le supporterait pas en elle comme un bouchon. Il lui rétorquerait qu'il avait encore eu une prime le mois dernier, alors qu'elle traînait le même salaire d'un bout de l'année à l'autre. Il pouvait très bien s'acoquiner avec une collègue jeune et ambitieuse, ils iraient au restaurant tous les soirs au lieu de chipoter une nourriture de mauvaise qualité dans une cuisine sans fenêtre.

Elle se lèverait de table, elle téléphonerait dans la chambre. Elle quitterait l'appartement avec une valise en plastique bleu. Il s'appuierait des deux mains à la rampe et la poursuivrait de quolibets tandis qu'elle descendrait l'escalier. Elle monterait dans le taxi qui l'attendrait devant la porte, elle passerait la nuit dans la chambre d'une fille un peu paumée qui avait fait un stage au laboratoire le mois dernier. Elles se blottiraient toutes les deux sur un matelas posé à même la moquette, et au matin elle l'embrasserait sur les joues avant de s'en aller.

Elle n'irait pas à son travail, elle choisirait un voyage dans une agence et elle profiterait de cette journée de loisirs pour flâner dans les rues. Le soir elle dormirait dans une chambre d'hôtel surchauffée où elle surprendrait un cafard sur la tablette du lavabo. Par la fenêtre elle verrait une façade d'immeuble d'habitation, elle remarquerait que beaucoup de gens repassaient comme si un génie farceur s'était introduit dans chaque armoire pour tout froisser.

Elle verrait aussi une silhouette de femme agitée qui se déplacerait dans son espace par à-coups, ne trouvant de refuge ni sur le canapé, ni sur le balcon, ni dans la cuisine étroite éclairée au néon. Elle se dirait qu'elle ne lui ressemblerait jamais plus et elle se demanderait aussitôt pourquoi cette pensée lui était venue à l'esprit. Elle se coucherait au milieu du grand lit, elle entendrait des clients rentrer et investir la chambre mitoyenne. Elle déciderait de ne plus retourner à son travail, de ne plus revoir son mari. Elle se promettrait de vivre si intensément chaque seconde de ce voyage si merveilleux qu'en rentrant sa vie toucherait à son terme. L'instant de sa mort coïnciderait avec l'atterrissage, même si les autres passagers devaient périr eux aussi dans le crash.

Elle se réveillerait à six heures, le vent rabattrait la pluie sur sa fenêtre. Elle resterait couchée jusqu'à ce qu'elle entende les premiers bruits d'eau, les premières portes claquées et les paroles échangées entre deux étages. Elle se doucherait sur le palier, elle descendrait prendre son petit déjeuner dans la salle à manger. Autour d'elle tout le monde parlerait des langues étrangères, elle aurait l'impression d'être déjà partie.

Elle sortirait coiffée d'un chapeau en ciré noir. Elle voudrait profiter de sa liberté pour aller visiter le zoo municipal où elle penserait trouver un avant-goût d'exotisme. Elle serait déçue par ces bêtes au regard vide que la captivité semblerait abrutir comme un trajet interminable. Elle jalouserait quand même la fourrure d'un tigre contre laquelle elle aurait sans hésiter troqué sa peau de femme.

Elle irait prendre un thé, elle s'apercevrait qu'elle était trempée et qu'elle venait d'attraper froid. Elle rentrerait à l'hôtel se changer, le soir la fièvre monterait jusqu'à quarante. Le médecin la ferait transporter à l'hôpital, elle n'en sortirait que dix jours plus tard alors que son charter aurait décollé l'avant-veille.

Elle partirait le mois suivant, elle s'initierait à la voile et le soir elle se laisserait aller dans le dancing à ciel ouvert avec l'énergie d'une dépucelée de la veille. Un accident de plongée aurait raison de son euphorie, malgré un séjour en caisson de décompression elle perdrait l'usage d'un poumon. On la rapatrierait. Après quelques semaines dans une clinique spécialisée elle réintégrerait le domicile conjugal. En outre le directeur du laboratoire accepterait de la reprendre car il n'aurait trouvé personne pour la remplacer.

Elle se fatiguerait plus vite qu'avant, elle ne pourrait plus monter aussi facilement les escaliers. Ils seraient obligés de déménager pour intégrer un logement desservi par un ascenseur. Elle aimerait chaque soir prendre un verre en scrutant le parking, elle s'inventerait une intrigue avec chacun des hommes qui claquerait la portière de sa voiture et même toute une vie d'amour absolu.

Elle n'irait plus à son travail que de temps en temps, elle passerait ses journées couchée à imaginer entre deux sommes quelle aurait été son existence si elle était née dans une famille d'enseignants qui l'aient poussée dans ses études. Elle sourirait en imaginant son visage à la place de la figure tendue d'un chirurgien qu'elle avait vu dans un reportage en train de vider la cage thoracique d'un cardiaque pour lui greffer un paquet d'organes en état de marche.

Un jour de grande chaleur au mois d'août, elle entendrait un violent orage. Elle aurait envie de sortir de son lit et d'aller se promener dans le quartier en chemise de nuit. Elle imaginerait les éclairs qui allumeraient les façades et mettraient en fuite les gens comme du gibier. Elle se lèverait, elle marcherait jusqu'à la cuisine. Elle chercherait ses chaussures dans le réfrigérateur, elle renverserait d'une main tremblante des boîtes de conserve et de biscuits. Elle traverserait le couloir, elle irait au salon. Elle ouvrirait la baie vitrée, elle regarderait les grêlons tomber sur les voitures. Elle trouverait le parking étrange comme un dessin d'enfant, prise de panique elle regagnerait son lit.

Quand son mari rentrerait deux heures plus tard avec un poulet grillé pour le dîner, il la trouverait morte. À moins qu'elle n'ait été plutôt Guylène Lomin, jeune fille de vingt ans pas très jolie mais élancée et assez intelligente pour avoir intégré Polytechnique l'an passé. Guylène Lomin, Catherine Penchet, ou plutôt Louise Ducout, cette rousse vendeuse dans un magasin d'instruments de musique du centre de Paris qui pourtant n'aurait aucune oreille et se saoulerait en rentrant chez elle de la soupe que diffuserait en continu une radio posée sur une étagère de sa bibliothèque bancale.

Elle occuperait à Moutry-sous-Bois le dernier étage d'une vieille maison entourée d'un bout de jardin à l'abandon et d'un morceau de terrain vague où l'an passé des inconnus auraient déposé des ordinateurs obsolètes ainsi que du mobilier de bureau des années soixante. Elle aimerait se faire un maquillage de clown toute seule devant sa coiffeuse, riant de ses grimaces en remuant la tête comme une tortue. Elle le garderait toute la nuit, prenant plaisir le matin à contempler son visage barbouillé de rouge et de blanc en buvant son bol de cacao. Elle serait obligée de se savonner plusieurs fois pour en faire disparaître les dernières traces avant d'aller prendre son train.

Elle aurait souvent des aventures avec les clients. Quand ils habiteraient près du magasin ils la feraient monter chez eux pendant la pause du déjeuner, mais elle préférerait qu'on lui donne rendez-vous après son travail. Il lui semblerait tomber amoureuse à chaque fois qu'on l'inviterait à dîner au restaurant. Elle confondrait pourtant les hommes les uns avec les autres, elle écouterait leurs paroles distraitement sans les dissocier tout à fait du bruit des assiettes, des couverts, ni de celui du pas pressé des serveurs entre la cuisine et la salle. Elle se laisserait emmener, déshabiller, toucher, pénétrer, elle aimerait à chaque fois cette sensation même fugitive, même abrupte. Elle dormirait ensuite recroquevillée sur un coin du lit, à moins qu'elle comprenne à certains signes qu'on la préférerait déjà partie. Dans ce cas elle chercherait ses vêtements à tâtons dans l'obscurité et elle s'en irait.

Dehors, il ferait chaud, froid, il pleuvrait, les rues seraient silencieuses, la ville serait déjà bruyante, ce serait la nuit, le matin, il y aurait une bouche de métro dont l'air tiède s'échapperait comme de la buée, elle serait à deux pas d'un étang entouré d'arbres, d'un camp de nomades, il ferait si sombre qu'elle ne verrait pas la pointe de ses chaussures et elle aurait l'impression d'avoir fait un plongeon dans un encrier. Elle n'aurait pas le temps de repasser par son domicile, elle s'orienterait vers le magasin. En rêvant d'une gigantesque nuit de sommeil elle attendrait plusieurs heures l'ouverture appuyée contre un parcmètre.

Dans la journée elle aurait envie de poser ses doigts sur les claviers des pianos et de souffler dans les saxophones. Elle s'endormirait dans la pièce minuscule où le personnel viendrait boire un café ou fumer une cigarette. Malgré son épuisement elle accepterait les propositions des clients, les va-et-vient la tireraient de sa torpeur et elle passerait ensuite l'après-midi à sautiller dans tout le magasin.

En rentrant, elle maquillerait son corps comme une cible. Elle se contemplerait, elle aurait un orgasme au cours de la soirée. Pendant ses vacances elle irait trois semaines chez sa mère dans les Vosges, puis elle ferait un voyage où elle rencontrerait des garçons qui ne lui donneraient plus signe de vie par la suite.

Elle ne se poserait jamais de questions sur son existence, rien ne lui semblerait anormal dans l'écoulement de ses jours. Vers l'âge de trente ans elle deviendrait caissière dans un théâtre, elle gagnerait moins qu'au magasin mais elle aurait le sentiment de faire un métier artistique. À cinquante ans, elle réussirait son permis et achèterait une petite voiture d'occasion qui ferait un insupportable bruit de chèvre au démarrage. Elle partirait en week-end avec une vieille actrice qui donnerait des cours d'art dramatique dans un ancien dancing.

Elle aurait ses dernières règles dans son logement de banlieue, on l'exproprierait alors qu'elle serait ménopausée depuis dix-huit semaines et elle échouerait dans un deux-pièces neuf perdu dans une tour qui aurait dû faire partie d'une ville nouvelle qui ne verrait jamais le jour. Les trop longs trajets épuiseraient son véhicule, elle arriverait souvent en retard au théâtre après avoir subi une panne ou essuyé un grain sur l'autoroute. La corrosion aurait fait depuis longtemps son œuvre, laissant des trous béants à la place du plancher et l'eau pénétrerait par paquets à l'intérieur de son épave. On la plaindrait, on profiterait toutefois de l'échec d'une pièce d'avant-garde pour la congédier sous prétexte que sa silhouette massive, molle, son visage fatigué, auraient à cette occasion fait fuir le jeune public.

Elle reviendrait parfois rôder dans le hall pour respirer de loin l'odeur indéfinissable de la salle, des décors, et même de la transpiration magique des comédiens qui lui semblerait l'encens d'un office sacré. Elle n'oserait jamais gagner les coulisses pour espionner la scène, ni s'offrir une place de temps en temps. Le lieu du culte lui paraîtrait inaccessible, d'ailleurs en vieillissant elle ne s'aventurerait plus là-bas.

Elle userait ses journées à guetter le camion qui passerait chaque jour vendre aux habitants de la tour des aliments et des produits d'entretien. Quand elle se serait ravitaillée, elle ne trouverait pas pathétique de se maquiller en clown comme dans sa jeunesse. Elle oserait même se mesurer à des célébrités internationales en grimaçant de concert avec elles quand elle trouverait la retransmission d'un spectacle de cirque à force de faire défiler les canaux du grand téléviseur plat comme une entrecôte qu'elle se serait offert avec ses indemnités de licenciement.

Un soir elle mourrait grimée en présence d'un cuisinier au teint blafard dont elle aurait essayé pendant une demi-heure d'imiter les tics, faute d'avoir pu dénicher ce jour-là la moindre tête de clown malgré d'opiniâtres et infructueuses recherches. On ne prendrait pas la peine de la démaquiller. Après quelques jours de décomposition elle aurait perdu tout à fait sa blancheur et son pourpre.

Il suffirait pourtant de s'apercevoir que cette Louise Ducout était en réalité une Daphnée Launat, une Élisabeth Vandame, une Dominique Fonti, Paule Révan ou même Valérie Coste, dame d'une bonne cinquantaine d'années, sans grand charme, mais pourvue d'une intelligence à la fois grasse comme une caille et musclée comme un culturiste. Une de ces femmes de tête qui humilient le reste de l'espèce par leur génie universel, renouvelant la science et l'art avec la désinvolture d'un feu follet. Enfant elle critiquait déjà la place des astres dans le ciel, et quand on lui montrait une étoile elle la remettait à sa place d'un revers de la main comme si elle tenait déjà le firmament en esclavage.

On lui doit la venue de plusieurs comètes qu'elle a réveillées de leur torpeur en les menaçant de ses yeux pétillants comme des feux de Bengale. À dix-sept ans elle a modifié la forme de notre colonne vertébrale, elle a aussi rallongé nos bras de plusieurs centimètres pour rendre notre corps plus confortable. Ensuite elle a simplifié notre inconscient et supprimé quelques sentiments qui nuisaient à notre perception de la réalité. Elle a su nier de nombreux problèmes qui handicapaient l'humanité depuis la nuit des temps, inventer un nouveau chiffre, une couleur fondamentale, une maladie si enrichissante, si plaisante en son stade terminal que des générations de mourants lui en ont été reconnaissantes.

Elle a permis à beaucoup d'objets naguère manufacturés de se reproduire en toute indépendance comme des ovipares, et même des mammifères quand il s'agissait de machines issues de technologies de pointe. Elle a permis à des bébés de se métamorphoser dès la naissance en personnages historiques sans avoir à subir toute une vie de guerres et de dégradantes intrigues. Elle a accordé aux vieillards une jeunesse rallongée sous forme d'esprit de révolte systématique et de goût immodéré pour le sport, les paradis artificiels, les jeux génitaux, sans compter une attirance romantique pour le suicide qui les démangeait autrefois quand ils avaient vingt ans comme une libido supplémentaire.

Ils s'empoisonnaient, sautaient de haut, achetaient des bolides qu'ils jetaient avec allégresse contre la première pile venue dès leur sortie du garage. Ils périssaient comme des gamins avec cette désinvolture, ce panache, cet air un peu fou de ceux qui n'ont pas eu le temps encore de se faire les complices de l'existence, de l'aduler jusqu'à craindre de la quitter un jour, de devenir couards, et de souffrir à la vue d'un cimetière, du visage blême d'un passant, de leur propre coude un peu raide à la suite d'un faux mouvement.

Elle s'appelait Monique Ronand, petite femme osseuse, aux oreilles bâclées, dont le dessin presque flou lui donnait une allure irréelle d'échappée d'un rêve. Elle était Annie Ponset, Thonet, Sellin, une Paucadon, née au milieu du siècle dernier dans une famille qui la choyait et l'entretenait même dans la croyance que l'univers était un jouet docile dont elle serait plus tard la gentille maîtresse et qu'elle déconstruirait et remonterait à sa guise comme une de ses innombrables poupées déglinguées qui encombraient sa chambre avant qu'on les mette régulièrement aux ordures pour faire place nette à une nouvelle population de cadeaux.

Elle a été orpheline à quinze ans, elle a déchanté aussitôt. On l'a placée dans une famille d'accueil où on la respectait sans lui cacher toutefois qu'elle n'était qu'une broutille dans le cosmos. L'immense majorité des êtres ne soupçonnerait jamais son obscure, pénible et souffrante glissade sur la croûte ingrate du globe au cours des milliards de chiches secondes qui constitueraient son parcours.

Elle deviendrait gardienne dans un immeuble ancien, une école primaire, une fabrique de carrelage. Elle serait assistante de production, gérante de patrimoine, ingénieur dans l'aéronautique. Elle se prendrait pour un vétérinaire allant d'une ferme à l'autre inséminer les troupeaux, une mégère mariée à un champion de basket, une employée de maison mère d'une petite fille insomniaque depuis sa naissance. Elle serait hôtesse de l'air, ministre de l'Industrie assassinée en plein conseil, malade mentale titulaire d'une pension qui lui permettrait à peine de vivoter dans un réduit et de prendre un soda chaque jour dans la cafétéria d'un supermarché pour se distraire en regardant les allées et venues de la clientèle vacant le cœur léger dans la prairie de la normalité.

Elle serait lasse d'être tant, elle regretterait de n'avoir pas eu la destinée univoque de Maurine Gabelin. Son enfance aurait été rapide, elle aurait vécu sa jeunesse en coup de vent, elle aurait abordé la cinquantaine avec deux fils déjà élevés, un mari parti depuis quelques années, sans compter une réserve d'amis et une passion pour les fleurs qu'elle cultiverait sur son balcon avec ses petites mains aux ongles vernis de mauve. Elle aurait une vision simplifiée de la réalité, elle refuserait même de croire à l'existence des veines, du cœur et du cerveau. Elle prendrait les corps pour des images en relief solides et pleines comme des pylônes.

La mort lui semblerait absurde, réservée tout au plus à ses hortensias ou au moineau transi qui était venu crever chez elle un matin glacial de décembre. Elle aurait refusé de participer à l'enterrement de son père, de sa mère, d'un oncle, de trois cousins, ces décès lui auraient semblé autant de mises en scène pour camoufler un séjour en prison ou la honte d'avoir perdu au jeu. Elle sauterait tout habillée dans la piscine quand elle irait dîner chez les Pierrot, elle n'accomplirait pas le moindre mouvement pour se maintenir à la surface et la noyade dont on la sauverait à chaque fois in extremis lui semblerait aussi imaginaire que son urine, ses selles, ou les cuillerées de sang qui s'échapperaient encore de son vagin de temps en temps.

Elle aurait beau être malade, mourante, elle récuserait la souffrance, lui claquant sa porte comme à un escroc qui serait venu lui vanter l'existence d'une divinité farfelue et avide. Ses fils la visiteraient chaque week-end, elle se demanderait qui les avait façonnés, elle aurait l'impression de se trouver en présence de poupées de chiffon mal cousues s'entrebâillant sans cesse pour laisser s'écouler une ouate sonore qui ne lui rappellerait pas le langage. Elle expirerait malgré son refus de croire à la frigidité cadavérique, et elle se décomposerait quand même dans un cercueil sans molleton après des obsèques précipitées un jour d'émeute.

Elle aurait mieux fait d'être Coralie Frogel, une enseignante qui aimait les enfants autant que les gommettes et la grammaire. Elle avait un corps de cent soixante-dix centimètres, des dents ivoire sans caries, une intelligence jolie et claire avec un charme apaisant d'aquarelle marine. Elle s'était reproduite en solitaire, préservant sa gamine de la grossièreté d'un père qui l'aurait très tôt convoitée et qu'elle aurait dû dénoncer à la police dès les premiers regards ambigus.

Si elle avait été Louise Masson elle aurait eu un brillant parcours de médecin légiste. Elle se serait mariée à soixante ans avec un metteur en scène qui lui aurait fait jouer son propre rôle dans une série, et elle aurait posé pour des magazines féminins entourée de corps en cours de dissection. Malgré son âge elle aurait gardé sa fraîcheur, sa bouche lippue et son sourire gourmand lui auraient même conservé un côté glamour qui aurait séduit une agence de publicité. On la verrait dans un spot pour une ligne de cosmétiques, et avec un lévrier maigre comme un coucou sur des affiches vantant des aliments pauvres en graisse destinés aux chiens boudinés par un mode de vie sédentaire.

Louise Masson, Odile Dumour, ou Mathilde Demarthe qui dès sa plus tendre enfance rendait au premier regard les hommes fous d'amour. Elle s'est mariée à six mois, à deux ans, à sept, à douze, à dix-neuf, à trente et un, laissant à chaque fois un mari éploré derrière elle. Sa carrière de comédienne, de fonctionnaire, de boxeuse a fait d'elle Loma Duc, une battante aux cheveux ras adulée par le monde entier qui a vu en elle l'incarnation de l'ethnologie quand elle a découvert une nouvelle espèce humaine à tête plus carrée, aveugle, mais à corps fin et translucide comme une aile de cigale, lors d'un de ses périples souterrains au fond d'une faille perdue sous les mauvaises herbes d'une propriété qu'elle avait louée pour les vacances.

Avant de mourir elle deviendra même Adélaïde Bomer, et on l'enterrera sous le nom de Sophie Mazet, Claire Gaunet, Marie-Noëlle Cortard. Sa fille, une Hortense Bellet, ne sera jamais rien d'autre qu'une Françoise Tarrot, une Benjart peu désirable avec sa petite intelligence répétitive comme un yoyo et sa poitrine dont les extrémités à force de luire sembleront chromées comme des enjoliveurs.

Elle travaillera un temps dans les bureaux d'une entreprise de menuiserie sous le nom de Malika Corrin, puis elle sera une Nora Guttot coincée toute la journée derrière le comptoir d'un tabac. Un soir en rentrant fourbue elle s'assoira dans son vieux fauteuil de cuir éventré et elle se rendra compte que dès lors elle n'est plus qu'Isabelle Hurrin, Jacqueline Datola, et pourquoi pas même cette Bernadette Topel avec son faciès volcanique, son esprit tire-bouchonné comme une vrille, sa petite main droite trop blanche, sa grosse patte gauche moussue comme un mont de Vénus, ses éternelles bottines aux semelles lisses qui la font chanceler sur les trottoirs et le ciment laqué des parkings.

Elle se résoudra à n'être que Valentine Tournon, femme minuscule chaque matin, maigre l'après-midi, et pourtant éléphantesque à la nuit tombée, valdinguant d'une façade à l'autre par les boulevards et les rues, se hissant à son troisième étage en démolissant l'escalier, emportant le chambranle en cherchant à ouvrir sa porte, dévorant son mobilier en guise de dîner, s'écroulant les quatre fers en l'air quand l'engourdissement la gagnera soudain comme sous l'effet d'une flèche de curare.

Elle se contentera alors d'exister juste assez pour être Noémie Dumont, dame fade jamais saluée par personne, dont les soixante mots de vocabulaire seront insuffisants pour nommer les éléments de l'espace où elle se déplacera dans son quotidien et qui se révéleront incapables de produire en elle aucune sorte de pensée, même rudimentaire comme un boulier ou un jeu de cubes.

Elle sera heureuse malgré tout, deviendra Dominique Fermant, une industrieuse couturière à la journée, buveuse le dimanche, grimpeuse de mâles quand elle sera saoule, pondeuse d'enfants qu'elle abandonnera à la DDASS, avant de se laisser couler dans le joli corps d'Annie Mongeot, lycéenne de seize ans à la peau fine, à l'intelligence déliée, aux parents de bonne facture, vivant dans une petite ville aux habitants en pleine santé où les personnes susceptibles de mourir seront interdites de séjour depuis qu'on se sera débarrassé du trop vieil hôpital et du cimetière dont on soupçonnait les macchabées de polluer la nappe phréatique.

Fugace jeune fille qu'elle ne sera que le temps de tremper les lèvres dans le bonheur, avant de rejoindre la carcasse de Jeanne Todé, petite vieille à quarante ans après toute une vie de dégradations intérieures. Elle qui à quatorze mois aura tenté pour la première fois l'aventure du suicide, et dès que son développement intellectuel le lui aura permis aura quadrillé sa conscience de barbelés, de murailles, se surveillant du haut d'un mirador, n'hésitant pas à se sanctionner au plus petit sourire et à se tirer dessus sans sommation à la moindre velléité de fuite.

Souvent elle se traînera à coups de trousseau de clefs dans un cachot isolé pour se soumettre à un interrogatoire où elle emploiera la torture, le chantage affectif, le jeûne, la privation d'air, afin de s'obliger à avouer des méfaits dont elle n'aura pas la moindre idée, que d'ailleurs personne n'aura commis et dont on aurait pu rechercher les victimes à jamais. Ses yeux seront des judas qui jetteront sur le monde extérieur un regard soupçonneux de gardien qui embrasse l'espace d'une cellule, son corps se déplacera d'un pas raide de prisonnier qui arpente à l'heure de la promenade l'étroite cour abritée du soleil par un épais grillage.

Elle ne s'accordera que deux douches par semaine, des repas mal cuits, des rapports sexuels rarissimes, fugitifs, entre les deux portes vitrées du sas d'une agence bancaire où les caméras de surveillance violeront son intimité. Elle rencontrera ses parents chaque mois dans un troquet éclairé d'une lumière blafarde où les serveurs la houspilleront à chaque fois qu'elle haussera le ton. Le reste du temps elle vivra incarcérée dans son pénitencier intérieur, en butte aux humiliations, aux fouilles corporelles et mentales qu'elle s'infligera sous de faux prétextes, en butte à la haine, au racket, aux violences des autres détenues qu'elle aura fait surgir en se multipliant comme un virus.

Elle sera déjà passée quinze fois sur la chaise électrique, elle aura connu sur son cou le picotement du couperet de la guillotine, les séjours dans la chambre à gaz et l'angoisse de la pendaison. Quand Annie Mongeot se verra plongée dans ce cerveau elle se révoltera contre ces conditions de vie indignes, mais elle n'y gagnera que des violences supplémentaires, sans compter trois exécutions au petit matin. En définitive elle sera obligée de se soumettre, de travailler sous la contrainte dans des ateliers glacés, et afin de moins souffrir de s'interdire toute forme de nostalgie.

Elle devra attendre plus de dix ans avant qu'on lui accorde une permission de sortie de quelques heures dont elle profitera pour s'évader et se réfugier dans la tête de Romain Brunnet, vieillard presque inerte sur son fauteuil roulant, mais gai, aux souvenirs ensoleillés, qui jouira de ses derniers moments comme des ultimes bouchées d'un dessert savoureux dont on déguste même les miettes. Elle se laissera rouler de la chambre au salon et sur la petite terrasse les jours de beau temps. Elle appréciera la vue sur la pièce d'eau traversée toute l'année par des barques où rameront des enfants enjoués et dans laquelle ils se tremperont parfois l'été.

Elle écoutera la conversation des gens qui viendront l'après-midi en visite, essayant de glisser un mot, un trait d'esprit, une plaisanterie dont elle aura conservé la trace depuis l'époque quasi préhistorique où elle en échangeait avec ses camarades à la récréation. Le soir elle éprouvera du plaisir à être dorlotée par l'infirmière qui la nourrira et la mettra au lit. Elle s'endormira d'un sommeil qui lui semblera à chaque fois orangé, avec des rêves en attente, encore embryonnaires, comme des petites taches de couleurs vives.

Une nuit d'avril où le temps sera doux malgré le plafond nuageux qui grisaillera le ciel depuis la veille, elle refusera de mourir avec ce corps en panne, préférant endosser la personnalité de Carole Komin et passer ses journées à servir des boissons sur une plage. Elle sera souvent fatiguée par la chaleur et par cet appétit jamais assouvi d'aventures sexuelles qui engloutiront tous ses moments de loisir. Elle ne passera pas une seule nuit sans partenaires, les accumulant dans son lit comme autant de couvertures trop chaudes qui la feront transpirer entre les murs rapprochés de sa chambre rendue déjà torride par l'absence de climatiseur.

Elle se lassera de cette vie épuisante qui lui donnera une image triste du désir. Elle servira un jour un cocktail à Liliane Vallet, une femme trentenaire dont le maillot sobre et la chevelure nouée par un catogan lui sembleront un gage de sérénité. Elle lui abandonnera sans hésiter sa nature gloutonne et son emploi de serveuse pour prendre sa place.

Elle se prélassera la nuit venue dans la suite spacieuse où son mari dormira sans l'importuner dans un lit éloigné du sien, savourant cette chair apaisée, cet esprit tranquille où elle reposera loin de l'enfer de l'accouplement et des orgasmes minuscules qui irritaient sa boulimie sans lui apporter la moindre satisfaction. Le lendemain elle sera réveillée par sa fille de dix ans. Ses yeux trop rapprochés l'un de l'autre la lui rendront antipathique. Plus tard dans la matinée elle fera connaissance de son fils de quatorze ans aux dégoûtants baisers de boutonneux.

Elle demandera à son mari de les enguirlander et de les sommer de disparaître jusqu'à la fin des vacances. Il leur fera en riant un vague signe de la main, elle prendra cette marque de complicité pour de la raillerie. Elle s'enfermera dans les toilettes, elle sera blessée qu'il parte avec eux faire de la voile sans essayer de l'amadouer. Elle descendra en colère prendre son petit déjeuner, ébouillantant un serveur avec son thé au lait et appelant le chef de rang pour exiger des excuses.

En remontant, elle empruntera le rasoir de son mari et rasera des pieds à la tête toute la pilosité qu'elle pourra trouver sur son épiderme comme si le moindre poil follet constituait un obstacle à son bien-être. Elle enfilera son maillot, se précipitera à la plage et poussera un cri tant l'eau de mer irritera sa peau à vif. Elle s'allongera sur un matelas, commandera un jus d'orange à celle dont elle supportait encore l'existence la veille. Elle remarquera son air à la fois épuisé et désespéré d'avoir si peu obtenu de tant d'agitation nocturne.

Elle lui commandera l'une après l'autre vingt-quatre consommations pour le plaisir de la faire trotter sous le soleil. Puis elle lui demandera son nom. Elle sera incapable de lui répondre. Elle lui réclamera un parasol, elle s'amusera à la voir trébucher sur le sable. Elle lui demandera si elle ne serait pas plus satisfaite d'être Clémentine Salin, professeur de technologie dans un collège où elle pourrait manipuler des appareils devant toute une classe d'élèves ébahis.

À moins qu'elle envie plutôt Hélène Dutour, lesbienne rangée en ménage depuis des années avec Éveline Sovier, traductrice et conférencière toujours entre deux tournées. Et Louisa Derrin, Lucienne Sermot, Valentine Desgrand avec sa profession passionnante de chercheuse en philologie, et ses six enfants polyglottes aux yeux bleus, à la peau blanche, aux cheveux noir de jais.

Elle baissera les paupières, se demandant peut-être si elle n'avait pas été plutôt ces temps derniers Béatrice Vercors, directrice d'un grand salon d'esthétique aux clientes toujours de mauvaise humeur, aigries de ne ressembler en rien malgré leurs revenus à ces filles de basse extraction qu'elles croisaient joyeuses dans les rues nichées dans de jeunes corps élastiques à la peau soyeuse comme une robe de grand couturier.

Dans ce cas elle habitait un appartement tapissé d'affiches de mode, et elle regardait à longueur de soirées des fictions où elle se reconnaissait parfois dans les personnages de second plan. Quand le téléphone sonnait, elle savait qu'elle aurait une conversation avec Mélina Ruit dont elle avait fait la connaissance vingt ans auparavant lors de son entrée en cinquième. Elle lui raconterait les dernières violences que lui aurait fait subir son mari toujours entre une prise de stupéfiants et une beuverie à la bière.

Avant de se coucher elle faisait une heure de yoga, elle avait des crises de larmes lorsqu'elle ne parvenait pas à toucher ses orteils avec la paume de ses mains. Elle se réveillait avant le jour, se promenant dans les rues noires de la petite ville où la municipalité économisait l'éclairage en espérant pouvoir construire une salle des fêtes digne de ce nom à la place de la vieille grange qui en tenait lieu depuis la guerre. Elle atteignait la rivière, elle touchait l'eau en décidant de troquer son sort contre celui de Violaine Duchâteau, femme au foyer de quarante-neuf ans au grand fils médecin, marié avec une Ritaret, famille formée d'hommes chauves dès vingt-cinq ans et de filles plus perverses que jolies avec leurs bouches boursouflées comme des ecchymoses.

Son époux sera cadre dans un abattoir, il l'obligera quel que soit le temps à faire une randonnée chaque dimanche afin d'aérer ses poumons et charger son sang d'oxygène. En semaine elle recevra des amies, elles s'occuperont de rapatrier des animaux abandonnés dans les coins les plus reculés du monde pour les faire adopter par des familles où ils seront nourris et aimés. Elles finiront par se lasser de cette activité, elles se réuniront alors pour inventer de nouveaux goûts en mélangeant des épices, des arômes de fruits, et même de la sueur prélevée dans les replis les plus odorants de leurs corps.

Elles se lanceront dans le journalisme, enquêtant sur leurs secrets de familles, cherchant à se faire publier dans la presse locale et proposant des photos déshabillées de leurs proches à des chaînes de télévision pornographiques. Elles voudront maîtriser la douleur en s'infligeant des brûlures sans s'émouvoir des cloques qui se formeront, ni des gouttes de sang qui finiront par perler.

Elles se mentiront les unes aux autres, se faisant passer pour des hommes, des personnages évadés de légendes du Moyen Âge, et même pour des hallucinations, des lumières au fond d'un couloir, des grincements de porte, des pas lointains, un bruit de goutte d'eau, de moteur qui n'arrive pas à démarrer un matin de gel. Elles décideront de quitter tout à fait la santé mentale afin d'explorer en touriste les contrées de la psychose. Elles se feront cyclothymiques, paranoïaques, schizophrènes, endurant les souffrances morales avec un courage d'héroïnes, cherchant à s'étrangler les unes les autres et à s'automutiler en période de crise. Elles feront les mortes durant des jours entiers, acceptant de se décomposer malgré la puanteur qui incommodera leur entourage.

Elles ne ressusciteront que quelques heures par jour pour faire la tournée des embaumeurs et comparer les prix des cercueils, des tombes, courant la ville, le département, téléphonant dans le pays tout entier, imaginant même un transport de leur dépouille sur un autre continent. Elles quitteront leurs maris pour mieux pourrir à leur aise dans un caveau de location, et quand elles voudront enfin reprendre une existence normale elles se trouveront enlaidies et vieillies.

Elles deviendront alors une ribambelle de jeunes filles chantant dans une chorale en tournée d'été dans des théâtres, des cathédrales, sur des campus d'université, couchant la nuit dans des dortoirs où elles dépèceront la literie et briseront les carreaux des fenêtres pour profiter de leur extrême jeunesse.

À la rentrée elles regagneront leurs foyers respectifs où certaines seront choyées, et d'autres élevées à l'intérieur d'un labyrinthe de règles strictes où elles devront se mouvoir comme des souris. La chorale sera dissoute dès le mois d'octobre, et comme elles fréquenteront des écoles différentes elles ne tarderont pas à se perdre de vue.

Elle ouvre le four, elle se brûle. Elle met sa main sous l'eau froide, puis elle va se panser à la salle de bains. Elle a envie de jeter ce gigot par la fenêtre, il aurait profité à une famille dans le besoin ou aux rats qui se le seraient disputé dès la tombée du jour. Si quelqu'un se présentait à l'heure du dîner elle lui dirait de trouver un autre réfectoire. Demain elle n'irait pas chez les Pierrot, passant au travers de la baignade forcée et du récit de leur tour du monde ponctué d'escales dans des pays dangereux où ils auraient souffert de vomissements, de diarrhées, et où ils auraient réchappé de justesse à un bombardement.

Elle ne veut rien savoir du plan d'eau de mer reconstituée qu'ils projettent de faire creuser à l'est de leur propriété afin de profiter toute l'année des vertus de l'air salin et de pouvoir faire de la voile et de la plongée. S'ils poussaient l'hospitalité jusqu'à venir la chercher à son domicile en fin de soirée elle s'échapperait par la terrasse, grimpant sur le toit et y passant la nuit accrochée à une cheminée. Elle ne réintégrerait son appartement qu'au matin, frigorifiée elle avalerait une plaquette de médicaments avec du rhum pour essayer d'enrayer une probable crève. Elle dormirait d'une seule traite jusqu'à la semaine suivante.

Elle se réveillerait aveugle, elle composerait des numéros de téléphone au hasard sans jamais capter le moindre correspondant. Elle parviendrait à sortir sur le palier, tâtonnerait sans trouver l'ascenseur, et pousserait un hurlement en dévalant l'escalier jusqu'à l'étage inférieur. Elle ne pourrait pas se redresser, un employé venu relever les compteurs donnerait l'alerte et la réconforterait de son mieux en attendant les secours.

À l'hôpital on lui annoncerait que sa cécité était définitive. Elle maudirait les Pierrot jusqu'à la fin de ses jours, refusant toutes leurs invitations, même si parfois le désir de faire quelques brasses dans une eau tiède loin de la foule des piscines publiques la turlupinerait un peu. Elle se réjouirait quand elle apprendrait qu'ils avaient manqué périr enlisés lors d'une excursion dans des sables mouvants, et elle rirait aux éclats à chaque bulletin d'informations durant la période où ils seraient détenus en otage par une peuplade qui les mutilerait d'un doigt, d'un orteil, d'un lambeau de cuisse, à chaque fois qu'un orage tonnerait trop fort, qu'une femme mourrait en couche ou qu'un vieillard calancherait sans avoir eu le temps de prononcer la formule magique destinée à lui assurer sa réincarnation en oiseau de nuit.

Elle ferait mieux de quitter son appartement dès qu'elle apercevrait leur voiture dans la rue. Elle les laisserait prendre l'ascenseur, elle gagnerait à pied l'extérieur. Elle passerait la nuit dans une boîte qu'elle trouverait sur son chemin. Elle boirait du champagne assise toute seule à une table sans que personne lui adresse la parole, et quand elle se lèverait pour demander l'heure à un couple accoudé au bar on lui répondrait par un fou rire. Elle n'aurait sur elle aucun moyen de paiement, elle devrait donner sa bague pour que le directeur accepte de la laisser s'en aller.

Elle rentrerait, les Pierrot auraient fait sauter sa porte par un serrurier et ils l'attendraient au salon en faisant des pompes sur les métacarpes. Ils lui trouveraient une mine détestable, ils l'obligeraient à accomplir des mouvements respiratoires et à sautiller pour dégourdir sa musculature raidie par le stress. Ils la doucheraient à l'eau fraîche et la frotteraient au gant de crin afin de faire circuler son sang paresseux et d'éliminer les squames de sa peau grise de sédentaire. Ils la masseraient jusqu'à lui faire pousser des cris de douleur qu'ils prendraient pour l'expression de son bien-être retrouvé. Ils l'enrouleraient dans un grand drap de bain, ils l'emporteraient comme des voleurs. Ils l'attacheraient avec des sandows pour qu'elle ne roule pas durant le trajet dans le coffre de leur break.

Ils la retiendraient prisonnière plusieurs années. Elle vivrait sur un radeau amarré au centre de leur piscine où elle serait obligée de mariner quand on la mettrait bas de son esquif du bout d'une gaffe. De temps en temps on la ferait courir dans le jardin, ses jambes la porteraient à peine et ils la traîneraient au bout d'un licol. Elle profiterait pour s'enfuir d'une de leurs expéditions dans une ville bombardée depuis des années et menacée ces derniers temps d'une pulvérisation atomique.

Elle tromperait la vigilance du maître nageur préposé à sa garde, claudiquerait sur la route dans son vieux maillot de bain délavé par des années de chlore, le froid enrobant sa chevelure mouillée d'une pellicule de givre. Elle se ferait ramasser par un routier, elle raconterait son histoire à un gendarme somnolent devant son clavier.

On lancerait un avis de recherche à l'encontre des Pierrot, on apposerait les scellés à leur domicile, la piscine serait vidée, le maître nageur incarcéré. On ne retrouverait jamais leur trace, on les supposerait morts sous la torture alors qu'ils auraient fait une incursion dans un pays en guerre civile où ils se seraient fait passer pour des terroristes afin de visiter les coulisses de l'actualité.

Elle pourrait aussi se rendre à leur dîner, acceptant d'écouter leur projet de chemin de fer privé à l'intérieur de leur propriété en échange d'une dispense de baignade et de sudation prolongée dans le sauna. Mais ils mettraient sur la table trois billets d'avion pour une région de marigot où sévissait une épidémie endémique depuis quatre ou cinq siècles. Ils la drogueraient, l'appareil décollerait au matin. Elle se réveillerait sur une natte dans un village à la population réduite à l'état d'ossements épars et de quelques dépouilles gardées jalousement par des charognards. Surexcités les Pierrot barboteraient dans une mare saumâtre, joyeux de se sentir piqués par les mouches tsé-tsé et d'avoir les chevilles mordues par des crocodiles familiers comme des caniches.

Ils ne tarderaient pas à venir la chercher, ils la tremperaient dans le bouillon. Elle ne partagerait pas leur enthousiasme pour ce séjour exotique et éprouverait un sentiment de désespoir quand elle tomberait malade loin de la civilisation. Quinze jours après leur arrivée on les rapatrierait en catastrophe, ils mourraient tous trois dans les chambres contiguës d'une clinique où on ne leur aurait administré que des soins palliatifs pour adoucir leur fin.

Elle peut fuir sans attendre le lendemain, elle a sans doute une résidence secondaire au bord de la mer où elle pourrait trouver refuge. Les Pierrot la retrouveraient deux ou trois jours plus tard, et elle chercherait en vain à les amadouer. Ils lui enfonceraient une fourchette entre deux disques vertébraux. Au cours de la nuit ils la noieraient paralysée et hurlante dans le port afin de la châtier de leur avoir fait faux bond. À moins qu'ils lui pardonnent et lui imposent une série continue de dîners avec d'interminables séances de sous-l'eau expiatoires.

Elle n'attend personne, ce gigot n'a aucune raison de se trouver là. Les Pierrot n'existent sans doute pas davantage que les supposés convives qu'elle a l'impression d'avoir attendus plusieurs jours durant. Elle possède son corps et une perception générale de tout ce qui l'entoure, ainsi peut-être qu'une faculté exagérée d'éprouver un sentiment de panique et de supposer des solutions de rechange à cette réalité qu'elle croit à tout instant sur le point de tomber sur elle comme un cataclysme.

Elle va sur la terrasse. Le soleil se lève, zigzague, se couche, il pleut, neige, les passants lèvent la tête bouche ouverte pour gober d'énormes flocons. Il y a de l'herbe, des chevaux, on construit un aéroport, elle peut en tendant le bras toucher une fusée prête à décoller. Elle se lasse de ce spectacle, elle revient au salon. Elle s'effondre sur le canapé, elle voit un mari qui semble être le sien assis en face d'elle sur le fauteuil. Et ce jeune homme un peu pâle qui lui tourne le dos pour mieux s'enfoncer dans un magazine ou dans un jeu qu'elle voit flou ainsi qu'une grande partie de la pièce qui sans aucune raison semble flotter comme une cloque de brume.

Elle se lève, elle est épouvantée par l'état de la

cuisine où le gigot a été dévoré tout à fait et le manche coupé en deux comme si on avait voulu en extraire la moelle. Les assiettes souillées gisent par terre, une odeur de gras et de vinasse empuantit l'atmosphère. Elle s'approche de la fenêtre ouverte, elle choisit de s'envoler. Elle s'écrase dans la cour, avant de s'éteindre elle regrette de n'avoir pas vécu un jour de plus même au prix d'une interminable baignade chez les Pierrot, rien que pour sentir encore l'espace de vingt-quatre heures le goût de l'existence sur sa langue, tel un bonbon, une gousse de vanille, un soupçon de piment, un tour de moulin à poivre, une fraise écrasée. Sur sa bouche la vie comme un dernier baiser d'amant, d'enfant, comme la truffe d'un chien affectueux.

Elle aurait volontiers fait des allers-retours dans le bassin des années durant en échange d'un cœur battant, d'une conscience, et de cette sensation merveilleuse d'avoir un avenir indéterminé devant soi. Elle ne sait pas du tout qui elle a été, si elle a eu un jour des souvenirs, ou si sa vie s'est déroulée dans un éternel présent amnésique. En tout cas elle veut continuer à être, n'importe qui, n'importe quoi, même cette bactérie dans sa bouche, cet aliment dégradé dans ses intestins, ou l'univers immense, caractériel et pourtant écervelé, incapable de penser et même de percevoir, toujours en effervescence avec ses planètes lourdes de familles inconnues, certaines composées d'animaux rampants, de serpents migrant à toute blinde comme des troupeaux de bisons, d'autres d'insectes au cerveau microscopique mais assez complexe pour avoir résolu depuis longtemps les questions qui obsèdent à partir du moment où on se pose des questions.

Cet univers bringuebalant de sphères, et sur l'une d'elles chaque week-end dansent les Martignon, les

Furtis, les Lominat, et règne en lisière d'un bois de chênes-lièges la famille Janthet qui met au monde chaque année un membre éminent de l'espèce humaine, où repose la flopée des petits Torrens qui n'ont pas le temps de grandir tellement ils sont farcis de tares, où les Gourdons font tant bien que mal leur bonhomme de chemin malgré la conjoncture, les refroidissements et les fractures qui fendent leur crâne à chaque fois que l'un d'entre eux est victime d'un accident. Et les Fantain, les Corinat avec leur budget d'avare qui les empêche de respirer, alors que les Buchin se débrouillent pour dépenser chaque mois quarante fois leur salaire en empruntant, en volant, en tuant à l'occasion pour sentir le flux de la monnaie les irriguer comme un sang rouge et roboratif.

Elle choisit de se passer d'être cette femme chutée, elle regagne l'intérieur de la cuisine, le couloir, le salon. Elle accepte d'écouter ce mari lui reprocher la cuisson du gigot, lui dire comme d'habitude il était trop cuit, il fallait vraiment que nous ayons faim. Et le fils de se retourner pour ricaner en lui conseillant de s'adresser plutôt à un traiteur au lieu de s'acharner à mettre elle-même des quartiers de viande dans le four.

Elle se lève pour aller bouder dans sa chambre, elle atteint son lit. Elle trouve que l'oreiller a une odeur de chevelure étrangère et les draps lui paraissent humides, chauds, comme de la peau qui transpire. Son cerveau lui semble perdre de son envergure, elle n'a plus la place de se sentir au monde. Elle cherche à se redresser, elle reste immobile. D'ailleurs elle est morte, alors que Lise Verdier se réveille à peine après huit heures de bon sommeil dans la chambre de l'appartement montagnard où elle passe l'été avec sa fille et son petit-fils de six mois.

Elle va regarder le lever du soleil sur le balcon. Il reste encore quelques fleurs dans les prés et des plaques blanches au sommet des montagnes. Elle s'étire, elle enfile une robe de coton rose et s'en va à vélo au village. Elle achète le pain, elle ira plus tard en voiture faire les courses pour le déjeuner. En rentrant elle entend les cris du gamin que sa mère change dans la salle de bains. Elle prépare du café, elle débarrasse le lave-vaisselle et récure une casserole attachée.

Elle s'assoit devant la table en pin, elle vide sa tasse à petites gorgées. Quand sa fille arrive, elle lui prend l'enfant des mains. Elles échangent des paroles concernant le déroulement de la journée. Elles ne comprennent pas pourquoi le ton monte peu à peu avec la détermination d'une musique. L'enfant est reposé dans son lit à barreaux, elles se battent.

La mère s'enfuit en courant avec des marques de dents sur ses bras nus. Elle grimpe dans la forêt par un chemin de promenade encore désert. Elle fait halte sur un tronc d'arbre pour pleurer. Quand elle est de retour une heure plus tard sa fille est partie, elle a emporté ses bagages en oubliant une boîte de lait sur le bord de l'évier. Elle ne prend pas la peine d'essayer de la joindre par téléphone ou de partir à sa recherche. Elle avale un assortiment de remèdes et boit quelques gorgées d'une eau minérale assez chère qu'elle destinait à la consolidation de son ossature. Elle titube jusqu'au balcon pour appeler au secours, elle tombe sans avoir pu crier. Elle ne peut même plus ouvrir les yeux, de toute façon elle ne verrait rien.

Elle est morte, en revanche Isabelle Charrins vient de s'offrir des implants mammaires et à trente-deux ans elle accepte enfin son image. Sylvie Borrin se marie à un ingénieur ambitieux qui dirigera un empire industriel avant de mourir d'une phlébite, ou d'en guérir et de périr d'un problème d'aorte traité à la légère par un généraliste désinvolte. Carla Mirrha obtient un prêt et deviendra propriétaire quelques mois plus tard d'une bonbonnière mansardée dont les fenêtres en tabatière lui procureront une vue plongeante sur le jardin d'un couvent déserté depuis longtemps par les nonnes où deux ou trois fois par an se dérouleront des bals publics qui l'empêcheront de dormir toute la nuit.

Geneviève Médan n'a pas eu le temps d'exister, sa mère est morte en connaissant son sexe et en ayant choisi son prénom depuis la veille alors que le matelas pneumatique où elle lézardait s'est trouvé pris dans une vague de fond. La marée a rendu son corps le soir même, son mari a tenu à faire inscrire sur sa tombe le nom de la gamine accompagné de la mention cinq mois d'utérus, jamais née. Il a bradé la maison qui surplombait la plage où s'était déroulé le drame une semaine après les obsèques à un couple de touristes ahuris de réaliser une si bonne affaire.

Il est rentré en ville, il a liquidé son appartement ainsi que la société qu'il avait créée avec sa femme au début de leur union. Il s'est procuré une arme, mais au dernier moment il n'a pas trouvé le courage de se supprimer. Dans la nuit il est allé boire dans un bar, il n'est pas parvenu à s'enivrer. En sortant, il a ouvert le feu sur un groupe de jeunes en kilt qui fêtaient bruyamment la victoire de l'équipe dont ils étaient supporters. Il est resté sur place pour qu'on l'arrête, mais dans la confusion personne n'a fait attention à lui et il était trop impressionné par son geste pour adresser la parole aux policiers qui photographiaient et entouraient d'un trait de craie les corps ensanglantés.

Lorsque les derniers fourgons s'en sont allés, à plusieurs reprises il a sorti l'arme de la poche de sa gabardine et il l'a portée à sa bouche. Quand le jour s'est levé, il s'est mis à courir. Il est entré dans un commissariat, il en est ressorti aussitôt. À dix heures du matin il a pris un petit déjeuner au comptoir d'un café. Il lui restait trois balles dans le barillet, il en a tiré une dans le dos du patron qui manipulait le percolateur et les deux autres à bout portant dans le ventre d'un petit homme qui sirotait un pastis. Il a été éclaboussé par son sang, il est allé aux toilettes se nettoyer. Quand il est revenu dans la salle, un îlotier alerté par les détonations l'a assommé avec sa matraque.

Il a fait dix-huit ans de prison, il a récidivé dès sa libération. Il est mort en détention d'une congestion cérébrale durant une séance de cinéma organisée un été dans la cour de la centrale par une société de géographie.

En parallèle à cette vie sans charmes s'est déroulée l'existence de Brice Crémieux qui n'a quitté son village que le temps de son service militaire, de Georges Jaudin, ce cuisinier presque célèbre dans les années 80, d'Henri Boulint avec ses sept filles nées de la même femme et sa biscuiterie qui est tombée en faillite quelques mois après sa mort précoce consécutive à une néphrite dont il avait fait lui-même le lit à force de manies insalubres, de Rémi Léman, Jean Thibot, Mathieu Sandel, et toute cette myriade de malades mentaux qu'un nouveau médicament a plongés dans un coma dont ils ne sont jamais revenus.

Il lui semble qu'elle est en possession d'une personnalité, d'une mémoire complète et d'une faculté de raisonner en bon état. Elle se souvient qu'elle est née cinquante ans plus tôt dans le XIIe arrondissement de Paris, son père et sa mère étaient infirmiers. Elle avait une sœur aînée, morte l'an passé, avec qui elle était fâchée depuis le décès de leur père. Elle avait fait des études médiocres, elle avait travaillé dès quinze ans dans un bureau au temps des machines à écrire et des téléphones à cadran. Elle se rappelle encore les feuilles de papier carbone qui noircissaient les doigts et les employés dans leurs costumes froissés luisants d'usure.

Quand elle rentrait le soir, elle se disputait avec son père qui lui proposait de dormir sur le paillasson si elle s'obstinait à le contredire. Elle s'en allait larmoyante en l'insultant mentalement. Elle passait la nuit chez un couple d'amis qui l'incitait à quitter le foyer familial et à traîner son père devant les tribunaux pour mauvais traitements. Ils ont fini par la convaincre et la frapper de son plein gré. Le lendemain elle a pu faire établir un certificat médical pour coups et blessures et porter plainte.

Pendant des mois la police n'a pas donné suite,

puis le vieux commissaire du quartier est parti en retraite. Un jeune loup pointilleux l'a remplacé, il a cru en toute bonne foi qu'il tenait là sa première affaire de maltraitance. Il a convoqué son père qui a répondu aux enquêteurs en termes si injurieux, tant il était exaspéré par les manigances de sa fille, qu'ils ne l'ont pas relâché le soir venu. Cette mesure l'a rendu fou, et pour la culpabiliser il s'est pendu dans la nuit.

Elle s'est disputée avec sa mère au cours de l'enterrement, et sa sœur a tenté de l'étrangler. Huit semaines plus tard elle a reçu sa part d'héritage. Elle a pu faire une croisière pour oublier les événements glauques qu'elle venait de vivre et dont elle se sentait malgré tout responsable. Elle a connu son mari à la table du capitaine qui l'avait conviée le jour de sa fête. Elle a tout de suite remarqué sa maladresse qui l'empêchait de venir à bout des pilons de volailles. Elle n'a pas aimé non plus son petit nez de fillette, peu en harmonie avec le reste de son physique lourd et pataud. Il disait des banalités qu'il avait dû lire dans la presse, et quand il tenait un propos de son cru il bredouillait.

Elle était si mal dans sa peau à cette époque qu'elle n'a pas osé le repousser lorsqu'il lui a fait des avances au moment du dessert. Elle a passé la nuit dans sa cabine, au retour elle l'a épousé. Elle avait de fréquentes crises de larmes, elle s'enfermait souvent dans l'armoire de leur chambre quand elle voulait se soustraire au huis clos du couple. Ou alors elle quittait leur appartement, errant dans les caves de l'immeuble, s'effondrant sur un vieux pouf abandonné, enfonçant ses doigts dans ses oreilles comme si elle redoutait une attaque aérienne.

Elle ne se sentait pas assez équilibrée pour la reproduction, elle a eu trois enfants coup sur coup.

Elle les a allaités dans l'espoir qu'ils absorbent son trop-plein de mal-être, qu'ils le digèrent et en tachent leurs couches. On a dû les lui retirer durant plusieurs années tant elle les choyait de manière bizarre, les serrant dans ses bras à les écraser et leur faisant des confidences comme à des amants.

On lui a imposé de vivre dans une chambre où on l'enfermait chaque soir jusqu'au lendemain matin. Dans la journée elle devait parler d'elle à plusieurs reprises au psychologue chargé de suivre l'évolution de ses états d'âme et elle pouvait participer avec les autres pensionnaires à des activités de plein air ou chanter dans le réfectoire lorsque tombait la pluie. Quand on l'a autorisée à regagner son domicile, ses enfants allaient à l'école et son mari s'était installé dans l'ancienne chambre d'ami avec une maîtresse qui restait des heures à se pomponner dans l'unique salle de bains. Une jeune fille s'occupait des gamins, elle ne repartait que le soir quand ils étaient endormis.

Elle restait assise sur le canapé les yeux dans le vague, laissant la vie se dérouler autour d'elle comme une suite de phénomènes qui lui étaient étrangers. Elle repensait à son père, elle se disait qu'il aurait mérité une mort plus ordinaire, la soixantaine venue, d'une maladie de cœur qui l'aurait terrassé un matin de novembre au volant de sa voiture alors qu'il se serait rendu chez une cliente pour la vacciner contre la grippe. Elle n'aurait pas voulu pourtant qu'il devienne centenaire, elle ne l'aimait pas assez pour espérer qu'il ait profité de trop d'années supplémentaires.

De temps en temps elle entrevoyait le bonheur, comme une lumière vive qui clignote au gré du vent à travers les feuillus. Elle allait sur la terrasse, se penchant par-dessus la balustrade elle se disait qu'elle ferait bientôt partie de la ville. Elle marcherait avec les piétons, prenant à l'occasion taxis et transports en commun pour accélérer sa trajectoire. Puis elle prendrait une auto, elle circulerait toute la journée sans même maudire les embouteillages et les deux roues qui la doubleraient en catastrophe. Un soir elle s'apercevrait qu'elle avait traversé d'innombrables paysages depuis le matin, elle triturerait en vain le clavier de son téléphone qui ne serait plus connecté au réseau.

Elle garerait sa voiture dans le parking d'un hôtel. On lui donnerait une chambre à deux lits. Elle aurait vue sur une place illuminée comme une scène. Chaque passant lui semblerait avoir été photographié et très agrandi par rapport à son format réel. Les dîneurs du restaurant d'en face auraient des couleurs plus vives encore que les légumes de leurs hors-d'œuvre et les serveurs l'éblouiraient comme des phares.

Elle ne dormirait pas de la nuit. Vers onze heures elle écrirait une lettre d'adieu à son mari, puis elle tirerait les rideaux et s'étendrait sur le lit le plus proche de la fenêtre. Elle regarderait le plafond blanc marqué par l'ombre de la lampe, elle sentirait son épine dorsale enfoncée dans le matelas trop mou. Elle imaginerait ses neurones apaisés flotter dans l'air de la pièce comme des baudruches, laissant son corps étendu immobile au-dessous de la nuée.

Elle se lèverait lentement avec le jour, elle boirait une tasse de thé sur la place. Elle verrait les gens sous leur apparence habituelle, les serveurs seraient ternes et même leurs yeux lui paraîtraient mats. Elle reprendrait l'autoroute, recroquevillée sur la banquette arrière elle dormirait dans les stations-service, se nourrissant de sandwichs et de sodas. Un routier l'aborderait, elle refuserait de grimper avec lui dans sa couchette mais elle se laisserait offrir un morceau de pizza et une bière.

Elle abandonnerait son véhicule sur le parking, elle partirait avec lui. Il livrerait sa cargaison, ensuite il l'emmènerait dans son pavillon. Il lui montrerait les photos de sa femme et de son fils, elle serait partie avec lui six mois plus tôt Dieu sait où. Il n'aurait entrepris aucune recherche, il se serait arrangé pour rouler de plus en plus afin de les oublier.

Elle passerait la première nuit dans le lit de l'enfant. En se levant dans l'obscurité pour aller aux toilettes, elle déclencherait une boîte à musique dont la mélodie lui rappellerait un jouet qu'elle avait eu dans son enfance, et qui égrenait les mêmes notes quand on le touchait. Elle allumerait le couloir, elle entrouvrirait la porte de sa chambre pour le regarder dormir. Elle ne verrait que ses cheveux roux mal éclairés par un rai de lumière.

Le lendemain à midi il lui servirait une daube cuisinée par son épouse près d'un an plus tôt qu'il aurait sortie en son honneur du congélateur. Elle la trouverait trop salée, elle boirait plusieurs verres de vin pour en faire passer le goût. Après le déjeuner, il lui proposerait une marche dans la campagne. Au bout d'une demi-heure ils atteindraient une chapelle claquemurée. Tout autour ce seraient des champs de betteraves en plein labour. Il lui dirait que sa femme possédait un cyclomoteur pour aller faire ses courses et qu'elle était partie avec.

En rentrant, elle se laisserait prendre par l'épaule. Le soir pour ne pas le peiner elle dormirait dans son lit. Il serait tendre, elle éprouverait un certain contentement à se blottir dans ses bras et à laisser sa vulve gober son sexe avec une gourmandise qu'elle ne lui connaissait pas. Ils s'endormiraient, elle aimerait l'odeur de leurs sueurs mêlée à celle des boiseries qui recouvriraient les murs de la pièce. Ils resteraient trois jours ensemble, et afin de pouvoir laver les siens elle porterait même les vêtements que sa femme avait laissés derrière elle.

Un matin il reprendrait son camion, il la laisserait sur le parking où sa voiture aurait une vitre brisée et l'autoradio à moitié arraché du tableau de bord. Il ne lui donnerait pas rendez-vous au retour de sa tournée, il lui proposerait de l'argent pour la dédommager du chagrin qu'elle éprouverait peut-être en se retrouvant seule. Elle hocherait la tête, il comprendrait et il froisserait les billets dans une poche de son blouson.

Elle le laisserait prendre de l'avance afin de ne pas avoir à le doubler. Puis elle roulerait toute la journée, ne s'arrêtant que pour faire le plein. À vingt heures elle sonnerait au domicile conjugal, la jeune fille lui ouvrirait. Elle reprendrait sa place sur le canapé. Elle entendrait ses enfants rire avant de se mettre au lit. Peu à peu le silence gagnerait, la jeune fille traverserait le couloir à pas de loup et partirait.

À minuit son mari rentrerait avec sa maîtresse, il lui dirait qu'est-ce que tu fais là, j'ai reçu ta lettre, j'espérais bien que tu ne reviendrais jamais plus. Elle aurait peur de la femme qui éclaterait de rire, elle courrait dans sa chambre se cacher dans la penderie. Elle finirait par se coucher, en se réveillant elle chercherait du bout des orteils le pied du routier. Il serait midi, l'appartement serait vide. Elle mangerait à la cuisine, elle s'habillerait. Elle ne se sentirait pas à l'aise sur le canapé, elle ferait en vain le tour du salon à la recherche d'un endroit bienveillant qui l'apaise. Elle irait sur la terrasse, elle gratterait du bout des ongles la terre desséchée d'un pot de fleurs. Elle ne regretterait pas son escapade, toute sa vie désormais s'articulerait autour de cet heureux souvenir.

Son mari a expulsé sa maîtresse un soir de dispute. Il a introduit d'autres femmes dans l'appartement, puis lassé il a repris avec son épouse une sorte de vie de couple. Il aimait à présent recevoir, même si elle ne bricolait qu'une cuisine médiocre dont il la blâmait. Il essayait à toute force de vendre son agence, et au cours des rares soirées qu'ils passaient en tête-à-tête il rêvait tout haut des voyages qu'il ferait quand il serait arrivé à ses fins. Pour avoir l'air de partager son obsession elle se composait un visage attentif.

Elle redoutait les fréquentes invitations chez les Pierrot. Elle n'aimait pas que son mari la précipite du haut du plongeoir dans le but de les amuser et de les mettre d'assez bonne humeur pour qu'ils acceptent de discuter du rachat de son affaire. En rentrant il lui reprochait son manque d'enthousiasme à pratiquer la natation qui les avait certainement irrités et avait aliéné toutes ses chances de conclure avec eux. Il lui arrivait de la pousser contre le mur, de lui donner des coups de pied dans les tibias. Elle se laissait battre, figée, mordant ses lèvres quand la douleur était vive. Son indifférence l'exaspérait, il joignait ses mains comme pour prier puis vidait un grand verre de whisky avant d'aller s'endormir tout habillé sur leur lit.

Elle se cloîtrait dans la cuisine, occupant le reste de la nuit à contempler les taches de graisse au-dessus de la plaque de cuisson, ouvrant le frigo à intervalles réguliers pour voir un instant la lumière intérieure éclairer les emballages multicolores. Quand elle sentait venir le matin elle quittait l'appartement et marchait dans les rues. À neuf heures et demie elle faisait un détour par le garage souterrain pour s'assurer que la voiture de son mari n'était plus là avant de remonter dormir.

Les enfants grandissaient, ils devenaient adultes l'un après l'autre. Ils ne lui en voulaient pas d'avoir été une mère si absente. Ils préféraient reprocher à leur père de n'avoir pensé toute sa vie qu'à l'improbable cession de son agence et au bonheur égoïste dont il s'imaginait pouvoir jouir par la suite. Rendu enragé par leurs récriminations qui lui rappelaient l'échec de son existence, il les a menacés un jour avec une arme de collection qu'il avait achetée sur le net. Au cours de la semaine suivante ils sont parvenus à vider son compte bancaire et ils ont disparu. Le soir où il a découvert l'escroquerie ils étaient invités à dîner chez les Pierrot, il était si maussade qu'il a refusé de se baigner.

À leur retour, il a pleuré dans ses bras comme un enfant. Elle éprouvait du dégoût pour ce corps ventru, au crâne dégarni, à la figure ruisselante et rugueuse de barbe. Il l'a obligée à dormir à côté de lui, dans la nuit il l'a réveillée avec son pénis en érection qui cherchait à se frayer une voie dans son vagin sec. Elle a crié quand il a réussi à s'engouffrer malgré tout. Après avoir émis son sperme il est resté accroché à elle jusqu'au matin.

Elle l'a quitté. Elle a pu vivre chez sa mère en échange de mortifications, de réminiscences, de mise à vif de son sentiment de culpabilité. Elle se servait de l'antique rasoir électrique de son mari dont sa fille avait entendu le bourdonnement pendant dix-huit ans comme d'un réveil qui la faisait se lever chaque matin en hurlant. Puis elle tenait à lui donner son bain, soulignant du bout de la savonnette les régions les moins fraîches de son corps, lui faisant remarquer que seuls des pervers la convoiteraient désormais. Toute la journée elle l'obligeait à dérouler des souvenirs d'enfance où son père se montrait gentil, affectueux et fou d'amour pour elle. Elle devait en faire l'apologie à travers ses larmes et persister malgré crises de nerfs et supplications. Elle le lui projetait, monochrome, sur un vieil écran, avec une voix rendue nasillarde par l'usure de la bande-son. Il fixait l'objectif, confiant sa tristesse d'être le géniteur d'une fille décevante qu'il avait honte d'avoir supportée sous son toit et abritée dans l'intimité de ses couilles. Afin qu'elle s'imprègne de son regard désespéré, elle faisait des arrêts sur image si longs que la pellicule se mettait à fumer.

Sûre de l'avoir mise une fois pour toutes sur la voie du remords et de la haine de soi, sa mère a fini par la jeter dehors en lui souhaitant une vie longue, éternelle s'il se pouvait comme un enfer laïc. Après plusieurs semaines de vagabondage elle est allée retrouver son mari à l'agence, il a accepté de la reprendre malgré la crasse qui la cuirassait.

Le lendemain ils ont dîné chez les Pierrot. Elle a fait preuve de bonne volonté, nageant à l'occasion de l'apéritif et retournant à l'eau sitôt le repas terminé. Ils leur ont montré les plans d'une petite centrale électrique destinée à assurer l'autonomie de leur propriété, ainsi que la photo d'une fratrie de cinq éléments qu'ils comptaient adopter pour insuffler un peu d'âme à une aile superfétatoire du bâtiment principal de leur domaine dont l'immensité les angoissait comme une ponction de vide sidéral.

Ils envisageait aussi d'ouvrir leur piscine au public une fois par semaine, et de permettre aux SDF de se réchauffer dans leur sauna les nuits de gel.

Avant de partir ils ont dû tourner dans leur vélodrome dont la construction venait juste d'être achevée, et tout transpirant mâcher une drogue rapportée d'un pays où les paysans la mêlaient au fourrage pour doper les mulets et les chevaux de trait.

La semaine suivante les Pierrot sont venus les chercher un soir à l'improviste afin de pique-niquer dans les égouts où ils avaient loué une barque pour la nuit. De temps en temps ils se sentaient obligés de les inviter à leur tour. Elle mettait un gigot au four en fin d'après-midi ou tôt le matin quand elle avait perdu la notion du temps. Souvent elle se demandait pourquoi elle était en train d'exister dans cette cuisine, elle expulsait tranche après tranche le rôti par les toilettes, réservant l'os au congélateur pour un roquet aperçu le matin à la télévision.

Puis elle recouvrait la raison, elle descendait en acheter un autre. À force de se perdre en sortant du supermarché, elle rentrait à vingt-trois heures avec ses deux kilos de viande crue alors que son mari avait tant bien que mal nourri ses hôtes de riz et de conserves. Les Pierrot exigeaient de finir la soirée au restaurant. Avant de pouvoir rentrer ils devaient aller prendre un bain de minuit dans la nouvelle piscine d'été suspendue qu'ils avaient fait édifier en souvenir d'un safari au-dessus du bunker de leur terrain de golf. Pour nager il fallait se frayer un chemin entre plantes toxiques et petits carnassiers.

Les années passaient, les Pierrot possédaient un hôpital au fond de leur parc où ils aimaient à l'occasion subir des opérations d'agrément au lieu de courir le monde, tant ils étaient fatigués des balles perdues et des maladies tropicales. Un soir, après une interminable baignade apéritive et un repas arrosé d'un étrange liquide brun qui tournait la tête, ils leur ont proposé l'ablation immédiate d'un orteil ou d'un doigt de la main gauche dont ils n'avaient qu'un usage occasionnel. Ils étaient trop éméchés pour décliner leur offre, les Pierrot ont convoqué l'anesthésiste qui les a endormis sur leur chaise. Les ambulanciers les ont emmenés au bloc où trois chirurgiens se relayaient jour et nuit.

Elle comprend que ses souvenirs ne concordent pas tous avec des instants passés. Elle est certaine de l'existence des Pierrot mais elle se demande si en fait de piscine ils n'ont pas simplement un bac à douche entartré dans le cabinet de toilette exigu de leur appartement en location.

Elle regarde le gigot, elle se dit qu'elle a peut-être l'habitude de préparer des plats élaborés dont la succulence fait fondre les clients de son mari quand il les invite à dîner. Elle allume un feu, elle pose une casserole sur la flamme. Elle verse dedans du lait, du beurre, de la farine, elle poivre légèrement. Elle nappera la viande de cette sauce. Pour le dessert elle servira un gâteau dont la recette lui reviendra bientôt à l'esprit et qu'elle mettra à cuire au dernier moment dans les effluves du gigot.

Elle quitte la cuisine, elle se poste sur la terrasse. Elle se cherche une identité plausible. Il lui semble acquis qu'elle ne peut être Laurence Rimot, femme trop maigre qui s'endort à tout bout de champ même dans les transports en commun et en montant l'escalier qui relie les étages de son duplex où des sonneries retentissent chaque quart d'heure pour la sortir de sa léthargie. Il lui arrive même de s'assoupir la nuit au milieu d'un rêve et de se réveiller en sursaut dans un autre. Elle s'appelle sans doute Flora Bonnard, une fille qui était dans sa classe et copiait sur elle pendant les contrôles de mathématiques. Elle avait une longue chevelure auburn qu'elle soulignait volontiers d'un serre-tête noir, sa poitrine déjà développée rendait jalouses les autres élèves encore réduites pour la plupart à des boutons insoupçonnables sous leurs pulls.

Elle vivait sur une péniche amarrée à l'année sur une berge du canal de la Bastille. Elle disposait de toute la cale pour organiser des fêtes où elle invitait des jeunes gens plus âgés qui l'initiaient au sexe et aux injections tandis que ses parents géraient une brasserie sur les Champs-Élysées. À seize ans elle a subi sa première cure de désintoxication, elle a échoué à tous ses examens auxquels elle se présentait le cerveau nébuleux et les mains tremblantes. Son premier mariage a été une catastrophe agrémentée de l'accouchement d'un magnifique garçon qu'elle a laissé tomber plusieurs fois par inadvertance mais dont les fractures se sont réduites sans perturber sa croissance. À trente ans elle avait déjà divorcé deux fois, à quarante-sept elle essuyait sa troisième hépatite.

Aujourd'hui elle se trouve sur cette terrasse avec dans son dos le reste de l'appartement et ce four où cuit ce mystérieux gigot dont elle ignore à quelles bouches il est destiné. Elle rentre, elle va à la cuisine. Avec quelques gorgées de coca elle avale une boîte d'un antitussif qu'elle achète par cartons entiers et qui la soulage quand elle manque de poudre. Elle s'assoit sur un fauteuil, la tête lui tourne un peu, elle imagine qu'elle va faire une crise hépatique qui la jaunira toute une semaine. Elle se maquillera à outrance, elle cachera malgré tout son visage derrière une écharpe à chaque fois qu'elle mettra le nez dehors.

Elle somnole un moment, la sonnerie du téléphone la réveille. Une voix de femme lui dit bonjour Sylvie et lui propose d'aller au cinéma le lendemain en début d'après-midi. Elle répond oui, l'autre lui demande comment s'est passé le voyage d'affaires de son mari et s'il a encore ces problèmes de tachycardie qui lui empoisonnent l'existence.

Elle raccroche, elle va se dévisager dans le miroir de la salle de bains pour avoir une idée de son faciès. Elle croit se reconnaître, elle est probablement Sylvie Fouchet, fille d'un moniteur de gymnastique d'une école qu'elle avait fréquentée l'espace de trois années scolaires, et qui l'avait violée en CM1, à une époque où aucun lien biologique ne les liait encore et où elle n'était pour lui qu'une élève dans le troupeau.

Sa mère l'avait élevée en vendant des éplucheurs à légumes dans une cahute à l'entrée du BHV. Elle avait essayé de lui inculquer le goût du travail, elle la corrigeait avec un cordon électrique plié en deux quand elle la jugeait trop lymphatique. Dénoncée par une voisine, elle en a perdu la garde. Une tante l'a élevée à sa place, lui faisant manquer l'école au moindre éternuement, la bourrant de charcuteries et de gâteaux.

À vingt-trois ans elle avait cependant une taille fine, un corps filiforme, et elle s'était laissé convaincre par ce type qui lui a fait miroiter un avenir de vacances éternelles dès qu'il serait parvenu à vendre son agence. Ils étaient mariés depuis bientôt trente ans et ce projet semblait de plus en plus chimérique. Aujourd'hui elle attend son retour du bureau et l'arrivée des invités, sans doute un couple d'amis rencontrés l'été dernier lors d'un séjour à Trouville. Il s'agit des Guevin, des Farrimont, ou des Ralliet, des gens à petite tête où les neurones sont serrés comme des harengs dans une caque, à moins que ce ne soient les Moulin avec leur crâne hypertrophié où les pensées se perdent comme dans un caravansérail.

Ils parleraient de leur fille qui avait pris six centimètres dans l'année et d'un parent qui à la suite d'une frayeur avait perdu la mémoire des noms. Son mari serait trop soucieux pour apprécier le goût de la viande, il lui ferait à peine une réflexion machinale sur la couleur des tranches qu'il jugerait presque grise. Elle glisserait par terre en apportant le café, pour détendre l'atmosphère il commencerait à raconter une anecdote entendue le matin à la radio, mais avant de la mener à son terme il serait pris d'un malaise et vomirait sur sa veste tout ce qu'il aurait mangé. Elle se confondrait en excuses, tandis qu'il deviendrait pâle et perdrait conscience. Les invités auraient fait tous deux leur médecine avant de jeter leur stéthoscope aux orties et de se lancer dans les affaires. Ils prendraient son pouls, lui feraient un massage cardiaque. Puis ils se tourneraient vers elle pour lui annoncer son décès.

On l'enterrerait le surlendemain dans son caveau de famille mal entretenu et ouvert à tous les vents. Dès que les fossoyeurs soulèveraient la pierre une nuée de chauve-souris s'en échapperait. Elle détalerait, terrorisée à l'idée que l'une d'entre elles s'accroche à ses cheveux et laisse tomber ses ailes sur son visage. Les autres ne seraient pas plus courageux, seuls les Pierrot demeureraient stoïques jusqu'à la fin de l'inhumation. En quittant le cimetière ils la trouveraient recroquevillée sur un banc devant un marchand de fleurs. Ils la prendraient dans leur break, et pour la sortir de sa prostration ils la jetteraient tout habillée dans leur piscine glacée depuis que la chaufferie serait tombée en panne l'avant-veille.

Dès sa sortie de l'eau ils lui proposeraient de lui racheter l'agence pour une somme presque symbolique. Déboussolée par les événements elle accepterait sans chercher à transiger. Ils signeraient l'acte de vente à la fin du mois, ils sableraient le champagne ensemble dans l'igloo artificiel qu'ils auraient fait ériger par une entreprise finlandaise. Le soir même ils l'emmèneraient visiter pyramides et nécropoles du monde entier afin qu'elle comprenne que la mort était universelle et qu'il serait absurde de se lamenter sur le sort d'un défunt.

Au retour elle s'apercevrait que ses revenus et son capital minuscule ne lui permettaient plus de continuer à habiter ce grand appartement trop bien situé dans le centre-ville. Elle vivrait en périphérie de l'autre côté d'un mur qui atténuerait à peine le bruit des véhicules lancés à plein régime pour rejoindre l'aéroport. Elle s'ennuierait tant qu'elle entreprendrait des recherches pour retrouver ses enfants.

Un dimanche elle se présenterait chez l'un d'eux. Il aurait une vingtaine d'années, il occuperait une chambre dans une cité universitaire. Elle lui parlerait de ses sourires quand il était encore dans son berceau et qu'elle prenait plaisir à le choyer. Elle parlerait sans s'arrêter en lui faisant même le récit de sa grossesse et de la soirée où il avait été conçu. Il lui tournerait le dos en silence, s'occupant à faire chauffer de l'eau sur sa plaque électrique. Puis il pivoterait soudain et l'ébouillanterait.

Elle ne renouvellerait pas cette expérience. Elle tenterait de briser sa solitude en contactant d'anciennes relations qui malgré les relances la tiendraient à distance comme une pestiférée. Même les Pierrot espaceraient de plus en plus leurs invitations et la couvriraient de lazzis au cours des rares dîners où ils la convieraient. Elle envierait le sort de son mari, rêvant de ce corps putréfié, loin à jamais de l'abattement et de la vie. Elle ferait des démarches auprès d'une association, mais après une visite médicale on la jugerait trop fringante pour bénéficier d'une euthanasie.

Elle essaierait de délabrer son organisme en laissant pourrir sa viande avant de l'avaler crue par petits morceaux comme des pilules. Elle réitérerait sa demande, elle serait à nouveau recalée, on l'enjoindrait même d'endurer l'existence avec un peu plus de courage comme une légère claudication consécutive à un accident de ski. Elle prendrait des risques chaque jour, traversant l'autoroute proche de son domicile, cherchant la noyade, l'hydrocution, la contagion tout à la fois, en s'immergeant l'hiver dans un canal où les résidus d'un égout transiteraient avec quelques blocs de glace erratiques. On la repêcherait, elle passerait quarante-huit heures en réanimation. Les récidives lui vaudraient des amendes et en définitive une comparution devant le procureur. Condamnée à une petite peine de prison, elle surmonterait sa timidité naturelle pour frapper une gardienne. Placée en quartier disciplinaire elle parviendrait à mettre le feu à son matelas, elle périrait asphyxiée avant qu'on vienne lui porter secours.

Elle est peut-être davantage Sylvie Dannot, elle l'a croisée plusieurs fois dans un cabinet de kinésithérapie où elle s'est fait masser longtemps pour une affreuse lombalgie. Elle est un peu plus grande qu'elle, plus brune, avec un air jovial qui tranche avec la mélancolie qu'on peut voir dans son regard.

Mais elle a pu se tasser depuis, faire éclaircir sa chevelure et subir assez de revers pour perdre tout à fait sa gaieté. Aujourd'hui elles se ressemblent suffisamment pour constituer une seule et même personne perdue dans cette habitation au milieu d'une ville dont elles n'ont qu'une perception fragmentaire comme si certaines avenues débouchaient sur des précipices, des terrains truffés de mines, des cratères crachotant de la lave et des scories.

Plus elle se regarde dans le miroir, plus elle sent qu'elles existent à l'unisson comme si on les avait incluses l'une dans l'autre à la suite d'une opération mathématique. Elles ont encore quelques idées divergentes dans le mode mineur, elles n'ont pas au même instant soif ni envie d'aller se poster sur la terrasse pour chercher dans le flot des voitures celle de leur mari, et si l'une désire de tout son cœur aller le lendemain dîner chez les Pierrot, l'autre redoute leur piscine à l'égal d'un gibet.

Sylvie Dannot ou Sylvie Bairre, une inconnue dont elle croit se souvenir avoir vu le nom sur un avis de décès. Maintenant qu'elle était morte elle était appelée à la remplacer, à reprendre le flambeau de sa vie trop tôt interrompue par une douloureuse maladie qui l'avait obligée à vivre ses deux dernières années sous des doses faramineuses de morphine. Si bien qu'elle n'avait plus aperçu la réalité qu'à travers de rares trous infimes qui ne lui permettaient jamais de voir un visage entier ou d'entendre assez distinctement une parole pour la comprendre. Elle demeurait dans son marasme intérieur, une eau croupie traversée parfois de rêves polychromes enchanteurs ou de cauchemars qui faisaient se gondoler de terreur son corps décharné sur son lit électrique. Lors des obsèques son cercueil en contreplaqué était si léger que les employés des pompes funèbres l'ont réouvert au crématorium pour s'assurer qu'elle était bien dedans.

À présent une nouvelle ère commençait pour elle avec cet organisme en parfaite santé qui peut à son gré scruter l'univers où elle est postée et même se déplacer d'un coup de voiture, d'un vol d'avion, ou d'un simple mouvement des jambes. Elle aime ce visage qui ne conserve aucun stigmate de l'agonie, du trépas, et dont les yeux brillent, roulent dans leurs orbites à la demande. Elle se déshabille pour mieux apprécier son épiderme encore élastique, tiède, sans plaques marmoréennes, ni nuances terreuses. Elle prend plaisir à se caresser des pieds jusqu'au front en s'attardant sur l'entrecuisse, la pointe des seins, pour jubiler encore davantage d'être en vie.

Puis elle entre dans la chambre, elle enfile une culotte imprimée qui laisse à l'air libre une grande partie des fesses, et un soutien-gorge en dentelle qui rehausse sa poitrine sans l'oppresser. Elle choisit une robe de soie verte brodée çà et là de pois écarlates et agrémentée d'un col bleu lavande. Elle chausse une paire d'escarpins noirs à talons hauts qui allongent ses jambes qu'elle juge fines et galbées en se regardant dans le grand miroir.

Elle a l'impression d'entrer en scène quand elle passe au salon en souriant aux meubles et aux murs. Elle virevolte dans la pièce, bousculant la table basse et renversant une lampe qui roule sur le tapis. Elle dévie vers la cuisine, tournant autour de la table, s'embronchant dans les pieds des tabourets, pour finir en pâmoison devant le hublot du four comme si le spectacle de la viande en pleine cuisson l'émerveillait.

Elle imagine déjà son mari revenant enjoué de son travail, respirant en plissant les narines la bonne odeur qui lui mettrait l'eau à la bouche et lui ferait déclarer gaiement j'ai faim en l'embrassant avec la fougue d'un jeune homme amoureux. Il ne résisterait pas et se découperait une tranche qu'il engloutirait brûlante en se pourléchant. Ensuite elle aurait beau se débattre un peu il la propulserait jusqu'au canapé où il la trousserait, déchirant la soie, écartant l'élastique de la culotte sans la baisser, ouvrant sa braguette d'un geste précipité, faisant surgir son pénis en pleine expansion, la pénétrant, la sautant avec la vivacité d'un gamin qui ondule sur un cheval à bascule, et pour finir s'écroulant de tout son poids sur elle après avoir poussé un cri en éjaculant.

Ils s'endormiraient corps contre corps malgré leur position inconfortable et seraient réveillés en sursaut à l'heure où les invités sonneraient à la porte. Il mettrait de l'ordre à son pantalon et irait leur ouvrir tandis qu'elle courrait se remaquiller, changer de tenue, se recoiffer en hâte. Tout le monde serait affamé, on dévorerait le gigot, l'un des invités gratterait même le manche avec ses canines. Elle ferait cuire des pâtes, réchaufferait des conserves, arrosant le tout de calva et de tabasco. L'indigestion et l'ivresse seraient à l'origine de vomissements dans les toilettes et petit à petit dans tous les coins de l'appartement.

On se déshabillerait pour lutter contre la chaleur torride qu'on sentirait monter en soi, on se toucherait du bout des doigts les uns les autres afin de mieux se connaître, on pratiquerait des rapports buccaux génitaux, des coïts, sodomie et flagellation ne seraient pas étrangères à la soirée. On viderait les bouteilles encore valides pour se donner du cœur à l'ouvrage, on s'égaillerait dans les parties communes de l'immeuble à la recherche de nouveaux compagnons, frappant aux portes, faisant apparaître des voisins des deux sexes enchifrenés de sommeil épouvantés par leur rage à vouloir tirer d'un seul coup toute la quintessence des joies de la chair.

Dehors on se grimperait sur les capots des voitures dans la nuit tiède. On s'en irait en cohorte par les rues, accostant les passants qui se carapateraient afin de rentrer dormir au plus tôt. On se gausserait de deux policiers en uniforme qui refuseraient de se mêler à leurs jeux et brandiraient sans conviction leur arme de service tant ils seraient ébahis. On déboucherait sur un boulevard animé, on s'engouffrerait dans un restaurant encore ouvert, on palperait les parties charnues, viriles, fendues, de la clientèle qui se défendrait en leur donnant des coups qui ne feraient que les exciter davantage. On se dirigerait vers le bar, buvant, quitte à régurgiter tout de suite pour le seul agrément de sentir un instant l'alcool picoter la langue. On plongerait dans les cuisines, se brûlant les mains en mangeant à même les marmites et s'asseyant pour se rafraîchir dans les grands bacs devant lesquels un jeune homme compassé s'obstinerait à faire la vaisselle.

On finirait par être immobilisé par le personnel qu'on aurait inondé d'eau savonneuse en se débattant. On finirait la nuit dans une cellule de dégrisement. Au matin on ferait intervenir un ami magistrat et on serait libérés, vêtus des vêtements usés dont on aurait été recouverts afin de ne pas attenter à la pudeur publique. On irait joyeux prendre un petit déjeuner à Trafalgar Square, à Shanghai, New York, ou tout simplement dans un café de l'île Saint-Louis, gerbant à peine après cette nuit d'orgie en avalant des litres de café-crème et des kilos de croissants. Avant de se quitter on louerait une chambre dans un hôtel de passe, un palace, chez l'habitant, une mamie de quatre-vingt-cinq ans ravie de compléter sa retraite avec ces quelques billets qu'elle attraperait de sa main brune qui se crisperait aussitôt comme une serre.

On bondirait sur son lit de chêne ciré, brisant le sommier, spongiant le matelas où on s'enfoncerait voluptueusement comme dans un marécage tiède et visqueux. Elle protesterait, plaignant son mobilier avec amertume, puis on l'entraînerait dans le tumulte et elle serait obligée de reconnaître que la vie communautaire avait plus de sel que la solitude.

On en aurait soudain assez du vice, on chercherait à se doucher au robinet de la cuisine, tandis qu'elle s'accrocherait à eux réclamant un supplément de luxure. On la pousserait dans un cagibi qu'on fermerait à clé, et on dévalerait débraillés en chahutant comme des potaches les six étages de son immeuble délabré, écrasant au passage cancrelats et souris grises.

On se promettrait de se revoir le soir même, d'outrepasser encore, de chuter davantage, de se perdre au plus profond de la détraquitude. En rentrant chez soi on coïterait à foison chacun dans son couple, se sustentant de médocs qu'on ferait prescrire par des médecins convoqués par téléphone et qu'on descendrait acheter à la pharmacie du coin.

On s'épuiserait, on ne voudrait rien entendre des signaux d'alerte que lanceraient désespérément les organismes aux abois. On ferait infarctus sur infarctus, refusant de modérer son activité, ou même de s'offrir une sieste réparatrice, négligeant les petites attaques cérébrales, les paralysies du bras ou de la jambe, riant des tumeurs, des métastases, et de l'agonie qui se profilerait à l'horizon à la vitesse de la lumière. On mourrait de tous ces maux et d'autres encore qu'on se serait interdit de prendre en compte dans l'attente grotesque de connaître un orgasme perpétuel.

Quand on a provoqué la nature, torturé sa santé, à ce point raillé le sens commun, on gît puni sur le sol, affreusement décédé sans aucune espérance de résurrection. On subit un enterrement méprisant, haineux, sous la pluie, les torrents de boue, la honte qui tombe dense comme une averse de crapauds, les plaques tectoniques jouant aux quatre coins et provoquant un cataclysme où les restes coupables se trouvent broyés, hachés, sous les huées de l'humanité entière qui s'embrase, se soulève, provoquant une guerre universelle de tous contre chacun au cours de laquelle l'espèce disparaîtra sans héroïsme, sans cette noblesse, cette nonchalance aristocratique qui ont enjolivé les conflits auxquels la civilisation nous a habitués depuis ses origines.

Elle préfère encore que son mari se montre indifférent, distant, la saluant de loin d'un signe distrait comme une concierge dont la conversation agace. Il peut faire semblant de ne pas la voir, la bousculant pour jeter un œil au gigot, emportant au salon un verre de vin et un ramequin de biscuits salés. Elle lui reconnaît le droit d'éructer, d'émettre des flatulences, de se lever pour aller faire bruyamment ses besoins en laissant la porte des toilettes grande ouverte.

Il peut dès leur arrivée interdire aux invités de lui parler, la cantonner dans la cuisine, ne lui permettant que de furtives apparitions pour assurer le service à table. Elle l'autorise à la mettre dehors sitôt le repas fini, elle est capable de supporter une nuit dans sa voiture s'il ne lui confisque pas les clés, ou même sur la moquette rase du hall d'entrée où elle se roulerait en boule comme un chat.

Il n'est pas impossible qu'il l'expulse dès son arrivée, l'obligeant auparavant à revêtir une robe trouée qui servait de chiffon, à se démaquiller avec un détergent au-dessus de l'évier, à détremper sa chevelure, à enfiler une vieille paire d'espadrilles afin qu'on la prenne pour une clocharde et qu'embarquée par les services sanitaires elle subisse la désinfection et le dortoir.

Il lui en veut peut-être à juste titre pour un plongeon raté chez les Pierrot, une faute de ménage, de lit, un contresens à propos d'un vocable étranger ou appartenant à une langue morte qu'elle avait pourtant étudiée au lycée. Et si par distraction elle l'avait appelé du nom de son beau-frère, du fiancé dont elle était folle amoureuse dans sa jeunesse, ou du yorkshire de la dame du pressing qui lui faisait des fêtes à chaque fois qu'elle pénétrait dans la boutique. Elle aurait pu aussi l'offenser dans son sommeil en évoquant à haute voix ses dents mal alignées, son incapacité à vendre l'agence, cette érection qui était soudain tombée le mois dernier faisant tourner leur rapport en eau de boudin.

Elle ne se souvient pas, mais lui se rappelle peut-être de ce matin dans la chambre ensoleillée où elle n'avait pas eu le réflexe d'enfiler assez vite un peignoir, exhibant par accident dans la lumière crue certaines régions de son corps qu'elle lui cachait d'ordinaire afin de lui épargner l'humiliation d'avoir une épouse qui depuis longtemps n'était plus une jeunesse à la peau lisse comme une ampoule. Il lui tenait rancune d'une suée alors que l'ascenseur était en panne et qu'elle grimpait les marches chargée de courses, d'une tache safranée sur un sous-vêtement quitté la veille qu'elle avait négligé de jeter aussitôt dans le tambour de la machine, d'avoir été trop laide sous les lampes vertes et bleues d'un restaurant où se pavanaient des beautés de toutes les couleurs qui semblaient s'être données rendez-vous ce soir-là des quatre coins du monde.

Il aurait aimé qu'elle cesse d'être elle-même avec cette obstination, de se cantonner dans sa cinquantaine, de parler avec sa voix à présent tout à fait dépourvue de cette intonation suave qui le faisait fantasmer autrefois, de se faner sans acquérir aucun charme compensatoire, de ne jamais se départir de sa féminité maladive alors qu'il aurait parfois préféré partager sa couche avec un homme dont la verge l'aurait dépaysé. D'une façon ou d'une autre elle devait être coupable d'exister de la sorte, il était en droit d'exiger sa modification, qu'elle apporte à son quotidien un peu de magie au lieu de lui asséner continuellement une réalité qu'elle aurait dû transcender d'une pichenette.

Il ne supporterait pas sa permanence plus longtemps, en rentrant il exigerait qu'elle s'amende et que dès demain chez les Pierrot elle apparaisse enfin comme une créature à multiples facettes, assez plastique même pour se fondre avec humilité dans le civet de biche quand on serait lassé de ses métamorphoses. Il partirait seul dans sa voiture tandis que ses restes s'en iraient en ronronnant avec l'eau du lave-vaisselle.

Elle se dit qu'elle devrait se précipiter dans la salle de bains, tenter de modifier son visage en allongeant son regard avec du khôl, de pulper sa bouche avec un bâton de rouge pompier, de se façonner des pommettes saillantes et enjouées avec du fard et des paillettes qu'elle avait achetées des années auparavant pour un réveillon dont elle avait dû se passer à cause d'un décollement de rétine. Elle taillerait au petit bonheur dans sa chevelure, dégageant l'entièreté de sa figure de cette gangue pileuse qui lui semblerait décidément la grignoter comme une steppe blonde, roussâtre, châtain, brunâtre, grise, blanche comme la baignoire qui se refléterait fixement dans le miroir.

Elle se regarderait dans la grande glace de la chambre, elle se trouverait rajeunie avec ce physique moins hirsute et ces quelques touches de fantaisie qui lui donneraient un air de fête. Elle retournerait nue à la cuisine, surveillant la cuisson du gigot, épluchant des pommes de terre, se brûlant en les faisant rissoler dans une poêle, riant au lieu de geindre sous la douleur afin d'affirmer son nouveau caractère mieux trempé, guilleret, goguenard face aux tracasseries et aux pépins.

Elle traverserait le salon, elle s'accouderait à la rambarde de la terrasse, laissant avec délices la brise du soir caresser sa peau. Quand son mari rentrerait il aurait l'impression de la rencontrer pour la première fois, comme si au cours des années passées elle n'avait été qu'une capilotade d'être humain dont il doutait parfois qu'elle soit munie d'autre chose que d'une conscience effarée d'animal.

Les invités apprécieraient sa nouvelle apparence, la complimentant sur son dîner et lui posant une foule de questions pour tester son aptitude subite à parler de sujets abstraits, à établir des comparaisons judicieuses, à émettre des opinions cohérentes sur la gestion de la copropriété.

Mais son mari la jugerait peut-être immonde, trouvant sa nudité écœurante comme un quartier de bœuf. Il la frapperait de sa main baguée d'une chevalière armoriée trouvée lors d'une plongée sous-marine aux Maldives. Au cours du dîner, tuméfiée, amorphe sur sa chaise, elle n'aurait aucun appétit, tout au plus boirait-elle un verre de bourgogne dans l'espoir que l'alcool la distraie de ses douleurs.

Quand ils seraient seuls, il lui accorderait de dormir à la cuisine entortillée dans des torchons et des tabliers. Elle se révolterait, lui assénant un coup sur la tête avec une affreuse statuette en bronze doré. Comme il s'écroulerait inanimé sur le sol, elle comprendrait à quel point sa réaction avait été excessive. Elle s'endormirait sur le canapé du salon, se relevant à plusieurs reprises pour voir si le cadavre n'aurait pas consenti à remonter la pente et se remettre à vivre. Au matin elle tenterait de se souvenir avec assez d'intensité de leur première rencontre pour provoquer ce jour-là sur tout son épiderme une crise de psoriasis qui l'aurait fait fuir à jamais, annulant ainsi toutes leurs années de vie commune jusqu'à cet instant fatal où sa rébellion s'était soldée par cet accident.

Elle croirait être parvenue à ses fins, se rappelant d'une foultitude d'années où son état n'aurait fait qu'empirer. Tout le monde l'aurait fuie, même les dermatologues refuseraient qu'une patiente aussi repoussante franchisse la porte de leur cabinet. Elle n'aurait trouvé qu'un travail de nuit dans un cabaret égyptien où elle accueillerait les clients emmaillotée comme une momie. Elle garderait sa tenue de travail pour faire ses courses, préférant les moqueries des passants à leurs haut-le-cœur. Elle aurait parfois des relations sexuelles avec des saints, des téméraires, des désaxés, qui lui permettraient de ne pas se sentir tout à fait sur la touche. On lui enlèverait à la naissance l'enfant qu'elle aurait conçu par inadvertance pour lui éviter le traumatisme de se trouver sous la coupe d'une femme aussi peu homogène avec le reste de la population des mères.

À la suite d'un choc nerveux consécutif à l'explosion des Twin Towers, elle aurait guéri soudain la semaine passée. Le patron du cabaret aurait consenti à la laisser dérouler les bandelettes de son visage. Alors malgré le temps passé cet homme l'aurait reconnue quand elle l'aurait servi. Il l'aurait invitée à sa table, il aurait exigé qu'elle le rejoigne chez lui son service terminé. Et elle aurait été obligée de se défendre pour éviter le viol.

Elle serait décontenancée en s'apercevant qu'en dépit de tous ses efforts pour refondre son passé l'événement qu'elle aurait voulu effacer remontait à la surface comme une épave renflouée. Elle s'habillerait des premières hardes qu'elle trouverait dans l'armoire et s'en irait. Elle passerait la journée dans une succession de cinémas afin d'essayer de se projeter sur l'écran à la place des images et de disparaître dans la conscience des spectateurs.

Elle échouerait, on l'arrêterait en fin d'après-midi à la terrasse d'un café où elle se sustenterait d'un croque-monsieur. En prison elle tenterait de mettre du désordre dans sa conscience afin d'atteindre la confusion mentale et la folie. Elle demeurerait malgré tout avec cette personnalité, cette mémoire, nette, transparente comme l'eau de la piscine des Pierrot.

À sa sortie elle serait à l'orée de la vieillesse, elle attendrait le gâtisme comme une délivrance. Elle conserverait cependant un cerveau de jeune fille jusqu'à cette mort ridicule un soir d'élections où elle viendrait de suivre les débats à la télévision. Dans sa salle de bains éclairée par un néon clignotant prêt à rendre l'âme, elle s'étoufferait avec sa brosse à dents.

Elle s'assoit au salon en sirotant un martini. Elle attend l'esprit serein de voir enfin celui que les hasards de l'existence lui avaient donné pour mari. Il apparaîtrait peut-être avec un cadeau pour commémorer leurs noces d'argent, débouchant une bouteille de champagne qu'ils videraient en se dévorant des yeux. Ils n'ouvriraient pas aux invités, leur déclarant à travers la porte qu'ils s'aimaient assez pour se passer du reste de la société.

Ils se dirigeraient d'un pas solennel vers la chambre, chacun déshabillant l'autre avec vénération. Ils pénétreraient dans le lit avec le respect qu'on doit à un ciboire, caressant leurs corps comme des idoles, des reliques, des morceaux de la vraie croix. Ils auraient une étreinte lente, fougueuse, explosive, qui les tiendrait longtemps en haleine. Ils s'endormiraient d'un sommeil commun au cours duquel ils ne se quitteraient pas un instant, développant le même rêve limpide et scintillant comme un diamant sans le moindre crapaud. Ils prendraient leur petit déjeuner ensemble, buvant au même bol, mordant la même tartine de pain beurré. Ils échangeraient quelques mots, décidant d'un commun accord de se séparer tout de suite afin de ne pas exposer leur amour aux avatars et à l'usure du temps qui les avait épargnés un quart de siècle durant.

Il lui laisserait l'appartement, lui versant une pension confortable au cours des mois suivants. Il ne supporterait pas si bien la solitude, s'acoquinant avec une mineure dont les goûts dispendieux l'obligeraient à interrompre les versements et à mettre en vente leur ancien domicile. Elle trouverait un travail chez une amie qui tiendrait une parfumerie, elle logerait au-dessus de chez elle dans une pièce où serait entreposé le matériel de son époux passionné de pêche à la mouche.

Ils ne se croiseraient jamais plus au cours du reste de leur vie, pourtant l'intensité de leur amour ne se démentirait pas. Il existerait en se passant des anecdotes, des contingences, de tout ce qui tisse la trame quotidienne des couples qui finissent par mourir dans l'indifférence après avoir à l'occasion tutoyé la haine.

Elle rajoute à son verre une rasade de gin. Elle préfère accueillir ce mari à l'apparence, à la personnalité inconnues dans un état de détachement et d'euphorie. Il lui raconterait ses ennuis de la journée, elle le rafraîchirait de son rire et de sa bonne humeur. S'il la trouvait trop gaie il l'emmènerait aux toilettes, lui enfonçant ses doigts au fond de la gorge afin qu'elle se vide. D'elle-même elle irait ensuite se doucher à l'eau glacée, puis elle s'habillerait d'un tailleur strict et de chaussures plates.

Pour le séduire elle lui tiendrait des discours graves sur l'existence, les nations, l'écoulement des heures, elle lui confesserait son respect pour les cours de justice, les hôpitaux, la mort qui était la clé de voûte de notre perception de chaque instant de la vie. Elle trouverait bien quelques cicatrices sur son abdomen, ses jambes, au milieu de son dos, pour qu'il ne doute pas qu'elle avait été blessée dans sa chair, et si cruellement qu'elle avait hurlé des mois entiers, refusant les mains secourables dans le but de s'aguerrir et de clouer le bec aux bouffées d'optimisme qui la faisaient parfois sourire.

Elle démonterait devant lui tout son psychisme, il constaterait à quel point chacun de ses rouages était noir, encalaminé par des années de désespoir, d'angoisse perpétuelle. Elle lui montrerait toutes ces zones qui conservaient les traces de la tentation du suicide qu'elle avait surmontée afin de ne pas interrompre le cheminement de la douleur et de connaître la caducité, cet âge où elle aurait besoin de coups de semonce pour souffrir malgré sa sensibilité émoussée par le temps.

Les invités sonneraient, il n'y aurait pas d'apéritif. On refuserait de toucher au gigot, préférant garder sa faim plutôt que de s'abandonner et se repaître. On causerait d'un grave accident de la route, d'un hélicoptère tombé sur un pavillon, d'un enfant que ses parents refusaient d'emmener chez le dentiste afin que pulpite après pulpite il comprenne à quel point la gaieté était une information erronée que colportaient les médias afin de séduire les annonceurs.

Pour lutter contre cette propagande on aurait l'idée de sponsoriser une chaîne plus réaliste qui diffuserait des reportages sur des familles constituées d'individus frustrés, de gens déchus, aux visages marqués par l'échec, l'insomnie, le jeûne qu'ils s'imposeraient pour expier des moments de bonheur dont ils se sentiraient coupables comme d'autant de crimes. Quand un problème technique surviendrait on passerait un interlude constitué d'images fixes de regards d'animaux aux abois au moment de l'hallali, d'éjaculations de pendus, de mâchoires de nouveau-nés braillant pour la première fois. Le son serait un ruban continu de plaintes de naufragés, de crashés, de ruinés épouvantés par l'écroulement d'une monnaie qui les mettait sur la paille.

En attendant de réaliser ce projet, on réveillerait des connaissances par téléphone afin de les convaincre de passer la nuit debout en laissant l'angoisse ambiante grimper jusqu'à leur cerveau au lieu de dormir en s'inventant à l'occasion des rêves langoureux et stupides. Beaucoup raccrocheraient sèchement sans tenir compte de leurs injonctions, mais une adolescente restée seule à la maison se laisserait convaincre, promettant de devenir assez nerveuse, assez inquiète pour ne plus jamais connaître que des phases de sommeil inconfortables et courtes comme ces plages de cailloux qu'on trouve au bas des falaises abruptes.

On refuserait café et digestif, on préférerait se dire ses quatre vérités, se quitter en s'injuriant, en promettant de ne plus se revoir après une soirée aussi catastrophique. La porte refermée, son mari lui reprocherait un orgasme de l'année passée survenu alors qu'en la besognant tristement il évoquait sa secrétaire partie en voyage de noces avec ce garçon un peu boulot qu'elle avait dû croiser à l'agence plusieurs fois. Elle lui donnerait sa parole qu'elle était parvenue depuis à se dompter, et que son appareil génital était devenu insensible comme du stuc.

Elle vide son verre, elle se demande si elle ne ferait pas mieux d'emballer le gigot dans une feuille d'aluminium afin de pouvoir l'emporter chez les Pierrot si d'aventure ils avaient appelé son mari dans l'après-midi pour les convoquer ce soir à dîner. Elle va fouiller son armoire pour trouver un maillot de bain et des lunettes de piscine, car elle croit se souvenir d'une conjonctivite à la suite d'une baignade trop prolongée qui l'avait rendue presque aveugle pendant trois jours.

Ils se vexeraient peut-être d'une offrande de nourriture, croyant qu'on critiquait leur cuisine et qu'on cherchait à éviter la dégustation du plat d'insectes qu'ils avaient fait frire à leur intention. Elle n'avait qu'à laisser la viande dans le four éteint et la faire réchauffer demain pour les invités. Elle se demande quand même si les Pierrot existent en ce moment, s'ils ne sont pas un souvenir d'enfance, un de ces cauchemars qu'on inflige aux gamins chaque dimanche comme la visite d'une tante acariâtre dont les vêtements dégagent une odeur, ou ces excursions dans les broussailles d'une campagne au relief lunaire au cours desquelles on se pique aux orties en essayant de cueillir d'affreuses fleurs aux pétales recroquevillés par le soleil qui finissent à la poubelle sitôt rentré à la maison.

Les Pierrot sont peut-être tout simplement ses parents assassinés l'an passé par un tueur en série dans le train de nuit qui les ramenait de villégiature. Elle avait engagé une chorale pour chanter à leurs obsèques afin de compenser son absence d'émotion et même cette sorte de sentiment de liberté qu'elle n'avait jamais éprouvé depuis sa naissance. Afin de payer leurs nombreuses dettes elle avait vendu leur propriété à un promoteur qui l'avait transformée en base de loisirs. Il lui était resté assez d'argent pour changer la voiture de son mari et s'acheter un collier qu'on lui avait braqué sous la menace d'un couteau.

Jusqu'à son mariage elle s'était donc appelée Christine, Arielle ou Antoinette Pierrot. On la jetait à l'eau à tout propos, sous prétexte de la récompenser d'une brillante note en arithmétique ou pour la punir d'une insolence, d'un devoir bâclé, d'un pantalon taché du cambouis de sa chaîne de vélo. On avait même corrigé de la sorte sa tendance à la boulimie et soigné cette crise de neurasthénie qui avait failli lui coûter la vie à l'âge de dix-sept ans.

Madame Pierrot l'avait du reste accouchée dans le grand bain, la sage-femme surveillant en apnée la délivrance, son père coupant le cordon après un saut de l'ange. À huit mois on lui a infligé son premier sauna, on la traînait lors des voyages, elle partageait la vie des enfants des tribus, subissant pratiques initiatiques et mutilations rituelles. Elle connaissait l'ambiance surchauffée des avions cloués au sol par des pirates, les interrogatoires peu amènes dans les dictatures paranoïaques, les amibes qui font leur nid à perpétuité au fond des tripes.

L'année où elle avait échoué à son bac elle avait dû prendre ses repas sous l'eau durant le mois de juillet, passant ses nuits dans le hammam malgré la canicule qui faisait fondre le goudron et mettait le feu aux forêts. Quand la piscine se trouvait vide pour cause de désinfection elle avait le sentiment d'une délivrance et elle fuyait les ablutions comme une résurgence de son calvaire.

Elle s'était mariée à dix-neuf ans avec le premier venu, préférant les griffes d'un mari au vase clos de cette adolescence lacustre. Pourtant à la moindre scène de ménage son époux acceptait une invitation chez ses beaux-parents, et elle connaissait à nouveau les affres du bassin où pour assouplir son caractère on la contraignait à faire des longueurs tandis qu'on dînait devant les cabines. Elle rentrait matée, docile, craignant à tout instant de lui déplaire. Et si ce soir il revenait de mauvaise humeur de son travail, dès le départ des invités elle n'échapperait pas à un harassant bain nocturne dans une piscine ouverte jusqu'à l'aube où les nightclubers pouvaient se tremper entre deux tequilas.

Les Pierrot sont toujours vivants, elle a l'impression de les avoir vus la semaine passée la peau tannée par le soleil au retour d'une expédition sur une île infestée de vipères où ils avaient survécu quatre-vingt-cinq jours. Elle n'est pas leur fille, une nièce éloignée tout au plus qu'ils avaient souvent emmenée en vacances par mansuétude pour la sortir du logement sordide où elle demeurait avec sa famille.

Son père était un bonhomme maladroit qui conduisait un vieux taxi cabossé par les accrochages, sa mère se maquillait comme une prostituée et vendait des pizzas dans une roulotte échouée sur un terrain municipal à côté d'un lycée. Son père était cadre dans l'informatique, sa mère dirigeait un pool de traducteurs. Ils avaient fait construire une grande maison dans une banlieue résidentielle où elle invitait ses camarades pour faire du vélo et de la balançoire dans le jardin entretenu à l'année par un adjudant à la retraite qui claudiquait depuis la guerre.

Elle se souvient des grands saladiers de fraises du mois de mai et des cerises qu'on cueillait à la fin juin en montant sur un escabeau. Elle collectionnait les verres à moutarde et les flacons de parfum, en cherchant dans le capharnaüm qui règne à la cave elle les retrouverait sans doute emballés avec soin dans du papier de soie. Dès l'âge de quatorze ans elle avait emmené des garçons dans la cabane où on entreposait la tondeuse à gazon, aujourd'hui elle mettait sur le compte de ces galipettes spartiates les rhumatismes précoces dont elle souffrait quand le temps était à la pluie.

Pour son entrée en faculté on lui avait offert une décapotable qu'elle conduisait souvent pompette les soirs de fiesta où elle avait bu du vin rouge avec ses amis en faisant griller poivrons et brochettes sur des roches plates face à la mer blanchie par le clair de lune, ou noire comme la brève dépression qui s'était abattue sur elle l'année où une enseignante perverse avait intrigué avec assez de finesse pour obtenir son redoublement.

Elle était sportive, joueuse de tennis, de golf, skieuse, équilibriste, ne dédaignant pourtant pas à l'occasion de goûter toutes les drogues en vogue au milieu des années soixante-dix. Sa jeunesse avait été si pleine, si éclatante, qu'elle avait constitué une vie entière. Elle s'était mariée avec indifférence, certaine que ses souvenirs écraseraient l'instant présent sans coup férir et réduiraient son époux à l'état de fantoche. Elle aurait pu rester célibataire, tomber malade, entrer sans foi dans un cloître, partager l'existence d'une femme ridée, glisser du haut d'une montagne, tant elle méprisait l'avenir, tant elle lui riait au nez, tant elle le trouvait ridicule avec son carnaval d'années encore vierges qu'il agitait comme une menace. Elle pouvait passer ses journées à surveiller la cuisson d'un gigot, à attendre un conjoint et des invités dont les visages ne lui diraient rien, elle roulerait toujours à tombeau ouvert dans sa décapotable, éméchée, abasourdie de béatitude.

Elle se lève, elle va sur la terrasse. Elle croit flotter dans les airs comme un zeppelin promenant le sigle d'une marque de jus d'orange dans le soleil couchant. Le bruit de la circulation l'arrache à son rêve, de toute façon cette décapotable devait appartenir au fils de la famille où sa mère allait chaque semaine ravauder le linge et nettoyer les vitres. Elle en était amoureuse, il avait eu avec elle des rapports sexuels, mais il lui avait refusé les marques de tendresse les plus fugaces et les plus légitimes.

Elle pleurait de retour chez elle, cherchant à boire ses larmes pour purifier cette bouche où il s'était épanché sans amour comme dans un mouchoir. Quand il s'était marié, il l'avait engagée comme domestique. Elle lui servait encore à l'occasion dans les périodes où le lit conjugal le dégoûtait comme un plat plein des rogatons d'un repas consommé l'avant-veille. Puis il a fini par la percevoir elle-même sous forme de restes, il l'a accusée de tousser et d'être la cause d'une bronchiolite qu'avait contractée sa gamine de dix-huit mois.

Elle est partie. Elle est descendue dans une gare en rase campagne bien décidée à attendre le soir assise sur son sac pour se jeter sous un train de nuit. Le buffet ne servait que des bières, elle en a bu huit pour passer le temps. Elle se sentait plus optimiste après chaque gorgée, elle se promettait petit à petit une vie de rêve avec un mari soumis à tous ses caprices et une ribambelle d'enfants pimpants qui pirouetteraient autour d'elle en lui criant leur amour. Elle s'appellerait Cathy Lemaret, elle dirigerait un service de cardiologie et dès leur convalescence elle coucherait avec ses malades les plus célèbres ou les plus fortunés. Son époux serait un simple manipulateur qu'elle rudoierait pendant les interventions et qu'elle ferait poursuivre le jour où un Premier ministre rendrait l'âme à l'occasion d'un pontage.

Il deviendrait employé à la morgue, nettoyant les cadavres des accidentés, les recousant de façon sommaire afin de les rendre présentables à leurs proches. Elle refuserait dès lors de le supporter dans son lit, lui reprochant cette odeur fade qui se dégagerait de ses pores malgré les savonnages et les aspersions. Il dormirait durant plusieurs mois dans la lingerie, puis elle lui conseillerait de partir et il disparaîtrait avec sa musette dans la cohue d'une bouche de métro.

Elle s'appellerait Marie du Bornand, mariée sans enfant à un paysan qui tirerait le diable par la queue en braconnant des lapins et des biches. Elle serait Anne Rimert, elle attendait l'omnibus qui la ramènerait dans sa ville natale. Pour lui apprendre à fuguer son père l'accueillerait à la maison avec une mercuriale et des coups. Elle s'occuperait en dessinant des sexes d'homme sur un vieux cahier dans la pièce éclairée par un fenestron où il la consignerait pendant une semaine en sous-vêtements pour lui enlever toute velléité d'évasion. À sa sortie, il la marierait à un homme âgé qui aurait avec elle des rapports d'impuissant et de rustre.

Veuve, elle achèterait un scooter, mais elle se lasserait vite de sillonner le département. Elle lâcherait souvent le guidon, refusant de regarder la route pour chercher dans le mouvement des nuages une distraction. Elle ferait plusieurs chutes sans gravité, puis ce serait le vol plané fatal. Lors de la veillée funèbre on s'apercevrait qu'elle était en réalité Simone Béral, une paysanne à moitié folle qui était morte depuis vingt-cinq ans.

Persuadé que sa fille lui avait joué un tour, son père la ferait rechercher par la gendarmerie. Après une battue dans les bois, on retrouverait le corps d'une jeune fille violentée qui ne correspondrait à aucun signalement de disparue. On imprimerait en vain sa photo sur des emballages de gâteaux secs, des briques de lait, et on la verrait longtemps en gros plan dans un spot. Une association humanitaire la ferait couler dans un bloc de béton qu'un sculpteur percerait en maints endroits pour lui donner l'aspect d'un monument à la mémoire des victimes de l'inhumanité des sadiques.

Elle va ouvrir la porte, des lascars qui se prétendent éboueurs viennent réclamer goguenards leurs étrennes du nouvel an. Elle leur dit je crois que nous sommes en avril, ils dévalent l'escalier en donnant des coups de pied aux marches. Elle retourne sur la terrasse, elle se demande si elle n'est pas mère célibataire d'une étudiante en sociologie qui va surgir d'un moment à l'autre en lui reprochant de l'avoir faite si grande, si ossue, avec une pilosité de caniche dont les instituts ne viennent pas à bout.

Elle se déshabillerait dans le salon pour lui montrer un érythème fessier qui la picoterait depuis le matin et elle l'accuserait de l'avoir laissée mariner dans des couches souillées du temps où elle était loupiote. Elle en profiterait pour se plaindre de ses cols de fémurs saillants qui l'empêchaient de rester assise plus d'une demi-heure sur les bancs des amphithéâtres, et de sa poitrine plate aux extrémités presque noires, grenues, larges comme des soucoupes. Elle disparaîtrait dans sa chambre après lui avoir jeté ses vêtements à la figure qui l'atteindraient avec la violence d'une torgnole.

Elle s'affaisserait sur le tapis en pleurant, puis elle irait à la cuisine mettre le couvert. Elle ferait une purée instantanée, elle sortirait le gigot du four. Elle chercherait en vain dans les placards une bouteille de champagne pour donner à cette enfant une bouffée d'optimisme. À la place elle diluerait un verre de whisky dans une carafe d'eau gazeuse. Elle s'aventurerait dans le couloir, elle l'appellerait d'une voix craintive. Elle déboulerait en la bousculant, elle s'emplirait de nourriture, de boisson, et pour clore son repas elle se raclerait la gorge avant de lui cracher au visage et de balancer le gigot à moitié dévoré à travers le salon.

Elle se lamenterait toute la soirée, regrettant de l'avoir équipée d'un corps inapte à la séduction et d'une tête déboussolée. Elle penserait même à l'empoisonner au petit déjeuner comme un animal souffreteux, puis elle se demanderait si elle était vraiment le point de départ de cet être, si elle ne l'avait pas plutôt recueillie par mansuétude après qu'on l'ait abandonnée dans la poubelle d'un restaurant. À moins qu'elle l'ait simplement engagée l'automne dernier pour faire des heures de ménage et qu'elle s'incruste par manque de savoir vivre dans l'ancienne chambre de son beau-fils.

Elle déciderait de se débarrasser de cette présence délétère sans attendre le lendemain. Elle ferait chauffer le fer à repasser, la réveillerait en sursaut, la menaçant de le lui appliquer sur la joue et l'expulsant sans même lui laisser le temps de rassembler ses affaires. Elle la regarderait de la terrasse s'éloigner d'un pas précipité de jeune folle.

Elle n'aurait pas envie de se mettre au lit, elle savourerait une tasse de thé dans la fraîcheur de la nuit. Demain son mari rentrerait d'un voyage avec les enfants de son premier mariage, elle aurait alors la certitude d'être Louisa Guimard, une femme connue dans le milieu de la mode où elle avait révolutionné la coupe des robes de soirée. Sinon elle accepterait de mener la vie terne de Jacqueline Rosier, de quitter ce bel appartement qu'elle avait gardé en l'absence des Terramont et de retrouver sa masure en contrebas d'une usine d'incinération d'ordures ménagères.

Elle se tirerait à nouveau les cartes, cherchant sans discontinuer une solide raison d'espérer. Elle ferait trois kilomètres à pied chaque matin pour aller acheter des comestibles dans une petite boutique d'alimentation attenante à une station-service. Elle s'enivrerait des odeurs d'essence, des gaz d'échappement, comme d'une brise ou des émanations d'un bouquet de lavande. Elle écouterait les conversations des routiers, elle envierait leur nomadisme et leur cabine confortable où ils pouvaient dormir à leur guise.

Elle aurait toujours du détergent et un chiffon dans son cabas. Elle astiquerait les chromes et les jantes, elle leur proposerait de laver leur linge en vitesse dans les lavabos et de les aider à nettoyer leur pare-brise avec la raclette en caoutchouc fixée au bout d'un long manche qui se trouverait à leur disposition près du gonfleur. Ils accepteraient ses propositions pour ne pas la blesser, lui glissant même une pièce ou distrayant un paquet de biscuits, une bouteille d'alcool de leur chargement en lui souhaitant bonne chance, le plus souvent dans une langue étrangère dont le bruissement lui ferait l'effet d'une caresse. Elle rentrerait à petits pas pour éviter de s'éloigner trop vite, elle ferait même exprès de se perdre aux alentours de l'usine pour regarder les mouettes venues de loin fondre en piaillant sur les tas d'ordures.

Elle aurait quelques coquillages ramassés autrefois lors d'une sortie organisée par son école pour emmener des enfants défavorisés voir la mer. Elle les disposerait en rang de taille, croissant, décroissant, ou en désordre sur son unique table où elle étalerait ses cartes et prendrait ses repas. Elle regretterait qu'aucun ne soit assez gros pour entendre le bruit des vagues en le portant à l'oreille. Elle essaierait d'imaginer l'océan en faisant couler de l'eau, en tirant la chasse, en laissant glisser ses doigts sur la toile cirée. Elle n'arriverait pas à y croire, malgré ses efforts elle s'ennuierait dix heures par jour.

Elle collerait des annonces à la station-service, s'offrant pour arroser les plantes, promener les chiens ou garder les enfants. Mais les gens ne feraient que passer, d'ailleurs elle n'aurait pas le téléphone, son adresse serait imprécise, pour la trouver il aurait fallu perdre un temps dont tout le monde était plus avare encore que de son fric. Elle devrait se contenter de prendre le car une ou deux fois par an pour aller garder l'appartement des Terramont qui lui feraient confiance puisqu'elle serait la sœur de la nounou de Madame.

Ils la préviendraient une semaine avant leur départ par un petit mot griffonné au dos d'une vieille enveloppe ou d'un prospectus. Ils lui donneraient les clés et quelques consignes, puis disparaîtraient aussitôt avec leurs bagages. Elle ne les verrait plus jusqu'à leur retour, et comme ils rentreraient épuisés par le décalage horaire ils lui diraient simplement de laisser le trousseau sur la commode avant de foncer dormir dans leur chambre.

Chez eux elle se distrairait, prenant des bains moussants, essayant des parfums, des produits de beauté, se maquillant certains soirs et empruntant des robes pour se pavaner sur la terrasse illuminée ou éclairée par des bougies blanches achetées au supermarché. Elle aurait voulu faire des invitations, pouvoir bavarder en contemplant la rue. Elle n'oserait pas proposer à la gardienne qu'elle croiserait à l'occasion de venir partager son dîner, et elle ne connaîtrait personne dans cette grande ville où elle faisait de trop brefs séjours pour nouer des relations de voisinage.

Elle se contenterait d'arpenter cette surface qui lui semblerait luxueuse, guillerette, avec ces meubles clairs, luisants, ces lithographies colorées pendues aux murs qui lui paraîtraient d'autant plus belles qu'elles ne représenteraient rien. Elle prendrait les messages qu'elle consignerait d'une écriture ronde sur le carnet des commissions, elle appellerait l'horloge parlante, la météo, ou les renseignements afin de s'enquérir des coordonnées d'une amie inventée. Elle s'endormirait devant la télévision, et à son réveil elle voudrait croire qu'on tenait compte de sa présence et que les candidats des jeux lui jetaient un regard interrogatif avant de répondre.

Vers onze heures elle descendrait acheter du saucisson, des fruits de saison, et parfois des œufs ou un merlan. Elle ferait pourtant un tour complet du magasin, s'émerveillant des détergents magiques prédisant la rédemption du linge, goûtant les nouveaux produits laitiers, les confitures basses calories proposées par des jeunes filles aux tenues acidulées, emplissant son chariot de mets fins et de boissons qu'elle reposerait avec soin dans les rayons avant de s'en retourner. Elle se souviendrait avoir acheté un jour une tranche d'aloyau, des côtelettes en promotion. Mais elle ne se rappellerait pas avoir jamais acheté de rôti, encore moins cet encombrant gigot qui cuisait inexplicablement dans le four.

Elle n'est pas cette pauvre femme, elle est probablement Laurence Terramont en personne. Son mari la respecte, la vouvoie même, alors qu'elle lui a toujours dit tu dès le début de leur rencontre. C'est elle qui lui prépare les affaires qu'il portera dans la journée, et elle le renvoie à la salle de bains les dimanches où il a eu la flemme de se raser. Quand ils partent en vacances, ils ferment simplement la porte, ils ont eu la chance jusqu'à présent de n'avoir jamais été cambriolés.

De son propre chef elle a décidé ce matin d'inviter à dîner un trio d'amies divorcées trop heureuses de rompre leur isolement durant trois ou quatre heures. Elles boiraient plusieurs whiskies en dévorant cacahuètes et biscuits salés, puis ce seraient les tranches de viande qui descendraient l'une après l'autre à peine mâchées dans leurs estomacs insatiables. Elle ne servirait pas de légumes, mais pour le dessert elle poserait sur la table les pâtisseries maison que chacune aurait apportées en guise de bouquet de fleurs. La conversation roulerait sur la sexualité des esseulées quand elles considèrent les orgasmes obtenus par masturbation comme des leurres et les rencontres d'un soir comme des blessures qui s'ouvrent béantes le lendemain et mettent de longues semaines à se refermer.

Elle leur conseillerait de tirer un trait sur les parties basses de leur corps, de se tenir plutôt dans leur tête en profitant de la vue et de l'ouïe pour jouir de leur environnement et s'attarder pour se délasser sur la bienfaisante sensation de chaleur que procurent les radiateurs en hiver et sur le soulagement qu'apporte un simple courant d'air quand le soleil tape l'été. Elles pouvaient aussi laisser remonter leur passé, goûter tous les charmes de la nostalgie, à tel point que leurs souvenirs deviendraient actuels, qu'elles les vivraient au jour le jour comme des morceaux d'existence en cours de développement dans la réalité, et qu'elles finiraient par en projeter certains dans l'avenir comme des rêves qu'on atteindra peut-être jamais.

Elles n'avaient aucun besoin de nouvelles péripéties, encore moins de nouvelles amours, leur passé les comblait déjà d'une ventrée de bonheur qu'elles n'auraient pas fini de digérer quand elles s'éteindraient. À présent elles devaient même s'abstenir de rendre visite à quiconque, elles devaient aussi fuir toute activité professionnelle car elles sont trop prolixes en contacts humains, elles vivraient avec le minimum, recluses, se faisant livrer une fois par mois des vivres et des pains de savon dont elles feraient leur toilette et laveraient leur linge de plus en plus fatigué et réduit à des frusques.

Désormais elle se garderait bien de les inviter à nouveau, elle refuserait de les prendre au téléphone, et si d'aventure quelqu'un évoquait l'une d'entre elles en sa présence elle soutiendrait qu'on avait perdu sa trace depuis trop longtemps, qu'elle n'était plus dans la mémoire des gens qui l'avaient connue qu'une empreinte usée à l'extrême comme ces inscriptions sur les tombes des cimetières marins rendues indéchiffrables par les tempêtes chargées d'embruns et de sable.

Du reste elle interromprait le repas alors que son mari chercherait à les consoler de cette vision rigoriste de leurs prochaines années en leur proposant de reprendre une part de dessert. Elle se lèverait soudain de table, et elles comprendraient qu'on leur offrait la porte en guise de couronne sur le fronton du mausolée où elles seraient dorénavant réduites à passer leur vie. Elles la remercieraient d'une voix chevrotante pour son dîner, elles lui diraient au revoir, adieu, et comme celle d'un coffre-fort la porte de l'ascenseur se refermerait sur elles avec un bruit mat.

Elle se met à rire sur la terrasse, elle trouve drôle la ville, comique le soleil, elle se sent postée au centre de l'univers comme un épouvantail attifé d'une combinaison d'astronaute toute trouée par les météorites et les volées de flèches tirées par des extraterrestres encore à l'âge de bronze sur une planète noire comme les boues volcaniques qui la recouvrent à moitié.

Elle avait bourlingué durant trois siècles, s'accouplant à des électrons et des astres obsédés comme des hommes. Elle se souvenait d'une vie de famille auprès d'enfants gros comme des moineaux et d'autres volumineux comme des aqueducs avec leur série de jambes arquées si agiles. Elle s'épuisait à leur courir après quand ils se sauvaient du carré de sable où elle essayait de les distraire en remplissant leur seau pour faire des pâtés. Son mari était un microbe dont aucun médicament n'était venu à bout, un virus aux dents longues qu'à la suite d'une scène elle avait assassiné d'un jet de désinfectant, un système nerveux central sans squelette qui se servait d'elle pour assouvir son besoin irrépressible de changer de place sans cesse les meubles de la maison.

Elle avait gouverné des peuples de pères qui cherchaient leurs fils depuis des millénaires, de gamins qui poussaient comme du chiendent, de femmes qui passaient leur temps à perdre leurs eaux, à mettre au monde des bulles qui s'envolaient pour éclater dans l'atmosphère bleu ardoise. On l'avait sacrée impératrice d'une galaxie, en guise de feu d'artifice chaque soir elle faisait sauter des constellations pour se distraire. Déchue, elle avait dû nettoyer les cages où on entreposait les brigands avant de les débiter, de faire sécher leurs abattis, de les moudre afin d'obtenir une farine propre à fortifier les bébés carnivores qu'on destinait à la guerre.

Elle avait tenu lieu de putain, on avait modifié ses pieds et ses mains pour la transformer en table roulante, elle avait servi de combustible et un sorcier s'amusait chaque matin à la faire renaître de ses cendres. Elle avait eu une histoire d'amour avec une petite machine affectueuse comme un chiot, elle émettait des sons lascifs, elle gonflait, elle changeait de couleur, elle grognait un peu et se racornissait soudain comme un pénis sous l'eau froide. Elle avait été veuve d'un type qu'elle n'avait jamais connu et dont elle avait élevé les treize enfants sans mesurer sa peine bien qu'à cette époque elle soit privée de bras et gagne sa vie avec ses dents.

Elle se rappelle du jour où elle était devenue un faisceau qui balayait l'univers à la recherche de civilisations avancées et capables d'entamer un dialogue fructueux, ou primitives mais riches en matières premières qu'on extrairait à distance par un procédé qui restait encore à inventer. Elle était tombée en pleine disgrâce avant d'obtenir le moindre résultat et elle se retrouvait sur cette terrasse à quelques mètres d'une cuisine où un gigot cuisait sans se soucier de son hilarité qui à présent cherchait son objet en vain dans le charroi de la rue.

Hébétée, elle considère le ciel et la ville. Il lui semble que l'espace est sans vie, que lorsque la nuit sera tombée les étoiles brilleront tristement comme des cierges. Elle a peur du soleil, elle se réfugie à l'intérieur. Elle essaie d'abaisser le volet roulant mais la force lui manque pour tourner la manivelle. Elle s'allonge à plat ventre sur le tapis, la tête dans les mains.

Quand elle se relève, elle comprend que malgré tout la vie d'Yvette Jumot n'est pas un calvaire. Son mari la trompe parfois, mais elle ne se gênera pas le cas échéant pour se laisser approcher par le premier homme appétissant qui lui fera des avances. Elle n'a qu'à débaucher le couple d'invités qui ne tardera pas à apparaître, elle leur proposera de les retrouver après le dîner à leur domicile.

Elle acceptera que la femme soit témoin de l'accouplement, elle ne protestera pas si elle lui caresse la poitrine ou lui enfonce sa langue dans le sexe. Ensuite elle somnolera entre leurs corps moites, avant de manger avec eux des blinis et du tarama, puis de se laisser reconduire en voiture. Elle réveillera son mari pour lui raconter son escapade, il lui promettra de provoquer le lendemain une partie fine dans la piscine des Pierrot.

La vie de Rolande Gerfat était beaucoup plus triste, elle avait fait trois grossesses extra-utérines, la dernière l'avait rendue stérile à jamais et tous les enfants d'importation qu'elle avait adoptés s'en étaient retournés dès leur majorité sur leur continent d'origine. Elle n'avait jamais eu de leurs nouvelles, lettres et mandats envoyés ici et là aux bons soins des ambassades lui étaient toujours revenus après quelques mois de tiroir.

Elle scrutait les reportages, croyant les reconnaître vêtus de treillis et mitraillette à l'épaule, agonisant de faim sur le bord d'une piste ou allongés sur la paillasse d'un hôpital rudimentaire, déjà morts et recouverts de mouches. Son mari ne voulait plus en entendre parler, il désirait dès que l'agence serait vendue acheter une ferme afin d'y élever des chevaux et passer ses journées en selle comme les cowboys des westerns qui avaient bercé les dimanches après-midi de son enfance. Il accumulait dans le placard du vestibule tout un bric-à-brac de bottes, de bombes et de culottes beiges qu'il revêtait certains soirs pour se donner un avant-goût de cet avenir rêvé de grandes vacances qui ne s'achèveraient qu'à sa mort lorsqu'il aurait fêté ses cent ans depuis des siècles.

Elle l'accueillerait en pleurs quand il rentrerait, elle lui dirait je les ai vus à treize heures sauter sur une mine. Il ouvrirait la porte du four, il inspecterait la cuisine. Il lui reprocherait de n'avoir pas préparé de jardinière de légumes, de panaché de salades, d'entremets aux agrumes. Elle s'accrocherait à lui, le suppliant de l'emmener à l'aéroport pour qu'elle puisse prendre un avion afin de rejoindre au plus tôt le lieu de la tuerie. Elle leur éviterait coûte que coûte l'abjection du charnier ou de la dévoration par les hyènes.

Il lui donnerait l'ordre de ressortir de la salle de bains dans dix minutes avec les yeux secs, maquillée et pimpante comme pour une soirée de gala. Elle le grifferait, il lui répéterait son injonction avec flegme. Elle prendrait son sac à main, courrait jusqu'à la station de taxi. Il n'y aurait de places qu'en première, elle se laisserait saouler au champagne par une hôtesse attentionnée dont le léger accent corse l'envoûterait. Malgré les trous d'air elle aurait la sensation de flotter au-dessus du monde comme un petit nuage flâneur qui jamais ne sera embrigadé par un orage ou par la moindre ondée.

L'avion atterrirait en pleine mousson sur un tarmac étroit et court comme un tapis. Les passagers ballottés commenceraient à hurler, certains détacheraient leur ceinture pour s'échapper de la carlingue qu'ils imagineraient déjà accidentée, en flammes, éparpillée dans la nuit, tandis qu'elle réclamerait une énième coupe à l'hôtesse terrorisée sur son strapontin. On les débarquerait par les toboggans, elle se laisserait glisser en jouissant de son ivresse mêlée au vertige et aux odeurs de brousse qui monteraient à ses narines.

À la douane elle caresserait le visage d'un soldat. Elle trouverait plaisant d'avoir les mains entravées par des menottes. Attachée sur une chaise métallique son taux d'alcoolémie chuterait lentement dans un réduit où on entreposerait les cages d'animaux en partance et les saisies de cocaïne. Au matin on lui rendrait son passeport et son sac à main. Elle serait étonnée par les limousines et les étals de viandes à l'air libre. Elle chercherait partout un café pour boire une citronnade afin de nettoyer sa langue pâteuse. Elle verrait des gens accroupis dans une petite rue poussiéreuse, elle les trouverait maigres et tristes avec leurs grands yeux ternes enfoncés dans le tréfonds des orbites. Elle se demanderait si ses enfants ne se trouvaient pas parmi eux, encore vivants et rapatriables. Après quelques semaines de perfusion ils seraient de nouveau sur pied, presque gaillards, guéris à jamais de leur toquade. Ils travailleraient à l'agence, leur père les formerait et mourrait l'année suivante sans avoir eu le temps de la vendre.

Elle deviendrait vite la grand-mère de gamins dont la couleur irait du pain d'épice au thé léger, elle en ferait des joueurs d'échecs qui humilieraient champions et ordinateurs avant qu'ils inventent un nouveau jeu si complexe qu'ils perdraient la tête l'un après l'autre. Elle se montrerait solidaire, payant cher une clinique pour y être internée, à moins qu'elle parvienne à les raisonner, à les persuader de réduire assez leur intelligence pour n'être plus qu'un petit bataillon d'employés de bureau intérimaires prêts à partir en mission à chaque fois que le téléphone se mettrait à sonner.

Ils finiraient leur vie entassés dans l'appartement où elle les aurait élevés, trop abrutis pour regretter leurs prouesses passées, trop mous pour se disputer, si passifs qu'ils ouvriraient la porte aux cambrioleurs et se laisseraient dépouiller en souriant pour les obliger. Ils n'auraient même plus le courage d'aller encaisser leur retraite, les factures impayées s'accumuleraient dans la boîte aux lettres. On leur couperait l'électricité, puis l'eau, et ils mourraient de soif en quelques jours.

Elle tenterait d'entrer en relation avec une vieille femme qui tirerait à pleins poumons sur une petite pipe couleur ocre. Elle lui répondrait par un signe d'impuissance en lui montrant une bassine émaillée où tremperait une poignée de graines. Elle voudrait lui donner de l'argent, mais son porte-monnaie serait vide. Elle retournerait à l'aéroport, un groupe de touristes en short se moquerait de son désarroi. Elle aurait un besoin pressant et l'entrée des toilettes serait barrée par des militaires qui la toiseraient narquois. Elle se soulagerait derrière une rangée de chariots. Elle regretterait d'avoir mangé pendant le vol, d'avoir bu.

Elle s'avancerait vers un comptoir, elle réserverait une place dans l'avion de treize heures. Elle constaterait qu'on lui aurait aussi dérobé sa carte de crédit. Elle reconnaîtrait le présentateur d'une chaîne câblée dans un salon d'attente, elle le supplierait de lui avancer le prix de son billet. Il décrocherait son portable, la mettrait en relation avec le consulat. Elle passerait le reste de la journée à attendre dans la chaleur, en allant parfois se désaltérer à un robinet qu'utiliseraient les employés au nettoyage pour remplir leur seau.

À la tombée de la nuit, on la ferait appeler par haut-parleur. On lui donnerait un billet pour un embarquement immédiat. Elle aurait peur au décollage que l'avion s'écrase sur le générateur électrique qu'elle croirait apercevoir en bout de piste. Elle dévorerait le contenu du plateau-repas, elle reprendrait à deux reprises du pain et de l'eau. Elle s'endormirait ensuite comme un chien qui vient d'engloutir sa gamelle. L'hôtesse la réveillerait alors que les derniers passagers seraient en train de quitter la carlingue.

Elle passerait la douane les yeux baissés. Son mari l'attendrait dans le hall. Il ne prononcerait pas un mot durant le trajet et elle ne trouverait pas une parole à lui dire pour sa défense. En rentrant il reniflerait plusieurs fois, elle se sentirait humiliée de dégager cette odeur qui lui aurait valu de voyager sur un fauteuil isolé à l'arrière de l'appareil. Elle prendrait un bain, elle enfilerait une robe dont elle respirerait un instant l'étoffe qui dégagerait encore des effluves de lessive. Elle mettrait toutes ses affaires dans un sac poubelle qu'elle descendrait jeter dans une bouche d'égout.

Quand elle remonterait il serait au lit, elle s'allongerait à ses côtés sans oser se glisser dans les draps. Elle lui demanderait pardon, il dormirait déjà. Elle aurait une longue insomnie, elle sombrerait à l'aube dans un sommeil où le visage de la vieille femme à la pipe apparaîtrait parfois à travers un hublot donnant sur la nuit.

Lorsqu'elle se réveillerait, il serait en train de nouer sa cravate. Elle lui dirait bonjour, il quitterait aussitôt la chambre. Elle le poursuivrait jusqu'au parking, quand il démarrerait elle courrait derrière sa voiture.

Le soir ils dîneraient chez les Pierrot, elle nagerait de son mieux et traverserait même la piscine sous l'eau. Pour les amuser son mari raconterait comment elle était allée échouer au bout de la terre rechercher des enfants adoptifs qui n'avaient jamais existé. Elle sourirait, elle dirait j'ai confondu, je croyais être cette femme apparue l'autre jour à la télévision qui avait fait trois fois le tour du monde pour retrouver son père qu'on lui avait dérobé dans un mouroir. Elle participerait à la bonne humeur générale, reconnaissant volontiers le grotesque de sa pitoyable odyssée. Après le café, elle conviendrait dans le sauna avec madame Pierrot qu'elle s'était laissée grossir ces temps-ci, et qu'une intervention rendrait peut-être un semblant de jeunesse à ses cuisses.

Les jours suivant les Pierrot harcèleraient son mari, lui enjoignant de se séparer d'une femme aussi loufoque dont le physique se dégradait aussi vite que le mental. Il hésiterait, ils lui promettraient de racheter l'agence sitôt le divorce prononcé. Alors il lui demanderait au nom de leur amour passé d'accepter de s'effacer de son existence, qu'il puisse conclure enfin cette affaire qui lui permettrait de réaliser son rêve en lui épargnant une procédure sans panache. Elle lui proposerait de périr dans un accident de la route, on mettrait sur le compte de la maladresse l'écrasement de sa petite voiture par un semi-remorque.

Le soir même il se rendrait chez les Pierrot à l'improviste, en buvant un verre dans le donjon fétichiste qu'ils viendraient de faire installer à la place d'un dojo dont ils n'auraient plus l'emploi, il leur raconterait les circonstances du drame. Ils la plaindraient d'avoir brûlé vive, se réjouissant malgré tout qu'elle ait disparu avant même la première lettre d'avocat. Ils regretteraient cependant de ne pas pouvoir tenir leur promesse, toutes leurs liquidités étant englouties depuis le matin dans un gigantesque projet de luna-park dans un pays en guerre où les clients pourraient jouir à la fois du vertige et de la peur d'être descendus par les mitrailleuses ou dégommés par les tirs de mortier et les avions de chasse.

Il rentrerait, il chercherait à s'ensuquer avec un mélange de vodka et d'eau écarlate. Le lendemain il aurait la migraine, deux jours plus tard il souffrirait de telles nausées qu'il assisterait aux obsèques de son épouse en vomissant des gerbes de bile dans un sac en plastique qu'il sortirait à tout instant de son cartable.

Il se rétablirait, couchant avec une amie d'enfance dont la fille de quinze ans le troublerait davantage. Il offrirait à la gamine les bijoux de son ancienne femme, alors que sa mère devrait se contenter des objets publicitaires qu'il offrait à ses clients sans importance pour le nouvel an.

Il les entraînerait chez les Pierrot. Il serrerait l'adolescente dans un coin du hammam, tandis que tout le monde pédalerait avant le repas dans la salle de musculation. Il la supplierait de ne pas faire de lui un criminel, de se laisser pénétrer comme si elle le désirait. Ses cris l'exciteraient, son érection prendrait une ampleur inaccoutumée. La douleur provoquée par cette crise de priapisme le rendrait incapable de retenir plus longtemps la jeune fille qui donnerait l'alerte aussitôt. Les Pierrot le feraient transporter dans leur bloc opératoire, le chirurgien interviendrait. Il serait dès lors libéré des affres de l'érection, son sexe avachi lui permettant cependant de faire bonne figure devant les infirmières au cours des visites médicales imposées par la médecine du travail.

Sa vie se ratatinerait tout autant que sa verge, il passerait son temps libre dans un fauteuil à lire la page des sports des quotidiens et à digérer les plats qu'il achèterait à l'aveuglette chez un traiteur chinois qui viendrait de s'installer en bas de chez lui. Il verrait la faillite arriver sans se débattre.

Il travaillerait durant six mois comme représentant en chocolats. Il suggérerait aux prospects de boire avec lui une tasse de café afin de goûter agréablement sa marchandise. On accepterait souvent sa proposition, on oublierait l'objet de sa visite, on le traiterait en familier. Il entendrait des confidences sur des gens qu'il ne connaîtrait pas. On se plaindrait à lui de l'indifférence d'un mari, de la paresse d'enfants pourtant brillants, d'une tuyauterie qui se boucherait au moindre spaghetti échappé de la passoire, de l'argent qui ne se reproduirait pas avec la même ardeur que le couple de chiens errants qu'on aurait eu la mauvaise idée de recueillir à l'occasion d'une balade.

On lui ferait visiter la chambre de l'aînée en désordre, avec ces trous de cigarette dont elle criblerait la moquette depuis qu'elle se serait mise à fumer comme pour narguer le cadavre de son père mort d'emphysème l'an passé. On serait fier du bébé endormi dans le demi-jour que laisseraient filtrer les persiennes, on irait jusqu'à lui montrer une vidéo prise pendant l'intervention in utero qui lui aurait sauvé la vie. On l'inviterait à donner son opinion sur un traitement ordonné par un spécialiste, sur l'achat d'une caravane ou d'un filtre à eau.

On le retiendrait parfois à dîner pour qu'il fasse connaissance de toute la famille et se rende compte à quel point tout le monde était joyeux de se retrouver après une journée de travail. On lui proposerait un matelas dans le salon quand il serait trop tard pour attraper le dernier métro. Au matin on lui dirait au revoir comme à un nouvel ami, il oublierait qu'il était venu pour vendre et s'en retournait bredouille.

Son chef lui ferait des remontrances tant son chiffre serait dérisoire, mais cette vie lui procurerait un bonheur si intense qu'il ne prendrait pas en compte ses menaces de licenciement. Après son renvoi, il continuerait à travailler pour son seul plaisir. Sa mise de plus en plus pauvre au fur et à mesure que ses prestations de chômage s'amenuiseraient lui fermerait peu à peu toutes les portes. Seuls des vieillards abandonnés le laisseraient encore entrer quand ils seraient devenus assez indifférents à la réalité pour ne même plus prendre en compte les risques d'agression. Il écouterait avec attention leur bavardage circulaire, il changerait les ampoules du lustre de la salle à manger et les aiderait à mettre en forme le brouillon d'une lettre à leur nièce qui traînerait sur leur table depuis plusieurs mois.

Le cas échéant il accepterait de partager leur chambre quand ils souffriraient de frayeurs nocturnes. Il se ferait à l'occasion passer pour un fils, un père quand la personne serait retombée en enfance et qu'elle aurait besoin de serrer une main aimée avant de mourir. Il s'en irait sur la pointe des pieds lorsqu'il sentirait leurs doigts devenir raides, tel un médecin qui refuse d'assister aux obsèques des patients dont il a accompagné les derniers instants.

Il deviendrait vieux lui aussi, il dilapiderait sa retraite en boîtes de chocolats qu'il distribuerait gratis aux habitants de son quartier. Sa générosité lui attirerait la méfiance générale, on l'imaginerait vicieux, surtout quand il sourirait aux enfants et chercherait à caresser les animaux de compagnie. À l'âge de soixante-dix-huit ans un ramponneau de mère de famille lui ferait perdre l'équilibre. Sa tête heurterait une marche d'escalier et il perdrait la vie.

Elle va à la cuisine s'assurer que le gigot existe. Elle regarde du coin de l'œil à travers le hublot sans oser ouvrir le four ni tester son degré de cuisson avec la pointe d'un couteau. Elle s'assoit, apaisée par le léger grésillement de la viande. Elle n'a plus envie de se laisser emporter par aucune destinée, elle entend désormais se contenter de la soirée qui va commencer d'un instant à l'autre avec l'arrivée d'un mari, d'enfants, ou d'invités qu'elle ferait semblant de reconnaître en essayant de conserver une attitude assez neutre pour éviter de brouiller l'image qu'ils conservaient d'elle dans leur souvenir en tenant des propos très vagues sur des sujets généraux afin de ne pas contredire les idées qu'ils sauraient être les siennes depuis la nuit des temps. Elle devinerait au fil de la conversation la structure de sa personnalité et au travers d'anecdotes elle remplirait sa mémoire de quelques faits indubitables.

Le lendemain un homme téléphonerait pour lui rappeler leur rendez-vous dans une galerie de peinture. Elle bredouillerait j'ai égaré le carton d'invitation, je ne me souviens plus du nom de la rue. Il éclaterait de rire avant de raccrocher. Il viendrait la chercher à dix-neuf heures.

— Tu n'aurais jamais trouvé de taxi, avec cette grève ils sont pris d'assaut.

— Merci.

— Tu as l'air triste.

Dans la voiture elle remarquerait qu'il l'appelait Dhellia, elle essaierait de se cristalliser autour de ce prénom. Au cours du vernissage elle boirait trois coupes de champagne, et pour éviter de commettre un impair elle se perdrait dans la contemplation des tableaux. Ils dîneraient avec les intimes du galeriste dans un restaurant voisin. Une femme aux cheveux dorés lui demanderait pourquoi elles ne se voyaient plus après toutes ces années de complicité, elle profiterait du brouhaha pour lui faire une réponse muette en remuant ses lèvres au petit bonheur.

Vers une heure du matin il prétexterait un rendez-vous aux aurores pour quitter la table avant le dessert. Il garerait sa voiture devant son immeuble, il monterait avec elle. Il foncerait dans la chambre, il se déshabillerait. Elle resterait prostrée dans la salle de bains jusqu'à ce qu'il vienne la chercher en s'étonnant qu'elle ne soit même pas démaquillée.

En lui enlevant sa robe il lui éraflerait le cou d'un geste maladroit. Il la pousserait sur le lit, elle se demanderait si elle devait résister ou le serrer dans ses bras. Il la caresserait, il lui reprocherait sa passivité. Elle toucherait la toison brune qui recouvrirait sa poitrine, puis elle retirerait aussitôt sa main. Il se montrerait plus audacieux, elle supposerait que ce n'était pas la première fois. Elle voudrait éviter de le contrarier et lui offrir un corps accueillant. Son vagin se resserrerait pourtant malgré elle, ses cuisses tétanisées s'avéreraient incapables de s'ouvrir.

Il la regarderait avec un peu de haine, il s'agenouillerait près de son visage pour introduire son sexe dans sa bouche. Elle tournerait la tête, elle essaierait de sourire afin qu'il ne soit pas vexé. Il se cabrerait, il quitterait la pièce. Il reviendrait avec un verre de whisky qu'il lui enjoindrait d'avaler pour se détendre. Elle en boirait deux gorgées, puis elle lui dirait j'ai mal au cœur.

Il lui reprocherait d'avoir une liaison avec un Bertrand dont elle ne saisirait pas le patronyme, il la menacerait d'une rupture immédiate si elle ne l'appelait pas tout de suite. Il composerait son numéro, il lui tendrait l'appareil. Ce serait une femme qui lui répondrait, elle lui dirait Bertrand dort et elle raccrocherait. Il la sortirait du lit, il la secouerait. Elle aurait peur, elle lui avouerait qu'elle était perdue dans une vie dont elle ne savait rien. Il la lâcherait, il se rhabillerait. Avant de partir il lui souhaiterait de vieillir encore plus vite et de ne jamais trouver d'autre mâle pour s'accoupler à son corps décati.

Elle l'entendrait démarrer furieux, elle se perdrait dans le couloir. Elle échouerait dans une chambre d'adolescent tapissée d'affiches de surf et de photos d'actrices. Elle s'endormirait sur le lit étroit à la lueur de la lampe de chevet.

Les jours suivants elle n'oserait pas sortir, et quand une sonnerie retentirait elle se boucherait les oreilles jusqu'à ce que le silence revienne. Un matin la porte s'ouvrirait tandis qu'elle remuerait des papiers sur la console du vestibule. Un homme entrerait avec un garçon d'une quinzaine d'années qui l'embrasserait sur les joues.

Ils laisseraient tomber leurs bagages sur le sol. Elle trouverait que le visage du gamin avait un air de famille avec le sien qu'elle viendrait encore d'interroger longuement tout à l'heure dans le petit miroir d'un poudrier qui traînerait sur la table de nuit.

— On a une de ces soifs.

Ils se serviraient eux-mêmes dans le réfrigérateur. L'homme se plaindrait du temps pourri qui l'aurait obligé à s'arrêter dans un garage pour acheter des chaînes. Le garçon irait écouter de la musique dans sa chambre, elle n'oserait pas aller lui enjoindre de baisser le volume.

Affalé sur le canapé, l'homme lui dirait tu ne me demandes pas où en est Renaud. Elle répéterait Renaud, Renaud, et elle ferait mine d'être obnubilée par Renaud pour ne pas lui mettre la puce à l'oreille. Il lui dirait qu'à présent il surfait comme un kamikaze sur la neige verglacée et qu'elle avait eu tort de ne pas venir avec eux. Elle se demanderait si elle avait choisi ce prénom d'un commun accord avec son mari, ou si elle avait dû l'appeler ainsi pour honorer la mémoire d'un ancêtre.

Il lui rappellerait qu'ils étaient invités ce soir chez les Pierrot, il espérait qu'elle ne ferait pas une crise d'épilepsie en enfilant son maillot comme la dernière fois. Elle serait prise soudain de vertiges en entendant évoquer les Pierrot.

— Je ne me sens pas bien.

Il lui demanderait si elle avait subi cette fameuse batterie d'examens durant son absence. Elle ne répondrait pas, sa tête tomberait sur sa poitrine. Il croirait à une mise en scène pour se faire dispenser de baignade, il dirait au revoir à son fils et partirait pour l'agence.

Le soir il appellerait les Pierrot pour leur annoncer la mort de sa femme que viendrait de constater le médecin de famille. Ils exigeraient malgré tout sa présence au dîner afin d'afficher son mépris pour les vicissitudes et les tracas. Lors des obsèques ils lui tiendraient rigueur de ne pas rire comme eux à gorge déployée.

Elle regarde la pendule de la cuisine, il est presque dix-neuf heures. Elle se demande si plusieurs jours ne se sont pas écoulés depuis que ce gigot est dans le four. Il a peut-être tant mijoté qu'il se réduira en bouillie quand elle essaiera de le découper. Elle sort de la cuisine à reculons comme pour fuir une source d'angoisse si vive qu'elle n'ose pas lui tourner le dos.

Elle s'assoit dans un fauteuil au salon, feuilletant un magazine distraitement comme dans une salle d'attente. Il y a bien l'interview d'une femme qui porte un chemisier vert pareil à l'un de ceux qu'elle se souvient avoir aperçu sur une étagère de l'armoire, mais après avoir jeté un coup d'œil à son reflet sur l'écran du téléviseur éteint elle constate qu'elle ne lui ressemble pas du tout.

Si elle avait été célèbre elle aurait pu obtenir des renseignements en prenant contact avec son agent, son parti, sa maison de disques. Elle aurait passé commande à un libraire de sa biographie, elle l'aurait apprise et se serait connue par cœur comme une prière.

Elle est peut-être une simple secrétaire intérimaire envoyée pour mettre un peu d'ordre dans la paperasse privée d'un homme débordé. Il arriverait avec des cartons d'archives qu'elle devrait l'aider à remonter du parking. Ce soir elle travaillerait claquemurée dans une chambre tandis qu'il consommerait le gigot avec ses invités. À une heure du matin elle se sustenterait d'une barre de céréales et d'un verre d'eau. Elle dormirait quelques heures la tête dans les mains sur sa table de travail. Au matin il la réveillerait, il lui demanderait de saisir dans la journée toutes les lettres manuscrites qu'il aurait reçues depuis une dizaine d'années. Elle attendrait qu'il soit parti pour s'en aller.

Dans l'ascenseur elle se souviendrait qu'elle s'appelait Gaëlle Pontier, elle retrouverait son adresse par les renseignements. Elle serait déçue en débarquant dans cet appartement sombre dont les trois fenêtres donneraient sur une cour fermée éclairée par une verrière.

Alors elle imaginerait que son nom était plutôt Christelle Bourdin. Elle devrait prendre un train régional pour regagner son domicile. La grande villa l'émerveillerait avec ses lions en pierre et ses trois chats qui feraient la sieste au soleil sur les marches du perron. La vieille domestique lui ouvrirait la porte. Elle lui demanderait pour combien de personnes dois-je prévoir le repas du soir. Elle lui répondrait nous dînons chez les Pierrot, nous y passerons sans doute le week-end. Elle visiterait chaque pièce, elle essaierait les sièges et ferait fonctionner les robinets des salles de bains.

En voyant des photos fixées par des aimants sur un pêle-mêle, son mari lui semblerait antipathique et ses deux filles lui feraient penser à des bombonnes avec des petites têtes prêtes à sauter à tout moment comme des bouchons de champagne pour laisser fuser en geyser l'intérieur de leur organisme de gamines disgraciées. Elle monterait sur le toit en terrasse, elle s'allongerait sur un transat. Elle s'y endormirait au soleil, elle ne redescendrait qu'à la nuit.

Ses filles seraient endimanchées et encore plus horribles à voir. Son mari lui dirait nous allons être en retard. Arrivés chez les Pierrot, ils prendraient l'apéritif sur la pelouse où ils devraient éviter les balles d'une poignée de militaires loués pour la soirée. Ils se nourriraient de rations de survie dans des casemates où de grands écrans diffuseraient des images de bombardements et de mises à sac. Madame Pierrot surexcitée par le danger tenterait une sortie alors qu'on viendrait d'installer des orgues d'artillerie derrière un bosquet. Elle serait blessée par un éclat d'obus dans le thorax, son mari recevrait une balle dans la cuisse en essayant de la mettre à l'abri.

Le cessez-le-feu n'interviendrait qu'à minuit. Tandis que les Pierrot seraient opérés dans leur hôpital, on souperait avec les soldats par petites tables autour de la piscine. Au moment des liqueurs, les soldats organiseraient un viol collectif auquel aucun des membres de la famille n'échapperait. Elle regretterait que ses filles subissent une première expérience sexuelle aussi désastreuse.

Puis on attacherait tout le monde pour la nuit sur le plongeoir et contre les échelles du grand bain. Vers sept heures du matin on les enfermerait dans le sauna, ils seraient exposés quelques secondes durant à des gaz paralysants et on les ranimerait dans le hammam transformé en infirmerie de campagne. Ils pourraient ensuite boire un café tiède et se sustenter de biscuits énergétiques avant d'aller sous bonne garde rendre visite aux Pierrot encore embrumés par l'anesthésie. Ils auraient pourtant sur les lèvres le sourire extatique de ceux qui au mépris de leur vie ont fait une belle guerre pour sauver une patrie au nom désormais incertain sur le planisphère azimuté, ou pour défendre une idéologie humaniste, totalitaire, une pièce montée quelconque, fruit du travail d'un pâtissier visionnaire.

À dix heures il y aurait une séance de torture dans le jardin d'hiver, avant une collation servie au milieu d'un charnier constitué la veille dans un coin de la propriété avec des cadavres importés d'un pays lointain. Ils seraient issus d'un massacre ordonné par un dictateur cruel et avide qui aurait empoché sans vergogne l'argent de la transaction. Le week-end s'achèverait par une marche forcée dans un champ de mines. Son mari et ses filles y laisseraient une jambe, des pieds, et une main. Ils resteraient sur place pour être soignés.

On les lui rendrait un mois plus tard équipés de prothèses, tandis qu'elle serait devenue à moitié folle à cause des mauvais traitements qu'elle aurait subis et du sentiment de culpabilité d'être sortie indemne de cette sauterie. Elle perdrait la vie lors d'un réveillon que les Pierrot organiseraient sous les lance-flammes, car entravée par sa robe fourreau elle n'aurait pu sauter à temps dans la piscine.

Elle ouvre la porte-fenêtre. Elle se souvient d'un déjeuner pris sur la terrasse avec son mari. Toutes les deux ou trois bouchées ils se levaient pour aller contempler le spectacle de la circulation. Enjoués comme des enfants, ils se montraient les voitures blanches qui réfléchissaient si bien la lumière. Ils applaudissaient les ambulances et les fourgons de police, ils s'embrassaient à chaque fois qu'un camion avait des ratés. Quand un nuage cachait un instant le soleil, ils se regardaient dans la clarté diffuse et ils s'émerveillaient d'être à ce point heureux. Ils ont même jeté le dessert par-dessus la rambarde, estimant qu'il n'était pas nécessaire à leur amour.

Puis ils se sont précipités dans la chambre, se défaisant de leurs habits avec la fougue d'une turbine. Ils ont senti qu'un coït aurait été superflu. Ils sont restés à distance debout au milieu de la pièce. Malgré l'absence de contact leurs corps caverneux se sont gonflés, la jouissance leur est venue peu à peu suivant une courbe d'une rigueur géométrique. Ils se sont mis à geindre, à crier, ils se sont effondrés chacun de leur côté, glissant de la béatitude au sommeil, recroquevillés sur la moquette.

Elle s'appelait ce jour-là Blanche Gauthier, son

nom de jeune fille avait des consonances anglaises et comme tout le monde l'écorchait elle avait préféré l'oublier. Son enfance s'était déroulée dans la banlieue de Londres, elle avait fréquenté une école où les enseignants se déguisaient en animaux au moment de Noël. Ils terrorisaient les élèves le reste du temps en les menaçant d'un séjour pieds nus sous la pluie d'un mois de novembre glacial qui dès le quinze septembre s'éternisait jusqu'à la fin juin. Son père était politicien, on l'a retrouvé un soir étranglé dans les vestiaires de son club de polo.

À la suite de cette affaire, elle s'est expatriée avec sa mère et ses trois sœurs. Elle est devenue rapidement la fille unique d'un couple fantaisiste qui depuis sa naissance la trimbalait dans tous ses voyages. Elle avait perdu sa virginité à onze ans avec un critique d'art sexagénaire lors de la soirée inaugurale d'un musée ravagé trois mois plus tard par un incendie.

Sa mère aimait entrer dans sa chambre à l'improviste et la regarder quelques instants se faire lutiner par un amant avant de se retirer en s'excusant. Elle couchait avec elle à l'occasion, même malade son père se mêlait à leurs ébats et jusqu'à la veille de sa mort son anatomie en formation lui a donné le goût de continuer à lutter et à vivre.

Elle ne conserve aucun mauvais souvenir de cette époque, son adolescence vaut bien celle de Françoise Moraget, d'Alice Goum, de Mélanie Frojot, toutes ces filles vissées, fixées par des écrous à l'autorité parentale qu'elle avait été de manière sporadique les jours où la fatigue, un refroidissement, la dépression, l'avaient contrainte à vivre dans la peau d'une autre.

Elle se souvient avec effroi du temps où elle avait été Marie Lagonet, cette affreuse gamine aux seins mous qui jouait encore à la poupée l'année de sa majorité. Elle mangeait de la blédine dans un grand bol de faïence bleu layette, et portait des couches la nuit depuis qu'elle avait mouillé son lit lors d'une bartholinite l'été de ses treize ans. Le dimanche elle pique-niquait en famille près d'une décharge où ses parents cherchaient toute la journée des débris de meubles anciens avec l'espoir toujours déçu de découvrir un guéridon d'époque qui tienne encore sur ses pieds.

Et le soir où elle avait été Laurie Zall, dans cette caserne où son père garde républicain l'avait rouée de coups de baudrier pour une faute qu'avait dû commettre cette fille le matin ou la veille quand elle n'avait encore rien à voir avec elle. Une heure après elle était Coralie Matado, sa grand-mère lui offrait pour son anniversaire sa propre bague de fiançailles, et elle soufflait les bougies du gâteau au milieu d'une famille aimante dont les baisers la poissaient. Elle n'avait pas eu le temps d'avaler une gorgée de champagne, et déjà munie du seul prénom de Carla elle se trouvait à l'arrière d'un camion la bouche grande ouverte, le sexe nu, contrainte par des liens. Ses vomissements se mêlaient aux giclées de sperme, il lui semblait que ses cris se perdaient dans d'affreuses bulles muettes. On s'est assis sur son visage pour lui clouer le bec.

Elle aurait péri étouffée si elle n'avait pas fini la nuit dans la peau de Vanessa Germoni, petite jeune fille aux traits fins qui se frottait sous la douche avec une savonnette à la mandarine. Elle était étonnée par la sérénité qui régnait dans son cerveau ordonné comme une facture. Ses parents séparés habitaient le même immeuble, elle changeait d'étage deux fois par semaine pour retrouver une chambre de surface identique avec chez son père un grand téléviseur que sa mère lui avait toujours refusé pour ne pas la distraire de ses études. L'an passé on l'avait opéré de l'appendicite par les voies naturelles et son corps ne comportait aucune cicatrice.

Elle est allée à la cuisine boire un verre de lait. Sa mère pleurait au téléphone assise sur le canapé du salon, elle s'est dit qu'elle était à nouveau en train de rompre ou de se rabibocher avec ce grand bossu rencontré l'hiver dernier chez un concessionnaire automobile. Elle lui a adressé un signe de la main qu'elle n'a pas semblé percevoir à travers ses larmes.

Avant d'éteindre sa lampe de chevet elle a regardé sa photo prise au tennis par un copain de classe amoureux d'elle depuis la rentrée. Elle s'y trouvait jolie, elle n'avait aucune envie de faire décolorer sa tignasse ou renforcer ses pommettes un peu plates. Elle se demandait si elle serait un jour actrice ou simple secrétaire d'un tycoon.

À cet instant elle est devenue Joëlle Poulin qui était en grande discussion avec sa sœur dans le séjour du logement social qu'elles occupaient avec leur mère cuisinière dans une clinique mutualiste. Elles projetaient de s'installer loin de cette cité à bout de souffle depuis sa construction. Elles seraient baby-sitters dans des familles où elles se rendraient indispensables tant l'affection que leur porteraient les enfants serait démesurée. Elles exigeraient des salaires mirobolants, et pour qu'elles se sentent plus à leur aise les parents finiraient par leur laisser la maison en guise de nursery tandis qu'ils se retireraient dans une annexe en préfabriqué derrière le garage.

Elles tenteraient plutôt leur chance dans un pays neuf où on payait les jeunes gens pour émigrer. Elles importeraient des machines-outils, de l'informatique, des produits gastronomiques qui feraient monter à leur profit le taux de cholestérol de la population des nantis. Elles rouleraient dans des véhicules qui porteraient leur emblème sur le capot, elles dessineraient leurs propres vêtements, et quand elles en seraient lasses elles les feraient reproduire à des millions d'exemplaires afin que toutes les femmes puissent les porter en accroissant leur richesse de façon concomitante. Elles changeraient de ville chaque jour et dormiraient dans la suite royale d'un de leurs nombreux palaces qui recouvriraient le territoire comme un filet à dollars.

Elle s'est levée de la chaise où elle était assise depuis trop longtemps. Sa sœur continuait à s'extasier sur leur avenir. Elle a regardé par la fenêtre un véhicule qui achevait de se consumer dans le fond du parking. Elle a cherché un instant les toilettes et en posant son fessier sur le siège elle s'est aperçue qu'une aquarelle dans un cadre de bois verni venait d'apparaître sur le mur. Le papier n'était plus sous forme de rouleau rose et grumeleux, un distributeur chromé le laissait pendre de sa large fente comme une grande lèvre bleue. Elle entendait de la musique, des voix, des rires et des bruits de chaussures en train de s'agiter sur un parquet.

Elle était à présent Isabelle Magnet, bourgeoise de dix-neuf ans dont l'ancêtre avait bâti sa fortune dans la traite des esclaves et le cacao. Elle vivait dans une villa sur les hauteurs de la corniche, disposant de trois grandes chambres depuis que ses frères s'étaient mariés. Elle aimait tourner dans des films pornographiques amateurs que réalisaient en douce ses camarades avec le matériel de la faculté. Elle les injectait dans l'ordinateur de son père pour le gêner. Il n'osait pas lui en parler, ni la regarder en face, et il l'embrassait sur le front en gardant ses distances pour éviter d'entrer en contact avec ses seins libres sous le pull, le chemisier, ou nus quand elle prenait d'interminables bains de soleil sur la terrasse.

Elle l'imaginait hanté par l'image de ses ouvertures dégouttantes de sperme et le son de ses gémissements. Il devait la voir et l'entendre jusque dans les conseils d'administration qu'il présidait avec ennui en regardant souvent les spots du plafond comme pour dissoudre son angoisse dans la lumière.

Elle s'est redressée, elle a tiré la chasse. Sa tête tournait, elle a relevé l'abattant et vomi une partie du champagne qu'elle avait bu depuis son arrivée dans cette soirée que donnait sa cousine Juliette, une Ridin, pour fêter sa réussite au permis de conduire. Elle s'est gargarisée avec du dentifrice au-dessus du lavabo de la salle de bains attenante, elle s'est douchée le bas du tronc pour être sûre de sa fraîcheur en cas de rapport.

Elle a retrouvé la quarantaine de rejetons issus des glandes des bourgeois de la ville qui se succédaient dans un coin pour remplir leurs narines, ou tirer sur un shilom en bambou d'un jaune qui lui rappelait certains pénis d'un coloris presque hépatique qu'elle avait côtoyés dans des lits ou sur des plateaux improvisés dans un coin de hangar.

Juliette valdinguait dans la pièce avec son visage monstrueux comme une proue viking. Elle s'est jetée dans ses bras en balbutiant qu'elle ne serait jamais heureuse avec de pareilles fesses, si petites, si maigres, séparées par une raie si courte. Elle les tenait de sa mère, une Farret, et de toute une lignée d'aïeules au derrière minuscule qui devaient utiliser des postiches pour séduire les prétendants à une époque où les femmes ne déballaient leur anatomie qu'après la signature et la cérémonie. Aujourd'hui pour avoir un semblant de sexualité elle aurait eu honte de lui dire ce qu'elle devait accepter de la part des garçons, des filles, et même des couples quinquagénaires qui s'amusaient d'elle comme d'un bichon.

Elle a éclaté en sanglots contre l'épaule d'Adrien Goriaux, un gros jeune homme issu d'une longue lignée de quincailliers dont l'arrière-grand-père avait inventé une presse à oléagineux qui avait enrichi sa famille au point de lui permettre d'acheter un château aux environs de la ville. À cette époque il y donnait des garden-parties, des dîners et des bals auxquels les notables participaient pour le plaisir de se gausser de l'argent qu'il gâchait en boisson, nourriture, et orchestre, engoncé dans des vêtements hors de prix dont l'étoffe et la coupe trahissaient un goût d'urinoir.

Elle l'a vue disparaître avec lui dans le corridor qui menait aux chambres. Elle s'est demandé s'il y avait ici le moindre mâle dont elle n'ait pas connu le pénis. Elle s'est servi un mescal devant le buffet où ne surnageait dans un plat souillé de bordeaux qu'un petit-four portant une marque d'incisives. Antoine Marrez lui a passé la main sur l'épaule, il avait les yeux fixes et une pellicule de sueur recouvrait ses joues. Elle n'avait pas envie de se coltiner à nouveau son sexe crochu comme un hameçon et sa manie de vouloir bourriquer portière ouverte dans un parking avec les jambes qui gigotent à l'air comme des oriflammes.

Les Marrez avaient émigré dans le Sud un demi-siècle plus tôt pour se consacrer à la gestion d'une vaste propriété qui venait de leur échoir lors d'un partage. Ils avaient des ascendants communs avec les Pierrot, mais aujourd'hui ils étaient à peu près ruinés alors que les Pierrot n'avaient cessé de prospérer. Du reste l'an dernier ils leur avaient renvoyé intacte leur carte de vœux du nouvel an. Quant à lui, il se passait volontiers de ces gens chez qui il avait subi enfant une éprouvante semaine de vacances. Madame Pierrot l'avait initié à l'apnée alors qu'il ne savait pas encore nager, et son mari avait joué avec lui au gendarme et au voleur à balles réelles. Il n'avait pas tiré sur lui, mais il avait mitraillé les broussailles et les arbres qui l'entouraient pour l'obliger à se rendre. Aujourd'hui encore il avait peur des armes et des piscines.

Il lui a proposé une promenade dans le coupé presque trentenaire qu'il avait emprunté à sa mère pour la nuit. Elle a soupiré, il n'a pas insisté. Elle a vidé son verre, elle a retrouvé sa moto garée devant la porte. Elle a roulé sur le bord de mer. Elle s'est déshabillée dans une crique encombrée de tables et de transats enchaînés entre eux comme des bagnards. L'eau était noire et par endroits orangée à cause de la lumière des lampadaires qui éclairaient la route. Elle a nagé loin, puis elle a regardé les étoiles que la proximité de la ville rendait ternes, presque improbables.

Elle profitait de sa solitude, loin des autres corps et de leurs voix. Elle entendait le bruit calme des vagues comme fatiguées cette nuit-là de s'écraser contre les rochers et de se laisser boire par le sable de la plage. Elle aurait voulu tomber au fond de l'eau, y dormir jusqu'au lever du jour parmi les pierres, les débris de bouteilles usés, inoffensifs, aux arêtes douces comme de la peau, et les épaves de véhicules volés balancés après une virée du haut de la falaise. Elle a plongé, elle n'a pas eu assez de souffle pour les rejoindre.

Elle a regagné le rivage. Un couple écoutait de la musique étendu sur ses habits. Elle est passée par une boîte où elle avait ses habitudes. Ses cheveux étaient poissés de sel, sa peau la démangeait. Elle s'est saoulée avec un type qui croyait aux extraterrestres. Elle a fini par l'abandonner à la barmaid.

En rentrant elle a emballé le moteur de sa moto jusqu'à ce qu'une fenêtre de la villa s'allume puis s'éteigne tout de suite après. Elle s'est couchée, elle mènerait une autre vie si elle devenait un jour adulte. Elle aurait un enfant, elle l'élèverait sur un bateau qui ne toucherait terre que le temps de remplir sa cale, ils vivraient en l'air dans un avion ravitaillé en vol, ou elle achèterait un village perdu dans la montagne et elle importerait un à un de nouveaux habitants triés sur le volet. Elle fabriquerait de toutes pièces l'existence de ce môme, afin que rien ne le pollue, que rien ne le souille, il serait exactement ce qu'elle aurait dû devenir si elle avait pu être sa propre mère au lieu d'en être réduite à son rôle passif de gamine livrée aux raisonnements et aux désirs de parents égoïstes, repliés sur eux-mêmes comme un binôme de vieux célibataires qui l'avaient toujours regardée à la longue-vue et lui avaient parlé avec un porte-voix comme à une mutinée sur le toit d'une centrale.

Elle a dormi pendant deux heures. À son réveil, elle avait un affreux mal de tête. Elle a sorti d'un tiroir de son bureau une bouteille dont elle a bu une lampée dans l'espoir de le dissiper. Elle s'est allongée sur la terrasse, le jour se levait. Elle sentait le soleil en train de monter dans son dos derrière les collines. Elle lui imaginait la même couleur rouge que la courtepointe qui recouvrait le lit de sa mère, cette étendue obscène posée comme un couvercle sur les traces laissées par ses ébats sans doute minables, dépourvus de fougue et d'affection, quand son père visitait son corps une ou deux fois par mois comme un propriétaire une ferme tenue par des métayers.

Elle avait déjà chaud, elle s'est débarrassée de son T-shirt et de sa culotte. Elle a terminé la bouteille, elle est descendue au salon. Elle s'est allongée sur le tapis. Quand les premiers rayons feraient leur apparition, elle monterait se cloîtrer dans ses appartements et elle ne les quitterait qu'à la nuit. Elle a somnolé, elle rouvrait parfois les yeux puis elle les refermait. Elle a aperçu sa mère, son père, la domestique engagée la semaine passée qui l'a contournée avec le plateau du petit déjeuner en riant. Elle s'est levée, elle a vu son visage dans le grand miroir, son corps nu. Elle s'est attablée à la salle à manger, alternant verres de jus d'orange et tasses de thé pour essayer de revenir à elle tout à fait.

Sa mère lui faisait une réflexion, son père fixait la baie vitrée. Ils étaient les personnages d'une série qu'elle ne regardait plus depuis longtemps, tout au plus vivait-elle parfois dans les décors où un réalisateur de troisième ordre continuait à la tourner pour une chaîne qui déposerait son bilan avant la fin de l'année. À moins qu'il s'agisse d'une rediffusion d'épisodes au support abîmé dont le son était devenu inaudible et les images pâles comme des fleurs fanées.

Tout cet univers avait un degré d'existence si mince qu'elle n'a pas éprouvé le besoin de s'isoler. Ni pour pisser, ni pour le reste dont elle a barbouillé leurs visages médusés d'une couche qu'elle a malaxée de ses doigts afin de leur donner l'apparence glaiseuse des statues qu'on apporte chez le fondeur pour qu'il les coule dans le bronze. Son père s'est sauvé dans le fond du jardin. Sa mère essayait de bouger mais elle restait pétrifiée sur sa chaise comme si à présent elle était réellement devenue métallique. Elle criait.

Elle n'a jamais connu la suite du feuilleton, elle était déjà Chloé Arrimont. Elle venait de voler une jupe, la vendeuse appelait la police. Deux heures plus tard ses parents venaient la chercher au commissariat. Sa mère l'a aidée à remplir sa valise ainsi qu'un grand sac poubelle avec ses vêtements et ses objets personnels, afin qu'il ne reste aucune trace d'elle sous le toit familial. La moitié de ses économies avait servi à dédommager la boutique, ne lui restait qu'un peu de monnaie et trois billets pliés dans la poche intérieure de son blouson. Elle a rendu ses clés. Son père a refusé de l'embrasser, sa mère lui a effleuré le front de ses lèvres sèches.

Elle a descendu l'escalier, elle a pris le bus. Elle a téléphoné à un garçon avec qui elle couchait depuis quinze jours, elle lui a laissé plusieurs messages. Elle connaissait le code de son immeuble, elle l'a attendu dans le hall jusqu'au soir. Elle serait montée à l'étage, mais elle n'osait passer le barrage des interphones, sonnant n'importe où en racontant qu'elle venait faire un devis pour la réfection de l'ascenseur ou qu'elle sondait la population sur son goût pour le sucre, le sel, et les nouveaux condiments à la violette disponibles depuis janvier dans les grandes surfaces.

Il est arrivé de bonne humeur, il l'a aidée à porter ses affaires. Il a ouvert une bouteille afin de lui changer les idées, il a comprimé ses frusques dans un coin du placard pour lui laisser la place de ranger les siennes. Elle était déboussolée et joyeuse. Sa mère l'a appelée, elle parlait bas, d'une voix apeurée, et elle a raccroché au milieu d'une phrase.

Il était dans la cuisine, il préparait des hamburgers et une salade. À l'instant où ils se sont mis à table, elle a eu l'impression de se trouver là depuis plusieurs mois. Même le poivrier au vernis écaillé lui semblait familier, elle s'est dit que dès le lendemain elle laverait les rideaux à carreaux ternis par les fritures. Elle a fait une compote pour le dessert, ils l'ont mangée tiède avec des tuiles aux amandes. Quand ils se sont couchés elle se sentait si heureuse qu'elle avait envie que cet état se prolonge jusqu'au matin. Lorsqu'il a voulu la caresser, elle a senti que même le plaisir pouvait écrouler son bonheur.

— Tu n'as pas envie.

— Je suis trop bien.

Elle s'est réveillée au milieu de la nuit. Elle a plongé sous la couette comme la veille Isabelle Magnet plongeait dans l'eau obscure de la crique. Il a cru qu'il rêvait, et quand il s'est réveillé elle aspirait son sperme comme pour le boire tout entier et ne plus jamais craindre d'en être un jour séparée, même l'espace d'une seconde, d'une fraction de temps si infime qu'elle échappera toujours aux calculs des machines et des hommes. Elle aurait souhaité continuer à exister à jamais sous cette forme d'être radieux en marche vers une vie magnifique.

Mais à quatre heures du matin elle tergiversait déjà dans le lit de Sophie Serres. Elle se demandait pourquoi son test de grossesse était positif alors qu'elle n'avait eu qu'un rapport protégé au cours de ces derniers mois. Elle hésitait entre l'avortement et un séjour d'une semaine ou deux dans le service d'un hôpital psychiatrique afin de quitter sa vie le temps d'une parenthèse dans la ouate des neuroleptiques.

Elle n'était peut-être pas enceinte, le laboratoire pouvait avoir des ratés si les éprouvettes n'étaient pas nettoyées entre chaque analyse, si les laborantins s'enivraient ou sapaient volontairement leur travail tant ils étaient mécontents de leurs médiocres salaires. Ou alors elle avait donné par distraction une autre identité que la sienne en allant chercher ses résultats.

Elle a rallumé la lumière. Elle a fouillé la poubelle, le papier était taché de sauce tomate. Il portait son nom, mais elle avait été souvent Françoise Borre, Madeleine Juin, et elle avait passé toute son enfance outre-Atlantique sous le patronyme d'Albron, Fermy, Willon ou Borney. Ses parents s'appelaient différemment à chaque fois qu'ils déménageaient, ou selon qu'ils étaient dans le jardin, la serre, la salle à manger ou le salon. Leur identité variait aussi quand ils s'asseyaient, quand ils restaient debout plus d'une minute ou deux, et lorsqu'ils étaient en vacances le soleil faisait tourner la roue si vite que personne n'avait le temps de les nommer.

Elle aussi subissait ce handicap patronymique. À l'école quand avait lieu l'appel elle devait rester droite devant son pupitre durant des heures entières alors que ses camarades étaient déjà en récréation, au réfectoire, en train d'acheter des pains au chocolat à la boulangerie, rentrées chez elles, dans leur bain, envoyées au lit, réveillées après une nuit de sommeil, fraîches et disposes autour d'elle toujours subissant l'énumération de tous ces noms qu'elle portait l'un après l'autre et que les maîtresses s'épuisaient à débiter, se relayant, en sautant des centaines quand elles n'en pouvaient plus et tombaient inanimées au pied du tableau.

On l'avait exclue d'une foule d'établissements, ses parents la faisaient instruire chez eux par une charmante Paulina d'une vingtaine d'années qui avait pour consigne de ne jamais la nommer en aucune façon. Mais un soir où la foudre était tombée sur un mélèze qui jouxtait la maison, elle a eu l'idée funeste de la prendre dans ses bras pour la rassurer en lui donnant par affection le diminutif qu'elle réservait dans son enfance à une poupée au nez de cochon qui avait fondu un dimanche, jetée sur les braises du barbecue par une cousine jalouse de ses yeux bleus. On a été obligé de remercier la jeune fille. On l'a remplacée par un vieux militaire qui se bornait à la changer de grade selon les résultats qu'elle obtenait dans la résolution d'équations et la traduction de traités de tactique.

Adulte, elle en était réduite à sourire quand on lui demandait comment elle s'appelait. Puis pour ne pas passer pour folle elle disait je suis Janine Romain, Dominique Desmanges, Patricia Defair, et elle demeurait des années entières à débiter ainsi dans une chambre d'hôpital où on la nourrissait par perfusion et lui insufflait le sommeil par intraveineuse quand elle menaçait de périr d'épuisement. Alors ce test de grossesse l'avait peut-être concernée à l'époque où elle était allée en chercher le résultat, mais depuis une multitude de noms s'étaient servis d'elles pour exister et elle n'était pas plus Sophie Serres que Lucienne Volinot ou Marine Torre.

De toute manière, elle se sentait davantage Sylvie Manaud, et d'ailleurs à cet instant elle s'est aperçue que ce nom figurait sur sa carte d'identité. Dans son enfance Sylvie n'avait jamais eu ces problèmes, elle répondait à l'appel et se rasseyait aussitôt. Son père était un Manaud depuis sa naissance, il était fier de ces six lettres gravées sous la sonnette de son appartement et sur le granit du caveau où on avait rangé son cercueil deux ans plus tôt après sa noyade dans la citerne de sa maison de campagne dont il tentait de combler une fissure.

Elle se souvenait de ce dernier repas où il souriait si volontiers, sa gaieté excessive aurait dû lui mettre la puce à l'oreille sur sa propension à faire trop confiance à la vie et à commettre une imprudence fatale. Le lendemain les pompiers essayaient en vain de le ranimer, de purger ses poumons de toute cette eau croupie, mixture de débris de feuilles mortes, de vase, et de cette terre noire qui regorge de truffes chaque automne.

Elle avait hérité de cet appartement où elle souffrait d'insomnie tout autant que dans le studio obscur qu'elle avait occupé deux décennies durant. Sa mère s'était installée à l'année dans la maison du drame. À présent la citerne était condamnée, l'eau de ville l'avait rendue inutile. Elle allait la voir certains dimanches, elles maudissaient toutes deux la mairie d'avoir attendu qu'un malheur se produise pour les relier enfin au réseau. Elle se souvenait qu'elle l'avait visitée la veille, une vague tante se trouvait là et l'avait appelée Christine à son arrivée, puis dans le cours de la conversation, Odile, Tania, Stéphanie. En partant elle lui avait dit à bientôt Xavière, Thérèse, Marina.

Elle avait attendu d'être dans sa voiture pour téléphoner à une amie afin de lui confier son désarroi. Elle avait eu beau se présenter sous toutes les identités qui lui venaient à l'esprit, la femme avait raccroché. Elle avait épuisé tout son répertoire sans qu'aucun nom ne fasse réagir quelqu'un, sans même que sa voix évoque le moindre souvenir à personne. Au laboratoire on avait dû lui remettre le premier résultat venu pour qu'elle déguerpisse au lieu de ralentir la file d'attente en donnant des kyrielles de patronymes dont aucun ne figurait dans les fichiers.

Elle est allée au salon, elle a allumé le téléviseur. Tout le monde avait son visage, par contre elle ne reconnaissait pas toujours son corps quand il était celui d'un homme ou d'une femme de quatre-vingt-dix ans qu'on interviewait après un cambriolage. Elle souffrait, elle se rendait compte qu'elle vivait dans un monde anormal où elle était seule malgré la multitude apparente des individus qui semblaient le peupler. Heureusement à cinq heures du matin elle avait abandonné la carcasse de cette folle, et elle était Camille Pordet, jeune professeur d'espagnol seulement à moitié jolie mais au cerveau solide comme un tank, endormie contre son mari dans l'appartement mitoyen.

À huit heures en sortant pour se rendre au lycée où elle avait un conseil de classe, elle a croisé sa voisine avec une peau de mouton sur sa nuisette qui assise sur une marche d'escalier appelait une clinique pour qu'on vienne la chercher. Elle a donné ses cours jusqu'à midi, pendant l'heure du déjeuner elle s'est acheté une jupe et un sandwich qu'elle a mangé en se promenant dans un bois voisin, s'amusant à compter les préservatifs usagés tristes comme des sexes dont on aurait arraché la pulpe.

Le soir elle a dîné avec son mari chez des amis naturistes. Elle lui a fait une scène en rentrant à cause de l'érection qui l'avait ridiculisé tout au long du repas et qu'il avait si mal cachée sous sa serviette. Elle lui reprochait son manque de maturité, sa façon de regarder les autres corps avec envie au lieu de se contenter de celui de sa femme. Pour cette nuit au moins elle n'envisageait pas de cohabiter avec lui, il a dû louer un de ces placards aménagés qu'en guise de chambres louent les hôtels qui bordent le périphérique.

Au matin il était de retour avec des croissants et un bouquet de tulipes. Elle lui a accordé son pardon, mais malgré ses demandes répétées elle n'a accepté de se laisser prendre qu'après dix jours d'abstinence. Elle voulait qu'il devienne un époux accompli, l'outil parfait de son bonheur. Il devait maîtriser son appareil génital en toutes circonstances, tout autant que sa conduite et son humeur.

Hélas un mois après cet incident, elle l'a surpris en train de pleurer dans le couloir. Il lui a annoncé que son supérieur avait été licencié et que sans son appui il n'obtiendrait pas la promotion attendue pour la fin de l'année. Elle a compris qu'elle ne voulait plus de ce gamin qui bandait pendant la visite médicale et versait des torrents de larmes quand on lui refusait la croix d'honneur. Un divorce s'en est suivi, elle s'est inscrite dans une agence matrimoniale où selon la publicité qu'elle avait vue dans un gratuit, un logiciel sélectionnait mieux les maris que la vie.

Le soir où on lui a présenté un quadragénaire en loques qui empestait l'orange, elle a déserté Camille Pordet pour investir Manon Lazzarin, cette sorcière magnifique au sourire rouge et blanc qui vivait de l'argent qu'elle extorquait aux hommes en contrepartie d'une affection feinte et de coucheries rarissimes. Elle détestait tant les verges et les bourses qu'avant d'accorder la moindre privauté elle était prise de migraine, de maux de ventre, de saignements impromptus. Elle s'enfermait alors une heure entière dans la salle de bains sous prétexte de se pomponner, et le moment venu elle avait souvent des renvois qui l'obligeaient à quitter le lit en accusant son partenaire d'avoir des gestes dégoûtants, de ne pas l'aimer, ou de lui cacher une maîtresse depuis le début de leur relation. Elle s'en allait, elle ne répondait plus aux coups de téléphone, et quand on sonnait à sa porte elle l'ouvrait brusquement, le temps d'asperger l'intrus d'huile bouillante ou d'acide.

On ne lui tenait pas rigueur de sa démence, on essayait de la reconquérir en lui offrant des bijoux qu'elle revendait aussitôt pour alimenter son compte géré par une banque suisse. Elle consentait en définitive à revoir ces amants déchus, mais ils devaient payer cash chacun de ses sourires et un prix exorbitant une nuit en sa compagnie où elle se bornait à dormir tout habillée à côté d'eux sans qu'ils aient le droit de l'effleurer ni de la contempler dans la pénombre en soulevant subrepticement le foulard dont elle avait bandé leurs yeux.

Son magnétisme était tel qu'elle parvenait à fasciner des couples qui se ruinaient pour la voir faire sa toilette à travers le verre brouillé d'une cabine de douche, ou pour subir la morsure cruelle et merveilleuse de sa mâchoire de rêve. Lorsqu'ils avaient épuisé leurs ressources, elle rachetait leur habitation très en dessous du prix du marché pour accroître son parc immobilier.

Elle était si peu sympathique qu'elle a ressenti comme une délivrance sa métamorphose en Cindy Bonnin, domestique à la tête presque triangulaire dans une famille où les quatre enfants en bas âge l'appelaient Didi. Elle les amenait chaque dimanche à la messe bien qu'ils ne comprennent rien à la transsubstantiation, qu'ils jouent dans les travées comme des chenapans et qu'elle soit obligée de donner de la voix quand ils tentaient de grimper sur l'autel.

Sa beauté cachée était difficile à cerner tant elle était laide, mais elle avait eu malgré tout des relations sexuelles à plusieurs reprises avec le père des gamins à qui sa femme trop prude refusait la moindre fantaisie. Son intelligence modérée lui permettait d'être heureuse à jet continu et elle riait aux anges sans raison alors qu'elle enfilait sa chemise de nuit, que son réveil sonnait le matin, ou qu'il se mettait à pleuvoir des trombes sur le toit de tôle ondulée de la cabane qu'elle avait construite pour amuser les enfants.

Un soir de février où le père s'en était servie, la mère l'a renvoyée car son haleine sentait le sperme. Elle a oublié de prendre sa valise en partant, et sans perdre sa bonne humeur elle a marché jusqu'à la petite ville voisine en s'esclaffant à chaque fois qu'elle trébuchait dans la neige. Arrivée là-bas elle s'est empiffrée de beignets aux pommes et d'orangeade, puis elle a loué une chambre dans un hôtel sommaire. On l'a expulsée à deux heures du matin tant son hilarité dérangeait le repos des autres clients. Elle a arpenté les rues en rigolant de plus belle, s'asseyant parfois sur le rebord d'une fontaine afin de reprendre son souffle.

Exaspérée par son tapage une femme a ouvert sa fenêtre pour l'interpeller, et prise de pitié elle l'a invitée à monter chez elle se réchauffer. Elle a dissous trois comprimés dans le bol de tisane qu'elle lui a offert avec des biscuits secs, et peu à peu ses éclats de rire se sont espacés jusqu'à ce qu'elle s'endorme sur la table en formica de la cuisine. Elle ne s'est réveillée qu'à midi, radieuse comme après une folle nuit d'amour. La femme lui a donné du café et des tartines. Puis elle l'a mise dehors malgré la bourrasque tant elle était épuisée à l'avance par la perspective de passer la journée avec cette fille dont le rire commençait déjà à se ranimer, couvrant le bruit de la radio qui donnait des nouvelles des hécatombes de la nuit.

Elle a été arrêtée peu après pour tapage sur la voie publique, et internée dans un hôpital où une opération bénigne l'a rendue suffisamment neurasthénique pour qu'elle puisse réintégrer la vie sociale. On lui a trouvé un travail dans une boutique où elle émettait des larmes compatissantes à chaque fois qu'une cliente se révélait incapable d'enfiler un modèle trop étroit pour ses hanches qu'avec le temps aucun régime ne parvenait plus à faire fondre, et qui allait ressortir bredouille pour aller s'habiller au rayon femme forte d'un grand magasin où elle aurait l'impression de quitter la race humaine pour rejoindre le monde humiliant des obèses.

Elle était hébergée dans la réserve, bouclée pour la nuit derrière le rideau de fer à partir de vingt heures. On l'a accusée de transmettre aux vêtements des odeurs en cuisant le frichti de son dîner. Et puis sa tristesse semblait déteindre sur les robes les plus pimpantes, elle tapissait les murs blancs d'une couche de mélancolie, elle moirait la moquette blanche d'auréoles obscures comme le fond d'un puits. Les femmes ne s'arrêtaient même plus pour regarder la vitrine, le vague à l'âme de l'ancienne rieuse irradiait jusque dans la rue. Pour s'en débarrasser sa patronne l'a accusée du vol d'une écharpe de la collection de l'an passé, désarmée face à un mensonge aussi injuste elle a sangloté comme une coupable.

Elle aurait eu une destinée accablante si elle n'était devenue à cet instant Athalie Créchin, gamine de quatorze ans non-voyante de naissance et pourtant pleine d'une joie de vivre intense et raisonnable. L'hiver elle faisait du ski derrière un moniteur qui la guidait du son de sa voix, l'été de la voile sur le bateau de son père qui par temps calme la laissait barrer au large quand aucune autre embarcation n'était à l'horizon. Elle était coquette, elle aimait sentir du bout des doigts ses cuisses moulées dans un pantalon de satin et toucher comme un fétiche sa pince à cheveux en or gris. Elle détestait la musique, elle préférait le silence ou le bruit de la rue qu'elle écoutait fenêtre ouverte en fumant des cigarettes ou en croquant des barres de chocolat.

Elle était scolarisée depuis le début de l'année dans un collège, elle enregistrait les leçons et les professeurs remplaçaient pour elle les devoirs écrits par des oraux. Elle était solitaire, trop secrète pour se confier. Elle passait ses récréations dans un coin à décrypter la rumeur de la cour, à en extraire des répliques qu'elle collait bout à bout pour former un long dialogue imaginaire qui s'allongeait au fil des jours. Elle se le récitait le soir en mettant ses mains en coquille devant sa bouche afin de rapprocher le son de sa voix de ses oreilles. Elle avait l'impression de coller ensemble des petits morceaux de temps et de les faire ressurgir à son gré, en les mélangeant parfois pour obtenir une succession d'instants qui n'avait jamais eu lieu.

Puis elle s'est passionnée pour la masturbation. Chaque soir elle prenait congé tôt de ses parents ravis qu'elle n'attende pas de tomber de sommeil pour aller enfin se coucher. Elle connaissait des orgasmes qui l'obligeaient à se mordre cruellement le bras pour contrebalancer l'excès de plaisir par une douleur qui l'empêchait de se mettre à hurler. Elle était si habile, si frénétique, qu'elle jouissait bien davantage que sa mère et toutes les femmes de l'immeuble qui au même instant étaient aux prises avec leur mari, un ami de passage, ou une amante rencontrée en fin d'après-midi dans un bar de filles.

Au matin elle refusait de se lever, elle se plaignait de maux de gorge, de céphalées, de courbatures, pour prolonger son séjour sous la couette toute la journée. Elle n'allait plus au collège qu'une ou deux fois par semaine, et elle frottait doucement ses jambes l'une contre l'autre pour agrémenter les classes d'une onde réconfortante. Ses parents la faisaient examiner par des médecins qui lui prescrivaient des placebos en attendant que le goût des études lui revienne peu à peu. Elle restait couchée même pendant les vacances, se calfeutrant l'hiver dans le chalet et s'enfermant l'été dans sa cabine sur le voilier familial.

Sa passion a fini par la rendre grabataire. Elle ne quittait plus son lit qu'aux rares instants où la nécessité l'y contraignait absolument, titubant à présent derrière un déambulateur qui lui était devenu indispensable pour se mouvoir. Elle n'avait plus besoin de se livrer à aucune manipulation, par réflexe son cerveau produisait des orgasmes avec la même prolixité que son cœur ces battements saccadés qui ébranlaient sa cage thoracique. Elle commençait à trouver déplaisant ce plaisir continuel qui était devenu avec le temps un handicap supplémentaire.

Elle a quitté cette fille alors qu'elle s'apprêtait à redoubler, et que malgré ses efforts elle se révélait incapable de concentration tant son esprit se dandinait comme le bassin d'une danseuse levantine. Elle est devenue Vincent Barri, vieillard de quatre-vingt-trois ans qui suivait presque seul le convoi funèbre de sa femme morte deux jours plus tôt à la suite d'une chute dans sa cuisine. Il se sentait coupable d'avoir mal épongé une traînée d'huile quand il avait renversé un reliquat d'assaisonnement pour le ranger dans le frigo. Elle avait glissé, son crâne avait heurté le marbre de la table. Trop occupé à regarder une compétition de curling à la télévision, il n'avait rien entendu.

Malgré un balayage intensif de la patinoire les joueurs ne parvenaient pas à changer la trajectoire de la pierre pour qu'elle s'immobilise à l'intérieur de la maison, et depuis plus d'une demi-heure aucune des deux équipes n'avait marqué de point. Il trépignait sur son fauteuil, il aurait voulu pouvoir déplacer la pierre d'un coup de pied ou en soufflant sur elle comme sur les plumes qui s'échappaient parfois de son oreiller.

Pendant les publicités il est allé remplir son verre

à la cuisine. Il l'a trouvée étendue, elle avait sur les lèvres ce petit sourire apeuré qui l'avait séduit quand il l'avait vue pour la première fois dans le tumulte de la Libération assise sur l'estrade où on la tondait. Les larmes coulaient de ses yeux noisette, mais son sourire persistait comme une réponse silencieuse à l'outrage qu'on lui infligeait. On l'avait portée dans les rues sous les crachats, les insultes. Il l'avait suivie jusqu'à ce que vers le soir on s'en débarrasse enfin en la jetant sur le trottoir d'un ministère à la façade criblée d'impacts. Il a attendu que la foule se soit dispersée pour s'en approcher. Elle a eu peur quand il a posé la main sur son épaule.

— Je m'appelle Vincent.

Elle ne lui a pas répondu.

— Vous voulez que je vous ramène chez vous.

Il est resté accroupi auprès d'elle. On entendait des rafales d'armes automatiques, des tirs isolés. Quand il a fait nuit, ils ont traversé la ville. Il lui avait mis son béret sur la tête, dans la pénombre on l'aurait prise pour son jeune frère. Ils traversaient des places où on dansait, elle lui serrait le bras mais souvent il la sentait prête à céder à la panique, à se jeter dans la gueule du loup en découvrant son crâne dans la lumière pour se livrer en offrande à la foule.

Ils ont longé une zone bombardée au début de l'année. L'immeuble où elle habitait avait été épargné. Dénoncée par un couple qui convoitait son logement pour y mettre son fils, on était venu la chercher le matin dans une ambiance de joie, de kermesse. On avait saccagé ses meubles, ses petits bijoux avaient disparu.

— Ce n'est pas prudent de rester ici.

Elle s'est laissé emmener. Il lui a donné son lit, il a dormi sur un tas de couvertures et de coussins. Ils se sont mariés six mois plus tard quand après une fastidieuse période de claustration ses cheveux ont été assez longs pour qu'elle passe inaperçue.

Depuis plus de cinquante ans il n'avait plus revu ce sourire sur ses lèvres. Émerveillé il a perdu l'équilibre en voulant se pencher sur elle. Il n'a pas pu se relever. Trois heures plus tard une voisine l'a entendu crier en montant l'escalier. Les pompiers ont installé le corps de sa femme dans la chambre. Il ne s'était rien cassé, ils l'ont étendu sur le canapé du salon. Les joueurs balayaient la patinoire sans qu'il y prête attention. Le lendemain il a assisté avec indifférence à la finale. Ensuite l'enterrement l'a épuisé, le poste est resté éteint pendant quarante-huit heures.

Puis est venu le temps du saut à ski, il s'attendait à ce qu'un athlète survole la foule et atterrisse dans le village qu'il apercevait en contrebas au gré des mouvements des cadreurs. Il sortait un jour sur deux, sur trois, quand il avait faim et que son réfrigérateur était vide. La fruitière lui parlait de sa femme, et les yeux humides il évoquait ces deux petits sourires apeurés qui avaient été comme les parenthèses entre lesquelles s'était déroulée leur vie.

Il remontait chez lui. Le téléphone se manifestait en moyenne une fois par mois. Il attendait qu'il se calme, sans même prendre la peine d'enlever la prise. Un vendredi soir on a sonné à la porte, on a insisté et frappé. Il a ouvert. Les Pierrot se trouvaient sur le palier. Il ne les avait jamais vus.

Ils l'avaient croisé au cimetière alors qu'ils enterraient un tueur à gages grâce à qui ils étaient souvent venus à bout de problèmes inextricables.

Son air de chien perdu les avait émus, ils avaient eu recours à un détective pour le retrouver. Il passerait Noël chez eux, et il pourrait habiter dans leur propriété jusqu'à son décès au lieu de ruminer seul ses idées noires. Ils s'occuperaient même de ses obsèques, il serait embaumé et inhumé dans le cimetière privé qu'ils venaient de faire construire à la place de l'ancienne école primaire rachetée à la commune. Son caveau était déjà construit, sa statue sculptée d'après les clichés pris lors des filatures.

Il n'avait pas à faire ses bagages, une garde-robe à sa taille l'attendait dans la penderie de sa chambre. Ils lui offraient une vie nouvelle avec des dîners brillants, des fêtes, des flirts, des amours, des voyages dans des pays magiques qui feraient scintiller ses yeux d'enfant octogénaire. Comme il se débattait madame Pierrot l'a endormi d'une giclée d'aérosol. Ils l'ont allongé inanimé à l'arrière de leur break.

Ils l'ont déshabillé et introduit dans le sauna où des invités papotaient une coupe à la main. Il dormait encore, madame Pierrot l'a présenté comme étant son père en épongeant avec une serviette la sueur qui dégoulinait sur son corps malingre. À son réveil il tenait des propos incohérents, croyant tous ces gens nus échappés de son téléviseur à la suite de l'irruption d'une caméra dans le vestiaire mixte d'une équipe de ski nordique. Tout le monde riait, monsieur Pierrot arrosait les pierres brûlantes de champagne rosé.

Il serait devenu fou si madame Gerton n'avait pas insisté pour qu'on lui donne un peignoir et qu'on lui permette de se reposer hors de l'étuve. Madame Gerton, une Lauret, dont la mère pratiquait déjà la charité avec la même passion qu'un sport, se remettait à peine de l'opération qui venait de l'amputer de son deuxième rein. Elle avait cédé le premier à une ONG, et l'autre à la maîtresse de son mari. Elle avait aussi donné les deux tiers de son foie pour rendre service à un voisin mort depuis d'alcoolisme, ainsi que plusieurs mètres d'intestin et une multitude de greffons capillaires à des anonymes, ce qui l'obligeait à porter une perruque. Elle enrageait d'être si myope et de ne pouvoir faire cadeau de ses pupilles à personne. Elle accomplissait des démarches pour qu'on la démantibule petit à petit, elle se passerait de jambes et de bras, de cœur, on n'aurait qu'à brancher son tronc dans un coin de clinique sur un appareil qui assurerait une circulation extracorporelle. Dans cet état elle pourrait encore être utile en se laissant découper des lambeaux d'épiderme, et elle servirait à l'occasion de cobaye aux chirurgiens frais émoulus, aux jeunes prothésistes et aux laboratoires qui grâce à elle repousseraient peut-être la durée de la vie humaine d'une portion de siècle.

Elle a eu un malaise au cours du dîner dont elle n'avait pourtant picoré aucun plat. Elle a refusé d'être soignée sur place, exigeant que l'ambulance des Pierrot la trimballe toute la nuit parmi les ornières creusées lors d'une récente bamboula donnée à la mémoire du mandarin chinois à qui ils attribuaient l'invention de la poudre. À l'aube elle a demandé qu'on la dépose dans un hôpital dont elle connaissait par expérience la hargne du personnel, la nullité des toubibs, et la crasse des chambres.

Le vieux matériel mal stérilisé dont on s'est servi pour purifier son sang a provoqué une septicémie. Durant son agonie elle s'est réjouie d'avoir pulvérisé par ses dons d'organes les maigres performances de sa mère qui n'avait jamais sacrifié que des biens matériels, si on exceptait toutefois son dernier-né à peine sevré offert à une parente trop âgée pour espérer tomber enceinte sans le secours de techniques qui n'existaient pas encore du temps où elle vivait sa vie.

Dans ses dernières volontés elle réclamait l'enterrement des pauvres. Les Pierrot ont insisté pour qu'elle soit inhumée dans la fosse commune de leur cimetière, et à cette occasion ils ont organisé un grand déjeuner dans les allées pour en fêter l'inauguration. Alors que madame Pierrot éméchée essayait d'obliger le vieux Vincent Borri à faire une sieste au fond du caveau qui lui était destiné, il est devenu Carine Murrel, jeune pédiatre dont le cabinet perché en haut d'une barre d'immeubles venait d'ouvrir quinze jours plus tôt.

Elle avait examiné le matin un nourrisson de trois mois, elle l'avait aussitôt orienté vers un service de chirurgie afin qu'on l'opère d'une hernie. Depuis elle s'ennuyait, regardant l'étang artificiel par la fenêtre de la salle d'attente et au-delà la demi-douzaine de bulldozers qui s'employaient à raser les restes d'une usine désaffectée. Elle se demandait si elle n'allait pas changer sa plaque d'aluminium par une autre en plastique orange qui attire l'œil davantage.

Elle avait offert à la gardienne un hortensia pour qu'elle n'oublie pas de la recommander aux mères dont elle entendrait les bambins tousser en passant devant sa loge. Elle souriait à tout le monde quand elle prenait l'ascenseur, mais les gens baissaient les yeux sans qu'aucune conversation s'ensuive. Elle ne pouvait tout de même pas faire du porte-à-porte avec sa trousse en bandoulière, demander à voir les carnets de santé pour traquer les vaccinations en retard et exiger qu'on lui monte les mioches quand on serait allé les chercher à la crèche.

Vers seize heures, elle avait téléphoné à une radio qui faisait une émission sur l'apprentissage de la propreté. Elle comptait donner l'alerte, prônant une consultation préventive avant qu'une incontinence persistante survienne. Glissant comme par mégarde son nom et ses coordonnées, elle aurait croulé sous les appels jusqu'à minuit, sa patientèle aurait été constituée, le bouche à oreille l'aurait alimentée jusqu'au moment où elle l'aurait revendue quarante années plus tard lors de son départ en retraite. Mais au moment où elle allait passer à l'antenne elle était si tremblante qu'elle a raccroché par mégarde avec son index, et lorsqu'elle a enfin réussi à obtenir de nouveau le standard l'émission venait de se terminer.

Depuis elle était en colère, elle rédigeait des ordonnances mortelles pour se calmer et les brûlait ensuite sur le balcon. Elle souhaitait une épidémie qui lui permette de rembourser son crédit, de démarrer dans la vie décemment au lieu d'en être réduite à emprunter de l'argent à ses parents pour s'acheter un manteau ou un sac à main. Elle avait eu trente-deux ans quinze jours plus tôt, elle habitait encore chez eux et ils se permettaient de lui faire une réflexion quand son lit n'était pas fait, quand elle avait éclaboussé le carrelage de la salle de bains ou qu'elle rentrait à une heure indue.

Elle a pris sa tension, elle a écouté son cœur au stéthoscope, elle s'est coupé une mèche de cheveux qu'elle a jetée par la fenêtre. À vingt heures elle a fermé le cabinet, après cinquante minutes de transports elle était à table face à son père qui lui demandait le récit de sa journée. Elle s'est abritée derrière le secret médical, et comme il s'empourprait elle s'est enfermée dans sa chambre.

Le lendemain elle a donné trois consultations en début de matinée. À treize heures un père lui a amené sa fille qui souffrait d'une otite. Il l'a réglée en liquide, elle a pu descendre prendre un repas expéditif à la cafétéria. Elle a remarqué plusieurs enfants dont le nez coulait, mais elle n'a pas osé aborder les mères pour leur proposer ses services. À quatorze heures trente une femme a pris rendez-vous pour le mercredi suivant, à quinze heures dix elle a recousu le front d'un gamin qui venait de se cogner contre un radiateur.

Elle a repris espoir, elle a même cherché un studio à louer sur un site d'immobilier. Dès qu'elle prendrait son indépendance elle tirerait un trait définitif sur son passé d'adolescente attardée. Elle ne verrait plus ses parents qu'à Noël, tenant la dragée haute à son père en lui rappelant à tout propos ses débuts si modestes de groom avant son enrichissement besogneux dans la restauration d'entreprise. Elle l'obligerait à l'appeler docteur et lui donnerait du monsieur comme s'il était un quidam.

À seize heures la femme a rappelé pour annuler son rendez-vous, elle a refusé d'en prendre un autre. À vingt heures elle n'avait aucune envie de rentrer. Elle est retournée à la cafétéria, elle a bu son chocolat au milieu des tables désertées. Elle est remontée, elle s'est allongée sur le canapé de la salle d'attente. Elle s'est réveillée à trois heures du matin, la lune éclairait le lac et les débris de l'usine. Son père avait laissé des messages d'abord furieux puis inquiets sur son répondeur et la messagerie de son portable.

Elle a mis de l'eau à chauffer dans la bouilloire, elle s'est dit que l'été prochain elle pourrait aller se baigner dans le lac entre chaque malade. Des relations se noueraient avec des mères dont elle capterait la clientèle et l'amitié. Elle ne regretterait plus ses camarades de faculté, d'ailleurs ils l'avaient tous laissée tomber l'an dernier quand elle avait insulté un patron qui lui reprochait d'avoir prescrit un analgésique à un nouveau-né qui hurlait après une intervention à cœur ouvert.

Elle recommencerait sa vie dans cette cité, elle habiterait avec une femme abandonnée par son mari et blessée par la méchanceté des hommes. Elle l'aiderait à élever ses enfants, chaque dimanche elle emmènerait tout le monde pique-niquer dans son 4 x 4. Elle jouerait au ballon avec les gamins, et le soir ils se coucheraient dès huit heures épuisés. Elles passeraient le reste de la soirée blotties dans leur lit à regarder un film ou à se dévisager pour être sûres de se pénétrer du moindre méplat de la figure de l'autre. Sa compagne lui servirait d'assistante, elles ne se quitteraient ni de jour ni de nuit. Elles s'aimeraient vieillissantes, âgées, passionnées par cette intériorité toujours plus belle avec le temps sous le corps en déroute de leur amante amaigrie et flasque, ou grasse, incapable d'accomplir la moindre tâche ménagère, de prendre sa douche sans assistance, de s'arracher du fauteuil où elle passerait ses journées aussi inerte que le plâtre des murs.

Elle s'est assise derrière son bureau dans l'obscurité. Elle avait la certitude que cette femme dormait en ce moment quelque part dans la barre d'immeubles. Son mari était peut-être encore là, elle avait eu un rapport avec lui la semaine passée. Elle avait eu l'impression d'être interchangeable comme des toilettes qu'on utilise au hasard de ses pérégrinations pour soulager un besoin naturel. Elle se réveillait en sursaut à l'instant même, elle ne supportait plus ce morceau d'humanité à ses côtés. Il n'y avait plus entre eux que des souvenirs, et les mauvais l'obsédaient tandis qu'elle était persuadée d'avoir imaginé les autres.

Son mari se mettait à ronfler, elle le bousculait pour lui faire changer de position dans le lit. Il redevenait silencieux, mais elle imaginait avec dégoût sa bouche entrouverte et gercée dans l'obscurité de la chambre. Elle allait dans la salle de bains, elle aurait pris un de ses cachets préférés mais la boîte était vide. Elle humait une bouteille d'acétone, elle s'asseyait au salon à peine groggy. Elle buvait un fond de liqueur de banane, elle regardait le lac et se demandait si l'été prochain elle s'y baignerait encore ou si elle aurait réussi à s'enfuir, à trouver enfin une issue pour s'échapper de sa vie. Elle se levait, elle ouvrait la baie vitrée. Elle s'accoudait à la rambarde du balcon, elle fixait les baraques en tôle près des bulldozers qui servaient de vestiaire aux ouvriers. Elle avait froid, la fièvre d'une bronchite aurait peut-être colmaté sa mélancolie.

Elle rentrait malgré tout, elle mangeait une part de tarte à la rhubarbe qui traînait au frigo. Elle attaquait le beurre à la petite cuillère, puis comme la nourriture ne lui apportait aucun réconfort elle se posait sur un tabouret en se mordant l'intérieur des joues.

Cette femme habitait peut-être un appartement en rez-de-chaussée, son mari était veilleur de nuit dans une banque. Dans la soirée elle avait bu par gourmandise un litre de thé à la mangue, et elle n'avait pas réussi à s'endormir. Un casque sur les oreilles elle écoutait de la musique en se caressant d'un doigt léger. Elle faisait coïncider ses orgasmes avec les montées en puissance de la voix du ténor. À sept heures elle se préparerait pour aller à son travail, et elle somnolerait à moitié toute la journée derrière sa caisse. Elle ne croiserait son mari que le soir, juste le temps de lui dire de renforcer les gonds de la porte d'entrée.

— La voisine a été cambriolée.

— Je me suis cogné le genou en glissant dans la rue.

Elle a entendu du bruit dehors, elle s'est approchée de la fenêtre. Les bulldozers du chantier de démolition redémarraient sous la lumière de projecteurs. Elle les a regardés aller et venir, elle éprouvait un sentiment de joie inexpliqué quand elle voyait un reste de mur s'effondrer. Elle habiterait peut-être là-bas, dans un logement neuf qui sentirait encore la peinture. Elle connaîtrait la joie des pionniers qui plantent leur tente pour la première fois dans un territoire vierge. Elle serait encore plus près du lac, pendant ses consultations elle pourrait se laisser éblouir à son gré par le soleil qui s'y réfléchirait. Elle porterait des verres fumés, elle s'habituerait même à examiner les tympans et les gorges sans les enlever.

Elle avait sommeil, elle est retournée dormir dans la salle d'attente. À neuf heures la sonnette l'a sortie d'un rêve de cabinet flottant au milieu du lac relié à son domicile par un toboggan prodigieux qui fonctionnait dans les deux sens. Elle a ouvert à une femme accompagnée d'un enfant de trois ou quatre ans. En la voyant la femme s'est excusée et a regagné aussitôt l'ascenseur. Elle a essayé de la rattraper en dévalant l'escalier, mais après deux volées de marches elle s'est rendu compte qu'elle n'aurait jamais assez de souffle pour arriver en bas.

Elle s'est regardée dans le miroir des lavabos. Elle était échevelée, son maquillage bavait aux coins des yeux, elle avait la marque rouge du tissu du canapé sur la joue gauche. Elle s'est aspergée d'eau fraîche, elle s'est peignée, mais son chemisier et sa robe étaient froissés et elle n'avait sur place aucun vêtement de rechange.

On a sonné à nouveau, elle est restée immobile, retenant son souffle pour qu'on la croie absente. On a insisté, puis une clé a pénétré dans la serrure et ses parents sont entrés. Ils avaient osé faire usage du double exigé par chantage le jour de la signature sous prétexte qu'ils s'étaient portés caution. Elle a pourtant rougi et elle s'est excusée d'être si peu présentable. Son père a élevé la voix, elle a dû lutter pour éviter de fondre en larmes. Il l'a menacée de dévisser lui-même sa plaque et de l'engager au service comptabilité de son entreprise si elle découchait encore une fois. Avant de partir sa mère a déchaussé un instant ses lunettes afin qu'elle puisse voir ses yeux battus d'avoir veillé toute la nuit pour l'attendre.

Quand elle s'est retrouvée seule elle a été prise d'un sentiment de révolte contre cet homme qui continuait à s'abstenir de la respecter comme il l'avait toujours fait depuis sa naissance. Elle a décidé de ne plus retourner chez eux, elle leur enverrait des déménageurs pour vider sa chambre de ses affaires et emporter l'armoire à glace qu'elle s'était offerte l'an passé avec l'argent de ses gardes à Necker.

Elle est descendue au centre commercial s'acheter de quoi s'habiller en attendant. Si elle faisait une bonne journée elle approvisionnerait son compte avant que les chèques soient débités. Elle a utilisé pour la première fois la douche de la salle d'eau. Elle s'est trouvée rajeunie dans ce pantalon bleu et ce pull en laine d'agneau assorti.

À dix heures quarante-cinq elle a examiné un gosse de onze ans qui d'après sa mère grandissait trop vite et avait déjà des poils louches sur les bourses. À dix-sept heures, elle a reçu une visiteuse médicale. Le soir elle est rentrée chez ses parents, son père était en déplacement. À la fin du mois son compte était à découvert, la banque lui a accordé un sursis de quinze jours. Un an plus tard, elle travaillait six jours par semaine et sa salle d'attente était toujours pleine de patients qui imploraient sa jeune assistante de les caser entre midi et deux.

Elle vivait dans une résidence sans aucune vue sur le lac mais qu'elle pouvait regagner à pied sa journée terminée. Elle hébergeait une jeune fille de dix-neuf ans rencontrée à un congrès où elle était hôtesse. Le plus souvent elle ne travaillait pas, elle dormait ses quatorze heures et le reste de la journée s'écoulait de la baignoire où elle prenait des bains moussants aux boutiques des environs où elle achetait des vêtements et des cosmétiques avec la carte de crédit qu'elle lui avait faite établir à sa demande.

Elle dormait seule au salon, mais elle se laissait embrasser, ne se cachait pas pour se déshabiller et traversait souvent l'appartement toute nue. Cette intimité lui suffisait, elle avait l'impression de former une sorte de couple avec elle qu'un acte sexuel mené à terme aurait peut-être fait éclater. Et puis elle était heureuse quand elles se promenaient ensemble, qu'on les regardait dîner à la pizzeria ou monter dans la voiture jaune citron qu'elle venait de gagner à un tirage au sort organisé par un laboratoire pour fêter la sortie d'un lait maternisé enrichi aux algues marines.

Un matin au lever du jour elle s'est assise à côté d'elle pour la contempler dans son sommeil. Elle la trouvait si belle qu'à treize heures elle était toujours là. Elle laissait sonner le téléphone, indifférente au cauchemar de son assistante au centre du maelström des mamans furieuses et des bébés braillards. En début d'après-midi, n'y pouvant plus tenir elle a préféré lui abandonner sa carcasse et se couler dans la sienne avec ravissement. Mais une fois permutée elle n'a pu supporter plus d'une soirée de partager la vie de cette pédiatre qui lui distribuait ces sourires béats à longueur de temps et craignait une descente de son père sitôt qu'un voisin passait devant la porte palière.

Elle a pris un taxi dans la nuit. Elle détestait cette résidence, avec ces espaces verts étroits comme des couloirs et ce centre commercial où elle avait trop tourné en rond, repoussant les attaques de garçons qui tentaient de la séduire en évoquant d'emblée le contenu de ses sous-vêtements. Elle n'était pas pour rien Isabelle Merricourt, ce travail d'hôtesse et ce séjour ici où elle avait hiberné comme une marmotte ne seraient qu'épisodes insignifiants dans sa destinée. Son arrière-grand-père avait été bagnard pendant plus de vingt ans, il avait survécu et à sa mort il possédait trois casinos où les grands de ce monde venaient se ruiner pour flinguer leur ennui. Elle saurait se montrer digne de sa ténacité, même en prenant le risque de perdre un peu de son existence dans la cellule d'une prison.

Elle s'est fait déposer devant un hôtel près des quais, elle avait retenu une chambre pendant le trajet. À sept heures du matin elle a pris son petit déjeuner. À sept heures trente elle réveillait déjà un ami et le convoquait à neuf heures dans le lobby. Si à huit heures vingt elle n'était pas devenue Marine Moreni, elle aurait péri dix jours plus tard dans l'attaque à mains armées d'une bijouterie et on aurait parlé aux actualités de sa mère effondrée qui venait de présenter sa démission de secrétaire d'État aux Affaires sociales au Premier ministre qui l'avait refusée en lui adressant un message de vive sympathie.

Marine avait un tempérament d'amoureuse, elle était en train de regarder le garçon qu'elle fréquentait depuis le mois de juin dans la lumière maussade du café où il lui avait donné rendez-vous. Elle essayait de fixer ses yeux, mais il baissait les paupières. Elle savait que le reste de sa vie se déroulerait auprès de lui, elle prenait ses paroles de rupture pour des mots d'amour qu'il n'osait pas articuler à voix haute. Elle était d'accord pour vivre avec lui dès qu'elle aurait trouvé un travail et loué un studio. Quand il aurait terminé ses études ils auraient un bébé qu'ils laisseraient parfois chez sa mère pour partir en voyage.

S'il préférait elle lui sacrifierait son désir de maternité, elle l'aimerait assez pour se passer de progéniture sans jamais lui faire le moindre reproche. Elle s'abstiendrait même de jeter des coups d'œil aux landaus qu'elle croiserait dans les rues, elle ferait lever les gamins pour s'asseoir dans les transports en commun, elle dénoncerait aux vendeuses ceux qu'elle surprendrait à chaparder dans les supermarchés. Quand ils seraient invités chez des amis elle ne prendrait jamais de gosse sur ses genoux et elle se plaindrait de la surpopulation qui provoquerait un jour ou l'autre une guerre atomique.

Il s'est levé, elle l'a suivi aux toilettes. Elle a continué de lui parler tandis qu'il utilisait l'urinoir, se lavait les mains, arrangeait ses cheveux dans la glace. Elle l'aimait tant que si dans quelques années il ne la désirait plus, elle l'aiderait à trouver une amie plus fraîche dont il pourrait disposer à son gré sous leur toit. Il s'est retourné, elle le trouvait encore plus beau avec ce visage fermé et ces paroles qui sortaient à présent de sa petite bouche avec la violence d'une série d'uppercuts. Elle aimait ses manières de mâle qui fait semblant de mépriser les serments.

Elle est restée dans son sillage quand il a quitté le café. Il parlait de plus en plus fort et les passants se retournaient. Elle lui passait la main autour du cou en riant, elle essayait de l'embrasser mais il secouait la tête comme pour chasser une guêpe. Il s'est mis à courir, elle ne l'a pas rattrapé. Il n'a pas répondu au téléphone de toute la journée, le soir il n'était pas dans sa chambre. Elle est restée confiante et gaie, lui achetant une chemise et un stylo comme cadeaux de retrouvailles.

Elle l'a alpagué le surlendemain à la sortie de son école d'ingénieurs. Il tenait par la main une petite brune sans charmes dont les grands yeux turquoise semblaient une paire de hublots ouverts sur le néant. Il a piétiné ses présents, elle les a ramassés. Elle comprenait son désir passager d'un autre corps aux formes différentes, aux réactions encore inconnues sous les caresses et les coups de boutoir. Il lui reviendrait dans une semaine ou deux détendu, prêt à construire avec elle les fondations de leur vie commune.

Elle a attendu qu'il se manifeste dans l'insouciance et la gaieté. Ses parents étaient intrigués de la voir si épanouie, alors que ses jours de liberté s'écoulaient devant sa table de travail où elle révisait ses cours en silence. Mais six mois plus tard l'angoisse la torturait. Elle se levait dans la nuit et rôdait dans sa chambre entre le lit et la fenêtre jusqu'au matin. Le lendemain elle souriait étrangement aux enseignants qui l'interrogeaient et s'indignaient de son silence ébahi. Elle ne parlait plus à ses camarades et elle raccrochait sans émettre le moindre son quand une de ses anciennes amies l'appelait.

Peu à peu ses parents ont dû se contenter des bruits qu'elle produisait en déplaçant des objets, en manipulant les portes, les robinets ou les interrupteurs, pour subodorer sa présence. Elle les évitait comme par magie, et lorsque sa silhouette apparaissait un instant sur leur rétine elle en disparaissait aussitôt, remplacée par l'image persistante d'une chaise, d'une commode, ou d'un pan de mur d'un blanc déjà crasseux qui leur donnait l'idée vite oubliée de faire repeindre l'appartement afin de voir la vie sous un jour plus lumineux.

Pour réduire l'intensité de sa souffrance elle avait oublié la cause de son chagrin. Si elle avait croisé le garçon elle ne l'aurait pas reconnu, elle aurait même évité ses avances en se volatilisant au coin de la rue. En se volatilisant, en s'envolant comme un vulgaire pigeon, comme la fumée d'un pot d'échappement, en courant dans les égouts avec les rats. Elle n'était plus Marine Moreni, juste une bouffée douloureuse qui pouvait se fondre avec n'importe quoi.

On ne l'a plus vue au lycée, ses parents alertés ont fait une réponse évasive tant ils étaient embarrassés, ne se souvenant plus exactement de la dernière fois où ils avaient cru la voir. Elle avait peut-être été pulsée avec la vapeur du fer à repasser, elle avait traversé le col d'une chemise de son père et après avoir flotté quelques heures dans le dressing, la chambre, elle s'était perdue dans l'atmosphère obscure d'une fin d'après-midi de pluie.

Elle regarde le ciel, elle est presque sûre de n'avoir jamais été Marine Moreni. Elle appartient à une génération antérieure. En ce temps-là on tombait encore amoureuse au doigt et à l'œil en fin d'adolescence d'un homme de quatre ou cinq ans plus âgé rencontré dans un bal qui se déroulait sous l'œil inquisiteur de la mère organisatrice. Son futur mari ne lui plaisait pas avec son visage aux joues déjà onctueuses et sa conversation limitée aux vertus d'un nouveau tube fluorescent dont il devait assurer le lancement au sein de l'entreprise qui l'avait embauché à l'automne. Elle l'a aimé pourtant avec une rage presque animale, tant il correspondait à l'idée lamentable qu'elle se faisait de l'homme idéal depuis que sa poitrine de gamine avait commencé à bourgeonner.

Elle ne regrette pas son choix, elle s'est passé du bonheur comme d'un visage de plus qu'il aurait fallu entretenir, dont elle aurait dû extraire les points noirs, gommer les peaux mortes, et dont en définitive elle aurait malgré tout assisté impuissante à l'écroulement sans qu'aucune chirurgie réparatrice ne puisse venir à son secours.

Demain elle dînerait chez les Pierrot, elle prendrait plaisir à faire un sauna et à se détendre dans la piscine. Au cours du repas ils raconteraient leur dernier voyage, et madame Pierrot ne tarirait pas d'éloges sur les quelques jours passés dans un camp de réfugiés où on les avait affamés, enfermés la nuit dans une cage et battus chaque matin au nerf de bœuf en guise de breakfast et de bain moussant. En soudoyant les gardes, ils avaient obtenu d'être enterrés jusqu'au cou et de subir un simulacre de lapidation ainsi que les prémices d'un supplice tribal à base de mise à vif de la colonne vertébrale qui ne se pratiquait plus depuis deux ou trois siècles. Ils étaient rentrés en avion sanitaire, et après un mois de soins ils gambadaient à nouveau comme un couple de jouvenceaux.

Les Pierrot avaient la certitude de ne pas s'appeler Fuvert, Barret, Carrimont, leur identité était un rail qui remontait de génération en génération jusqu'au berceau de leur famille où leurs ancêtres avaient éclos en pleine préhistoire. Là-bas, il leur suffisait de fouiller le jardin pour retrouver des outils taillés par leurs aïeux à l'âge de pierre, forgés à l'âge de bronze, et ils pouvaient organiser des fêtes dans la grotte que les terrassiers avaient découverte récemment en creusant un bassin d'arrosage.

Dès que le langage était apparu ils avaient répondu à un nom qui se rapprochait de celui qu'ils portaient encore aujourd'hui, et à partir du XVIIe siècle il avait terminé son évolution. Depuis, la lignée des Pierrot avait scintillé sans la moindre désinence orthographique sur les registres de l'église et de l'état civil, leur conférant une sorte de noblesse dont ils n'avaient cependant jamais tiré le moindre orgueil.

Par contre, elle sent que son patronyme est un bourbier où des pans entiers du vocabulaire se sont écroulés depuis des millénaires. Aujourd'hui il serait vain de tenter venir à bout de sa prononciation. Elle n'a qu'à admettre qu'elle avait épousé René Gonthier, et que jeune fille on l'appelait simplement Dominique Verrant. Dans ces conditions rien ne l'empêche d'aller surveiller sans angoisse la cuisson du gigot. D'ailleurs après être remonté presque jusqu'à la verticale, le soleil était retombé comme un ballon crevé se cacher derrière l'immeuble d'en face et la lumière lui apparaît grise comme un lavis.

Elle ferme la porte-fenêtre, elle traverse le salon qui lui semble spacieux avec ce tapis clair comme une tache de lune. Elle regarde à travers le hublot, la viande grésille paisiblement. Elle s'assoit sur une chaise en l'observant, rassurée par la sérénité du processus. Même si elle n'a jamais eu le moindre mari, si elle est une vieille fille dont on craint les invitations assommantes qu'on accepte de guerre lasse et auxquelles on ne se rend jamais, elle aurait la joie d'installer ce soir le gigot sur un plat et de le regarder refroidir peu à peu avec autant d'attention qu'un suspense.

Vers minuit elle en découperait une tranche déjà glacée qu'elle mangerait avec un peu de moutarde, et elle se coucherait satisfaite d'avoir employé son après-midi à mener jusqu'à son terme cet acte culinaire minimal, si humble, au lieu d'être restée allongée sur le canapé à bayer aux corneilles.

Le lendemain elle se lèverait d'un bond à sept heures, elle s'habillerait avec les premiers vêtements qui lui tomberaient sous la main et elle attendrait dans la nuit sur le trottoir de se souvenir du lieu où elle travaillait les jours où elle ne se faisait pas porter pâle pour cuisiner à son aise. Elle finirait par questionner le marchand de journaux qui l'appellerait madame Douot. Il serait interloqué par ses demandes bizarres concernant ses origines, et par son inquiétude, sa panique qui la ferait peu à peu tourner sur elle-même comme un derviche. Elle traverserait la rue déserte en décrivant des arcs de cercle, elle échouerait contre la façade de l'immeuble d'en face derrière lequel elle avait si souvent vu le soleil se coucher et remonter dans le ciel comme s'il cherchait à accroître son désarroi. Elle déciderait que l'extérieur divaguait, qu'elle était une sentinelle sans nom qui faisait le guet devant un monde à la raison morte.

Elle remonterait à l'appartement, elle remettrait le gigot à peine entamé dans le four. À midi elle en mangerait un peu à la cuillère, le soir elle sucrerait les restes carbonisés pour en tuer l'amertume. Mais les Pierrot sonneraient à ce moment-là, elle entrouvrirait la porte et ils balanceraient une grenade lacrymogène à l'intérieur pour la punir d'avoir oublié qu'elle était invitée à dîner chez eux. Elle finirait la nuit dans leur aquarium d'eau de mer, cernée par une horde de requins minuscules qui la terroriseraient malgré tout avec leurs gueules béantes remplies de dents.

Au matin ils la retrouveraient flottant entre deux eaux, morte sans doute d'un arrêt cardiaque consécutif à la frayeur. Ses mains et ses orteils seraient déjà engloutis par les squales. Ils brûleraient son cadavre dans le crématorium qu'ils viendraient de faire construire à mi-chemin entre leur hôpital et leur cimetière.

Ils s'envoleraient le soir même pour un pays lointain. Ils obtiendraient chèrement la faveur d'être parachutés avec des mercenaires au-dessus d'une ville assiégée, avant de périr mitraillés ils seraient éblouis de voir ces volées de fusées traçantes monter vers eux comme des anges.

Elle va dans la salle de bains. Elle voit son visage dans le miroir, sans savoir quel âge se donner ni à quelle tribu elle appartient. Elle est peut-être une Asiatique débridée, une Nordique à la blondeur passée, une Orientale pâlie par des décennies de ciel plombé et de lumière ladre. Elle peut avoir la vingtaine moribonde, la trentaine épuisée, la quarantaine fatiguée, une cinquantaine ordinaire, ou une soixantaine pimpante, et rien ne dit qu'elle ne fait pas partie de ces personnes âgées insoupçonnées sous la carapace de cosmétiques dont elles se tartinent depuis l'âge de dix ans.

Elle a peut-être des arrière-petits-enfants qui vont surgir d'un instant à l'autre adolescents et voraces pour engloutir le gigot et dévorer le contenu des placards de la cuisine avec la gloutonnerie d'une meute. À moins que sa mère rentrant furieuse d'une réunion de parents d'élèves lui reproche de chahuter encore en classe malgré ses seize ans et la menace d'annuler le stage de jet-ski qu'elle devait faire au mois d'août.

Elle comprendrait qu'au lieu de divaguer à longueur de journée devant le hublot du four, elle ferait mieux de tenir compte de la réalité et de prendre à bras le corps son avenir pour qu'il ne débouche pas sur un destin médiocre où elle pataugerait comme sa tante Carole qui n'avait jamais su garder ni mari ni amant et dont le caractère cyclothymique la faisait renvoyer par ses patrons à chaque fois qu'elle plongeait dans un des puits de son catastrophique univers intérieur. À son âge elle pouvait encore apprendre à hypertrophier son allégresse, à dominer ses tendances à la mélancolie, afin de devenir le prototype idéal de sa personne, et non un modèle de fin de série qui connaîtrait le fossé à chaque virage et tomberait en panne au moindre faux plat.

Sa mère lui dirait de se mettre en pyjama, elle regimberait prétendant qu'à son âge elle n'avait plus à entendre ce genre d'injonction. Pour toute réponse elle la prendrait dans ses bras et l'étendrait sur la table à langer. Puis elle verrait les spermatozoïdes de son père la cerner et elle détesterait sa condition d'ovule offert comme une proie. À moins qu'elle ait déjà quatre-vingt-dix-neuf ans et maille à partir avec des insectes nécrophages dans le cercueil de chêne dans lequel on avait enterré sa dépouille.

Elle cesse de se regarder, son cerveau projette peut-être sur le miroir une image qu'il modifie à chaque instant pour l'empêcher de se reconnaître une fois pour toutes. Elle fuit la salle de bains comme enfant elle croyait prendre ses jambes à son cou dans un rêve pour fuir une cabane de sorcière remplie de chaudrons bouillonnants et de balais maléfiques. Elle va aux toilettes. Elle préfère tirer la chasse sans savoir si elle a produit des excréments ou mis au monde un prématuré qui se serait trompé d'orifice.

Elle se déshabille à la cuisine, savonnant son corps tout entier devant l'évier et le rinçant à grande eau avec une carafe de crainte que la moindre odeur puisse trahir l'acte indéterminé auquel elle vient de se livrer. Elle se sèche avec du papier absorbant qu'elle jette ensuite dans la poubelle avec ses vêtements.

Elle s'habille d'un manteau pendu à la patère de l'entrée, elle s'assoit au salon. Si son mari rentrait elle lui dirait je suis traumatisée par cette journée de solitude, tu ne te rends pas compte à quel point l'appartement est triste, on dirait que les pièces ont été construites autour de moi et que la porte d'entrée donne sur un trompe-l'œil de béton épais comme la ville. Donne-moi la main, fais quelque chose, tu ne peux pas me laisser dans cet état. Tu vois bien qu'à ton contact j'ai perdu la santé mentale qui avait permis aux Dorrés de résister aux siècles sans jamais donner un de ses membres à un asile. Appelle-moi Maria, dis-moi tu es Bénédicte Maupain, Alexandra Dumourt, rappelle-moi le temps où tu me susurrais viens Stéphania, j'ai une idée, fonçons vite nous coucher. Si tu ne me reconnais pas imagine que je suis une autre, ce soir je suis si épuisée que j'accepterais d'être n'importe qui.

Tu peux me prendre pour une Héloïse trop farouche et me rendre la gifle qu'elle t'a donnée quand tu avais quinze ans, pour une aïeule qui t'invitait chaque année à la Chandeleur et je ferais sauter pour toi pendant des heures des tranches de gigot fines comme des foulards de soie, pour ta mère si tu le veux et je te bercerai de comptines jusqu'à ce que tu t'endormes enfin après m'avoir fait tourner en bourrique toute la soirée. Ça m'est égal d'être Corinne Vallais, Laurence Berthet, Sylvie Trein, si tu en conserves un bon souvenir et que tu n'en as plus aucun de moi.

J'ai perdu l'orgueil hautain des Gendraud dont à la naissance on marquait les armoiries au fer dans le pli de l'aine, je suis aujourd'hui plus modeste que la vieille bonne qui nourrissait les chiens de papa, coupait les chats de maman, se faisait opérer des amygdales quand j'avais mal à la gorge, arracher les dents lorsque mes dents de lait tombaient l'une après l'autre laissant place à une horrible brèche. Je suis prête à finir comme elle enterrée vivante dans une bière d'occasion pour tenir compagnie à une tante éloignée qui avait manifesté le désir pendant ses derniers instants de ne pas s'en aller seule au cimetière comme une pupille abandonnée. Mais ce soir adresse-moi la parole, pour une injure, un mot d'amour, une réflexion désobligeante sur ma grosse poitrine de dondon, ou mes tétons imperceptibles enfoncés entre les côtes.

J'accepterai de m'exhiber sur la terrasse sous un luminaire pour t'amuser de mon corps et attirer les rires de l'immeuble d'en face. Je ferai semblant d'être belle si tu préfères me caresser et te sentir fier d'introduire ta verge dans un corps magnifique que tout le monde t'envie de posséder comme un château, une couronne, une tiare. J'aurai assez de volonté, de courage, pour rester dans cet état durant des mois, des années, et devant la splendeur de mon apparence tout le monde aura oublié la pauvre femme sans grâce dont tu avais si honte quand tu devais la sortir dans un endroit public, l'emmener en voyage, ou la traîner chez les Pierrot.

Dans le clair-obscur de leur sauna je changerai de race et de format pour leur donner l'impression de voyager rien qu'en me regardant. Enamourés, ils te remercieront que j'existe, te rachèteront l'agence le soir même, et rentrés chez nous tu ne te lasseras pas de me faire l'amour en réalisant ce fantasme merveilleux d'étreindre une femme différente à chaque coup de reins. Quand tu voudras être seul je deviendrai un bibelot en haut d'une étagère, une cuillère à moka au fond d'un tiroir, un petit stylo à bille sur la table de la cuisine et tu n'auras qu'à les utiliser comme autant de baguettes magiques pour me remettre en activité.

Tu ne pourras jamais te lasser de moi, puisque je ne serai personne en particulier, juste une succession d'êtres que tu décideras de faire exister au gré de ton plaisir. Je serai la femme que tu auras remarquée la veille dans la rue, celle que tu construiras comme un puzzle avec des mains vues dans une publicité, un visage arraché au souvenir d'un tableau du quattrocento, un corps de jeune fille entrevu quarante années plus tôt en ouvrant par erreur la porte d'une chambre alors que tu étais en cure avec tes parents dans une station thermale.

Tu pourras même choisir une fesse par-ci, une fesse par-là, un nombril et un ventre dépareillés, des lèvres disparates et charnues, un clitoris discret comme une marque de ponctuation, des cuisses souples mais de couleurs différentes, un petit sein nerveux à l'extrémité turgescente comme un pistil et l'autre moelleux comme de la plume avec sa large aréole rose comme un pétale. Tu me confectionneras aussi une tête à ton goût, nez en trompette ou camus, yeux vairons, l'un charbonneux, l'autre bleu outremer, une joue creuse, l'autre potelée. Quant à la bouche tu la feras varier au gré de ton humeur, double coussinet de chair purpurine, ou trait livide comme une cicatrice que tu prendras plaisir à percer.

Mais si tu préfères je t'asservirai, tu deviendras une simple serrure dont moi seule posséderai la clé.

Je t'imposerai des jours entiers d'immobilité absolue dans l'obscurité du coffre de la voiture, puis je t'obligerai à me vénérer chez les Pierrot malgré leurs railleries, à demeurer à genoux en dépit des rafales de kalachnikovs qu'ils déclencheront pour réveiller ton orgueil. Je te mutilerai de mes doigts agiles, je te ferai greffer le vagin d'une morte, les glandes mammaires d'une opérée, et je te pendrai par les pieds à la rambarde de la terrasse en guise de pendule, de fil à plomb, de drapeau de viande en berne pour la honte de l'humanité.

Je te torturerai comme on n'a jamais aimé personne, comme aucune mère n'a choyé son fils, aucune fille n'a dorloté son père. Je t'aimerai à te faire hurler nuit après nuit, à te faire regretter l'existence, la naissance, à te faire souhaiter la mort que je tiendrai entre mes mains comme un cadeau trop merveilleux pour consentir à te l'accorder. Je jouerai avec ta fin comme avec un yo-yo, tu la croiras à ta portée, elle te fera faux bond, tu la désireras plus fort qu'un orgasme. Je t'aimerai assez pour que tu souffres encore, que tu endures davantage, que tu te sentes abandonné, perdu dans la douleur comme dans un naufrage. Tu perdras même cette sensation d'être aimé, et la mémoire de l'avoir été. Je t'aurai emporté jusqu'à l'extrémité de ton désir, j'aurai fait exploser ton angoisse. Un matin, un soir, en plein midi, tu éprouveras enfin ce sentiment de délivrance, de bonheur abyssal, d'avoir été châtié.

Alors je te rendrai ton corps intact, et tu l'enfileras comme un vieux manteau bien chaud qu'on retrouve à chaque saison telle une seconde peau. Tu te sentiras léger, heureux, amoureux, et la mort te semblera un fantasme farfelu de pervers. Nous n'irons plus chez les Pierrot, et s'ils viennent nous chercher nos regards lumineux les feront déguerpir mieux que des armes.

Je suis une Damiaud, nous n'avons pas l'habitude de céder aux caprices des hommes. Nos maris doivent être rigoureux, performants, et ne jamais connaître l'échec. Ils nous aiment dans les règles de l'art, sans se laisser aller à l'impuissance, ni à la manie, et ils s'abstiennent de désirer autre chose que l'ordinaire de l'amour. Nous n'admettons pas d'être traitées comme des organes, nous étions même croyantes quand ce n'était pas encore devenu ridicule. À présent nous sommes des scientifiques, nous avons remplacé la vie éternelle par l'espérance en la fructueuse administration de notre patrimoine qui ainsi nous survivra comme une âme assez coriace pour franchir les siècles. Nous connaissons notre prix, nos parents nous ont évaluées dès l'adolescence à l'aide d'un algorithme inventé par un aïeul qui détestait les enfants approximatifs dont on ne fait que supposer les aptitudes et l'agressivité face à l'existence.

Je suis Laura Damertin, je suis défavorisée depuis toujours par ma beauté particulière, si originale, si occulte, qu'elle s'apparente à de la hideur. Je porte un masque de carnaval dans mon lit pour que les hommes acceptent de me tirer avant de prendre la fuite en me laissant de fausses coordonnées et un décilitre de larmes à verser à grosses gouttes pendant le reste de la nuit. Au matin je suis encore plus étrangement jolie avec mon visage bouffi et mes yeux écarlates comme des sens interdits.

Je me marierai un jour avec un aveugle, et qu'il soit sourd aussi pour ne rien entendre des commentaires des passants. Nous aurons douze enfants afin que l'un d'entre eux au moins ne nous ressemble pas et justifie notre union par son physique ordinaire qui lui permettra de mener une vie normale. Les autres seront placés dans des centres où on leur fera passer le temps avec des psychotropes et des jeux adaptés à leur handicap.

Je suis Béatrice Desjardin, vous m'avez vue dans une vieille réclame pour le sucre quand j'avais huit ans. À cinquante ans je suis juge d'instruction et j'éprouve un plaisir trouble à écrouer les jeunes femmes à chaque fois que la procédure m'en donne la possibilité. J'aime visiter leurs cellules bondées à l'odeur écœurante de chiottes et de nescafé, je descends inspecter les mitards où les excitées gisent nues pour que le froid les dompte. Mon métier me passionne, et je crois qu'un certain sadisme contribue à paniquer les suspectes.

Je profite de mes vacances pour assister chaque matin à des exécutions féminines dans des dictatures où il fait chaud, me baignant l'après-midi dans une mer tiède comme une mare de sang. Je suis pourtant douillette, hypocondriaque, même mes règles m'effraient. J'appelle un médecin pour une aigreur d'estomac et j'exige une scintigraphie à la moindre toux.

Même si leur sort me laisse plus froide je ne m'apitoie pas sur les hommes et j'applique envers eux la loi dans toute sa rudesse. Jeune magistrate j'ai vu sans bouder mon plaisir plusieurs de leurs têtes tomber. J'ai vécu l'abolition comme le deuil d'un enfant, elle a d'ailleurs coïncidé avec le décès de mon fils de trois mois suite à la folie de mon mari qui s'est vengé sur lui un soir de dispute où je lui avais jeté mon homosexualité au visage comme un bol de vitriol. Grâce à mes relations il ne sortira jamais de l'hôpital psychiatrique pénitentiaire où les criminels psychotiques sont mieux gardés que l'uranium d'une centrale atomique. Depuis que son père s'est éteint plus personne ne lui rend visite, sa solitude est absolue. Le temps se charge de l'exécuter à chaque instant comme un couperet fixé à l'extrémité du balancier d'une horloge.

Je suis Marie-Ange Daboucry, un soir chez les Pierrot je me ferai hara-kiri dans le hammam pour les distraire. Je suis Laure Savy, et j'aime un homme au sexe lisse comme le robinet doré de ma baignoire. Je suis Lisa Boulin, mon logement est une grotte près d'un étang où les gosses du voisinage viennent me jeter des pierres et des belettes quand ils s'ennuient les jours de pluie, ou lorsqu'il fait trop chaud pour jouer aux Indiens. Je n'ai pas encore cinquante ans, mais on me prend pour une vieille et je n'ai rien fait d'autre depuis ma naissance que survivre comme une conne. Plus jeune j'allais au cinéma, j'étais aide maternelle dans un jardin d'enfant, j'avais des amants qui me prenaient de dos pour ne pas voir ma bouche ronde et laide m'a-t-on dit comme un anus.

J'ai connu les Pierrot qui avaient ramené d'une zone bombardée une portée de bébés radioactifs dont nous avons eu la garde diurne toute une année durant. À l'heure de la sieste ils rayonnaient comme les aiguilles phosphorescentes d'un réveil de cuisine, illuminant le dortoir et empêchant les autres gamins de fermer l'œil. Les Pierrot s'en servaient pour éclairer leur piscine lors de soirées placées sous le signe de l'apocalypse où l'on dégustait parfois l'un d'entre eux malgré les risques de thyroïdie.

Mais à cette époque les Pierrot avaient déjà été convaincus de crime contre l'humanité, en guise de peine on leur avait inoculé le germe d'une maladie dont ils étaient allés mourir dans un petit camp cerné de barbelés qu'ils avaient fait édifier pour l'occasion dans un coin de leur parc. Ils agonisaient sur le sol de terre battue et devaient se traîner de place en place afin d'éviter les tirs des snipers importés à prix d'or et planqués sur les toits d'un immeuble voisin. Ils étaient morts un dimanche matin lors d'une séance de torture menée par un mercenaire néophyte, foudroyés avant que le courant électrique ait eu le temps de leur procurer la moindre souffrance tangible.

Les Pierrot sont des saints laïcs, ils seront un jour canonisés par l'État. On donnera leur nom à un boulevard, une ville, un océan, et dans un siècle c'est la planète qu'on débaptisera pour leur rendre hommage. On se souviendra que du temps de leur splendeur ils avaient construit un pays sur un morceau de continent désert, et qu'ils avaient eu le courage de le faire vitrifier par humilité avant de mourir, tant ils se souciaient peu de laisser une population reconnaissante derrière eux.

Les Pierrot aimaient organiser des concerts d'oiseaux dans les prisons, et nombre de pénitenciers leur doivent leur sauna, leur piscine, et leur centre de thalassothérapie alimenté par des centaines de kilomètres de canalisations souterraines, sans compter les cellules décorées de toiles cubistes, les cours plantées d'eucalyptus, de palmiers, d'arbres fruitiers de toutes sortes, et ces mitards vétustes repeints grâce à leur munificence de couleurs pimpantes, équipés de frigo, de percolateur, d'un écran qui permet au condamné de visionner les dernières nouveautés en attendant de pouvoir rejoindre ses camarades émerveillés et béats.

Elle se lève du canapé, elle abandonne le manteau. Elle traverse nue le couloir qui mène aux chambres. Elle veut accueillir son mari dans cette robe à ramages achetée l'an passé lors d'une braderie haute couture que les Pierrot avaient organisée au profit des victimes d'un bal avec attentat qui avait été le clou de leur trentième anniversaire de mariage.

Elle revient au salon changée et parfumée. Elle se pose délicatement sur un fauteuil. Il lui semble que son ouïe est à cet instant comme un tentacule, il lui suffit de la laisser filer pour entendre les gens entrer dans l'immeuble ou s'extirper de leur voiture dans le parking souterrain. Son mari a peut-être une respiration sifflante proche de la bronchite chronique, à moins que ses poumons soient silencieux comme des fleurs. Il parle bas, usant de mots gorgés de consonnes dont il aurait pu s'étouffer comme d'une bouchée d'épingles. Ou il hurle des paquets de voyelles serrées l'une contre l'autre qui grouillent dans les oreilles des gens longtemps après leur expulsion.

De toute façon elle le redoute, elle va descendre s'acheter une gazeuse pour s'en défendre. La nuit quand il s'approche trop près de son vagin ou de sa poitrine, elle le larde de coups de lame avec un couteau suisse qu'elle porte jour et nuit pendu à une chaînette en or autour de son cou comme une madone. Mais grâce à ce type elle est devenue madame du Verdon, elle ne croupit plus chez les Doter, les Frome, les Ramart, toute cette cohorte de petites âmes rabougries incapables d'être assez heureuses pour faire envie.

Et si par malheur il n'existe pas elle est toujours Marion Bermie, une célibataire en début de ménopause dont le cerveau est un asiie psychiatrique désorganisé par une grève du personnel soignant et l'explosion de la chaudière qui a fait sauter la nuit dernière l'aile sud du bâtiment où l'on enferme les assassins en puissance et un rebelle gréviste de la faim dont le décès est attendu pour le début du mois suivant. Les Pierrot la prennent en pitié, chaque été elle est parachutée avec eux au hasard des guerres et la frayeur lui fait oublier quelque temps sa condition de vieille fille toquée.

À moins qu'elle soit la dernière pousse de cette famille fondée sur l'aigreur et la haine d'autrui qui a connu son heure de gloire à soixante-douze reprises avant de péricliter soudain en l'espace d'une génération. Elle s'appelle donc Blandine Tessier, simple femme jamais aimée par les hommes qui éjaculent sur elle de loin comme on pisse. À présent elle fait un peu de cambriole pour être autre chose qu'une mendiante ou une assistée. Elle ne se souvient plus comment elle a réussi à s'introduire dans cet appartement dont la porte a l'allure hostile et imprenable d'un pont-levis médiéval.

En tout cas sitôt dans la place elle avait dû fouiller le salon et les chambres, et ne trouvant ni bijoux ni argent elle s'était rabattue sur le réfrigérateur où elle avait découvert ce gigot pour tout butin. Au lieu de s'enfuir avec, elle l'avait installé dans le four et depuis elle attendait la fin de la cuisson pour pouvoir s'attabler et le faire disparaître au fond de ses viscères sans que dès lors plus personne ne puisse mettre la main sur l'habeas corpus. Ensuite elle enlèverait ses chaussures, descendrait pieds nus l'escalier et ne les remettrait que parvenue dans la rue.

Sur le trottoir elle fouillerait son sac, cherchant vainement une pièce ou un ticket de métro. Elle s'engouffrerait malgré tout dans une bouche, escaladant le portillon avec le peu de grâce des vieilles juments sautant leur dernier obstacle avant d'être abattues par le vétérinaire du champ de course. Puis elle grimperait dans une rame qui l'emporterait vers une porte de la ville où elle squattait avec une junkie un logement de ciment brut dans un immeuble dont la construction avait été interrompue l'an passé par la faillite du promoteur. Elles n'avaient ensemble aucune relation sexuelle et leur dialogue se limitait à quelques mots jetés avec la fureur des animaux poussant un cri pour figer leur proie.

Quand elle rentrerait au bercail sa colocataire serait absente. Elle s'enroulerait dans une épaisse couverture dérobée la veille sur un marché, et elle s'allongerait dans le coin cuisine à l'endroit même où seraient installés quelques mois plus tard l'évier et les plaques électriques. Réveillée soudain dans la nuit par une nausée irrépressible, elle rendrait son butin à travers l'ouverture destinée à recevoir la fenêtre qui donnerait directement sur la lumière du périphérique et les phares blancs des voitures terrifiées que flasheraient les radars à la volée.

Elle regretterait alors de n'être pas née chez les Blochin, tous bacheliers depuis l'institution du diplôme il y a plus d'un siècle, passionnés de droit administratif, prenant autant de plaisir à occuper des fonctions de larbin dans une préfecture qu'à diriger un ministère où être élu à l'occasion président de la République quand aucun personnage charismatique ne viendrait leur porter ombrage. Elle aurait eu dès lors toutes les chances de s'appeler Nora comme son arrière-grand-mère paternelle, d'être blonde comme les blés avec toutefois quelques poils pubiens tirant sur le roux qu'elle traquerait chaque soir à la pince, et de se trouver en mission depuis deux ans dans une ambassade scandinave où la nuit tombait l'hiver à trois heures de l'après-midi.

Elle passerait ses soirées à potasser des dossiers sous les rayons blafards d'une lampe de photothérapie qui l'empêcherait de sombrer dans la dépression. À sa demande elle serait mutée dans une capitale méridionale où son allergie solaire la priverait de baignades et de farnientes en plein cagnard.

Chaque week-end elle se prostituerait pour se délasser par l'entremise d'une maquerelle à la clientèle huppée, exigeante et vulgaire. Avec le fruit de ses passes elle se ferait construire une villa ombragée en bord de mer, et elle regarderait de loin scintiller le soleil sur l'eau calme comme une dalle de ciment ou agitée comme le tourbillon d'une baignoire en fin de vidange.

Elle emmènerait là ses clients qui dans leur fureur d'obtenir un plaisir gigantesque saccageraient le mobilier non sans mettre à mal son corps qu'ils estimeraient souvent avoir payé trop cher. Lasse des séjours aux urgences où les sourires en coin du personnel soignant l'humilieraient comme des claques, elle déciderait d'abandonner son second métier pour consacrer tous ses loisirs à l'éducation d'une portée de chiots d'une race en voie d'extinction acquis avec le produit de la vente de la villa en ruine bradée à un couple de trafiquants.

Ses parents venus lui rendre visite jugeraient son existence grotesque et dès leur retour intrigueraient auprès de leurs relations pour la priver de son nom afin qu'elle ne le déshonore pas davantage. Elle perdrait aussi le bénéfice de son prénom, s'appelant désormais Cathy Mornier, petite femme déjà âgée, retraitée dans une ville minière cernée par les crassiers après une vie de bête de somme dans un wagon désaffecté où elle aurait servi pendant quarante-cinq ans de l'aube à minuit chopines et cafés sous la coupe d'un ancien piqueur toujours vêtu de noir et si sale qu'on l'aurait cru taillé dans un bloc de houille.

À présent elle pourrait faire la grasse matinée et dévorer des yeux le reste du temps l'écran de son petit téléviseur qui lui transmettrait des images mirifiques. Elle n'y croirait pas plus qu'aux invocations que sa mère débitait jadis quand elle souffrait d'une rage de dents ou de coliques, mais elle aurait l'impression d'avoir le privilège d'assister aux rêves d'un milliardaire qui pouvait disposer du travail de millions de cerveaux afin d'agrémenter son sommeil de féeries peuplées de jeunesse et de piscines immenses et bleues comme des tranches d'océan.

D'ailleurs les gens la prendraient pour une hallucinée quand elle ferait une incursion dans la supérette pour acheter furtivement des rillettes et des conserves. Ses yeux exorbités feraient penser à des fruits translucides assez mûrs pour que la légère pression d'un doigt suffise à en faire gicler la chair et le noyau. Ses voisins seraient soulagés le jour où à la suite d'une infection soignée par des remèdes de bonne femme on la transplanterait loin de chez eux dans un cimetière souterrain aménagé dans une mine aux filons épuisés.

En agonisant l'idée lui serait venue de devenir Cécile Poiret, fonctionnaire de police d'une quarantaine d'années croisée l'été précédent à l'occasion d'une retraite aux flambeaux qu'elle aurait suivie par superstition craignant de voir sinon son téléviseur tomber en panne. Cette femme aurait un mari meurtrier dont elle serait tombée amoureuse dix ans plus tôt après lui avoir fait subir quarante-huit heures d'interrogatoire presque ininterrompu lors d'une garde à vue qui se serait terminée par des aveux complets et une crise de larmes. Émue, elle aurait déchiré sa déposition, falsifié le rapport du médecin légiste et chargé du délit un électricien coupable d'ivresse dans un café qui malgré ses dénégations aurait été incarcéré et relaxé plus tard au bénéfice du doute.

Maintenant elle serait mère de deux beaux enfants dont il prendrait soin tandis qu'elle sillonnerait la ville dans un fourgon ou une voiture pie. Il l'accueillerait à son retour avec un dîner aux chandelles qu'ils dégusteraient en se dévorant du regard comme ce premier soir déjà lointain où elle l'aurait recueilli apeuré tel un renard traqué lors d'une chasse à courre. Pourtant il finirait par lui reprocher sa profession répressive au traitement trop mince pour leur permettre l'achat d'un mobile-home rapide et fonctionnel ou un mois de vacances en Guadeloupe.

Usée par ses récriminations incessantes elle se laisserait aller à devenir Noémie Parrain, égyptologue toujours en vadrouille de pyramides en mastabas, au mari parasite dormant toute la journée comme une chauve-souris et jouant la nuit les émoluments de sa femme au poker ou au chemin de fer.

Leurs deux enfants seraient confiés durant l'année scolaire à une nièce sujette à des crises de mélancolie dont elle sortirait violente comme un raid de représailles sur la bande de Gaza. Elle les leur rendrait souvent pour les vacances avec des ecchymoses ou un membre plâtré.

Pour se faire pardonner une si longue absence ils les traîneraient dans des parcs d'attractions où elle s'ennuierait. Elle trouverait alors plus judicieux d'être Monique Farges, pulpeuse idiote que l'approche de la ménopause rendrait folle d'inquiétude et qui chaque matin se gaverait d'hormones entre deux tartines de confiture de lait.

Cette thérapeutique aberrante détraquerait son organisme, sa voix se ferait si aiguë qu'elle provoquerait l'explosion des tympans et des canalisations de son immeuble. Quant à ses seins immenses et lourds comme des boulets démesurés, ils l'obligeraient à demeurer allongée sur un lit au sommier renforcé où pour masquer sa rage d'exister aussi inconfortablement, elle agiterait bras et jambes comme un bébé furieux d'être maintenu dans son couffin souillé de renvois, tandis que de l'autre main sa nounou papote au téléphone avec une amie engagée le jour même comme masseuse dans un palace gorgé de clients prêts à laisser plusieurs billets supplémentaires pour terminer le soin par un orgasme. La pauvre fille s'imaginant déjà être à l'origine de tant d'éjaculations qu'une vague de sperme ne tarderait pas à submerger l'hôtel, la ville, le continent et que bientôt tout entière blanchie la planète s'en irait poisseuse, folle, dans le cosmos hilare de la voir griller sa glaire aux étoiles.

Elle réclamerait une opération. Comme elle serait intransportable on organiserait un bloc autour de sa couche, et à la suite du traitement qu'elle devrait subir pour perdre sa voix dévastatrice elle troquerait sa vulve pour un pénis muni de bourses et porterait un collier de barbe comme avant elle un de ses arrière-grands-pères dont elle aurait aperçu la photo en rangeant une cave.

Après bien des démarches on lui accorderait l'identité de François Meunier, coiffeur pour dames dans un salon de paquebot où ses nombreuses conquêtes lui vaudraient quelques montres de marques et des bijoux dont il se parerait seul dans sa cabine de crainte que ses collègues se moquent de lui en le voyant scintiller comme un bouquet de cierges au pied d'un crucifix.

À cinquante ans il aurait assez engrangé de babioles pour acheter un magasin de fleurs, mais son incurie l'empêcherait de prospérer. Il n'offrirait à sa clientèle que bouquets fanés provoquant scènes de ménage et ruptures, sans compter ses couronnes mortuaires si misérables qu'elles en rendraient comiques les enterrements les plus poignants.

Ses créanciers se partageraient sa boutique, et il regretterait amèrement la condition féminine qui permet parfois de rester au foyer en époussetant les meubles du bout d'un plumeau et en buvant le reste du temps des cocktails sur un coin de balcon ensoleillé les yeux dans le vague ou surveillant les cheminées qui fument sur les toits voisins.

Il jetterait son dévolu sur Céline Sainton, au mari cadre dans une société d'investissement. Le seul souci de cette longue femme au teint couperosé serait de faire repeindre son appartement chaque année afin de pouvoir s'enivrer entre des murs toujours propres et blancs comme le champ de neige où elle aurait connu enfant sa première biture quand elle aurait bu au tonnelet du saint-bernard venu la secourir à la suite d'une chute sur la pente immaculée d'un glacier. Heureux qu'elle n'ait pas péri dans la mésaventure ses parents l'auraient emmenée manger quelques gâteaux dans la plus grande pâtisserie du village où elle se serait empiffrée de babas au rhum et de clafoutis à l'eau-de-vie, spécialité de la région dont elle ferait encore volontiers son petit déjeuner aujourd'hui.

Ils auraient dû la porter pour la ramener au chalet chauffé par un grand poêle qu'ils auraient loué pour les vacances, la croyant ivre de fatigue après les péripéties de la journée alors qu'elle serait proche du coma éthylique. Le médecin appelé dans la nuit prendrait son dérèglement gastrique et ses maux de tête pour une méningite. Transportée d'urgence à l'hôpital on la gaverait d'antibiotiques dix jours durant. Elle mettrait à profit son séjour pour ingurgiter des litres d'antiseptique, les mélangeant parfois avec antalgiques, anxiolytiques, somnifères, chipant à l'occasion une dose de penthotal pour compléter ses agapes.

Vexé par sa scolarité désastreuse, son père déciderait d'écourter son adolescence, fêtant ses dix-huit ans le jour de son quinzième anniversaire, et la mariant à un cousin timide qui n'aurait pas l'audace de refuser. Depuis elle paresserait en compagnie d'une ribambelle de bouteilles de toutes les couleurs dont elle mélangerait le contenu pour obtenir un liquide irisé, obscur, ou transparent pour faire semblant de boire de l'eau, prétextant une maladie des reins, quand des fâcheux lui rendraient visite.

Sa journée de travail terminée, son mari la trouverait endormie dans l'entrée ou haranguant débraillée les spectres de sa soûlographie par le fenestron de sa cour à tapis. Il la traînerait jusqu'à son lit où elle plongerait dans un sommeil inhospitalier comme un tunnel boueux dont elle ne verrait le bout que le lendemain en fin de matinée.

Quand il aurait couché sa femme, il rangerait les bouteilles, rincerait les verres, se nourrirait de plats industriels réchauffés au micro-ondes et tuerait le temps avec un vieux jeu de cartes dépourvu d'as de pique en faisant des réussites vouées à l'impasse qui entretiendraient son sentiment d'échec. Vers minuit il rejoindrait sa femme dont l'haleine chargée d'alcool l'endormirait aussitôt.

Il se lèverait à l'aube avec la gueule de bois pour arriver le premier à son bureau où il observerait sur son écran les migrations fulgurantes des capitaux à travers le monde. Ses collègues le prendraient pour un polar peu doué qui compensait son peu de moyens par des horaires stakhanovistes.

En réalité il passerait son temps à superposer au cours des matières premières et des multinationales, un rêve stupide de vie d'anachorète retiré dans une caravane blindée perdue au cœur d'une réserve où il aurait pu se moquer des fauves et des éléphants à l'abri des larges vitres résistant aux coups de griffes et de défenses des animaux offusqués. Il aurait même troqué son poste contre celui d'un gardien de zoo, ou d'un dompteur de bêtes vieillissantes dans un petit cirque itinérant pour le seul plaisir de dominer enfin des êtres vivants.

Le week-end il s'armerait parfois d'un crayon et en menacerait son épouse ivre morte comme s'il allait l'assommer à grands coups de bâton avec la hargne d'un chasseur de phoque. Puis il s'autoriserait une bière afin de dissiper son sentiment d'impuissance dans les vapeurs du houblon.

Le dimanche soir il sortirait seul pour aller dîner, et au moment de choisir son menu parmi les plats inscrits sur l'ardoise, il aurait une impression de liberté qui le griserait comme la tempête un marin passant pour la première fois le cap Horn. Son repas terminé, il rentrerait penaud de s'être ainsi tourné en ridicule à ses yeux de petit terrien chimérique.

Il aurait sans doute terminé lamentablement sa vie entouré de peluches qu'il aurait cru dresser en agitant la cuillère de sa bouillie dans la chambre de l'asile où on l'aurait confiné pour épargner aux autres pensionnaires le spectacle de sa déchéance, s'il n'était devenu lors d'un krach Agathe Ménard, jolie jeune fille au sourire d'ange, presque pure malgré quelques flirts et une coucherie sans lendemain avec un camarade de prépa, un soir où effrayée par l'explosion d'une usine de feux d'artifice elle serait allée frapper à la porte de sa cambuse.

Une fois diplômée elle grimperait rapidement assez d'échelons pour être nommée à vingt-huit ans directrice d'une société de bureautique, et à l'occasion d'un week-end dans une auberge de charme elle se laisserait séduire par Antonin Domert, propriétaire d'une agence qu'il essaierait en vain de vendre depuis des années et dont elle deviendrait trois mois plus tard l'épouse dans la mairie rococo de la banlieue snob où résideraient ses parents.

Cet homme s'avérerait si jaloux qu'elle devrait abandonner sa carrière, rester cloîtrée dans cet appartement toute la journée en attendant son retour, avec pour toute distraction le spectacle abrutissant du supermarché quand elle descendrait y acheter les denrées nécessaires à la préparation du repas du soir, et celui burlesque du soleil qui prendrait un malin plaisir à frétiller dans le ciel comme pour lui faire perdre la juste perception du temps écoulé depuis son réveil en sursaut à neuf heures du matin quand son mari aurait claqué la porte pour courir après cette journée de travail dont il reviendrait fourbu et désespéré.

Et puisque aujourd'hui les Pierrot étaient invités à dîner, elle avait mis un gigot dans le four sans savoir encore si pour l'accompagner elle ferait sauter un reste de pommes de terre en robe des champs ou si sous prétexte de ne pas leur imposer des calories superflues elle leur offrirait simplement quelques tomates à la croque au sel.

À une heure du matin ils seraient toujours là à les exaspérer, décrivant avec un lyrisme insupportable leur nouveau sauna vaste comme un théâtre antique, avec ses gradins où huit cents personnes pouvaient transpirer à leur aise, sans compter sa scène en marbre rose flanquée d'une fosse à orchestre qui permettait de faire jouer n'importe quel opéra du répertoire par des chanteurs vêtus de peignoirs, les artistes les plus jeunes ou les mieux conservés se servant même de leur absolue nudité comme d'un costume aux ornements naturels allant du blanc au noir le plus intense comme les esquimaux vite liquéfiés que les invités dégustaient en se hâtant aux entractes.

Pour les faire fuir elle tenterait de les vexer en évoquant leur fille morte l'été dernier dans une chambre froide où ils l'avaient obligée à planter sa tente pour préparer son organisme à un trekking sur la banquise. Ils lui rétorqueraient furibonds que la sienne avait péri sans aucun brio dans une fausse couche dont sa matrice chétive ne s'était jamais remise, faisant d'elle une de ces femmes stériles réduite à jalouser les ventres bombés sous les robes de grossesse. Elle les sommerait de s'en aller immédiatement, mais son mari lui reprocherait d'avoir insulté ses amis et lui donnerait l'ordre de mettre quelques affaires dans un sac de voyage et de partir sans demander son reste.

Elle passerait la nuit en chien de fusil dans le local à poussettes, et ne devrait son petit déjeuner qu'à la générosité de la gardienne qui lui proposerait de s'occuper d'un vieillard agonisant à la place de sa belle-sœur épuisée par plusieurs nuits de veille. Il mourrait dans ses bras juste avant minuit. Effrayée, elle s'en irait par les rues et échouerait au matin sur un canapé décrépit abandonné au bord d'un trottoir. Elle s'y endormirait hagarde malgré la pluie.

À son réveil, l'idée d'être Blanche Galliniot lui traverserait l'esprit. Elle ne tarderait pas à regretter son choix, car la pauvre fille au terme d'une adolescence où son frère aîné aidé par des comparses l'aurait immobilisée à plusieurs reprises afin de lui raser le crâne pour lui faire passer cette manie qu'elle aurait d'être belle et d'attirer le regard des hommes, serait justement en train de se faire faucher par une moto alors qu'elle attendrait l'autobus devant son lycée où elle aurait obtenu vers quinze heures un onze en mathématiques.

Elle sortirait défigurée et boiteuse de l'accident, mais sa famille lui refuserait chirurgie et rééducation, la destinant à devenir une simple tante célibataire à qui ses frères et sœurs auraient recours à leur gré pour garder les enfants, laver le linge à la place d'une machine tombée en panne, ou grimper malgré sa patte folle sur le toit de leur pavillon pour nettoyer les chenaux quand à la fin de l'automne ils seraient encombrés de feuilles mortes et de détritus apportés par le vent.

À présent elle serait déjà quadragénaire tant on l'aurait privée de jeunesse, d'insouciance, de cette part d'amour que même les plus malchanceux finissent par obtenir en suppliant la vie. Elle aurait occupé quelques années une cabine en tôle sur le balcon de sa benjamine, y prenant ses repas faits parfois du lait que ses neveux auraient laissé au fond de leur biberon, dormant presque debout sur un galetas rivé à la paroi, ne sortant de cet enfer que pour servir de bête de somme à la maisonnée ou à n'importe quel membre de la famille, même éloignée, cousins issus de germain, pièces rapportées divorcées depuis longtemps, ou étrangers purs et simples croisés dans un bricorama au rayon des vernis, angoissés par la perspective de devoir traiter seuls les quatre-vingts mètres carrés de leur appartement au parquet ravagé.

Elle serait pourtant toujours gaie, zélée, arborant un sourire bienveillant qui accentuerait la hideur de sa gueule cassée. Désireuse d'installer une jardinière de géraniums gagnée à une tombola, sa sœur récupérerait le bout de balcon encombré par son gîte, et personne ne voudrait l'héberger en contrepartie des services qu'elle continuerait à rendre sans émettre ni soupirs ni récriminations.

La rue deviendrait son domicile fixe, glacé l'hiver, brûlant l'été, les poubelles seraient sa table à manger, les fontaines sa salle de bains où elle procéderait à de rapides ablutions nocturnes entre les rondes des flics et les moqueries des fêtards avinés. À ce régime elle atteindrait vite sa soixante-quinzième année, et on n'aurait plus recours à cette pauvre bestiole chétive que pour laver les vélos boueux des gosses après un dimanche en forêt, ou changer l'eau du bocal d'un poisson rouge tombé en disgrâce avec l'espoir secret qu'exécuté d'une main tremblante l'opération se révèle fatale à l'animal.

Elle aurait terminé sa vie dans une benne à ordures, les éboueurs n'entendant pas son faible couinement quand ils videraient le conteneur où elle se serait abritée pour échapper aux trombes d'un orage d'octobre. Mais la veille alors que le temps serait déjà couvert, une jeune bourgeoise foldingue qui ne rêverait que plaies et bosses lui laisserait sa place pour le plaisir de connaître à son tour déchéance et caducité.

Elle serait alors Bérengère Dugommier, vivrait au cœur d'un vignoble dont les ceps à perte de vue lui donneraient bientôt mal au cœur comme un lendemain de cuite, et elle préférerait devenir Jeanne Boget, présentatrice d'une émission pour la jeunesse où des adolescents pousseraient des cris d'animaux pour gagner des lunettes de soleil, puis Marion Frennet, mère au foyer d'un enfant au visage grêlé qu'elle maquillerait chaque matin avant de le conduire à l'école, Sophie Gertou, aux cheveux lustrés comme la robe d'une pouliche, Lison, fillette tricheuse, voleuse, déjà effroyable sur le plan sexuel, que ses parents dissimuleraient sous le faux plafond de leur cuisine quand une parente un peu prude viendrait leur rendre visite.

Quatre années durant elle serait Marie-Adeline Tandier, une danseuse sans talent dont la troupe se servirait de manœuvre pour aider à monter les décors, refusant ensuite d'accepter sur scène son corps pataud épuisé par un après-midi de travail de force. Elle n'aurait pas davantage accès aux loges, elle devrait se doucher en ravalant sa pudeur parmi les roadies tatoués et musclés malgré une graisse qui les enroberait comme un couvre-lit.

En dehors des tournées elle habiterait chez ses parents, un couple de radiologues qui la scanneraient au moindre point de côté et la filmeraient pendant son sommeil afin de ne pas laisser évaporer son image. Ils regretteraient son obstination à vouloir persévérer dans le métier du spectacle alors que dès l'enfance elle aurait eu la silhouette fruste d'un meuble campagnard, les régimes de famine n'ayant servi qu'à mettre en avant son squelette sans lui conférer charme ni souplesse.

Un soir ils la critiqueraient avec tant de rudesse que pour les contrarier elle deviendrait Perrine Gannot, jeune conseillère municipale dans une grande ville de province, puis Louisette Dupeyret, vieille femme vivant dans une petite chambre entre un lavabo et un lit neuf que ces neveux lui auraient offert pour lui éviter de mourir dans son pucier hors d'âge. Vite lassée de cette vie recluse, douloureuse, dans ce corps depuis longtemps amorti, elle se serait muée en Gisèle Beauprés qui sortirait du métro vers dix-huit heures avec pour projet de passer la soirée menottée entre quatre hommes armés de matraques souples dont elle savourerait les coups comme des mamours.

Effrayée par la perspective de sévices dont elle n'aurait pas le goût, elle se ferait Claire Mendriard, paysagiste de trente-cinq ans qui viendrait juste de la bousculer en s'excusant d'un sourire à l'état d'esquisse. Cette femme penserait à cet instant combien il était difficile d'élever trois enfants avec un mari coureur qui non content d'avoir transpercé toutes ses amies s'en prendrait ces derniers temps à leurs filles, de sottes gamines de seize et dix-huit ans sûrement frigides qui ne couchaient avec lui que pour l'exaspérer.

Elle deviendrait plutôt cette jeune fille attablée dans le café en face, mais elle n'aimerait pas sa passion morbide pour ce garçon qu'elle distinguerait dans sa mémoire et dont elle détesterait le regard et la bouche. Elle se retrancherait chez Muriel Samterai, taille moyenne, la quarantaine finissante, célibataire, deux amants, technicienne dans un magasin d'orthopédie, qui pousserait la lourde porte de l'immeuble haussmannien où elle habiterait depuis le mois d'avril.

Elle rencontrerait un voisin professeur de chant dans un conservatoire de la périphérie qui lui donnerait une invitation à un récital qu'elle jetterait en arrivant. Elle se ferait couler un bain, et s'écraserait sur le siège des toilettes comme un animal qu'on se décide enfin à sortir après toute une journée de claustration. Elle n'aimerait pas le grain trop laiteux de sa peau, et elle attendrait avec impatience qu'elle en ait terminé tant l'odeur de ses excréments la mettrait mal à l'aise.

En revanche elle raffolerait de la note de mangue verte qui parfumerait les sels dont elle saupoudrerait l'eau du bain où elle plongerait son corps sans cellulite, pas maigre cependant, avec de bonnes cuisses, un petit ventre, des seins souples, flottants, avec leurs périscopes d'un rose qui vieillirait lentement avec les années. Elle regarderait le plafond écaillé à la suite d'une inondation ancienne, et cette ampoule nue qui pendrait comme un gros testicule lumineux au bout d'une gaine bistre à faire penser au dernier pénis croisé dans un lit, ou aperçu dans un reportage sur le nudisme, les maladies rares des parties génitales, les entassements de cadavres consécutifs aux bombardements des zones maudites de la planète.

Elle se dresserait dans la baignoire, elle supporterait le passage appuyé du gant de toilette savonneux sur son corps mais il lui semblerait étrange comme une langue.

Elle serait Janette Pottard, Marinette Defout, Corinne Samena, elle irait jusqu'à devenir cette grande fille à tête d'ange qui pour divertir ses semblables demeurés sur le plancher des vaches ferait sauter une poêlée de girolles en apesanteur dans un vaisseau spatial décoré par un designer obsédé par le grège.

Elle serait surtout Christiane Fatriguot cinquante années durant, supportant naissance, enfance avec mère dépressive, père violent, puberté tardive à dix-sept ans, études interrompues à la suite d'une grave infection qui lui aurait valu l'ablation de la rate, mariage avec un garçon sérieux, chef de chantier, médecin du travail, chanteur dans des cabarets qui fermeraient leurs portes les uns après les autres, ou même technocrate dans un secrétariat d'État, au Parlement, au fond d'un couloir de conseil régional, naissance d'un bel enfant, ou adoption d'un chien, d'un couple de cacatoès, construction d'un appentis adossé au garage, et ensuite le cours de la vie, le travail en dilettante dans une papeterie de luxe, les visites du dimanche, famille, amis, relations qu'on perd de vue peu pour mieux se recroqueviller, devenir un quadrupède, têtes depuis longtemps imbriquées l'une dans l'autre, neurones mis en commun tel l'argent du ménage, une pensée monochrome, mais plutôt pas de pensée du tout, le vide, l'extase, le bonheur, et pourtant les disputes, la haine, puis les étreintes encore, l'affection qui grimpe à nouveau jusqu'à l'amour.

Puis une mort perdue dans le flux des statistiques

sur le tabagisme, une mort naturelle et juste, acceptée sans révolte ni colère comme un ajournement par une étudiante flemmarde levée à longueur d'année à huit heures du soir, couchée à midi après avoir dansé, bu, et pratiqué toutes les formes de sexualité possibles sur des divans, dans des hamacs de semi-remorques, et des mûrisseries où trompant la surveillance des vigiles elle se serait introduite avec ses partenaires à la queue leu leu.

Une mort dont elle tenterait de réchapper en devenant Sidonie Déchart, Marie-Thérèse Bonne, Esther Donnay, Thierry Mussaut, Raymond Serto, Daniel Verri, ou un de leurs bras, leur bouche, une de leurs papilles au garde-à-vous.

Jusqu'au dernier souffle de ces bronches tannées comme un vieux cartable par sept lustres de nicotine, de goudrons, de mercure, d'agents de texture, de saveur, et de toute une kyrielle de substances inconnues mais sournoises et en définitive cruelles, féroces comme des piranhas, elle garderait une bouffée d'espoir, elle en jouirait comme d'une ultime exhalaison de cette fumée dont le roulis aurait bercé sa vie d'humaine qui sans aucun vice lui aurait semblé désenchantée comme celle d'un de ces buffles tirant la charrue dans cette illustration de son manuel de géographie que l'institutrice leur aurait demandé de commenter quarante-trois ans plus tôt pour évaluer l'intelligence médiane de la classe.

Elle a eu trop de noms pour qu'on s'en souvienne. À présent le gigot est cru, l'agneau s'en sert encore pour gambader dans la campagne, grimper aux arbres, s'envoler de la plus haute branche avec la grâce d'un caillou, d'un caïman, d'un lecteur tombé tête la première dans un roman.

Un roman décédé de mort subite.

Les livres meurent debout.

DU MÊME AUTEUR

Aux Éditions Gallimard

SUR UN TABLEAU NOIR, roman, 1993

Aux Éditions Denoël

SEULE AU MILIEU D'ELLE, roman, 1985

CET EXTRÊME AMOUR, roman, 1986

LES GOUTTES, théâtre, 1985

Aux Éditions Julliard

STRICTE INTIMITÉ, roman, 1996

Aux Éditions Verticales

HISTOIRE D'AMOUR, roman, 1998 (Folio n° 3186)

CLÉMENCE PICOT, roman, 1999 (Folio n° 3443)

AUTOBIOGRAPHIE, roman, 2000

FRAGMENTS DE LA VIE DES GENS, romans, 2000 (Folio n° 3584)

PROMENADE, 2001 (Folio n° 3816)

LES JEUX DE PLAGE, 2002

UNIVERS, UNIVERS, roman, 2003. Prix Décembre (Folio n° 4170)

L'ENFANCE EST RÊVE D'ENFANT, roman, 2004

COLLECTION FOLIO

Dernières parutions

3894.	André Dhôtel	*Idylles.*
3895.	André Dhôtel	*L'azur.*
3896.	Ponfilly	*Scoops.*
3897.	Tchinguiz Aïtmatov	*Djamilia.*
3898.	Julian Barnes	*Dix ans après.*
3900.	Catherine Cusset	*À vous.*
3901.	Benoît Duteurtre	*Le voyage en France.*
3902.	Annie Ernaux	*L'occupation.*
3903.	Romain Gary	*Pour Sgnanarelle.*
3904.	Jack Kerouac	*Vraie blonde, et autres.*
3905.	Richard Millet	*La voix d'alto.*
3906.	Jean-Christophe Rufin	*Rouge Brésil.*
3907.	Lian Hearn	*Le silence du rossignol.*
3908.	Alice Kaplan	*Intelligence avec l'ennemi.*
3909.	Ahmed Abodehman	*La ceinture.*
3910.	Jules Barbey d'Aurevilly	*Les diaboliques.*
3911.	George Sand	*Lélia.*
3912.	Amélie de Bourbon Parme	*Le sacre de Louis XVII.*
3913.	Erri de Luca	*Montedidio.*
3914.	Chloé Delaume	*Le cri du sablier.*
3915.	Chloé Delaume	*Les mouflettes d'Atropos.*
3916.	Michel Déon	*Taisez-vous... J'entends venir un ange.*
3917.	Pierre Guyotat	*Vivre.*
3918.	Paula Jacques	*Gilda Stambouli souffre et se plaint.*
3919.	Jacques Rivière	*Une amitié d'autrefois.*
3920.	Patrick McGrath	*Martha Peake.*
3921.	Ludmila Oulitskaïa	*Un si bel amour.*
3922.	J.-B. Pontalis	*En marge des jours.*
3923.	Denis Tillinac	*En désespoir de causes.*
3924.	Jerome Charyn	*Rue du Petit-Ange.*
3925.	Stendhal	*La Chartreuse de Parme.*

3926.	Raymond Chandler	*Un mordu.*
3927.	Collectif	*Des mots à la bouche.*
3928.	Carlos Fuentes	*Apollon et les putains.*
3929.	Henry Miller	*Plongée dans la vie nocturne.*
3930.	Vladimir Nabokov	*La Vénitienne* précédé d'*Un coup d'aile.*
3931.	Ryûnosuke Akutagawa	*Rashômon* et autres contes.
3932.	Jean-Paul Sartre	*L'enfance d'un chef.*
3933.	Sénèque	*De la constance du sage.*
3934.	Robert Louis Stevenson	*Le club du suicide.*
3935.	Edith Wharton	*Les lettres.*
3936.	Joe Haldeman	*Les deux morts de John Speidel.*
3937.	Roger Martin du Gard	*Les Thibault I.*
3938.	Roger Martin du Gard	*Les Thibault II.*
3939.	François Armanet	*La bande du drugstore.*
3940.	Roger Martin du Gard	*Les Thibault III.*
3941.	Pierre Assouline	*Le fleuve Combelle.*
3942.	Patrick Chamoiseau	*Biblique des derniers gestes.*
3943.	Tracy Chevalier	*Le récital des anges.*
3944.	Jeanne Cressanges	*Les ailes d'Isis.*
3945.	Alain Finkielkraut	*L'imparfait du présent.*
3946.	Alona Kimhi	*Suzanne la pleureuse.*
3947.	Dominique Rolin	*Le futur immédiat.*
3948.	Philip Roth	*J'ai épousé un communiste.*
3949.	Juan Rulfo	*Le Llano en flammes.*
3950.	Martin Winckler	*Légendes.*
3951.	Fédor Dostoïevski	*Humiliés et offensés.*
3952.	Alexandre Dumas	*Le Capitaine Pamphile.*
3953.	André Dhôtel	*La tribu Bécaille.*
3954.	André Dhôtel	*L'honorable Monsieur Jacques.*
3955.	Diane de Margerie	*Dans la spirale.*
3956.	Serge Doubrovski	*Le livre brisé.*
3957.	La Bible	*Genèse.*
3958.	La Bible	*Exode.*
3959.	La Bible	*Lévitique-Nombres.*
3960.	La Bible	*Samuel.*
3961.	Anonyme	*Le poisson de jade.*
3962.	Mikhaïl Boulgakov	*Endiablade.*
3963.	Alejo Carpentier	*Les Élus et autres nouvelles.*
3964.	Collectif	*Un ange passe.*

3965.	Roland Dubillard	*Confessions d'un fumeur de tabac français.*
3966.	Thierry Jonquet	*La leçon de management.*
3967.	Suzan Minot	*Une vie passionnante.*
3968.	Dann Simmons	*Les Fosses d'Iverson.*
3969.	Junichirô Tanizaki	*Le coupeur de roseaux.*
3970.	Richard Wright	*L'homme qui vivait sous terre.*
3971.	Vassilis Alexakis	*Les mots étrangers.*
3972.	Antoine Audouard	*Une maison au bord du monde.*
3973.	Michel Braudeau	*L'interprétation des singes.*
3974.	Larry Brown	*Dur comme l'amour.*
3975.	Jonathan Coe	*Une touche d'amour.*
3976.	Philippe Delerm	*Les amoureux de l'Hôtel de Ville.*
3977.	Hans Fallada	*Seul dans Berlin.*
3978.	Franz-Olivier Giesbert	*Mort d'un berger.*
3979.	Jens Christian Grøndahl	*Bruits du cœur.*
3980.	Ludovic Roubaudi	*Les Baltringues.*
3981.	Anne Wiazemski	*Sept garçons.*
3982.	Michel Quint	*Effroyables jardins.*
3983.	Joseph Conrad	*Victoire.*
3984.	Émile Ajar	*Pseudo.*
3985.	Olivier Bleys	*Le fantôme de la Tour Eiffel.*
3986.	Alejo Carpentier	*La danse sacrale.*
3987.	Milan Dargent	*Soupe à la tête de bouc.*
3988.	André Dhôtel	*Le train du matin.*
3989.	André Dhôtel	*Des trottoirs et des fleurs.*
3990.	Philippe Labro/ Olivier Barrot	*Lettres d'Amérique. Un voyage en littérature.*
3991.	Pierre Péju	*La petite Chartreuse.*
3992.	Pascal Quignard	*Albucius.*
3993.	Dan Simmons	*Les larmes d'Icare.*
3994.	Michel Tournier	*Journal extime.*
3995.	Zoé Valdés	*Miracle à Miami.*
3996.	Bossuet	*Oraisons funèbres.*
3997.	Anonyme	*Jin Ping Mei I.*
3998.	Anonyme	*Jin Ping Mei II.*
3999.	Pierre Assouline	*Grâces lui soient rendues.*
4000.	Philippe Roth	*La tache.*
4001.	Frederick Busch	*L'inspecteur de nuit.*
4002.	Christophe Dufossé	*L'heure de la sortie.*

4003. William Faulkner *Le domaine.*
4004. Sylvie Germain *La Chanson des mal-aimants.*
4005. Joanne Harris *Les cinq quartiers de l'orange.*
4006. Leslie kaplan *Les Amants de Marie.*
4007. Thierry Metz *Le journal d'un manœuvre.*
4008. Dominique Rolin *Plaisirs.*
4009. Jean-Marie Rouart *Nous ne savons pas aimer.*
4010. Samuel Butler *Ainsi va toute chair.*
4011. George Sand *La petite Fadette.*
4012. Jorge Amado *Le Pays du Carnaval.*
4013. Alessandro Baricco *L'âme d'Hegel et les vaches du Wisconsin.*
4014. La Bible *Livre d'Isaïe.*
4015. La Bible *Paroles de Jérémie-Lamentations.*
4016. La Bible *Livre de Job.*
4017. La Bible *Livre d'Ezéchiel.*
4018. Frank Conroy *Corps et âme.*
4019. Marc Dugain *Heureux comme Dieu en France.*
4020. Marie Ferranti *La Princesse de Mantoue.*
4021. Mario Vargas Llosa *La fête au Bouc.*
4022. Mario Vargas Llosa *Histoire de Mayta.*
4023. Daniel Evan Weiss *Les cafards n'ont pas de roi.*
4024. Elsa Morante *La Storia.*
4025. Emmanuèle Bernheim *Stallone.*
4026. Françoise Chandernagor *La chambre.*
4027. Philippe Djian *Ça, c'est un baiser.*
4028. Jérôme Garcin *Théâtre intime.*
4029. Valentine Goby *La note sensible.*
4030. Pierre Magnan *L'enfant qui tuait le temps.*
4031. Amos Oz *Les deux morts de ma grand-mère.*
4032. Amos Oz *Une panthère dans la cave.*
4033. Gisèle Pineau *Chair Piment.*
4034. Zeruya Shalev *Mari et femme.*
4035. Jules Verne *La Chasse au météore.*
4036. Jules Verne *Le Phare du bout du Monde.*
4037. Gérard de Cortanze *Jorge Semprun.*
4038. Léon Tolstoï *Hadji Mourat.*
4039. Isaac Asimov *Mortelle est la nuit.*

4040. Collectif — *Au bonheur de lire.*
4041. Roald Dahl — *Gelée royale.*
4042. Denis Diderot — *Lettre sur les Aveugles.*
4043. Yukio Mishima — *Martyre.*
4044. Elsa Morante — *Donna Amalia.*
4045. Ludmila Oulitskaïa — *La maison de Lialia.*
4046. Rabindranath Tagore — *La petite mariée.*
4047. Ivan Tourguéniev — *Clara Militch.*
4048. H.G. Wells — *Un rêve d'Armageddon.*
4049. Michka Assayas — *Exhibition.*
4050. Richard Bausch — *La saison des ténèbres.*
4051. Saul Bellow — *Ravelstein.*
4052. Jerome Charyn — *L'homme qui rajeunissait.*
4053. Catherine Cusset — *Confession d'une radine.*
4055. Thierry Jonquet — *La Vigie* (à paraître).
4056. Erika Krouse — *Passe me voir un de ces jours.*
4057. Philippe Le Guillou — *Les marées du Faou.*
4058. Frances Mayes — *Swan.*
4059. Joyce Carol Oates — *Nulle et Grande Gueule.*
4060. Edgar Allan Poe — *Histoires extraordinaires.*
4061. George Sand — *Lettres d'une vie.*
4062. Frédéric Beigbeder — *99 francs.*
4063. Balzac — *Les Chouans.*
4064. Bernardin de Saint Pierre — *Paul et Virginie.*
4065. Raphaël Confiant — *Nuée ardente.*
4066. Florence Delay — *Dit Nerval.*
4067. Jean Rolin — *La clôture.*
4068. Philippe Claudel — *Les petites mécaniques.*
4069. Eduardo Barrios — *L'enfant qui devint fou d'amour.*
4070. Neil Bissoondath — *Un baume pour le cœur.*
4071. Jonahan Coe — *Bienvenue au club.*
4072. Toni Davidson — *Cicatrices.*
4073. Philippe Delerm — *Le buveur de temps.*
4074. Masuji Ibuse — *Pluie noire.*
4075. Camille Laurens — *L'Amour, roman.*
4076. François Nourissier — *Prince des berlingots.*
4077. Jean d'Ormesson — *C'était bien.*
4078. Pascal Quignard — *Les Ombres errantes.*
4079. Isaac B. Singer — *De nouveau au tribunal de mon père.*

4080. Pierre Loti — *Matelot.*
4081. Edgar Allan Poe — *Histoires extraordinaires.*
4082. Lian Hearn — *Le clan des Otori, II : les Neiges de l'exil.*
4083. La Bible — *Psaumes.*
4084. La Bible — *Proverbes.*
4085. La Bible — *Évangiles.*
4086. La Bible — *Lettres de Paul.*
4087. Pierre Bergé — *Les jours s'en vont je demeure.*
4088. Benjamin Berton — *Sauvageons.*
4089. Clémence Boulouque — *Mort d'un silence.*
4090. Paule Constant — *Sucre et secret.*
4091. Nicolas Fargues — *One Man Show.*
4092. James Flint — *Habitus.*
4093. Gisèle Fournier — *Non-dits.*
4094. Iegor Gran — *O.N.G. !*
4095. J.M.G. Le Clézio — *Révolutions.*
4096. Andréï Makine — *La terre et le ciel de Jacques Dorme.*
4097. Collectif — *«Parce que c'était lui, parce-que c'était moi».*
4098. Anonyme — *Saga de Gísli Súrsson.*
4099. Truman Capote — *Monsieur Maléfique et autres nouvelles.*
4100. E.M. Cioran — *Ébauches de vertige.*
4101. Salvador Dali — *Les moustaches radar.*
4102. Chester Himes — *Le fantôme de Rufus Jones* et autres nouvelles.
4103. Pablo Neruda — *La solitude lumineuse.*
4104. Antoine de St-Exupéry — *Lettre à un otage.*
4105. Anton Tchekhov — *Une banale histoire.*
4106. Honoré de Balzac — *L'Auberge rouge.*
4107. George Sand — *Consuelo I.*
4108. George Sand — *Consuelo II.*
4109. André Malraux — *Lazare.*
4110 Cyrano de Bergerac — *L'autre monde.*
4111 Alessandro Baricco — *Sans sang.*
4112 Didier Daeninckx — *Raconteur d'histoires.*
4113 André Gide — *Le Ramier.*
4114. Richard Millet — *Le renard dans le nom.*
4115. Susan Minot — *Extase.*

4116. Nathalie Rheims *Les fleurs du silence.*
4117. Manuel Rivas *La langue des papillons.*
4118. Daniel Rondeau *Istanbul.*
4119. Dominique Sigaud *De chape et de plomb.*
4120. Philippe Sollers *L'Étoile des amants.*
4121. Jacques Tournier *À l'intérieur du chien.*
4122. Gabriel Sénac de Meilhan *L'Émigré.*
4123. Honoré de Balzac *Le Lys dans la vallée.*
4124. Lawrence Durrell *Le Carnet noir.*
4125. Félicien Marceau *La grande fille.*
4126. Chantal Pelletier *La visite.*
4127. Boris Schreiber *La douceur du sang.*
4128. Angelo Rinaldi *Tout ce que je sais de Marie.*
4129. Pierre Assouline *Etat limite.*
4130. Elisabeth Barillé *Exaucez-nous.*
4131. Frédéric Beigbeder *Windows on the World.*
4132. Philippe Delerm *Un été pour mémoire.*
4133. Colette Fellous *Avenue de France.*
4134. Christian Garcin *Du bruit dans les arbres.*
4135. Fleur Jaeggy *Les années bienheureuses du châtiment.*
4136. Chateaubriand *Itinéraire de Paris à Jerusalem.*
4137. Pascal Quignard *Sur le jadis. Dernier royaume, II.*
4138. Pascal Quignard *Abîmes. Dernier Royaume, III.*
4139. Michel Schneider *Morts imaginaires.*
4140. Zeruya Shalev *Vie amoureuse.*
4141. Frederic Vitoux *La vie de Céline.*
4142. Fédor Dostoievski *Les Pauvres Gens.*
4143. Ray Bradbury *Meurtres en douceur.*
4144. Carlos Castaneda *Stopper-le-monde.*
4145. Confucius *Entretiens.*
4146. Didier Daeninckx *Ceinture rouge.*
4147. William Faulkner *Le caïd.*
4148. Gandhi *En guise d'autobiographie.*
4149. Guy de Maupassant *Le verrou et autre contes grivois.*
4150. D.A.F. de Sade *La philosophie dans le boudoir.*
4151. Italo Svevo *L'assassinat de la via Belpoggio.*
4152. Laurence Cossé *Le 31 du mois d'août.*
4153. Benoît Duteurtre *Service clientèle.*
4154. Christine Jordis *Bali, Java, en rêvant.*
4155. Milan Kundera *L'ignorance.*

Composition Nord Compo.
Impression Société Nouvelle Firmin-Didot
à Mesnil-sur-l'Estrée, le 24 février 2005.
Dépôt légal : février 2005.
Numéro d'imprimeur : 72649.

ISBN 2-07-030091-9/Imprimé en France.

131789